與你所知的歷史全數顛倒

大稻埕落日

譚端 著

獻給我的母親

目次

楔

「善人消逝無蹤影，惡棍成群挺立。」

——戈特弗利德・凱勒（Gottfried Keller）

高速震動下，蒼蠅薄翼發出穿透力極強的聲波，輕易穿透意識的堡壘，直達人心內核。惱人的嗡——嗡——聲，震蕩腦海波心，先是粼粼波紋，而後蕩起洶湧浪濤。

老農揮手驅趕，蒼蠅還是巴黏著他，在他耳根、眼下招搖，聲音直鑽大腦，揮趕不去。本來無所謂，蒼蠅挑釁、蚊子卑鄙，老農早習以為常，不怕叮咬。但今天他心情不好，孫子在部隊出了事，他難以接受。面對河水、空曠的河岸，他覺得稍稍放鬆，可這蒼蠅偏偏來招惹。

四月早晨七點，太陽快失去溫馴的脾氣。白鷺鷥緩緩起飛，展翅沿著河面低空翱翔。老農感到鼻前空氣窒結，沒有一點風，藍天、遠山、河流以及鷺鷥翩然身影，透露臺北漫長的，夏的氣息。

淡水河流淌緩慢，時間黏稠，好像永遠達不到更好的時日。河對岸的遠山像個躺臥的女人，那是「馬列山」，人們私底下叫它「列寧的情婦」。共和國建立前，本地人習慣稱為「觀音山」，那是宗教還未被視作精神鴉片全面禁絕的時代。不管什麼女人，側臉都不會難看，塌鼻子變高聳，寬闊的額頭，順著山線隆起的胸部，莊嚴神聖。女人的柔媚曲線可以化解男人粗礪的浮躁與持重。

河堤外河岸這一菜畦，耙梳整齊的田地像片長了苔蘚的黑巧克力，一格格的長方形，一點點的綠毛。田旁小屋，用廢棄木板、幾口大小不一的容器和廢棄物搭成，屋裡放著鏟、鋤、鐮刀……等農具。小屋從不上鎖，農具以白漆噴上生產隊編號，都是他從生產隊「借來的」。在他心裡是「借」，但沒有還的時間。奉獻公家這麼多，「借」這幾樣東西，他一點都不心虛。況且他想孫子在解放軍當連長，憑這一點，誰敢來跟他計較。

他頭頂草帽，生厚繭的大腳赤足踩在地上，草帽上刻意綁了褪色的紅布條—生產幹部的標誌。有了這個識別，一般民眾便不敢過問。他很清楚其中的公私分寸，也知道如何利用自己的小小特權。他一手扠腰，吸著菸，凝望著成果，種子在土裡蠢蠢欲動，不久就會鑽出土壤向天空伸展。差不多再兩個月，春耕的稻米就要收成，他有點擔心宜蘭地區也會淪陷。南部嘉義、臺南、高雄、屏東都鬧蝗災，蟲吃了大部分作物。他希望蝗蟲別肆虐到北部。據說，黨在臺北到處放麻雀，對付蝗蟲。他大聲疾呼，麻雀也是吃糧食作物。可，誰會聽他的？

空氣有些河水散發出來的怪味。河水混濁，色澤黑污，經常有些死魚、死蝦，甚至翻著白色肚皮的死狗漂流出海。他嘆了口氣，戰後，淡水河沿岸蓋了許多工廠，高舉不僅要恢復生產，還要「超英趕美」，但他……他沒去過美國、英國，不過從工廠生產出來的毛巾、牙刷、肥皂的品質，就能推想現在的生產力。別說西方敵人了，就算以前日本殖民時也比不過。唯一的長處是自己生產，價格低廉。

當他正這麼想時，心頭一緊，全身僵硬。警覺地四下張望周邊有沒有人，冒了一頭汗。幾年前，黨在全國推動「嚴打心頭一閃念」，要求每個人只要心中有任何「反動」念頭，哪怕只是閃個念頭，連說都不用說出來，沒付諸行動，也都要自首，向黨坦白，向黨交心，糾正自己的「思想不正確」。像他這樣對黨和國家指指點點，還好附近沒人……他不打算去公安局自首。他孫子是解放軍的連長，他可不能讓孫子丟臉。

他看了一下，四下無人，有驚無險，用手一摸額頭，是冷汗。

靠近河流那一溜兒的芒草人一般高，無風，芒穗連搖都不搖一絲。他想了想，走去，三兩下就利索地清整乾淨。

此時，突然有幾隻鳥大聲振翅掠過天空。

在臺北河岸這頭站著，望向三重，視野開闊，可以看到很遠的林口臺地，遠遠的高地仍有些氤氳之氣。

那隻蒼蠅還是不肯善罷干休。

七點二十五分，陽光有點強了，曬得他瞇眼。老農打算回家。

突然河面上漂著個有顏色的東西吸引了他的注意。他吸口菸，不以為意，繼續看著遠處平躺的「列寧的情婦」。那東西遠遠看是個白色團，逐漸漂過來之後，白色漸漸變大，他再次看去。心想，誰那麼沒有公德心，什麼垃圾都亂丟。近來河上經常漂過不可思議的東西。這回兒漂過來的是什麼？

他皺起雙眼使勁瞧，驚慌地倒退了一步，不由自主地大叫了呀一聲。是人！好像還在動？

他看到一個人，載浮載沉。他慌張起來，原地踱步。走了兩步又轉回來，又往另一個方向走兩步又轉回來，手不自主抖起來。他六神無主，這些動靜嚇到藏在附近蘆葦裡的鳥，驚飛起來一片黑影。他想求救，但叫不出聲來，他一下看天上，一下看河邊。那人是在掙扎？還是已經死了？他老眼昏花了嗎？老農揉揉自己的眼，不敢確認，一時不知該怎麼辦才好。

他又往前站了幾步眺望，差一步就要掉到水裡地仔細瞧。難道是死了？可是看起來好像……還在動，不，又像一動也不動。他一想，若還活著，現在還有救。老農在岸旁跟著跑了一段，才鼓起勇氣走入河裡，那人已經往下漂了幾百米。他踩著泥，發現前幾天下雨，水流比較大，河水比較深，泥水淹到他的腰，很難走，他每跨一步，那人就流得更遠。他蹣跚走了一段才決定全身浸到水裡，畢竟河很臭，已不如當年能摸到魚蝦的時代，需要極大的勇氣。

等到他伸手碰到那人，心涼了半截。他意識到這是個死人，一動也不動毫無反應，而且感覺他的皮膚比河水還要冷。來不及後悔，他抓著人的臂膀就往最近的岸上拉。

他把人拖上岸，在陽光下曝著。老農累得躺在地喘氣，全身濕淋淋，手腳污黑，用手掌抹抹臉，不知道什麼髒東西糊了半張臉，很是噁心。他看到黨委會贈送的手表顯示七點四十五分。手表進水，他很後悔下水去救人，沒事找事，糟蹋了這支表。他兩手一攤，動也不想動，累死了，什麼也做不了。他躺著面對青天白日許久，感覺自己像要掉入天空裡。那屍體救起了，他卻惹了一身腥。蒼蠅又飛過來，嗡嗡聲在耳邊。不知道是不是同一隻，他閉起眼，任由那小昆蟲放肆撒野。

一具屍體、一個精疲力竭的老人、一隻討人厭的蒼蠅。

陽光在他閉緊的眼皮上閃耀成亮粉色，他薄薄的眼皮擋不住眩目的太陽。過了好一陣子，老農才吃力爬起來看那人。嘴半開，臉蒼白，已氣絕多時。下一幕讓他雙腿再次無力癱軟，這人的雙手雙腳都有道很深的傷口，筋被挑斷了，明顯是報復。在他們這有個傳統，要報復誰，就揚言要砍斷對方的手腳。

不行，他意識到要立即去報案。勉強從地上爬起來，走兩步又腿軟倒下。他扶著地努力站起來，踉蹌走回，到處找他的鞋，提起腳步快跑回到破爛小屋邊，騎上不久前兒子送他的「伍順牌」自行車，直奔警察局。這自行車的每個零件都是油光滿滿，騎起來刷刷的順暢。這輛車是公私合營後，共和國第一輛自產腳踏車，他的第一件奢侈品，這是他在解放軍當連長的孫子在他七十大壽那年送給他的。第二件就是這隻黨委會致贈的國產表了。他因為被評為全國勞動模範，所以黨送了他一只手表，以茲紀念。

幸虧他一生做的都是粗活，搬運貨物，製作農具，雖然高齡，但體力還不致太差。他緊握著龍頭把手，似乎太用力，車身反而還有點搖擺。但很快自行車如脫韁野馬，一路向前衝。老農騎得飛快，速度連他自己也有點害怕。

一個近八十歲的老人用衝刺的速度騎車，一路上惹人注目。街邊鐵工廠上半身裸露的鐵匠本來正在專注打鐵，老農不可思議的速度吸引了他的目光，手上拿著鐵鎚抬得高高忘了放下，嘴上的菸醺得自己眼瞇了起來。過馬路的行人也被這輛自行車嚇到，一時進退失據。電線桿上綁著紅底白字的帆布標語「農業為基礎，工業為主導」，被單車刮起的風捲起在空中飄揚。電線上的麻雀被這橫衝直撞的大物嚇得四處飛舞。老農趕抄近路走，大稻埕後巷滿地都是污黑的排水，有醉漢臥在地上，身旁都是嘔吐物。老鼠被嚇得立刻躲進人家門裡。居民晾曬的衣服擦到他的臉，地上的水濺得牆上都是。腳踏車刷刷響，沒有一點嘎嘎聲，車子保養得很好，像子彈一樣往前衝。老農衝過延安北路，沿著保安街，過瑞金北路，再沿錦州街到達街口的警察局。在錦州街和寧夏路口他差點撞到一個穿綠軍裝的大媽。大媽大叫了一聲，立即用外省口音罵罵咧咧：「哎喲！你這人怎麼騎車的！」狠狠地瞪了他一眼，幾乎與此同時她手上拎著一籃雞蛋全砸在地上，一灘黃色暈了滿地，也濺到她的布鞋。老農看也沒看一眼，飛速掠過。

老農熟練地下車，氣喘吁吁，停在華麗的建築門前。架好車，沒上鎖，他直接走到大門，不由自主在門前停了下來，往上看了一眼。扁額上刻著「大稻埕公安局」六個燙金大字。

老農理理自己的衣服，拍了拍剛才弄髒衣物的泥土，把自己盡量整得莊重一點，壯起膽子走進去。門口當班的警察戴著白色盤帽，身穿整齊的白色長服，衣服燙得平整，領口有兩片紅領章，上頭有個金色五角星，腰繫著咖啡色皮帶，顯得十分精神。看到老農進來，值班警察依然坐著不動：「有什麼事？」隨即聞到老農身上的味道，看他渾身污泥。警察掩鼻，一臉嫌惡。

老農看這警察面熟，馬上想起是以前太平町推流動攤車「涼粉王」的長子。這孩子從小都不叫人，一雙眼賊乎乎的老是轉著。涼粉王現在可是街道辦公室主任，很有點權勢。對這樣的後生晚輩老農說不出什麼客氣話，一邊喘息一面試著用漢語把話說清楚：「有—有—有具屍體，在—淡水河。我—我早上整理菜園時，看到！」他吃吃憋憋敘述自己如何下水又如何將屍體撈上岸。

警察聽到是報案，還是命案，沒有立即睜大眼睛，只冷冷地看他，好像這事無關緊要。警察看起來大概二十歲，僚氣卻很重。他鐵著臉，冷冷地盤問了好多問題。老農心裡急得像熱鍋上的螞蟻，肚子又有點餓，但小警察只管自己的節奏。他不疾不徐地一個問題一個問題慢慢地問：

「你怎麼知道是屍體？」

「你有摸過他的鼻息嗎？」

「人沒死的話你應該先去找急救單位。」

「什麼？你確定人死了？」

「在哪發現的？」

「淡水河？那是我們的轄區嗎？你是不是該去大龍峒公安局報案？」

「你一個人發現的嗎？」。

老農臉一下紅一下白。小警察不斷推阻著老農，好像不希望有人報案。

「我告訴你，如果謊報命案要受制裁。想清楚，後果自負。」小警察一直轉著手上的鉛筆，板著臉。

不肯罷休的老農盯著他，半晌不發一言，用他農民的倔強對抗。小警察終於明白他的堅決。他放下筆，不情不願地說：「跟我上樓。」悻悻然離開他那溫熱的籐椅，轉身就走，把老農和他渾身的臭味甩在後頭。

老農亦步亦趨跟著值班警察走上樓。樓梯間正面鑲著五個大紅字「為人民服務」吸引他的目光，沒注意到經過他的警察無不掩鼻閃避。小警察走到刑事偵查科門邊停下腳步。

小警察整理了衣服，精神抖擻地喊道：「報告！」看到偵查科有人拿眼角餘光看他才繼續：「這位老同志來報案。說他在淡水河邊發現一具屍體。」本來辦公室的人沒一個理會值班警察前半句「報告！」，但聽到後半句「一具屍體」四字，所有人都停下手上的事。一位正喝茶，茶杯舉在手上，熱茶冒著靄靄蒸氣。另一位正在看報，拿報紙的手跌到大腿上，眼神越過報紙看著他們倆。還有一位正在寫東西，被這四個字震住了，抬起頭兩眼呆看著他們。牆上時鐘顯示早上八點十五分。旁邊白牆上掛著中央印製廠的紙質日曆，撕得不規則的毛邊厚厚一疊，寫著一九六三年四月十五日星期一。窗外樹上傳來蟬鳴，嗡嗡嗡、吱吱吱，典型的臺灣之夏。

一時之間大家都沒反應。不知過了多久，才有人打破沉默。

「命案。」其中一位大聲複誦，其他人把頭轉去看同一個方向。

老農生平第一次來到這間公安局二樓，他看到這裡清一色全都是男人，長相一概橫眉豎眼，滿臉凶悍。偵查科十六張桌子拼成一排長型辦公桌，其中有個人趴在桌上睡覺，另一人椅子向後倒，椅靠牆，也在打盹。長桌頂端橫壓著一方大桌，桌後高背椅子統觀全局。趴在座位上睡覺的這位，身穿白色背心內衣，打著呼嚕，渾身酒氣。靠牆睡覺的，斜坐著，兩手蓋住肚臍，頭靠著牆入定一般。他面前桌上的菸灰缸滿滿都是菸屁股，桌上的茶也涼了。天花板上的吊扇旋轉，吹出菸灰缸中半桌的菸灰，但吹不散辦公室濃濃菸味、酒氣和男人混雜的汗臭味。

此人沒有反應。繼續打呼。

「有命案！」一位比較年長的警察本來在沙發區看《光明日報》，像貓兒一樣安靜地走到打盹者的身邊以很穩重的聲音在他耳邊輕喚。

「科長。」那人沒有反應。

「命—案。」年長的警察在他耳邊更大聲說道。

科長突然睜開眼、坐起來。他努力地從睡夢回到現實，四下張望分辨東西南北，雙手在臉上用力搓揉幾下，聚集精神，調整眼神焦距。桌上名牌標示著，科長：李振源。

「哪裡？」李振源問道。

「淡水河！」眾人齊聲。

他倏地站直，又揉了揉臉，雙手互相搓了搓。隨手拎起掛在椅背上的白襯衫，邊走邊穿，一瞥仍趴桌不醒的另一人，聲也不吭就往樓下走。其他警員湊步跟上。

「淡水河哪裡？」李振源問。

「臺北鐵橋附近，」老農用臺語說：「但我拉上岸時已經靠近歸綏街。」

李振源沒有回頭，口頭交代下屬：「我騎車過去。你們把偵查車開過來。」他看了一眼老農：「這位老同志就是報案人？您也是騎車來？你騎前面，請您帶路。」

第一章

河裡的無名屍

李振源單膝跪在屍體旁蒐證。草半米高，周邊雜草被屍體和眾多偵查人員的鞋子踩平。站在一旁的老農，已經累得吃不消。他耕作一早上，又下水救人，飛快騎車來回警局和淡水河，早飯都還沒吃，現在有點頭昏眼花，一屁股坐在地上，手掌不自覺發抖。

公安局刑警陸續到來。李振源感到懊悔，剛才應該讓第一小隊長帶頭出動就好了，自己幹嘛反射動作一樣，聽到命案就直奔現場。現在口乾舌燥，又沒有水喝，宿醉的作用達到最高峰，難受死了。

他渾身酒氣，彷彿體內所有血液都在倒流。昨晚跟柯吉拜訪公賣局北部經理，確實喝多了。避不了的飯局，特供高粱喝完一瓶又開一瓶，菜吃光了就伴著花生喝，喝著喝著不知怎麼開始拼酒。偵查工作就是這樣，三教九流的網絡要積極建立，好人壞人都要認識，都是消息來源。當然，有時難免假公濟私，自己想花天酒地一番，也拿著公家事吃吃喝喝。

回想起昨晚柯吉的話：「想喝贏我的不止百千人，哪個不是倒在我面前？」柯吉現在還趴在辦公室根本起不來，即使不太舒服，李振源嘴角仍上揚。總算擺平這傢伙一次，彷彿拚酒還能贏來光榮錦標似的。

但現在他覺得自己就像被一棒錘爛的蛤蜊，苟延殘喘活著，全身不對勁，好像馬上要死又死不了。要是十年前，三十五歲的他，這點酒根本不會有感覺。他不得不承認，精力體力都不如前，但要說自己「老」，他還不能接受。他常告訴屬下，敢喝酒，第二天就要能上班。只要不耽誤工作，喝多少他不管。身為刑事偵查科科長，雖然是個小小官，畢竟也算是領導，不能讓別人看到他的痛苦。頭疼得要命，也要裝得安然無事。

眼下是具男屍，光著上半身，從面相和身材看去，年齡大約五十至六十歲。手腕關節和腳踝關節上方筋都被挑了。是懲罰？李振源忍著身體不適，用鋼筆撥開死者的嘴看了看，他瞇了瞇眼，貼近仔細看。死者全身上下他大致看了一遍，沒有刺青，沒有任何身分證明。河水臭味沾滿死者。死者半張著眼。李振源看著受害人，他與死者四目相對。

那對眼睛半張半閉，黑眼球泛著半透明霧白，眼白部分看上去也比平常活人更為蒼白。李振源看過太多死者，他看死人就像在肉攤檢視五花肉一樣，毫無情緒起伏。他總覺得死人的眼球有什麼被抽離了，隨著生命跡象消失而逝去，像市場攤販擺的一尾尾魚那樣，睜著大大的瞳孔，卻沒有在「看」，視覺凝結了。死人的眼睛，黑色淡去，而白不是白，是空。

李振源靜靜看著死者，平時他能一眼看出面對的人是什麼身分來歷，八九不離十。但那是大活人，現在面對的是一副眼神空空的死屍。

很快他就看出不對勁。是身材！他判斷屍體即使不因泡水稍顯浮腫，這個屍首的肉也比常人多。死者在水裡應該沒泡太久，仔細看，因為他的浮腫並不嚴重。遠遠看到時，屍體是黑的，走近看，他的皮膚泛白，白得如同颱風將去未去時的天空，去的已去，來的還沒來。死人，什麼都詭異。

李振源蹲得有點久，他站起來，立刻感到暈眩，兩眼發黑。等他站穩了身子，他明白自己的身體實在太虛弱，便叫其他同志依常規檢查。他退到了幾十米外望著河水，讓自己休息一下。

他的臉頰感覺到起風了。徐徐從河面吹來，河邊很安靜，聽不到水流聲。風本身沒有聲音，吹過什麼就發出什麼聲音，除了芒草發出沙沙聲，就是一隻蒼蠅飛來飛去，嗡嗡作響。李振源噁心想吐，現在被這賤蠅弄得更難受。他不動聲色，慢慢定心，眼珠追著蒼蠅轉上轉下，足足有兩分鐘之久。等到他回神差不多，突然出其不意，雙掌一合「啪」一聲！現場的人的目光轉向他。李振源自己則目光下垂，那隻蒼蠅已在他手掌心化成一灘黑印。

即使宿醉成這個樣子，他的身手仍然敏捷。空手道黑帶四段的身手，能單靠手掌將人擊斃，打死一隻蒼蠅對他來說，殺雞牛刀。

他拍了拍雙掌，腳退了兩步，將那昆蟲死屍撥灑在草地上，不自覺地念了聲：「南無觀世音菩薩」，手在褲子上抹了抹。

他突然警覺地冷冷地看了四下，發現沒人注意。這才安了心。

李振源站著老遠，燃起一根菸蓋過河水的臭味，菸燻得讓他瞇眼。頭隱隱作疼，渾身不自在。透過煙，他的眼光落在河對岸的遠方。他翻起手腕看時間，快早上九點。即使發生命案，河水亙古不變流經這片地，仍是一幅悠然的風景。他閉上眼，感覺風在輕撫皮膚。

四十年過去，這條河不可同日而語。四十年前，他的小時候，臺北被一大片田野包圍，河流小溪四處流淌，他和他哥常下到河裡去抓魚、抓蝦，摸蛤蜊。現在，沒人會再下淡水河了，水太髒，臭氣熏天，河不見底。而大他六歲的大哥李振洋，戰爭中赴南洋，戰爭結束後活不見人，死不見屍。他再也沒見過他，他大哥也再沒機會看見這條河變成這樣。這算好事吧？他不確定。他對人有沒有命運這一件事，始終抱持著懷疑。

頭疼給這心曠神怡的風一吹，稍微舒爽。但頭疼的根源其實陷入更深的腦殼裡，他感覺，彷彿腦子跟靈魂分開，不成一體，靈魂覺得太痛試圖離開腦子。他只消望遠看，疼痛似乎就減輕一些。看近，疼痛就回來。媽的，他想，還真有趣。他在河岸踱步，一面眼看腳下的草地，偵查有沒有其他證物什麼的，一面注意聽著幹員們的現地偵查報告。

「手腳筋脈都被切斷，後腦有被鈍器擊傷的缺口，背後有利器傷口三處。」李振源聽著編號〇四五六的警察大聲複誦檢查結果。

〇四五六名叫安衛國，南投人。現在警察局內部倡導，喊人都叫警員編號，不叫名字，說是保密。李振源對此不置可否，他知道共產黨特別注重保密，一些人還拿出一套理論說名字不重要，不過是辨認的標籤，不是事物的本質，主張編號比較科學。李振源喊了兩年，有時會忘了他們原來的名字，只記得警號。有些人他怎麼都記不住編號。連記憶都大不如前了？他留意到自己的變化。

「呃」〇四五六遲疑的發出喉音：「等一下……好像……」。蹲在〇四五六旁邊是位非常嫩的女警，編號三〇〇七，她拿著筆記本記錄，也停下來等著〇四五六的新發現。她從警校派來實習，平時在庶務科學習，有案子時就到偵查科觀摩。這批全身臭汗味的刑警很喜歡年輕的女學警跟班，估計是他們臨出任務時到庶務科叫上她。

「〇四五六，怎麼了？」李振源把菸彈到河裡，不耐地走過來。他看到三〇〇七白嫩的後頸和一溜髮絲脫離了髮束，一剎間，腦中閃過前幾晚的畫面。三〇〇七叫什麼娟的，李振源記不得了。

「呃」〇四五六被科長一問，臉色猶疑，他心裡一急，更吞吞吐吐，「他的生—生殖器」好不容易才發出聲音：「沒有了。」

「什麼叫沒有了？」李振源走回來。

李振源看著〇四五六，這位警察同志眉毛濃，眼窩深，瞳孔黑而亮，皮膚黝黑，手掌粗大，一副不知所措的樣子。他又看看三〇〇七，她面色發白，皮膚像牛奶，她抓著筆記本的手指捏得更緊。李振源意識到〇四五六和三〇〇七兩位警察能力有限，他們受的訓練不足。

李振源再次蹲下看了看死者，半脫下的褲頭上，有一點點血跡，大部分已經被河水沖得非常淡，露出的那邊，空空如也，外生殖器已被完全切除，有道非常漂亮的傷口，上頭已經完全沒有血跡，可以看到皮膚被利器劃開過，相當鋒利，皮膚留下完美的切邊，像剛切開的醃火腿肉。李振源看那傷口，皮膚和軟骨組織都被俐落截斷。血都從這裡流光了。李振源眉頭一鎖，為什麼這樣子殺人？斷子絕孫的血海深仇？

他若有所思，俯下的臉往後收了幾寸，目光重新聚焦在死者的臉上。死者臉上有一些污泥，他用筆再撥了撥，死者嘴角有個明顯的痞子。剛才他檢查死者嘴裡，發現幾顆金牙。李振源想，這下有了三個識別特徵了。

你到底是什麼人呢？所有人都上繳了值錢的東西，鍋碗瓢盆，菜刀剪刀，時鐘手表，耳環、項鍊、手飾、金鍊，包括嘴裡金牙都要上繳。有金屬和貴金屬不拿出來的人，一旦被糾舉出來只能被說成懷藏私心，小資產階級作派。有這樣的金牙，早該在三反五反、大躍進運動中給人資產階級的印象，早就完蛋，更別說現在。

看到被刀穿透的部位與傷口，李振源心想，這傢伙到底遭遇了什麼？

他靜靜看著死者，心裡跟死者說話。什麼畜牲這麼恨你？是先殺你，才切你？你做了什麼傷天害理的事？除了手腳筋脈被砍斷，背後三處利器傷口、後腦的缺口，還切了你的老祖宗。你經歷的痛苦我無法體會，那一刀切斷了你的髂腹股溝神經，生殖股神經，那得多疼？你沒有擦傷，沒有其他傷痕，手腕沒有繩子綁住的痕跡，腳踝也沒有。你不反抗嗎？通常被殺了一刀，受傷的人會反抗會掙扎，但你沒有，你是安安靜靜趴著等著人家在你後面捅你幾刀，砍斷你的手腳筋脈，切除你的生殖器？

不，李振源馬上推翻了自己的敘述。你一定是先從背後被殺了三刀，頭被打爆，失去反抗能力，才被砍斷手腳筋脈，切除那話兒，否則不會只是這樣的傷口。但你為何跌在這臭氣沖天的河裡？

他再重新理清順序。兇手先是打爆你的頭，你昏厥不醒，失去反抗能力，因此你沒有其他擦傷。然後兇手捅你三刀，切斷你的筋脈和那話兒，最後把你丟到河裡？

哪裡是第一現場？你這麼胖，一個人怎麼抬得動？就算抬得動，也避不了路人眼目。除非用車載，或是在河邊行刑。

「私刑處決？」他腦子出現這四個字。

李振源對〇四五六道：「把識別點都記下，依常規拍照存證，送去公安停屍間，請葉法醫解剖。」李振源想確定是生前溺水還是死後棄屍。整個臺北市的公檢法單位，他就相信葉法醫，唯有他是前個時代訓練出來的醫生，仍秉持著專業信念。

一位警察拿來玻璃水壺，裡面泡著溫熱的茶遞給李振源。李振源充滿感激看了他一眼，滿足地喝著水。所謂玻璃水壺其實就是吃空的罐頭再利用，上頭的俄文標籤已經撕掉，但是沒有撕乾淨，有塊殘破的印子透露了瓶子的身世。李振源又大大喝了一口，吃到一片葉子，他怕污染犯罪現場，拿出手帕吐在上面，又塞回口袋。喝了這口濃茶感覺好像舒服了一點。風消停了，河邊的空氣又停滯下來。他很快又陷入宿醉的難受。他使出最高的意志力表現出一切正常。

看著人民警察學校培養的這些警察，他覺得無奈。他想起他父親，無比感念他，若不是父親堅持他去當警察，他可能像他大哥一樣在南洋或中國戰死。但現在，他不確定這樣是好還是壞。如果他死了，就沒有後來這些事了。

人民警察學校前十期學生的程度，遠不及他二十年前就讀的京都府警察學校。京都府警校的課程，除了刑事偵查基礎、日語、英語、高等算學外，還要在畢業任職後進修人體解剖學、法醫學、心理學、物理化學、自然博物、圖畫、空手道課，並且按程度分班，非得把知識都弄熟了才能晉陞。人民警察學校程度差的原因很多，簡單來說，首先師資不行，僅有基礎刑事偵查課、政治課，其他課幾乎沒有，而且不分班，大鍋炒，一起畢業。當然，部分原因是夠格的老師要不都進入牛棚，投監入獄，要不就是被殺了，課開不了。

眼前送茶水的是第一小隊的隊長，陳保國。刑事偵查科有四個偵查小隊，每個隊四個人，一個小隊長。按照組織部規定，小隊長儘量都是共產黨員擔任，或是遴選可靠、配合度高的資深警察擔任。陳保國最擅長的是察言觀色，是個年輕的黨幹部警察，官場上稱之為「幹警」，是能幹機伶的傢伙。李振源跟他共事這幾年，對陳保國太了解。熟到知曉他很想升官，對領導亦步亦趨追隨，體貼周到。也知道這個滑頭其實並不真的喜歡他的上司——這點李振源心知肚明，陳保國對李振源的體貼完全是另有目的。他是一個努力的黨員，除了工作賣力，思想正確，篤信馬克思主義這些陳詞濫調外，陳保國真正的優點是，很會做人，八面玲瓏。恐怕這不管在什麼體制下都受歡迎吧。這要歸功於陳保國當菜販的父親，李振源想，他從小在市場撿菜葉子吃大的，相當清楚人要往上爬的迫切。當然，此人也絕不是省油的燈，除了李振源，大概沒幾個公安能像陳保國一樣，能同時背下整部《毛主席選集》、《主席語錄》以及所有領導的生日。他這種小隊長，一旦有機會，就會升任科長，是黨培養的第三梯隊接班人。李振源不得不佩服他的腦子。誰說吃不好的食物腦子就差？陳保國就是個反例。

「公布死者的相片，馬上就有人相認。」正在搜索地面的警察，編號一〇五八，一面低頭用一根T字型木棍在草叢裡翻找線索，一面發表他的高論：「只要動員人民群眾，呵，就能很快找出是誰。誰在街角大小便，誰在偷人丈夫，人民群眾只要一發揮力量，沒有什麼事主找不到的。」一〇五八是小個子，只有一百六十公分。大家一聽就知道，他在暗諷民眾糾舉不法蔚為風氣的事。

「人民群眾是你的主子，由得你說三道四嗎？」陳保國立即糾正一〇五八。

「我說的是人民群眾力量大，要向群眾學習，怎麼是亂講？」

「明褒暗諷，你以為別人聽不出來？」

「我看你是多想了，我的小隊長。」他們倆一邊做事一面說話，頭都沒抬一下。

李振源對一〇五八員警的確有點煩惱，這傢伙老是口無遮攔。一〇五八本名王勇，臉上坑坑疤疤，吊兒郎當，說話不經大腦，比較衝動。李振源弄不清楚王勇是怎麼熬過來這些年的。活成那樣的人很容易就被批鬥，換成是李振源自己，早就完蛋了。但他卻活得好好的，而且王勇不是黨員，對升官沒有興趣，活得自由自在，不可思議。

「公布的事，要局裡開會討論，會不會引起公眾影響，可不能隨便。」一個很有磁性的聲音突然傳到命案現場，除了李振源，其餘先到場的人都轉頭尋著聲音來源看去，只見一個方頭大耳笑容可掬的人走進命案現場。

「今年已有太多刑事案件。匪幫強盜太多，對人民新政權的形象沒有幫助。」這人氣派，額頭寬，臉上泛光，頭髮梳得油亮，衣服也乾淨，燙得筆挺，不像一般公安故意要拉近工農兵階層，弄得不修邊幅，官沒官樣。

李振源沒有轉頭，光聽聲音他就知道是主管政治工作的王志航同志來了。王志航是忠黨愛國的政治保衛科科長，他們的直屬上司都是大稻埕公安局書記兼局長呂明松，但王志航同時還要跟政治保衛局報告，直接接受保衛局的指揮。所以局裡上上下下對他都敬畏三分。

「科長好。」現場偵查科同志異口同聲。

政治保衛科什麼都管，他甚至可以糾正說錯話的上司，主要工作是敵特偵查和國特偵查，也關心公安人員的思想正確性。李振源自從擔任共和國警察，保衛科的頂頭上司政治保衛局就一直盯著他。他一直和一位保衛局的中層幹部王鐵軍打交道。這位仁兄的任務就是一對一盯著李振源，確認他在思想行為上沒有偏差。但從某種意義上來看，李振源這些年的表現，也成了王志航的競爭對手，他們都有機會外放成為公安局長。至少組織部是這樣宣稱政策的，說本省人和外省人的任用，一律平等。李振源連回頭看他一眼的欲望也沒有，心想，來搶功勞嗎？王志航也是科長，跟李振源同級，王是公安局裡最具「黨性」的人，官腔官調。他不怕這傢伙，為了生存，他早把自己練得裡外都是共產主義，行止作風像共產黨，思想作派像共產黨，甚至比共產黨還共產黨。李振源知道怎麼應付他，不過，現在宿醉不太舒服，實在煩人。

「科長特別來指導。」對著王志航，陳保國滿臉堆笑。所有人都停下工作，回頭注視。

「好好好，」王志航伸出手掌向下，上下揮動，「繼續，繼續。」讓大家繼續手頭上的工作，別受他影響。

還好有陳保國。李振源心想，可省不少心。

「王科消息可真靈。」李振源沒有轉頭。

一陣官腔是免不了的。

李振源感到肚裡酒蟲又再度動了一下。官腔和酒癮直接產生心理連動，這讓他驚訝不已。這比上次宿醉後酒癮犯得速度要快了許多。

「你們離開公安局，值班員警立案跑程序，報到我這來。一聽是命案，又不遠，就親自過來看看。」王志航的笑紋從嘴角擠到臉頰，又從臉頰上推到額頭，在額頭上形成橫紋。

其實王志航笑起來還挺真誠的，李振源覺得額頭上那幾道皺紋可不容易擠出來。

「什麼都沒穿，全身赤裸。」李振源斜了一眼，眼指死者。

「體型這樣，不是浮腫吧？」王志航彎腰低頭近看。

「不像是。看上去泡在水裡的時間不會太久。」

「這麼胖的人，很少見。」王志航更湊近看屍體：「不會是敵特潛伏吧？」

「這是很好的猜測。更奇怪的是，他嘴裡還有金牙。」

王志航睜大了眼看李振源。

「現下得先查出死者的身分。他身上什麼都沒有。」李振源覺得渾身有些僵硬，活動活動了手腳，兩手掌互扳，指頭關節發出聲響，底下一隻腳尖踮在地上不動，轉轉腳踝，讓它們麻利起來。從外表看上去，他這些動作像是在活動筋骨，不知道他其實宿醉難受。

「我局可以發一個不對社會公布的機密通告給黨政軍和各人民機關團體，要他們報上近來失蹤的人口。再說說死者特徵，請那些覺得描述符合的單位派人來認。我想這樣比較妥當。」王志航向四周掃視了一遍，彷彿這些話不是下令，而是對大家提出的聰明建議。

「當然。一〇五八經驗不足，隨口說說。王科不要介意。」李振源投以歉疚的眼神。

「哪的話。這樣說見外了。不是一家人不進一家門。偵查科可是局裡的拳頭單位，打擊犯罪的尖兵隊伍。年輕人要歷練歷練倒是真的。」王志航給李振源上了根菸，點燃。風又來了，一吹，吐出的煙就散了。他們的頭髮也被刮得飄起。

「改天整兩盅。」李振源斜睨一眼，他知道這人也愛喝一杯。

「再約再約。」王志航笑著：「我四處看看。」背著手，一個人在附近兜圈，到處看看。招呼的時間比預期的要短太多。

李振源定了定神。整理一下思緒，繼續他的工作。

他問坐在一旁的老農：「阿伯，你幾點鐘發現屍體的？」李振源用臺語問。像這樣的老農，講國語他們聽不懂，講日語他們也聽不太懂。只能用臺語溝通。

「我通常早上五點來水門外種菜，陽光比較不熱，七點二十五分左右我正打算回家時發現他的，等我拉上岸時是七點四十五分左右。」老農說。

在警界工作了近二十年，李振源十足的把握，這老頭不會撒謊，起碼這種人命關天的事不會。

「你怎麼就記得是七點二十五分？」李振源不解。

「我到田裡工作，都是七點半回家，因為陽光要變強了，那時我看了一下手表。」老農道：「我有表。」

老農伸手給李振源看。

有表可不得了，那是有身分的象徵。李振源有點意外，老農戴表下田？下水之後這隻上發條的機械表有點進水，水氣聚集在表面，但秒針還在跑，更令李振源驚訝的是，表面上的字樣是「建黨四十週年紀念，中央黨委會敬贈」。

「這可不多見。」李振源贊嘆道：「這進了點水，不過晚上你用桌燈照照水氣就能蒸發。」

李振源讓老農帶他去最初發現屍體的臺北鐵橋一帶。按老農的說法，花了二十分鐘追著屍體。他暗算老農的步伐，走到了那裡，他拿出筆記粗算了一下每步七十公分，換算出從菜地到拉上岸的地方約二百多米，這二百米的距離老農追逐用了二十分鐘，是三分之一小時。如果加上屍體阻力等因素表示今天水流速度每小時大約大於等於六百米。

李振源站在岸邊凝視遠方，淡水河的上游在萬華附近分成兩條支流，一條是大漢溪來自板橋土城方向，一條是新店溪來自新店坪林，此後就匯聚成淡水河。

李振源凝望著淡水河，河對岸是三重和新莊等地的外圍地區，除了臺北這邊有許多工廠外，對岸方圓十幾里地荒蕪一片，是墳瑩處處的亂葬區，荒煙漫草，人煙稀渺。以前他還會走臺北鐵橋到對岸的三重縣，現在那裡除了主路兩邊有幾戶人家，以外的地區都陰氣漫漫。原因他不想去回顧，這十四年間各種政治運動已經使人口大量減少，不是疾病就是非正常死亡。他不想去想那個狂言狂心的過往。

屍體從哪邊漂流下來？

他仔細看了看河，河水遲緩流淌，水好像是靜止不動的，他揉了揉眼，覺得不明所以。然後不知過了多久，好一段時間他才意識到，河水不是往下游往海的方向流的。

河水為什麼是往上游新店方向流而不是往淡水河口呢？他站在河邊想了很久。

他交代同仁立即聯絡水利處的專家同志來現場實際測量水流速度，幾個點都測量一下。

他轉向河的上游，靜靜看著遠方，好像在思索什麼，又不那麼清晰。河水延伸出去臺北這岸，工廠林立，煙囪冒著濃濃黑煙。

命案的敏感性驚動了上上下下。這天上午，偵查科忙成一團，非常有效率，他們派車去接葉法醫到公安殯儀館作鑑定。隨著解剖手術完成，偵查科更忙得團團轉。正當他們準備以公安局名義發出「聯合偵查會議的緊急通知」電話紀錄到市府各安全保障系統邀請他們下午四點出席會議時，他們接到來自萬華公安局的電話，說這個案子在新店溪流域，應該屬於他們的管轄。電話交給了科長處理。李振源接來，問對方講話的是誰？

「顏自清。」答話的是萬華公安局偵查科長。

「媽的，顏自清，你就這麼喜歡搶功？」李振源按捺不住氣憤。「大稻埕，是在大稻埕發現的，怎麼會是萬華管轄？足足差了兩公里，現地偵查我們都做完了，折騰了一上午，你現在說是你們的案子？你吃飽了閒著是嗎？我不同意。」

「你去查一下，今年的行政區重劃，河岸地區，延伸到大稻埕碼頭是不是萬華管轄？而且我看他落水的地點估計也不會超過萬華。」電話那頭的顏自清道。

「你奇怪耶，誰不是少件工作多點快樂，幹嘛搶命案，有病啊？不跟你囉嗦。」李振源　噠掛上電話。

他交代總機，今天若再有萬華公安局的電話，一律不接，有事他負責。

開會通知發出的時間是下午兩點，只留給各單位兩個小時派人到場，可以說考驗了各單位的反應速度，也顯示本案非常急迫。偵查科辦公室可以說全部動員起來，馬不停蹄寫簡報，刻鋼板油印，一氣呵成，給每個到會的人員準備一張案情資料，上頭羅列了一些線索：

今（四月十三日）晨在淡水河畔附近由退休工人王傳賢，大稻埕人，實歲六十九（一八九四年生），撈起無名屍一具，經現場基本驗屍後，得到以下報告：

一、死者男性，年齡介於五十至六十歲間。

二、死者在水中漂浮。

三、後腦有被鈍器擊傷的缺口，背後有利器傷口三處，頸部另一利器傷口深及動脈，是主要致死原因。手腳四肢筋脈都被割斷，整個生殖器被切斷，不見蹤跡。

李振源親自撰寫案情參考附件。之前，偵查界流傳一種說法，掉到海裡，人的屍體一天就會浮起來。但是掉到淡水河，屍體要三天才能浮起來。他對這種說法嗤之以鼻。他攤開地圖，一邊參照一面分析了附近的河流，標出了水流流速倒推回新店溪上游，四汀橋、景美，以及大漢溪上游樹林、土城，分別計算出不同地點可能的落水時間和地理位置，如在萬華龍山寺廣州街底落水，是凌晨四點，如在公館落水是凌晨二點等等。但是若是在逆流時間落水，那就可能倒過來，可能從士林、圓山、大龍峒各個地點落水就複雜了，目前無法判斷。

他也請教了水利處專家，在文件上註明，淡水河系受到潮汐回流影響，水流方向每八個小時左右就會改變，也就是原本流向淡水河口，但潮汐會導致河水呈現往反方向流動的現象。淡水河上游的基隆河，受潮汐影響，從四點到十二點逆流到「汐止」這個地方才停；大漢溪要到浮洲、新店溪到景美附近河段才不受潮汐影響。專家特別註明，潮汐還受季節影響，相當複雜，命案發生的這一天，屍體被發現的時刻正是潮汐交換的時間。由於十多年來缺乏長期流速監測，也有可能屍體被潮汐帶著來回上上下下好幾次，上述落水點推測準確度誤差非常大，只能當作最粗略的參考。李振源這下子明白，缺乏歷史紀錄，靠流速推論落水地點幾乎不具任何參考價值。

李振源也諮詢了政治保衛科的王志航，對死者身分也有幾個方向的猜測，其中最驚人的猜測是死者可能是敵特人員。死者身形有點胖，嘴裡還有金牙，是標準資產階級的形象。這種人早在五年前反覆的政治運動中被消滅乾淨了。共和國不存在這樣的人。問題是，他怎麼到臺灣的？

由發現屍體到召開會議，只過了半天。李振源相當自負，他領導出來的可能是全國最頂尖的分局偵查單位。這是他們刑事偵查科單獨完成的會議準備，效率之高，完全是平日訓練有效的成果，最該歸功於柯吉。柯吉是偵查科書記，雖然昨晚喝掛了，但他完全硬撐著完成此事。在李振源親自上陣，把會議資料工工整整放在每個人的桌面上時，他腦海畫過幾個念頭。日本殖民時代，日本人做事一板一眼，要安排會議通常要三天，最快也要一天，不像現在反應這麼快速。

李振源表面沉著厚重，磊落豪氣，但他永遠都在克服自己天生的急性子。當年看不慣日本人的慢半拍，他就想有朝一日要讓他們看看自己的速度。共產黨來了後，為了生存，他不僅比日本人、也比共產黨人更機靈。他使出渾身解數，在速度與穩健上取得平衡，只為了最好表現。他發現這些黨員普遍反應速度也很快，偵查積極有效。這些年下來他明白了其中道理：若不是如此快速反應，這批人早就在內戰中被殲滅，早就在內部鬥爭中瓦解。每一個能活下來的生物都有其特殊的本能。而他自己，他清楚的意識到，他的處境更艱難，要比他們更快才能活下去。

會議由大稻埕公安局局長呂明松主持，邀請了臺北市副市長閻長志坐鎮指導。關於這位副市長，李振源所知有限，只聽說他是朝中紅人。在黨組織裡，不像公安局這種專業單位以行政首長為一把手，行政機關實行黨委負責制，以黨委書記為一把手。像副市長這種副手都負有監督一把手的功能，並且隨時都能在黨的一聲令下取而代之，可以說是接班梯隊的排頭。

每個人坐下之後，看到桌上由偵查科製作的基礎案情報告，議論紛紛。李振源看著這些人的表情，清楚感覺到現在所有人都會認為，他們是臺北菁英幹警。這一切都是李振源花了幾年時間打下的基礎。現在看到成效，他很是自豪。

會議在大稻埕公安局美侖美奐的會議室召開。當大家七嘴八舌時，李振源顯得比較安靜，他很清楚這裡沒有他的朋友。他想起戰時，原本要分配到南洋，戰情急轉，直接從日本回到臺灣。雖然在大稻埕土生土長，連他都沒有機會調來大稻埕警署。當時這棟樓是臺北的治安權力中心——臺北北警察署，是最有份量的警察局，管理了漢人知識分子、政治領袖、商賈巨富；轄區中有很多小商販，茶樓、酒肆，是充滿油水的地方，最有能力的日本警察才在這裡任職。當時他料不到，二十年後，他會成為大稻埕最有權勢的警察。他不禁感慨，這世間所有事，都有是非黑白顛倒的時候。

會議室裡大橢圓形木桌整整齊齊坐滿了人，等到主持會議的首長們相偕走進會場，大家立刻安靜，收起笑容，表情肅穆。

呂局長先邀請副市長閻長志致辭。閻長志坐著，先點燃一根菸，一隻手臂平貼放在桌面，拿菸的另一隻手臂以肘撐在桌上，食指和中指夾菸，手勢顯得有點土氣又有點陰氣，像是跟晚輩講故事一樣的語氣緩緩道：「十四年前，黨帶領五萬軍民來到寶島，」閻長志瞇了下眼：「當時臺灣盤據著蔣匪殘部，幸由我黨領導發動全民戰爭，肅清了蔣匪餘孽。十四年過去了，我黨沒有因為過去在大陸的挫折而喪志，相反地，在偉大英明領袖毛主席的領導下，整軍經武，建設臺灣革命根據地，做好準備反攻大陸。今天，在革命形勢一片大好的局勢下，貴轄區發生這樣的犯罪事件，實在令人震驚。一定要切實調查，限時破案，給人民一個有安全感的社會。有勞各位同志。」一說完，閻長志狠狠地吸了口菸，身體向後靠到椅背。

李振源一聽，湖北口音。而他那邊吸菸邊說話的派頭，就是模仿中國農民舉止的典型共產黨幹部形象。

他可以扮演徹頭徹尾的黨員，唯獨這點，李振源自知，他做不到，畢竟出身不同，學起來也彆扭。而這種農民根底的作派，是黨最喜歡的風格。

接著呂明松局長便站起來對與會同志發表談話。他先向閻副市長點了點頭，然後清了清喉嚨：「閻副市長，各位同志，謝謝大家百忙中到大稻埕來參加這次的聯合偵查會議。我是呂明松，大稻埕公安局長兼書記。今天，大稻埕發生了一起命案。這是我市三年來發生的第一百六十四起命案，也是我主管轄區十三年來第九十三起命案。今天這起命案，死者身型有點胖，嘴裡又有幾顆金牙，他會是國民黨統治區來的人？還是未肅清的資產階級？發生這樣的不幸和邪惡的事件，是我們人民公安的恥辱。」呂局長吸了吸鼻子，看了看大家。彷彿等待有人露出認同的表情。但李振源看到所有人都面無表情，毫無回應。

「死者，有沒有可能是殘存的反革命力量與我地下工作人員進行武力格鬥的結果？是潛伏的國民黨陰謀匪徒？我們要實事求是的進行徹底清查。你們都是有悟性的，是我黨公安菁英，希望你們不要讓黨失望，不要讓人民群眾失望。現在請各單位按順時鐘方向一個個發表偵查意見。」呂明松像是國家領導人一樣氣派。說完他坐下，喝了口水，吸起菸來。

李振源聞到局長的煙味，是種濃郁的丁香，這種香菸都是南洋製造，估計是什麼人孝敬他的。他真佩服局長，覺得他挺能說，八股文章隨口脫出。每次開會都是場演講比賽，他這麼認為，因為講完後的作為才是真正重要的。而這些年他已經明白，公安系統開這種會議通常沒有下文，直到下一次會議才又靠著聰明才智蒙混過關。這不是演講比賽又是什麼？

輪到各單位報告。

橢圓木桌鋪著紅色絨布，四周窗簾是厚重的暗紅色。會場正面牆上，共和國國旗和黨的紅色旗幟交叉斜掛，整個會議室一片腥紅，是茹毛飲血後野獸張開的血盆大口。會議室正面的牆上掛著主席的玉照，那是四年前也就是在建國十週年時拍攝的。當時主席六十六歲，一點也看不出十年前打敗仗時的倉惶。李振源記得清清楚楚，十四年前當毛主席帶著五萬殘部死裡逃生來到這座島嶼。經過十年整軍經武，至少從照片上看去，毛主席顯得從來沒有過的意氣風發，眼神深沉穩定，嘴角微揚得意，整個面貌看上去溫和而不失威嚴。主席玉照的左右兩側，各有標語，一幅是「高舉總路線大躍進人民公社三面紅旗反攻大陸」一幅是「奮發圖強自力更生建設社會主義模範省根據地」。這是最近換上去的。以前掛的是「我們在鬥爭中學習」、「排除萬難爭取勝利」。

臺北市人民政府各安全保障單位代表肩併肩坐在一起，大約三十幾個人，依序是書記處、刑警、社會局、消防隊、後勤、交通、水利以及其他情治機關等等各級單位。他們一個個七嘴八舌地輪流陳述自己的調查意見，還有些人高瞻遠矚提出調查的改進方法。

李振源坐在他們中間，感覺自己像落入狼群的狗，他要假扮自己跟他們的氣味一樣，免得被人發現他不是同類。坐他旁邊的人是穿著立領列寧裝，風紀扣扣到頂端的書記處同志尤基悟。他衣冠筆挺，坐姿僵直，像是個肅穆安靜的銅像。李振源覺得自己穿著白色制服看起來就像葬儀社的樂隊指揮。日據時代他穿的是黑色的警察制服，款式跟現在制服也差不多，只是當時搭配要清爽一點，布料和剪裁也好一點。他很不願這麼去想，因為這種批評在共產黨眼中就是反革命，是漢奸走狗。怎麼能說日本占領期間任何一點好處呢？但他壓抑不了這樣的想法。

他注意到，在橢圓大長桌的遠遠另一頭有位女性，沒有表情，一臉鐵青，三十七歲上下，包裹全身的那套制服甚至讓人覺得這人是沒有性別的。是什麼幹部？李振源在警界和市警局的圈子混了那麼久，沒見過她，猜她可能是上級單位的代表，或是剛調過來的。在別人眼裡或許她沒有性別，基於雄性本能，李振源卻一眼就看出她的身體某些部分玲瓏細緻。

會場哄哄鬧鬧，大家議論了一陣，書記處同志尤基悟站起來，聲聲厲厲地，像是無數的刀片飛來，大家好像都被射中喉嚨，一下安靜下來。

尤基悟語調尖刻，聲音從他牙齒和舌尖吐出，卻像兩種金屬摩擦的聲音。他看著一張稿紙，不時抬頭看著大家，用半念稿、半宣告的方式道：「同志們要做好保密防諜的工作，近來國際局勢有重大變化，」他頓了頓，看看稿，看看大家：「蘇修和蔣匪反動集團如今連成一線，彼此狼狽為奸，試圖在東南沿海切斷我與祖國的臍帶，甚至想聯合日寇，阻礙我反攻大陸的計劃。日寇更是無所不用其極滲透我國，企圖奪回臺灣。但我相信，我們一定會突破目前的困境。臺北敵特活動頻繁，我市近十年來發生的特大武裝搶劫高達四十起，不明兇殺案六百八十九起，重大敵特案破獲三百八十七起。這麼亂的治安，人民群眾的生命得不到保障。這說明帝國主義和反動集團仍不遺餘力滲透我社會，殺我同志，害我同胞，其心惡毒。我們應該全部團結在一起，結合群眾力量，檢舉任何可疑分子，清除治安隱患。唯有如此，我們才能早日在毛主席的指揮下反攻大陸。」

這都是老掉牙的統計數字，不是什麼新聞。語氣就像中央人民廣播電臺播報員那樣，立場勝於事實。

他又說：「臺北是我黨統治臺灣的中心城市，也是我黨城市工作的重點地區。為了保障光復臺灣的勝利果實，加強對敵武裝鬥爭，維護無產階級領導的人民民主專政新中國，我們應該認真貫徹中共中央指示，調集最精銳的公安幹警搞好臺北核心區大稻埕的治安工作。大家要認真執行中央對公安工作的方針『公開工作和祕密工作相結合，政治鬥爭與經濟鬥爭相結合，大規模群眾運動與日常群眾工作相結合』，掌握有理、有利、有節的鬥爭策略，徹底瓦解犯罪活動。」

尤基悟這番革命語境聽來堂皇，實則未給予命案任何刑偵建議。李振源默默嘆了口氣，這種偵查會議淪為政治討論會，效率不高，他對充斥官腔的會議感到沮喪。目前為止，沒有人提出有用的具體訊息，只有提出政治熱情，表明立場，堆砌華麗的革命辭藻。也許，這就是共產黨在內戰中輸給國民黨的核心原因——初期反應快速，最後一切淪為形式主義。

他注意到，尤基悟加了句「在毛主席指揮下反攻大陸」，這倒是以前很少提，最近任何場合都有的。他敏銳嗅出這可能是目前的政治熱鬧。我跟你們反攻回去做什麼？李振源暗忖。我的家在臺灣。要不是你們需要我，你們早把我處理掉了。

輪到政治保衛科，王志航科長站起來道：「敵人壞蛋都懾於群眾威力，特別是我黨組織的群眾鬥爭。這些鬥爭可以打擊犯罪分子的囂張氣焰，提高群眾的覺悟，增強工人階級的團結，鼓勵積極分子出頭。黨的組織也會在鬥爭中得到鍛鍊，得到發展。過去的歷史說明，臺北的工人階級在黨的組織下團結一致，密切配合了治安工作，對不法進行了英勇不屈的鬥爭，在打擊犯罪上取得很大的成績，為臺北人民的安居樂業作出了貢獻。本局幹警要秉持『向群眾學習，與群眾合作，接受群眾指導』的方針偵辦此案。」

李振源從來沒有經歷過什麼「接受群眾指導」的事情，所有的偵查工作都是他累積多年專業和豐富經歷破的案。

輪到刑事偵查科發言，李振源雙手在臉上搓了搓，抹了抹臉站起來落落大方道：「副市長同志、局長同志，各位公安同志：死者，背後中三刀，刀刀要害，脖子上那一刀，傷及頸動脈，應該是致命傷，大量流血致死。經過仔細檢查，發現死者頭上也有一個深的創傷，也有可能是致命傷。至於他手腳筋脈被挑斷，生殖器被切除，說明死者無論生前被虐殺還是死後被變態報復，兇手手段都極為殘酷。早上法醫解剖，確認死者是死後才被丟到河裡。他的呼吸系統沒有積水，不是溺死。是誰想要置一位中老年人於死地呢？死者雖然沒有任何身分證明文件，但是，我推論，他嘴裡的金牙，確是本地製造。」與會人員面面相覷。

李振源繼續道：「本地牙醫技術受到日本殖民時代培育的影響，比大陸最先進的上海牙醫技術還先進。死者嘴裡的金牙，跟我見過的其他外省死者的假牙比起來，製作要精良許多，甚至比那些在上海做假牙的技術都要好。但比普遍日本死者的假牙要差一點，縫隙要大一些。這是臺灣牙醫技術有別於大陸和日本的特徵。從死者假牙的色澤上看去，使用可能兩、三年了，而死者牙齦沒有變色，假牙貴金屬成分想必比較好，又或許是他保養很好，生活規律。若是死者的假牙符合臺灣牙醫技術，接下來的問題是，哪裡來的貴金屬？所有貴金屬都在十年前大躍進運動中上繳了。我推論，此人生活在本島。我懇請大家把消息帶回各單位，看最近各單位有什麼幹部無故離崗未出現，立即到我局認屍。」

所有人譁然。李振源心知肚明，所有人此時一定暗暗讚佩他對假牙的知識。他就是靠這種獨特技能活到現在。他的這些知識，他很清楚，要感謝陳瑞雪。刑案偵查講求的是技術，是立體的知識結構。他無時無刻都在蒐集這些知識，這是他的看家本領。

那些共產黨老人來自大江南北，五湖四海，口音濃重，有時李振源也聽不懂。但李振源的北京話要比他們好多了，這要歸功於重視教育的李家傳統，特別是他中過舉人的祖父一直用心栽培。他祖父李仰光很小時就被太祖送去北京讀書，頗見過一些世面，能說一口很好的北京話。不明所以的與會人士都對他嘖嘖稱奇，只有他知道其中的酸甜苦辣。

輪到那女人，她站起來就說：「腐敗分子埋藏我黨深處，」她兩眼如鷹，目光如劍地直斥：「是造成人民政權產生這麼多犯罪案件的根源。這個人死的這麼慘，可以說泯滅人性手段殘酷，背後的原因是什麼？」

李振源嗅到不妙。

她那雙鷹般的眼神注視著會場的每個人，好像在場的人就是兇手。當然，任何人都可能是嫌犯。包括死者自己。李振源承認。

「依我看，在我們的革命隊伍裡不僅還有『階級敵人』沒被清除，他們還傳播著官僚資產階級的思想，他們為社會做出了錯誤的示範和引導，吃香喝辣，貪污舞弊，特權關說，完全失去無產階級革命幹部的紀律。簡直就是舊社會資產階級的餘孽。上梁不正下梁歪，讓心術不正的人覺得可以犯罪，有機可乘。各位同志，我黨建國不易，現在是奠定基礎的時期，我們要徹底清除隊伍裡的毒瘤，他們散布投降主義，認為社會主義建設和反攻大陸計劃是不可能實踐的空談，他們戀棧溫柔舒適，貪圖享樂。這當中不乏有我們一部分老幹部，他們的所作所為就是特務的幫凶。就是這些現象肇生了我們社會主義治理上的漏洞，使人心惡化，使人們不擇手段。」

這女人突然話鋒一轉：「我們黨裡還有一些『為反動統治者服務過』具有『階級敵人』特色的同志。」

李振源被她看了一眼，心想，真是活見鬼了。

李振源豎起了耳朵，嘴角微微下拉，沒人注意到。只聽那女人繼續道：「這些人還不能完全相信。現在不能，未來也不能。我不禁懷疑，當年對他們的寬大政策是不是黨的失誤，是否有反革命漏網之魚？他們是否就是我黨艱苦卓絕、刻苦清貧為人民服務精神的污染源頭？他們是否是真心信仰馬克思主義，是否真的服膺我黨的理想，還是滲透在我黨，伺機顛覆、破壞、潛伏的敵特人員？透過消極態度和敗壞作風，企圖破壞我黨幹部與人民群眾的關係。據我知道，貴局就有一位曾經為殖民統治者、為反動的蔣幫匪黨服務過的幹部。」

李振源整個坐直了，背脊發涼。幹恁娘，他暗罵。很多話想衝口而出，但隨即克制住。必須冷靜，冷靜，沒想好前一定閉上自己的嘴。怎麼會這樣？本來一切都在掌握之中，他的會議準備得無懈可擊，他的發言極為專業，他做錯了什麼？他感覺自己額頭上滑下一粒汗水。他抹了一下，是冷的。他被批鬥過太多次，所以非常敏銳，對這種批判話語膽戰心驚。他知道一旦他的政治成分被當成箭靶，成為眾矢之的，局勢就很難控制，後果難以承受。

女同志繼續道：「我們要試問，重要職位是否合適交給出身背景複雜的人擔任？幹部是否經得起我黨紀律的考驗？多久重新檢討，再次考驗？如果我們公安局的幹部，分布了大量這樣的人，是一個不可忽視的潛在不安因素。全國各黨政機關還有多少未清查的不安因素和腐敗分子？是否可以歸因現在的犯罪事件皆因此而生呢？」

大家左右議論紛紛，不約而同看著李振源。她坐下後仍是一臉嚴肅，面無表情。

李振源全身盜汗。他心想，怎麼了？哪裡沒打點好？局長、市委、黨政軍哪個環節出錯？地方還是中央？他隱約聽過，知道有人想讓局長下臺，換自己的人馬上去坐那個位子。大稻埕公安局局長可是肥缺。是否對方人馬以我李振源為標靶開始進攻了？這個女的是對方的人嗎？他看了一眼呂明松，呂明松臉上看不出一點訊息。他雖然不知道這背後的真實目的是什麼，但他確定這個女同志對他發起的攻擊肯定是某種徵兆。

共產黨的事不會無緣無故，每一件發生的事都透露著形勢正在起變化。因為以他過去的經驗，若是位子坐得牢，不會有任何人膽敢挑戰目前的組織部人事系統。

他看著那女同志，本想微微低頭，不想讓其他人透過他的眼神看出他的心虛。但他的目光卻下意識地被她隱隱堅挺的胸線吸引。他心理急琢磨，到底有沒有得罪過她？他又意識到這樣反而讓人覺得他心虛。

他對自己的處境非常在意，因為像他這樣的人，好不容易從夾著尾巴做人，到只要能謹小慎微就能安然無恙，這一路走得太久、太苦了。過去每次政治運動，他都要被揪出來批鬥。他老是淪為那種被整的人，不像其他人，有時現在被整，下一次運動換位成為整人的人。他從來沒有這種機會，永遠都是被鬥的人。他已經夠幸運了，過去的鬥爭當中，他從被劃分為「敵我矛盾」的反革命分子，到自己表現優異加上到現在仍不太清楚的原因，變成「人民內部矛盾」，變成人民的一分子。現在這個女人出現，說了幾句話，他感覺到自己再次被推向了懸崖邊緣。

他立即專注，逼自己進入一種狀態：克制自己的思路，控制情緒，控制血管裡流淌的熱血。說話辯解，求活路，他告訴自己，否則就要掉下無底深淵。現在就是關鍵時刻。他手也沒舉就站起來。當他站起來，就完全擺脫了那種焦慮。不疾不徐，看上去氣定神閒：

這位同志針對我李某個人說的這些話，李某感到十分遺憾。我的背景一點都不複雜，日據時代，因為家族原因，我無可奈何成為帝國主義的一顆棋子，在黨接收臺灣時，我做了迎接解放的積極分子。建國後，在黨的領導下我改過自新，並且接受三次「再教育」，被劃分成為「反正分子」，受到人民的恩典與黨的重用，如今已經有十四年的歷史。

各位，是「三次」再教育，並且經過重重考驗，在各種學習班裡學習黨的政策，向黨交心，全面坦白自己的完整歷史不下六百次，能倒背《毛選》、黨章、整篇《論持久戰》和《新民主主義》，考績連續十年特優，馬克思主義思想考評被打滿分，獲得黨的信任成為「反正幹部」。各位，請記住，是六百次。在黨和人民群眾的信任和監督下，我曾經領導大稻埕公安局刑事偵查科從一九五六年到五八年，連續三年創造臺北市人民政府公安局破案率最高單位，個人歷史上破獲重大敵特案三十五起，我再強調一次，是重大敵特案三十五起！全國第一名。解決了國家被滲透的危機。另破有殺人案五時起，搶劫案六十五起，且一九五九年在中央黨校接受政治思想訓練也以第一名成績畢業，三年前獲得國家一級英雄獎章。我坦然接受黨、接受人民，無論任何時刻對我的重新考驗。也歡迎這位同志在公德私德以及各種場合對我進行了解和調查。李振源極力壓抑自己的情緒使語氣聽起來平心靜氣，甚至聽起來有點信心滿滿的愉悅感。但在他內心深處，早就波瀾起伏不已。

說完，他逕自坐下，臉上平靜，但用眼角餘光密切注意會議的發展。他感覺到，他的手在微微顫抖。他先把左手藏在桌面下，抖得厲害，於是乾脆用屁股壓住手掌。他大大吸了口菸平復顫抖的心，慢慢吐出。他很清楚，這一戰他必須挺過來，要不然他死定了。他的家族被劃分為資產階級，經過十幾年來的反覆清理，十之八九都被殺害。過去有許多大人物，社會賢達都被處決。而他只是一粒微塵，在這大風大浪當中，根本不會有人在乎他的死活。若是他沒能撐過來，他會跟他的家族一樣，再度被劃為階級敵人，被肉身毀滅。最慘的將是他的女兒，誰來照顧她？

呂明松局長不動聲色瞄了一眼閻副市長，閻副市長自從講完話後就面無一絲表情，好像不干他事一樣，像是一尊純銅雕像。

那女同志站起來，也氣定神閒地道：「李科長。你的這些成績我們都知道。我們不知道的是，你是否真心是馬克思主義的信徒？是否是服膺我黨的忠誠黨員？還是陽奉陰違、破壞黨紀的兩面人？」

「這你要怎麼證明？」李振源不等會議主席叫他，沒舉手就坐在位子上反駁：「我是模範幹警，模範黨員。我在黨校的成績，不客氣地說，比在座每個人都好，當然，肯定也比閣下好。什麼叫科學發展觀？什麼叫唯物主義？這就是經典例證。我在工作中績效是全國第一，既然是第一，也比在座各位略勝一籌。如果量化評斷體系都不能證明，那黨校還有什麼存在的必要，考績又有什麼存在必要？科學還算不算數？」現在話鋒一定要比誰都要自信、精明、銳利，方方面面得理合情。

面對突來的批鬥發言，呂明松不得不站起來導引討論的方向，以會議主持人的身分發言：「這個會是偵查會，不是批判會。批判和自我批判，應該留到檢討大會，檢討會是在失敗的過程中才召開的。我們失敗了嗎？我們黨的政策是以馬克思主義為方針進行社會改造，在這之下所有人都服膺理論指導，那些可以改造的就改造，不可改造以及有實質反革命罪行的才處理。一九五〇年，黨就發出指示，對反革命分子要劃清界線，但也要貫徹『鎮壓和寬大相結合』的政策。這是為了加強團結，共同對敵。黨的文件說明，解放前已開始參加反蔣鬥爭，已經和我們合作的民主人士，特別是高級民主人士，起義軍官、警察、教師、公務員，在土改和鎮反中，必須予以照顧或寬大處理，在任用上不可歧視，這對統一戰線和革命果實的鞏固十分必要。我們共產黨看人，看歷史，都是聽其言觀其行，不單單是看成績。李振源同志在一九四〇年就跟家族決裂，在日本警校留學期間與我黨接觸，他的個人歷史都有紀錄。對於『反正人員』的運用，我始終堅信，黨的政策是正確的。」他看了一眼閻長志，但這位領導還是莫測高深。

會場的人不約而同地頻頻點頭，似乎都識相地表達贊同之意，不想把聯合偵查會議開成批判檢討大會。

李振源看了一眼局長，五味雜陳。他感覺到自己的內衣褲已經汗濕，緊緊黏貼皮膚，好難受。真是暗箭難防，他感嘆。他逼著自己不看那女人，免得眼神透露出心事。他知道所有女人幾乎都有一對精密的透視眼，可以看穿男人的心——和愚蠢，尤其朝著你來報復的那種女人。他發現自己荒唐到無以復加，竟然想睡那個女人。這女人怎麼想的，把自己弄的像個「鐵雞掰」？他在心裡狠狠地罵了一通。

會場的窗戶像一幅畫框，框裡是島嶼的暮春，臺北鐵橋下，河水悠悠。河渚上白鷺鷥閒散覓食，有些舢舨和漁舟緩緩順流而下。樓下街頭一片寧靜，而這棟建築裡的廝殺殘酷無情。

進行三個小時冗長的討論後，最後決定，為有效認屍，今晚以保密文件下發死者照片至全市各安全保障單位，包括位於臺北的中央級單位，請求提供線索，這才散會。

散場時，大家站在橢圓桌邊寒喧道別，李振源聽到的盡是場面話和低級官腔，他知道這是套交情建立人脈關係以便日後相互融通的時刻。現場瀰漫著馬屁和虛情假意。李振源偷偷瞄了一眼那女同志。她嘴唇緊閉，依然面無表情，站著不走彷彿等什麼人找她講話。要去建立一下關係嗎？至少套一下情報，看是誰、為什麼在搞他。想想還是算了，那會使自己看起來沒有骨氣，像隻忠誠的哈巴狗。後來真有幾個看起來趨炎附勢的傢伙過去跟她打哈哈。李振源對這些人的行為感到噁心，他記住了那些人的面孔，這些人已經站到他的對立面，以後不得不小心這批狗日的。但說真的，除了口氣嚴厲，就一個男人而言，這女同志面貌可以，白皙頎長，曲線婀娜，特別是她的薄嘴唇和藏在褲子裡的臀部線條像顆蜜桃，讓他心動。她大約有一七〇公分，看上去更高。他直覺這女人還沒有愛人，現在她看起來比剛剛發言時再年輕一些，看上去大約只三十歲。但從她的著裝方式看來，李振源判斷她完全不懂身為女人的樂趣和優勢。李振源腦袋再次閃過荒唐的念頭——不知道跟她睡是什麼感覺？他試著感受自己那話兒是否有動靜，但這念頭馬上就被她的雷厲眼神掃得煙消雲散。他暗罵自己蠢貨，都什麼時刻了，差點沒命，還在想這檔事。

他眼光落在呂明松身上。呂局長在局內重要幹部偕同下送閻副市長一路走出會場，李振源見狀也立即跟上前。他看到閻副市長仍然嘴唇緊閉，一臉鐵青，臨到座車門口，才轉頭看了一眼送別的人群。「就送到這，各位同志，請回吧。」說完便鑽進黑色驕車離去。

這個場面說來有點戲劇化，真的是噗一聲，只聞到一陣難聞的尾氣，車子就消失了。呂明松局長和眾人站在原地一陣子，好像在目送，又好像是發呆，過了好一陣子才移動腳步走回局裡。大家才解散。

第二章

風暴徵兆

晚上七點，大稻埕陷入一片黑暗，所有的店家都已打烊，人群也四散。除了值班警察繼續完成正在追蹤的行程，大稻埕公安局警察們一個個離開辦公室。李振源家裡沒人，這五年他都不急著下班，留在辦公室加班。十年前偶然會有人找他到哪裡去鬼混一下，他也去。但這些年不平靜，入夜就宵禁，公安局也沒事可忙，都按點下班。臺北沒有夜生活，那些可以讓人放鬆一下的地方，都是特權階層才有資格去的，沒有人帶不行。若論權力，他是有點，但那些地方是屬於真正握有大權的階層，不是他這種轄區公安能去的。

人都走光後，樓上局長辦公室的燈還亮著。李振源心想，今天反常，平常這人早走了。

沒多久呂明松喊他，意思是叫他來見。

李振源心頭一緊。心想跟他能有什麼話講？

他一進門，呂明松就叫他順手把門帶上。呂明松自己又走去玻璃隔窗，對外望了望確定沒人，才把百葉簾拉上。

兩人隔著辦公桌對坐。對視半晌。

李振源感覺什麼事不對勁，又不好直問。氣氛有點尷尬。

呂明松看著李振源，然後苦笑，打破了僵局。「振源同志呀……」他嘆了口氣，搖搖頭，「社會主義事業任重而道遠哪！」說著，那彎苦笑更彎了。

李振源心頭一驚。他不是最討厭日本人嗎？今天竟跟我講日語？況且，難道不怕被人聽見，落下罪名。心想不知道搞什麼花樣。得小心應對。

見呂明松一副心思重重的樣子，李振源不敢輕易接腔。

呂明松從抽屜取出一木盒，從中拿出一根肥肥的雪茄遞給李振源，自己又拿了一根含在嘴裡，熟練地剪斷菸頭。李振源簡直不敢相信，素來紀律嚴肅、刻苦的局長，現在居然像個資產階級大右派。不過李振源好久沒有抽過雪茄，對這麼好的招待，他立刻對呂明松發自內心感激，覺得他也不是什麼徹底的壞人。李振源有點笨拙，有樣學樣也剪去菸頭，接過呂明松遞來的金色打火機，燃上嘴裡的雪茄，吐出濃濃的煙霧。

白煙瀰漫開來，他聞到濃烈的焦香味。他發現，怪怪，手上這居然是真金做的打火機。接著，呂明松又從抽屜裡取出一個透明酒瓶，拿出兩個精緻的透明玻璃杯子分別斟上酒。李振源認出是上次海關送來那批查獲的走私蘇格蘭威士忌，雅柏五十年，頂級洋酒。現在這一百瓶威士忌還藏在這間局長辦公室隔間密室，就在局長身後，用巨大的檔案櫃擋著入口，只有懂得機關的人才能打開。

「來一點？」呂明松舉起杯子。

「不了。」李振源客氣。

「多可惜，一個人喝。」他的聲音深沉。

「那好吧。」李振源按捺不住肚子裡的酒蟲。

呂明松這才露出笑容。不過李振源看出，那抹笑容很不簡單。

他們倆坐著靜靜品嚐酒和雪茄，空氣中飄散濃烈的香味。

「腐敗，這東西沾一下就變成『階級敵人』。」呂明松一手把玩杯子，在桌上轉了轉，欣賞著。「幹革命一輩子，南征北討，殺人放火，」他轉眼看李振源：「連個洋酒都要偷著喝，這種革命，還有什麼意思？」

這是個問句，但李振源知道，呂明松並非在等待回應。

他覺得老呂舉止有點瘋癲。當年呂明松為反抗殖民統治才加入共產黨，李振源心想，現在當著我的面說日語，精神錯亂嗎？

呂明松抬頭看著李振源：「你看到閻長志最後那幾個動作沒有？」

李振源只顧著抿了一口威士忌，輕薄的煙燻和淡淡的泥煤味在他口裡溫和地潤化。他認真看了一眼杯中物，投以不可置信的眼神。

呂明松吸了一大口雪茄，緩緩吐出白色的煙霧，傻笑起來。李振源過了半天也沒回答他的問題。

「哎，你畢竟不了解這種細節。」呂明松抿口酒，咧了下嘴。

呂明松眼神落在桌面，顯然想著別的地方：「閻長志沒有跟我握手，甚至拒絕寒喧一句，冷冷地絕塵而去。你知道這意味著什麼？」

李振源輕輕啜飲著酒，一邊搖頭。

「振源啊，你我能活到今天，」呂明松喝著酒，頗為享受的模樣：「像我們這樣的人，還能在這個世道像這樣喝著瓊漿玉液、聊天，都是向天借來的。」

呂明松閉上眼，似在品味酒入喉，又像在思考。他的衣領相當乾淨，臉上也泛著淡淡油光。看上去有種迷人的深邃。

「像我們這樣，去日本留過學，跟日本和國民黨有較深接觸，不受到清算鬥爭的人，幾乎完全沒有。」呂明松張開眼：「大批的簡單審判和快速處決，活下來的，十之一二，你說呢？而且大都關在臺東戰犯管理所，還沒放出來。」

李振源對這些陳皮爛穀破芝麻的歷史不感興趣。他早過了自怨自艾的時期，一切已成定局，逝去的也回不來。家道中落，家族早就凋零，還有什麼好說的。五大家族、國語家庭、仕紳階級，有大片土地的、有錢的、到日本留過學的、替日本人做過事的，做日本生意的，這些人早被整肅殆盡，族裔瓦解，株連子女，活下來的都是黑五類。李振源自己就是一例，要不是他積極，只想活下去。現在談這個有意思嗎？

「除了李中朝。」李振源冷漠地道：「他可是你的老友。」

「哼，你們不也是老相好？」呂明松的笑透露著不屑：「他是真正的樣板，像泥鰍一樣的溜滑人物，政協主席，橡皮圖章，貨真價實的投機分子。」

「也許那才是最聰明的人。」李振源緩緩回應。

「是呀，不用參加兩萬五千里長征，就能位居高位，回頭來看，的確，這才是真聰明。」呂明松嘴角上揚，好像很了解。李振源終於看出，那抹笑容是悲的。

「跟共產黨幹了一輩子，年紀越大，越覺得自己跟他們不一樣。」呂明松眼睛望著地上，那裡沒有光線，一團漆黑。他也沒想看到什麼。

「怎麼說？」

呂明松想了會兒才找到準確的話語。「就好像油是油，水是水，就算混在一起搖動，最後還是不同的。」

李振源也有這種感覺。但是他不打算跟呂明松分享。他不是小孩子，也不是傻子，什麼話敢亂講，況且不知道局長在搞什麼把戲。套話嗎？他當然知道他跟這些外省人是不一樣的，而且一開始就知道。四十年前，在小學校奠定禮節、榮恥、感恩、誠信等日本觀念，全不管用，現在是另一種規則。

「我的心在滴血。」呂明松吸口雪茄，目光呆滯，過了會兒才喃喃道。「上頭最近冷落我到了一定程度，黨幹部標準告別的動作包括擁抱、握手、敬禮，以及離情依依的告別詞，這些他都沒做。這些動作顯示出黨與黨員的親疏關係。」呂明松吞了口氣，閉起眼，若有所思。

「你說閻長志？」

呂明松還閉著眼，也沒有回答。

李振源在黨校聽過這套理論，但以他的層級，還搞不到黨文化中這樣的繁文縟節。

「第一層最基本的是敬禮，最能顯示關係冷暖的是擁抱。那表示黨很倚重你。」呂明松自言自語。「擁抱不重要，若是連敬禮都沒有，那表示當權派要跟你劃清界線。」他閉著眼說。

這套黨的階級禮儀，跟他小時候學的就完全是不同的文化。他很能理解呂明松作為生在日本殖民地時代的人，要去學習共產黨的套路不是難事，難的是到最後仍不面對自己的內心。

「劃清界線？」李振源感到飽含煙燻味的酒精慢慢浸透他全身血管。

「黨不是傻子。」呂明松這才看著李振源的眼。

兩人四目相對。呂明松不是一直緊跟著黨的腳步走嗎？李振源不明所以。

「黨一而再地不斷地反覆清洗，確保黨的純粹性。你覺得我們這些殺人放火幹革命的人，能多細？清洗階級隊伍，只有那種根扎得深，枝葉夠茁壯的才能留下來。」

呂明松看著窗外。李振源也跟著看。窗外是淡水河，但夜色太黑了，看不見河水，只見夜色迷茫，夜幕中幾盞燈勾勒出臺北鐵橋的輪廓。

呂明松大抽一口雪茄，滿屋濃厚的雪茄味。

李振源酒杯已經空了。

「所以？」他知道，呂明松不會無緣無故找他來吐苦水。

「我想，我的時候到了。」

呂明松又給他倒上一杯，感覺是要一醉方休。這種高級酒，要適可而止喝，才能品出其中滋味。李振源雖視酒如命，但這麼多年下來，他有自己的喝酒哲學。在他眼裡呂明松就是個土老包，根本不懂品酒的微妙存在一心。整個辦公室只有桌上的一盞檯燈，四周都是暗黑黑的一團。他們陷在一半光明一半黑暗裡。

「振源。」呂明松道：「你能坐上這個位子，真的，我只能說你祖上積德。」

「局座這係在練痟話了。」不知道是不是酒精作用，李振源乾脆直接用臺語說：「我家族賭我和我堂哥兩人。這個位，我用命換來的。」

呂明松愣了幾秒，才打破沉默：「呂家在士林也是世族，政治運動來的時候，連我也保不住他們。你不用憤憤不平。」

「談這些沒有幫助。」李振源不想往下談，一來是這個話題容易洩漏他內心的真實想法，二來是，他不信任呂明松。

「你到底學會什麼？」

李振源抬頭看呂明松。「活下去。」他盡力壓制自己的情緒。

他應該要更尊重局長。他很清楚，不論於公於私，呂明松都是前輩和長者，況且對他一直照顧有加。但他們關係太特別，既是親密戰友，也相互監視，所以也互相提防著。他們互有恩情，也各有各的利益，就像他和柯吉。不，柯吉沒有那麼多城府。

「賭氣了。你幹得很好不是嗎？」

李振源冷笑了一聲。「你不會了解這種細節。」李振源回敬一句。他根本不想回憶這些事，只想換個話題。這麼好的酒，應該配上愉悅的話題。

呂明松緩了緩：「這世上的事，有時很難理解和接受。你居然是黨政策要提拔的人，我真不敢相信，我只能說你真是歷史上最幸運的傢伙。」呂明松頓了一下：「我一個長期跟著黨的革命家，而你這種人……」

「我這種人？」

「不管怎麼說，你是充當積極分子，才活下來的。」呂明松顯出有些抱歉的態度，不想直說出賣家族這四字：「振源，我理解你的難處。但你真的不懂，我可是正經八百的紅軍出身，不是八路也不是新四軍，更不是後來的解放軍，他們現在居然要你這種半路出家的……想想看，我們的職務差了多少，不多耶。你這樣的人，怎麼能和我那時的理想性相提並論。」

李振源沒想到他居然這麼坦白。

「說到這個，剛好，」李振源道：「在你的眼裡，不論我做了什麼，我始終是一個歷史反革命，我再怎麼努力，終究只是一個反正幹部。沒人把我當成真正的共產黨。因此，我老早就想跟你說，我想要調內勤，不想再打打殺殺了。」李振源早就琢磨，如果不能被相信，何必冒這麼多的風險拚命？

「內勤？」

「到公安部坐辦公室，或是偵查單位分析員什麼的。」

呂明松不可置信的表情看著他。「你是蠢還是怎樣？他們不會用你這樣背景的人接觸系統性核心機密。他們不會直說。而且，一旦你不在基層的位子上，你可能就沒利用價值了。我們都心知肚明，這就像一場戲。黨中央需要人民看得到的地方有你這樣一個人，你也需要扮這樣的角色，不是嗎？」

李振源啞口無言。他從來都清楚自己的身分，以及正在做的事多虛偽。只有他知道，自己從來都不是真正的共產主義信徒，只是各種政治運動絡繹不絕襲來，若不隨波逐流積極配合，命早被時代吞沒了。他也很清楚自己的狀態。現在他逐漸失去控制自己的能力，想拯救自己，爭取調內勤這是第一步，但還是被拒絕了。他很清楚這樣下去，不會善終。這條路上，他身不由己，先是家破人亡，接著妻離子散，逐漸迷失在金錢和女人裡。現在他想掙脫出來，卻不是那麼容易。

「理想性？」李振源想到怎麼反擊，過了半晌，才謹慎道：「令尊送你去早稻田，結果你去上海革命。」

李振源盯著他的眼睛：「你有理想，他卻憂心而死。」

呂明松瞪了他一眼。「為了反抗殖民。我沒有辦法。」

李振源注意到這麼多年，呂明松的日語還是那麼流利，雖然免不了有臺式日語重音，但仍是受過高等教育的人用的字眼和語氣。但是他居然操日語講著反抗日本的光榮歷史，真是有病，好歹也講個臺語。再不濟，也說北平話。怎麼突然對日本語有親切感？

呂明松抽了口菸，慢慢吐出煙霧：「說句不客氣的。我一直覺得，我一個跟著起義、長征、抗戰、轉戰南北最後到達臺灣的忠貞黨員，難道不如你這個徹頭徹尾的變色龍、酒鬼和色鬼嗎？」他喝了一口酒：「坦白告訴你，早年，我跟上面反應多次你的腐敗情況，但是回應是一再保你。我算是明白上面對用你這種傢伙有多堅持。沒辦法，共產黨是講究協同運作，講究集體，我的意見微不足道。像你，六親不認的反正分子，積極分子，黨要留你給人民做模範。我也只能配合。而且你也知道，是積極配合。你以為我真心對你好啊？」

這話傷不了李振源。他知道，後來呂明松確實一直幫助他。但他為什麼這樣說話？

「你一面堅持我適合留在外勤基層，又說黨不會信任我。一下子說我幹得很好，一下子說我是變色龍、酒鬼。你向上反應我腐敗，又保我。局座不覺得這是徹底矛盾嗎？」

李振源深信，他能活到現在，一半是當了共產黨的樣板，而呂明松的確在某些關鍵時刻幫過他，他不會忘；另一半，他相信是靠著自己的本事——他破了各種罪案，尤其是國家最重視的特務案，立下許多功勞。呂明松是喝多了才說這些話嗎？喝著威士忌說我腐敗？真過分。關於出賣家族的事，你呂明松居然也有臉跟我比！李振源盯著呂明松，露出桀驁的眼神，腦子卻出現父親的畫面。父親要他接受日本教育，而科舉出身的祖父反對日本教育。父親為了李振源的教育和祖父賭氣好幾年不說話，直到祖父過世。他有點意識到自己是父親與祖父矛盾下的產物。

「你的腐敗，」呂明松道：「腐敗到骨子裡。」呂明松一口飲盡杯中的酒。

「局長，」李振源盡力維持言語上的尊敬：「你也不乾淨。」

啪！

呂明松憤怒地拍打桌面，雙眼惡狠狠地看著李振源。

兩人陷入一陣子的僵局。

喝著名酒說我腐敗？李振源忍不下這口氣。不過他也知道自己說話有些過分。

「我是被你拖下水的！」升高的血壓似乎降下來，呂明松才想出要講的話。

「事到如今，說這些沒有意義。」李振源語氣仍冷冷。

「今天會議沒有我，你死定了。換成別的有心人，完全可以順水推舟，置你於死地。我沒這麼做。」呂明松道：「像你這樣的臺籍再被打倒，就沒人了。雖然我認為我這種黨員，黨才更應該珍惜，畢竟是自始至終的黨員。」

李振源看見他的眼神透露著異樣，哭喪嗎？不可否認，他說的也是事實。要不是呂明松，今天他不知道會有怎樣的發展。現在他明白，呂明松早年反映他，見上頭沒有處理的打算，才轉向和他合作，後來兩人被綑綁在一起，甚至對他下注。

呂明松接著道：「你手上有多少無頭公案？」

「很多。怎麼？」

「我看不下四十起？淡水河一個月漂過多少屍體？起碼一具。公安廳傳達下來多少『務必限時偵破案件』？每年至少十起。偵破了多少？十起！你我都清楚，這種案子再多也沒用，那是大躍進。」

李振源很清楚自己做過什麼，這種案子其中五起都是栽贓嫁禍給其他案子上已經不容爭辯的罪犯，衝破案率。

「振源啊，我們是偵查專業人士。刑事案多的是，普通案子，讓陳保國去辦。今天這案子不是你的第一要務。破幾個敵人特務案才對我們的幫助比較大，對你的幫助也大。要創造被利用的價值！黨需要你，沒有你，黨領導感到沒有安全感，他們就不會動你。」呂明松把酒杯都放下了，認真的說。

李振源看著他，氣得講不出話來。心想，你這傢伙，說我拖你下水，你不也拖我下水嗎？衝破案率，還是你呂明松教我幹的。

「對，我是偵查專業人士，能不能讓我去做專業的事？專心辦案，能不能不要老摻雜政治因素？」

「振源，別犯幼稚病。在共和國，任何專業都要受到政治影響，政治是專業應該包含的部分，你必須認清。」

這時李振源發現自己認識局長這些來年，第一次認真注意呂明松長相。他比李振源大個十歲左右，外表看上去粗獷，乍看會以為是工農階級。但仔細看的話，粗獷的線條其實埋藏了一張俊秀的臉，大大的眼睛，黑而亮。即使皮膚曬得黑，但粗線條下是一張秀氣得像個書生的臉，哪裡都不像參加過二萬五千里長征，轉戰大江南北久經戰爭考驗的人。他有一雙單眼皮，堅定溫情的眼神，讓人有種四平八穩之感。李振源一直覺得共產黨人有著一種他沒有的精明和理想性。他也認識，這種理想性很容易把他人推向水深火熱。你呂明松這麼多年一直讓我不痛快，居然還坦白說你擺過我道，真不把我當作一回事？

李振源心知肚明，說實話，他還真不能怎樣，他只能夾著尾巴做人。跟呂明松比，自己就是個投機分子，哪有路就往哪走。沒辦法，這就是生存法則。

「不是有政治保衛科嗎？」酒在口腔內停了很久才落喉，李振源慢條斯理道。

「你不用擔心王志航，基本上，他是來養老的。」呂明松酒杯停在嘴邊，先回應他：「況且，人家的成分比你好太多了，不需要證明自己。」

李振源不說話。

「笨蛋！」呂明松又罵起來，似乎知道李振源心裡想的。「李振源，我不是開玩笑。我還不認識你嗎？你心裡是不服我，我不是不知道。你騙別人可以，你騙不了我。現在是性命攸關的時刻，相信我，我死你不會好過，你完蛋我也不久矣。就算為了你自己，你若沒有利用價值，還想活到哪一天？」

一直以來李振源都盡力活，但他早已抱定，萬一活不了也不勉強。每天對他來說都是最後一天，他很清楚，像他這種反正分子早該死了。但此刻，他完全沒有那種悲觀。你自己完蛋，我不見得吧。現在你為了替自己解套，反而要抓緊我，因為我的偵查技術非常厲害，你才有活下去的本錢。

「聽聽局長說的話，」李振源不甘示弱的語氣：「我一句反對都沒說，您這還是看我不爽，這樣我倆怎麼配合？」

接下來的沉默一定過了很久，因為李振源雪茄的煙灰燒白了很長一段。李振源有些懊悔，他並不想真的頂撞呂明松。他們只顧喝著自己的酒。

「柯吉是你的好兄弟，也是我的妹婿，我不會害你們。偵查科是你們倆人打下的天下。」呂明松又道：「淡水河命案讓陳保國去辦，你專心破特工案。這種案子才是重點。淡水河命案，就算破了也是錦上添花，不是關鍵。我會請柯吉配合你。記住，特工案是重點，才是黨真正需要的。要是你能抓到潛伏最深的敵人，你就是真正的獵犬，你就還有利用價值，就不會被消滅。我還是相信黨有公聽，公正還是存在的。」

「特工案不是有政治保衛局、中央社會部專職專辦嗎？」局長的話李振源大體認可。不過，以他的聰明才智，偵查專業能力，他認為自己可以兩面進行，不必擇一。更何況，他覺得命案才是他的主要任務。

「你比他們更有用的時候，你就無可取代。懂嗎？我的老天！黨現在雖然不信任我，你卻是黨和國家專項培養的，你還有機會。我們被綁在一起。我倒了，你少了一道保護傘。我們一起工作多年，他們不會再相信你了。他們會說你是我的人，會給你戴帽子。」

李振源覺得沒有什麼損失，他的家族都滅了，十四年前他就該死了。眼前這位到底在說什麼？他倒了？他怎麼會倒？呂明松是他見過最忠貞不二的黨員。

但李振源又想到，自己還有妻子和女兒，的確要比其他黨員更積極才能活下去。不僅活下去，以他的長才，還要擁有更多，才能保護妻女。

「特工案？」

「對。」

「再給我倒點酒。」

漫漫長夜，李振源喝不夠。況且這麼好的酒，下次不知道呂明松會不會吝嗇。

第三章

大稻埕公安局

幾天後，下午大稻埕天空堆積厚厚的雲層，遠處的馬列山，一半陷入雲霧之中。臺北變成一個大蒸籠。李振源背上腋下都汗涔涔，濕了一大片。

這座城有一百萬人口，以前大多是小商販，現在則大部分是工廠職工。城市工廠煙囪林立，高空冒著黑煙。空氣瀰漫著一股混合燒煤和化學物質的氣味，特別是河岸地區。

大稻埕公安局座落在寧夏路和錦州街口，離淡水河上的鐵橋不遠，也是日本殖民時期蓋的建築。刑事偵查科辦公室的吊扇法輪般轉著，發出呼呼呼聲響。說來悲哀，沒有開始也沒有盡頭，沒有裡外的限界，更沒有前、後差別。輪迴不為什麼，輪轉本身就是目的。一旦不轉，萬事皆空。生活就是不斷地搗騰，不搗騰，空氣停滯，塵埃就落了。

悶熱、氣壓低，大石頭壓著胸口般令人喘不過氣。典型的臺灣低氣壓氣候。這種天氣，對李振源這種性急的人來說更是折磨。他有點偏頭痛，想發脾氣，於是拉著柯吉到頂樓透氣。

走過狹窄陰暗的樓梯通道，他們到達頂層鐵門。推開門，生鏽的門軸發出嘎一聲，刺眼的陽光在李振源的視線前漫開。

他們一屁股坐到水塔上頭，望向淡水河。李振源拿出一包菸，抖出一根菸用嘴銜出，火柴點燃，白煙裊裊，火柴的硫磺味瞬間消散。柯吉也抽起自己的菸。

遠遠的淡水河面閃爍著太陽的金光。跨河的灰色大鐵橋上不時有卡車冒著黑煙通過。鐵橋旁邊正在興建火車行駛的另一座大橋。

「老呂找過你？」李振源銜著菸說。

「找了。說要讓你專心去辦特務案。」柯吉吐口長長的白霧，看向遠處。

媽的，老呂，唉。李振源一面透過煙霧打量柯吉上身完美的線條，羨慕他的體格，看不出快四十歲。自己的肌肉再怎麼練，都不再那麼緊緻光澤。時光稀釋男人的荷爾蒙，注入暮氣。他望著柯吉，想起和他一起出生入死的光輝歲月，以及婚前廝混的日子。不過柯吉婚後收兵在家，而李振源和愛人感情破裂分居多年，許多韻事不再。

「那也得先有特工，才有案。」李振源說道。

「尋味，深挖，刨根。」柯吉半笑不笑。

「說的倒容易。你以為挖竹筍？」李振源追問道。「你手上多少未破案？」

「比你的少。」

「操，不是要跟你比較。」李振源知道他們倆可以成天挑戰彼此，也不傷感情。

「問這幹嘛？」柯吉永遠都是副滿不在乎的模樣。

「老呂說黨不再相信他。要我表現再積極一點，不要被人抓到把柄，不然連小命都沒有。他說特務案是黨的偵查核心任務，要我做到別人無法取代的角色。要你配合也是因為你需要真正的績效。你是他小舅子，他要為你創造條件。」

柯吉往地上吐了口水，彷彿嘴裡有什麼渣渣，把菸塞回嘴，大吸一口，吐出濃濃白煙：「雖然去年整體而言績效不錯，十五件命案，三十件超過五人的鬥毆案，破案率八成五。但跟前幾年比，前年八成九，大前年九成三，破案率在下滑，這也是實情。我手上至今尚在偵辦的重案有四件。你呢？」柯吉望了李振源一眼，冷冷道：「女人，害死你。」

李振源發現自己無法反駁。唯獨柯吉有這資格取笑他。

「居然需要破獲特務案證明自己。」李振源自我挖苦。兩人沉默半晌。

「舉凡公安局，誰沒有一堆案子待破？若論整體破案數，我們很有成就。有些案子根本不可能破，我們也破了，還不算那些賴給別人的案子。」

李振源不確定柯吉說這話是在安慰他，還是在評估整體治安情況。

一群麻雀，魚網一樣飛過天際，在天空繞了一圈後最終停在對面大樓頂樓一個大的標語牌鷹架上。標語寫著「主席思想戰無不勝」，字體又大又紅，又方又正。

李振源不禁琢磨，難道老呂的意思是我越來越無能，我做得不夠好，所以要交給陳保國去辦？

「你別管別人對你的看法，這你無法控制。做你自己，做到最好。」

李振源望著柯吉，驚訝他竟然說出這麼了不起的話。果然是個粗中有細的傢伙。平常柯吉像個粗人，酒肉朋友。他認為柯吉可能是沒有深邃思想的那種人，老跟他開玩笑說你有常識沒文化，怎麼做書記？但這也不能怪柯吉。就他所知，戰爭奪去柯吉所有，他十歲就在日本人和國民黨的槍口下掙扎存活，父母、手足全都死了，房子、童年全沒了。若不是黨照顧他、教育他，他早死了。李振源明白，沒有過硬的機智和手段，柯吉不可能活到今天。

「老呂說他相信你，勝過相信我。」李振源吐口煙。

「難道你還嫉妒？」柯吉冷笑。「這很正常不是嗎？我畢竟烈士遺族，又是他妹夫，況且，你一個『日本鬼子』跟我這樣的『無產階級』，始終不能比。」

「這我知道，只是我沒想到他會直接當著我的面說。」

「你們不是關係深厚，還有什麼話不能當面說？」

「我們關係深厚？那不過是有共同利益。互相需要。況且，他就是黨。黨派他來監視我，先不論黨對我這樣的人難道不應公平對待嗎，現在黨對派來監視我的人也不信任，這不是有點荒謬嗎？」

「黨，還派我來監督你呢。」柯吉淡淡的說。

柯吉說的也是不可否認的實話，書記，黨組織黨文化的建設者，同時也是每個角落的監視者。

李振源看著陽光在臺北鐵橋上頭虛軟無力，感覺很快要落日了。麻雀吱吱喳喳在巨型看板鐵架上吵鬧著。

「媽的，我們是『刑事』偵查課，不是『敵特』偵查科。」李振源喃喃自語。

「所以？」柯吉看著那群麻雀。

「當然是幹伊娘！」

柯吉伸出手舉起拇指：「你真不是蓋的。」

「但我感覺是，不論是不是為了自己，老呂是真想保護你，希望你盡快建功立業，才讓你專心去辦特務案，要陳保國辦這種命案，他不是想升官嗎？老呂也能親自掌握案情發展。交給你我，我們又不是那種事事請示，適時回報的人。而且你這個人真的比較難搞。」

「你到底是他小舅子。他有這麼好心？他說我們是綁在一起的，但是，過去這些年我受到批鬥時，我沒有看到他和我『綁在一起』呀？」李振源道。

「你什麼時候變得這麼婆婆媽媽？你們綁在一起，不是你和他彼此認定的，黨組織才是。你覺得市委和市公安局怎麼想你們的關係？」柯吉斜睨李振源。

「我知道的。大稻埕公安局，是黨的一個特別單位，示範單位，政治單位。我們局長是個本省籍，我是本省籍。其他單位，解放後本省籍都被……按照我的說法是『稀釋運用』，怕我們勾結地方。全省根本沒有我們這樣的。所以我們大稻埕公安局本身就是個樣板，做給本省居民看的。所以我覺得好奇怪，」李振源擺出認真的態度：「老呂是做錯什麼了嗎？我想不透。」

「像你們這樣的人很少嘍，」柯吉沒辦法直接回答他，可能他也搞不明白：「黨也許一時半會兒也找不到人代替你們，找不到就不急著處理，別擔心。」

「認真找還是會有的。」

「條件不會有你好的。你可是有真本事，全國公安楷模，公安一級英雄。別這樣患得患失？」柯吉深深吸口煙。

「我倆都清楚那是什麼。」

「媽的，」柯吉道：「難道破案成績也是樣板，不實嗎？我們冒險犯難，跟成分有毛關係？我柯吉向來有仇報仇，有恩報恩。黨對我好，我回報黨。黨要對我不好，管他天皇老子也不怕。說到恩，我永遠記得，沒你李振源，我柯吉可能現在還是個普普通通，坐在大理街派出所查戶口的警察。」

「話不敢這麼說，」李振源道：「以你的出身，黨本來就該照顧你。沒錯，要升遷是要人脈，否則人海茫茫，誰知道你是誰。但你該感謝呂明松，是他提拔、培養了你。」

「老呂和你給了我機會。黨不過是個體制，才不是真的關心我的死活。你以為遺族他們就照顧到底？沒那個事。」

「上面不是宣傳，先愛黨，愛國，再愛你的同志？」李振源笑道：「話說回來，若不是你，我也破不了這麼多案，也不會在這麼多危險的行動中活著回來。一九五八年那次延安北路抓捕特務行動，若不是你當場擊斃那傢伙，我可能被他在腦上鑿了個大窟窿。」

「要說這個是嗎？在萬華抓捕武裝土匪那次，我連中兩槍倒在地上，一槍打在肺，差點打到心臟；一槍打到脖子，奄奄一息，若不是……我早死在路邊了。」柯吉扭過脖子，亮出他的傷口。

李振源看了一眼。他脖子上的槍傷，現在變成光滑皮膚上一塊銅錢大小的凹陷，顏色稍深。兩人還真是出生入死的兄弟。

兩人對空一陣操罵後大笑。

「真是九死一生。」李振源感嘆。「九死一生。」柯吉附和。

「不過，」柯吉將煙蒂彈得遠遠的。「我看你還是聽老呂的吧。現在局勢真的不一樣了，層峰要整軍經武，反攻大陸。按照過去的經驗，一定先是要肅清潛在危險因子。你當然就在名單上，這我們都心知肚明，」柯吉相當理性。「不論你做什麼，你的出身、階級就是『潛在敵人』，認清這個事實。你若是要向黨展示不可取代，破獲特大敵人特務案的確是捷徑。他們需要你，若動你的成本太高，就不會動你。我看，你不如聽老呂的，把命案交給陳保國，甚至我，專心去辦敵特案，短期內出一、兩個重大成績，立馬就有效果。拜託你了。」說畢，柯吉立正，恭恭敬敬向李振源鞠了九十度躬，像個日本人一樣。李振源笑了，趕緊扶起他。

「那也要有『敵特』才行呀。這些年下來，寧錯殺一百不放過一個，搞不好早就殺乾淨了。」李振源說到這有些百感交集。他不確定，自己是否真的錯殺過，那三十五起重大敵特案。

那群麻雀突然起飛，魚網般在天空中盤旋了幾下，飛往臺北鐵橋。鐵橋上燈也亮了，「打倒日本帝國主義」大標語從他這看得清清楚楚。

柯吉拿出口袋中的錫製小扁壺，扭開蓋，往嘴裡灌再遞給李振源。

「你到底決定怎麼做？」柯吉問。

「當然是不鳥。」李振源道。

「你這小日本，真不是蓋的。」柯吉都樂了。

李振源發現是高粱酒時已經來不及，從口腔到喉嚨一路燒灼。他強忍下嗆辣的感覺道：「你沒事小日本，小日本的叫，不擔心我生氣？」

「我還怕你生氣？」柯吉斜睨李振源。

酒壺還給柯吉，李振源食指將菸頭彈出樓頂，紅色星火在空中直線的飛，之後自由的、毫無反抗能力的往下墜。

「你他媽高估了我們的交情。」他一拳打在柯吉的臂膀上。

「高估嗎？」柯吉道。

「你這個支那人。」李振源還擊。

「我父母都死在日本鬼子手下。」柯吉又斜眼看李振源。

「我全家死在支那人手下。也許這就是他們始終不能信任我的原因。」

「鳥他們個蛋。」

隔天上午，太陽照進臥房，李振源才迷迷糊糊的張開眼。他還以為自己旁邊躺著女人，用手摸摸，床是空的，除了自己沒有別人。原來那是夢。夜夢中他妻子燕好。很奇怪，他早已對妻子的身體不感興趣，而且都分開那麼久了。

李振源睡過頭，很晚才進辦公室。一上二樓，就看到戶政科裡有不少人，偵查科也熱熱鬧鬧。

戶政科裡的民眾無非是來辦戶籍的，結婚搬家，出生死亡，遷移除戶，按照《憲法》規定，人民有遷徙的自由，但實際執行時，共和國《戶籍法》規定人民有登記義務。臺灣的現代戶籍制度源於日本，日本人把每個戶口都查的一清二楚。共產黨接管後，為了查緝國民黨特務，戶口普查更嚴格。從每個人的民族、年齡、口音、血緣關係、落戶時間、遷戶時間都調查的很紮實，確保沒有人可以冒名頂替，沒有人口多出，也確定每個人的職業、個人歷史。

因為戶政科每位民眾的申請，幾乎都要彙整到偵查科查核、蓋章。民眾若是要順利拿到核准，都要給點好處。戶政給一點，偵查科也給一點。

李振源才坐下來，就看見〇四五六和王勇民警逮了十個人浩浩蕩蕩上來，一字排開沿著牆壁面壁站著。

「我沒賭博。」一人轉過頭喊。

王勇警棍一腦袋打下去，那人抱頭蹲下。

「誰叫你說話！」王勇威嚇：「全部人都蹲下，沒叫你說話不准說，沒叫你動，不准動！」

〇四五六右手拿著棍子，一邊來回踱步，一邊用棍子打著自己的左手掌心：「你們聚賭，被熱心民眾舉報，所以帶到公安局。」

「冤枉啊！冤枉！」十人搖頭的搖頭，哭的哭。

「閉嘴！讓你說話了嗎？」〇四五六道：「每個來公安局的嫌犯都說自己是冤枉的。」

王勇接續道：「你們很有錢嘛，聚賭是不是？誰是莊家？」眾人沉默。

「坦白從寬。」王勇道：「你們不用擔心，這種小罪無非就是留下前科，罰錢了事；留下前科，無非就是以後身家就不清白。直系親屬不能參軍，不能任公職，這沒有什麼。」

「我真的沒有賭博。」那個一開始就喊冤的人再次申冤。○四五六一腳踹翻那人。

「蹲好！蹲好！」王勇和○四五六用警棍指著所有人，齊聲呵斥。那人踉踉蹌蹌努力重新蹲好。

「你不是冤枉的。」○四五六道。

○四五六走到左邊第三個人身邊，用棍尖挑起那人下巴：「我們不會冤枉人。像這位同志，你應該不是第一次賭博吧？你前科累累，我們有冤枉你嗎？」

那人趕緊搖頭，屁都不敢放一個。

「沒關係，每個人留下資料，罰五十元，馬上可以回家。」○四五六道。

王勇接續道：「人民公安愛人民，我們深知你們的疾苦，也知道你們的難處。如果不想留下前科，我們可以網開一面。但罰金要變成八十元。」他看了一眼○四五六，兩人眼神交會，淡定。

「我們這樓下有拘留室，想住多久都行。」○四五六用警棍指著偵查科的一位小隊長道：「大家轉過頭來，想清楚後到前面那個小房間，跟裡面坐著的警察說。」

他們魚貫排隊找那位小隊長。只聽見小隊長道：「可以當場繳，也可以叫家人來，也可以分期……」小隊長在本子上記下每個人的地址、姓名、決定。

這不是李振源發明的，他只是蕭規曹隨，前任科長就這樣辦。事實上，全國公安局都大同小異，吃、喝、拿、卡，這是公安局、派出所創造額外收入的辦法。錢按人頭分紅，有權蓋章的人拿多一點。每個警察都接受，如果有人想扮清官，就會被集體排斥。

民眾如果要請公安開據〈無犯罪證明〉以便去公家單位上班，那就貴，因為是一輩子的鐵飯碗。民眾要跟辦事的警察搞好關係，要讓對方記得你，記得你的事，最好的方法就是私下給錢慰勞。

之前發出的公安通告，陸續接獲四面八方匯整而來的消息。兩、三天下來，匯整接到的消息匯整，有些毫不相干，無視通　上是男性失蹤者，報上女性、兒童失蹤人口。最後符合條件的，統計出臺北過去六個月內共有四十五個單位有人曠職，一共五十三人，有些人幾天甚至幾個月無故不到班，家裡也聯繫不上本人，這些人所屬的單位大到包括屬於中央管轄範圍的軍隊、黨、政府部門，小到公社生產隊，最大的是中央統戰部其中一位副部長，此人失蹤三個月，組織要求這件事要保密，不得公開。

共和國裡每個人都有人事檔案，一個蘿蔔一個坑，每個國民都必須有個單位管轄，因此這個統計確實、有效。這消息讓偵查科一下振奮起來。像群懶狗突然看到一塊鮮肉，動物本能一下全被激發出來了，引起一陣騷亂。

「真新鮮，竟然還有副部級幹部失蹤！」警員王勇口不擇言：「你敢說他有這麼好的待遇，還要無故搞曠職，去投敵赴匪？我不信，我覺得他腦子有問題。」他斜坐著木椅，身體往後靠在牆上，椅子只剩兩隻腿立在地上，手上鉛筆，不停地在指間轉呀轉。

小隊長陳保國也斜坐著，蹺著兩隻腿在桌子上：「人家一定有比當官還重要的事。」他若有所思。「也許跟女人有關也不一定。對男人來說只有女人和信仰有這麼大的力量。」

「那女人一定要很有魅力。」一個警察道，兩手捧著胸，做大胸脯狀。聽到這個，辦公室哄鬧一陣。

「也許是捲款潛逃。你不知道統戰部上統戰、下也統戰，從前統到後，這油水應該很多吧。有了錢還能幹嘛？酒色財氣。往這邊追就對了。」王勇喝著茶推測。

「媽的，王勇，你懂個屁，統戰是要花錢的，請客吃飯，拉攏贊助，維繫人心，有點油水？有績效和開銷紀錄對比，不是一個容易的單位。要我看，萬華公安局，那是賺錢的單位，油水才多吧？」偵查警察二二三四道。

二隊的隊長蕭成在另一邊的桌子上埋首不知寫什麼，頭都沒抬起道：「花錢的單位油才多，花進自己口袋了。」大家七嘴八舌的討論，不時大笑。

「管好你們的嘴。」柯吉走進辦公室就聽到公安部油水才多，便道：「說這種話不怕被有心人舉報，我還怕哩。辦公室的政治生活還是要嚴肅對待。」作為偵查科的黨委，他有職責端正屬下言行。

柯吉看了眼辦公室，這些氣質粗魯的刑警此時都低著頭，屁都不敢放。辦公室沒有被審訊嫌犯，沒有申請證明文件的民眾，他臉上的肌肉才放鬆下來。大家見到科長李振源與柯吉走進來，蹺腳的放下來了，趴著的也坐正了。

「我們剛去見局長，局長說了，重點積案要全速破案。否則拿人開刀，發派到外縣市的小派出所去。」李振源燃起根菸。含著菸道：「你們都皮拉緊了。」

「抱歉呀，我們就是開玩笑的。統戰部這麼高級別的單位的幹部消失，相信上級也焦急得不得了。我們也就是推演一下可能的緣故。」陳保國一臉懇切。

柯吉知道這傢伙很會說話：「態度不能那麼輕挑，我甚至覺得你們輕蔑了。國家幹部，不得羞辱。」

「一定不再犯。」陳保國堆上笑容。

「王勇，三天啦，偵查報告還沒出來？」李振源問

「我快寫好了，等法醫公文進來，我就一起呈上。」王勇不再轉筆了。

「法醫處的公文還沒來嗎？搞什麼，都三天了。」李振源道。

二隊隊長蕭成抬起頭道：「我打個電話去問一下。」

「這事不要拖。」李振源道。心想，這個蕭成，最近陰陽怪氣，不知道在搞什麼。

柯吉望了一眼李振源，又看了看這幫警察，嚴肅的道：「幹活！幹活！」

他們立即主動打電話給報上資料的公家機關，催促有失蹤人口的單位派員來認屍。從下午四點一直到晚上八點，報失蹤的單位代表七七八八地到來，結果又一個個搖頭離去。他們有些人表情顯得失望，有些人鬆了口氣，一派輕鬆。這麼多無故消失的黨員和職工，黨、軍隊、國家的情報部門非常重視，不時來電詢問情況，一直關心案情。

政治保衛局比較關心的是，失蹤人口也許附匪投敵了，他們要了一份統計資料的副本。

李振源看出這件案子雖然上頭很重視，但是一時半會兒也不會馬上結束。他讓一些不必要的下屬先回家休息，輪流值班處理本案，盡量維持最少的人力，讓大部分人可以正常作息。他自己則全天候守著辦公室。

他回家也沒有人在家。

正當人都快走光時，勤務中心來電說有民眾報案，說昌吉街有鬥毆。接電話的員警一四五六不耐煩的說：「你是新來的嗎？打架派制服員警處理，我們刑事偵查科調查都是重案、大案、命案！現在是下班時間，沒人了。」

電話那頭的接線員說：「民眾報案說，衝突中有人被殺身亡。」

一四五六道：「喔，命案，那我們現在派人過去。」

掛了電話，一四五六跟柯吉報告，柯吉一看辦公室只剩三名探警，他讓較資深的王勇留下來，讓其他兩人跟他去看看。雖然他們分屬不同小隊。柯吉心想，明天上午再看歸給哪個隊。

「媽的，先走先贏。晚走一步就走不了了。」四三八七嘟囔著，本來他早該下班的。

「走吧，為人民服務。」一四五六道。

他們三人開了一輛偵查車前往現場。

晚上七點多，辦公室剩下值班的王勇和李振源。停屍房來電，一名鐵道部職工反覆確認，確定死者是他的上司。

李振源一聽，機不可失，不好延誤案情，立刻請對方來一趟，打算馬上處理。也不管這個案子上頭已經交給陳保國，反正他也早下班了。

這名有黨員身分的鐵道部職工隨後被帶到偵查科辦公室製作筆錄。他穿著綠軍裝，戴著黑色塑料眼鏡，年約三十多歲，有點緊張。李振源親自接待他，先向他道了謝，感謝他下班還跑這一趟。值班警察王勇為其筆錄。王勇先點根煙，要他報上身家背景，再詳細說明。

「我叫馬連昆，黨員，一九三〇年生，祖籍南京，十六歲參軍，二十歲來臺後復員，現在屬於鐵道部工務局電務處。從那具屍體的特徵上來看，禿頭，身型微胖，左下巴有個痦子，上齒有幾個金牙，輪廓外形都正是我們電務處吳富國處長。吳富國是我參軍時的老連長，是他從老家把我帶到部隊，也是他把我拉進電務處的。我對他很清楚。他今天也沒來上班，我們覺得很奇怪。昨天我還被派去他家找他，家人說他週日晚上就沒回家。前天接到通知說有無名屍等指認，局裡指派我來。今天是週三，整整三天不見他。」說完，此人兩眼黯淡。

他這種經歷的人很多，柯吉也差不多是這樣。李振源看到這名黨員活像喪父的孩子，便道：「同志，你可以脫帽子了。不用那麼拘謹。」說著，親自倒了杯茶。「公安局沒什麼可怕的。」李振源遞上熱騰騰的茶時安撫他，希望可以緩和他的情緒。

馬連昆脫下帽子，窩在手裡揉捏，道了聲謝謝。他年紀輕輕頭髮已經有點稀疏。李振源自己銜根菸，也給馬連昆打了一根菸，幫他點燃。火柴照亮了馬連昆的臉頰，馬連昆顴骨地方有一塊變淡的疤痕，水餃那麼大，看起來像塊豬肝。馬連昆用力吸菸，李振源看到他的手在抖。可能他正按捺著澎湃的情緒。

「給國民黨大砲打的。是老連長救我，要不我就死在宿縣的田野上了。」馬連昆知道自己臉上的疤惹人注意。

「你最後一次見到死者是什麼時候？」王勇趴在一疊筆錄紙上，手裡握著筆，望著證人。他面前放著一杯茶，茶水已涼。還有個菸灰缸，架著剛燃著的菸，菸頭像是炸開的砲彈殼，逕自冒著白霧，缸裡菸屍滿谷。辦公室的牆上有六個柱子，分別掛著六塊木板標語，每塊刻著三個字，分別是：「無火災、無積案、無土匪、無騷亂、無煙毒、無賭博」——這是十年前公安局在大躍進時期的產物。這些標語給人感覺這幾年的治安不像統計數字講的那麼壞。

「上週，下班前吧。」

「他有什麼異樣嗎？跟平時不一樣的行為或情緒？」

「沒有。」馬連昆戰戰兢兢地看了一眼李振源。

李振源混跡江湖許久，論到作違心之論，他不輸人。光是當年要扮演成一個積極分子，不把那些向黨表忠的話說成像愛自己親娘一樣真誠是過不了關的。他表現得自然不做作，連他自己都相信了。這些年，李振源訓練出說謊也從容，臉不紅心不驚，事後還能磊落地開自己道貌岸然時的玩笑。他看馬連昆那個樣，幾乎篤定這人生性懦弱不是說謊的料，講的是實話。

「你們單位最近有什麼新聞？」王勇繼續問。

「我們單位全力投入『建設大臺灣』的計劃已經第三年了。上頭給我們定的目標是電網建設要跟上鐵道部今年整體建設工程要求，一千公里環島鐵道建設指標，這是一個五年建設計劃，今年是第三年。吳富國處長指示，為了在他任內完成餘下的四成指標，大家要堅苦卓絕、任勞任怨。」馬連昆說到這，眼睛泛紅起來，聲音也有些哽咽。

他頓了頓，喝口茶，控制住情緒，繼續道：「處長特別喜歡講『以鋼為綱』，每每拿冶金工業部的生產成果砥礪我們，為此我們單位跟別的單位不同，別的單位在大躍進結束後已經鬆懈，我們還維持著大躍進時期編成的編制，二十個人分為四個戰鬥隊，每個戰鬥隊由一個積極分子擔任小隊長兼指導員，接受當時職稱大隊長的吳富國領導。戰鬥大隊書記為黨幹部陸繡山擔任，全部同志都要參加戰鬥，我們生活在一起，戰鬥在一起，團結成一個圓點，沒有達不到的事。我們工作很繁重，主要是工程計劃和分派實施。吳富國大隊長就是這個項目的計劃者和執行主要負責人。」

李振源聽著這半實半空的話，心裡想，這些外省仔的官腔功夫了得，連這麼一個小小官僚，功夫也練到透頂了。聽起來，吳富國這種人忘身報國，每天籌車相馬，對國家靖獻多方，社會關係也單純，仿佛不會有什麼仇家？但為什麼被虐殺？

他走過來靠近他們，坐在桌面的一個角上：「他有愛人？」。

「本來是孤家寡人一個，八年前結婚了，有一個六歲的小孩。」

「組織給他找的？」

「對啊，否則他哪有時間談對象？」

李振源想像這樣一個人，應該全部身心都投入到工作上去了。這樣的生活多麼無趣？他看多了這樣的黨員，幾乎都是沒日沒夜的工作，好像人生唯一目的就是所謂「革命」。從戰場到單位，從單位到生活，「革命」是他們唯一的重心。他們每天都把「革命」掛在口上，但是革命到底是什麼東西？

「我想你身邊大概只有他這一個老鄉吧？」李振源猜。

「你怎麼知道？」馬連昆露出驚訝表情。

李振源一副理所當然：「南京籍的共產黨員本來就比較少。國民政府的首都自然是情報部門網絡布建最密集，抓得更緊，清查更徹底的。地下工作環境更險峻。當然那裡的社會矛盾也不那麼激烈，國民黨最好的資源都放在這裡。」

「探長還是比較了解的。的確，那裡犧牲了很多同志。不過，我是離開南京本地才參加黨的活動和組織。」馬連昆道。

接著李振源又問：「我想他這樣的人一定經歷過難以想像的大風浪。」李振源的眼神好像能看穿馬連昆一樣。

「你說誰？處長嗎？」

李振源點頭。

馬連昆凝望著李振源的眼一陣子。「處長這一生經歷了太多腥風血雨，北伐從軍，秋收起義，經過五次反圍剿，長征、抗戰、直到內戰與中央轉戰到東北，再來臺灣。」

李振源看著馬連昆的眼睛，好奇地問：「你們在渡江戰役中衝鋒陷陣，嚴重傷亡。」

馬連昆吸了口菸，煙霧瀰漫，瞇著眼：「聽您口音，您府上大概是北方？」

李振源笑了。他的口音再次迷惑了聽者。他搖搖頭：「我是本省人。」

「啊？」馬連昆非常驚訝：「你的口音完全是北方人。真沒料到，臺灣居然有您這樣的語言天才。」他又吸了口煙，繼續道：「沒有人料到戰局發展成這樣。二野三野撤華北、再撤入東北。退回東北後，我們怎麼都沒料到王明會公然叛黨，配合流亡的蘇聯政府，搞成兩個中央。」

有正義感、有勇氣的菁英都在那年被消滅了。不論怎麼樣，不是共產黨來，就一定是國民黨來。共產黨統治的這十四年，鎮壓、反革命罪、餓死，死了太多人，也許國民黨留下來就不會這麼慘？李振源不是很確定。

「偉大的共產主義戰士一生奉獻給黨，他做到了，革命歲月前半部不是打仗就是在逃難，後半部在建設大臺灣革命根據地，根本沒有時間和條件完成人生大事。他整個一生都奉獻給了黨。」馬連昆撥了撥他稀疏的頭髮。

李振源憐憫起來。這些人也夠慘的，顛沛流離的一生。

「但是我們不常談任務以外的事，處長甚至沒跟我提過想念家鄉的話題。平日在工作上，嗯，他只談工作，很少講私情。對我，當然算是照顧。但公是公，私是私，他當時把我找進鐵道部就是對我特別照顧了。工作上，好像我們也沒有什麼不順的。我們單位拿到部裡面的先進榮譽，是紅旗單位。平時我們的任務就是配合整個工務局，服從組織指揮。」談到工作，馬連昆說著都正襟危坐起來，兩眼有神了。

「紅旗單位鬧命案。」王勇冷冷道。

「命案是治安問題，不是單位工作問題。」馬連昆反駁。

「這難講喔。」王勇反唇譏諷。

李振源注意到馬連昆第一反應是捍衛單位榮譽。這可是個有榮譽感的傢伙。

「處長一個這麼好的人結局卻是慘死？處長死了，我們的工程進度多少會受到影響。這阻礙我們建設大臺灣。我認為很可能是敵特幹的。」

「你別那麼早斷定是敵特。哪有那麼多敵特？這樣讓人覺得你別有用心。難道是你幹的，你在維護什麼？」王勇鐵著臉。

「怎麼會是我幹的？處長對我恩重如山。」馬連昆一臉無辜。

王勇問道：「你回想一下，上週最後一次看到死者，是什麼情況？那天下班後，他做什麼去了？」王勇一本正經。

「那天跟平時一樣，大家急著想下班。雖然現在上頭在推反官僚主義，要求埋頭苦幹，但我們每次週末大約四點就下班了。處長說我們任務超前完成，所以在週末都會提前二小時放我們下班。他說勞逸結合，長期積勞是要生病的！他鼓勵我們週末準時下班，可他自己倒是常常週末加班。我們紅旗單位是真格的，工作很繁重，週末下班大家都往家裡走。拿我自己來說吧，響應主席的『組織軍事化、行動戰鬥化、生活集體化』號召，早上我們七點半就到辦公室，風風火火布置工作，下了班，我們回到自己的生活區，參加社區活動，好好放鬆一下。」馬連昆帽子捏在手上都捏成了一束，像把他　述的那些日子也捏扁在手心了。

「處長跟我一樣，都住萬華。不過他住單位大院，那天離開單位後我就不知道他的行蹤了。我先是到河邊散步，吃晚飯時到宿舍廣場報到，優閑地聽聽政令宣導，然後到食堂吃飯。最後我們才各自散去，回宿舍休息。」

「一般他會回家？」王勇問。

「他都會回家吧，他的老婆年輕，小孩又小」馬連昆道。「除了工作，就是家庭。」

「處長平日做人怎麼樣？好相處？」李振源問。

「處長是一個認真，實事求是的人。但他也不是一個整天板著臉的領導。只要不是工作時候，他特別可親，對人很客氣，也關心人。我想，我們單位的同志都很尊敬他吧。」

「如果單位同志知道處長死了，應該不會有人高興吧？」李振源問。

「高興？不可能。畢竟大家朝夕相處快十年，而我跟處長也快二十年了。」馬連昆眼神低斜，一動不動，若有所思。然後，他的眼淚跌落，在地上成了一朵透明小花。

筆錄拉拉雜雜寫了幾頁紙。沒問出什麼重大的事情。因為只是來認屍的，馬連昆對許多關於死者的個人問題也不熟悉，只是有種崇拜的態度，對死者的個人資料和人際交往也交待不清楚。由於時間不早，做完簡單筆錄和初淺了解當事人後，李振源決定明天再到鐵道部展開正式調查。他請馬連昆先回去休息。收拾完，王勇也下班了。

李振源看警局沒有其他人之後，就打開鎖從抽屜拿出一瓶酒，攤開一個小布包，裡面裝著一把花生，自己一個人，在警局的孤單桌燈下，一邊喝酒一邊寫今天的偵查日誌。

一九六三年四月二十三日

淡水河無名屍於今日受人指認。指認人：鐵道部工務局電務處工程進度先鋒隊小組長馬連昆。馬連昆，一九三〇年生於南京，黨員。

指認無名屍特徵：臉上痦子、金牙、外貌、身材，皆與電務處長吳富國相像。單位早先已向上級以及戶籍地萬華公安局將吳富國報為失蹤。

偵查工作安排：明日將再請三名鐵道部職工交叉指認死者。

他翻了翻案頭上堆積的案件，心頭有點鬱悶。

無意識地燃起一根菸，他凝望著窗外的夜色，月亮在淡水鐵橋的上方，澄明地像顆燈泡，它的光芒暈染漫延整個臺北，黑夜漂浮著奶色霧氣，在月光下，瀰漫愁城。

也許是因為這樣的景色，他壓抑不住思緒，意識飄揚到跟葉雲生活的幾個片斷。

淡水河邊，綿長的河堤，夜色就像今晚一樣。那時站在河邊空氣中還沒有異味。輕風徐來的仲夏，他們躺在草地上聊天。滿天星斗。他聞到她頸部散出來的體香和草地上的味道。她嫩白的耳部下緣一直到精緻的細頸，使他吞了許多口水。

一九五三年，剛認識沒多久的夜晚，聊了什麼他已不記得，他只記得她身上有股他不熟悉的味道，遙遠的味道，那讓他興奮。

他們去了最南部的海岸，站在大海斷崖上面對著廣袤的海面痴痴發呆。

她從中原來，沒見過這樣的景象，被海洋壯闊的風景震懾住了。風很大，她的頭髮和衣角在風中翻飛。

「小心掉下去，」他深情的看著她。她好像被大海勾攝住魂魄，一直往前走到斷崖邊沿。在海風中，他幾乎用喊的提醒她：「小心！」他一臉擔心，「你掉下去我怎麼辦？」他喊。

她回頭看著他，對他笑，那表情好像是說她相信就算她掉下去，他也能接住她。你掉下去我怎麼辦？他是真的這樣覺得。這是他生命最完滿的一刻，若是缺了一個角，他不知道怎麼填補。那次旅程他們住在每個地方的公安招待所，以洽公的名義開了兩間房，半夜他瞞過工作人員溜到她房間。每天晚上在不乾淨的棉被下，怕吵到別人，捂著對方的嘴做愛，做得淋漓盡致。兩人都被對方帶到了無以名狀的境地。事後身心俱疲，睡得特別沉。

但是現在的他，幾乎不太確定他們曾經有過那樣親密的時刻。此後在他腦裡出現的不再是這些溫情，多是他們不斷爭吵，衝突升溫的畫面。爭吵腐蝕了他們的愛情。這些年，他不願再去想這些畫面，那讓他心痛。

吵架到最後都累了，不想再吵了。兩人處在一起，各幹各的事，誰也別招惹誰。可是他願意為她和女兒做任何事。他把每個月的工資都交給葉雲，養育紅紅。當然，光靠那點工資，無法給女兒最好的生活，所以有油水什麼的。這些錢可以弄來不易弄到的書和食物。像他這樣的探長享有一些別人沒有的特權，職位越大，越能得到特權帶來的保障。

他夢過葉雲跟別的男人在一起，在夢中他驚訝發現那人也是警察。那人溫柔地牽著葉雲的手。這一幕讓他在醒來的時候心痛不已。他看著熟睡的愛人和紅紅，想著千古不變的諾言，內心翻江倒海。

時間一久，他發現自己在別的女人身上找到了葉雲不能給自己的平靜。有些女人對他百依百順，柔情似水。和她們在一起，他完全不用煩惱處理男女不平等、不用為沒有維持純粹的理想感到內疚，不用煩惱不同想法和做事方法等等夫妻常吵的問題。他和葉雲的那些爭吵從生活瑣事轉移到了忠誠問題上頭，吵鬧最終變成了冷漠。有時想不開，心頭煩悶，他不可自拔地去找酒喝。痛心的感覺讓他喝一瓶又一瓶的酒，直到酒杯見底，直到酒瓶一滴不剩，他仍覺得痛苦難耐，沒完沒了。

酒精的麻痺作用從他的感覺變慢開始，他心痛的感覺也變得緩慢、麻木，最後模糊不清。這時他才放鬆起來。

靠著酒精，他慢慢主宰這種情緒，使生活的挫折不致傷害自己，但是他也逐漸被酒精控制。然後他做著他能做的事，盡力去工作，盡可能弄錢回家，給紅紅最好的東西。現在紅紅到了人民公社托養所生活，他需要更多的錢，去打點各個環節，讓紅紅不受人家的欺負，偶爾也比別人過的稍好些。

李振源努力將注意力拉回到現實。眼前的卷宗很高。這半年的積案堆得超過他的頭。很多是解決不了的懸案。他的指頭在平放的卷宗上滑過，從中抽出寫著《迪化街民眾連續死亡案》一卷宗夾。這是一宗調查後令李振源至今想起來仍感無力的案子。五年了，這個案子依舊毫無頭緒。他調查了半年，筆錄做了三十幾戶人家。但是最後案子必須擱置。

他展開卷宗，燃起一根菸，五年前的案件又回到眼前，他仍然記得迪化街住戶的綜合口供，聽起來像是鬼故事：

一九五七年的一個冬夜，像往常一樣，只要一入夜，迪化街馬上就寂然隱暗起來。半夜街道安靜，居民都在熟睡之中，但那陣子連續幾天，深夜時分，好幾家住戶都聽見哭泣聲，那聲音聽起來像是來自一位六、七十歲左右的婦人。然後是逐戶敲門聲，咚咚咚，咚咚咚，然後夾著老婦哭聲傳來臺語：「有沒有人在家？有沒有人在家？阿蕊呀，你在家嗎？嗚—嗚—嗚—」哭聲淒厲，「阿蕊呀，你跑到哪裡去了？有沒有人在家呀。嗚—」聲音含冤，傷別夢斷，充滿著見到阿蕊的渴望，直穿進每戶人家的窗戶，傳到每一個在床上睡覺的人耳裡。寒冬殘夜，腔調傷懷，每戶人家都躲在棉被裡，覺得奇怪，怎麼三更半夜有歐巴桑哭著敲門找人？

這一帶人對老嫗的聲音感到陌生，沒有人認識這位婦人，周邊鄰居也從沒有叫阿蕊的人。但每次這老婦敲門，深夜街坊形成相當恐怖的氣氛，聽到的當地住戶都很害怕。是誰？為什麼敲我家的門？我們這裡明明沒有叫阿蕊的。難道是精神有問題的女人？要不要開門查看一下？但這又不是查戶口，憑什麼開門？

家裡的女人都不願開門，但男人想去一探究竟。這些年世道緊張，這三更半夜，隨便亂開門肯定不對。這婦人搞得一陣騷亂，大家一時都失去睡意，躺在床上胡思亂想。這個婦人是不是被拋棄了？阿蕊是她的女兒嗎？是走失了還是被拐跑了，還是遺棄了老婦？沒有人願意開門。老婦便逐戶敲門。每一次敲門聲，都敲緊人們脆弱的神經。失蹤的阿蕊，悲傷的老婦。床上的人們開始胡思亂想。這樣一連好幾天，也沒有人去開門。一九五七年的冬夜好冷，誰也不願鑽出暖呼呼的被子到冰冷的巷子一探究竟。沒有人見過這個老婦。過了一陣子，晚上就沒有這老婦的聲音了。大家有點好奇，怎麼這老婦白天不來，而是晚上來。

白天，男人們去往工廠上班的路上不約而同談到這件事，講起來都覺得很玄，沒人見過老婦的面容，大家都只是聽聞過聲音。然後突然一天晚上，老婦的聲音又出現了。這次的聲音比此前更淒慘，叫得時間更久。有位大膽的男住戶對著窗子外罵道：「三更半暝在這裡哭爸，人家還要不要睡？滾到別的地方哭去！」那聲音經他這一罵，怔住了一陣子，彷彿這喝止是有效的。但不一會兒，哭聲依然繼續。

「滾！」不知哪一戶的男主人罵聲又加強了，但回應他的是更淒楚的嗚咽聲。

第二天白天一切恢復原狀，好像半夜未發生過任何事。晚上哭聲又來，這次另一家住戶的男主人也罵起來，同樣的只聽見更令人難受的哭聲回覆。

幾個男人白天商量，一旦這老婦再出現，他們不約而同就出門查看到底是什麼精神不正常的女人。

這個晚上老婦又開始哭喊：「阿蕊呀，你跑到哪裡去了？有沒有人在家呀。嗚——」逐戶敲門，咚咚咚。被敲門的幾戶男人立即推門查看，結果令人們驚訝。尋著聲音找了很久，都找不到，那聲音遠遠的聽來就在前方，等男人走到跟前，那聲音又變成虛的，飄忽不定。幾個男人面面相覷，滿臉蒼白，愣愣地各自轉回到自己的床上。任憑愛人如何逼問，他們每個人都講不出來他們看到什麼、聽到什麼。

隔一陣子這幾個外出查看的男人紛紛發起高燒，燒到四十度。由於藥品供應量不足，合格的醫生又多在牢裡，要不就是在階級鬥爭中自殺身亡，五個男人在幾個月之內一個個重病，看了醫生也沒用，最後不可置信的全死了。

幾家人陷入愁雲慘霧之中，家裡婦女不敢多說什麼，怕自己搭進去再帶來什麼可怕的結果，家裡還有老小要顧。後來報案的原茶舖老闆娘現在是馬列區國營食堂的清潔員，她的兒子當時跑去看，後來也病死了。她的精神被折磨得很慘，最後跑來大稻埕公安局報案。但由於她說的繪聲繪影，值班警察那一關就先把她打發走了。

警察很難相信她的說法，只當是沮喪的死者家屬必然的情緒反應。在門口當值的警察都被上頭交待過，不要讓民眾隨隨便便就報案，雞毛蒜皮的事，無中生有的事，全都擋下來。她們這種被鬥爭而死的黑五類家屬，太多了。

當時這位頑固的老婦委託關係找到李振源——其實就是透過解放前李振源家的長工。李家在大稻埕曾是首富，關係網太密，後來被整得很慘，以至於李振源遇到以前的相識，都有些難以言喻的感受。他每每礙於人情不好意思拒絕。這件事他卻覺得特別蹊蹺，開始展開調查。當線索愈來愈多時，卻推不下去了，他懷疑這是一宗連續殺人案，是精密設計的兇案，動機不明，藉怪力亂神，可能性很多。可是擺在他面前沒有任何線索。動機是什麼？殺人有什麼好處？製造恐怖氣氛？這裡有什麼攻擊目標？被害人之間有什麼關聯性？殺人手法是什麼，下藥？當他把案情向上匯報時，上頭就下令不許將本案調查從神怪角度切入。黨的政策是反對封建迷信，反對宣傳鬼怪，要宣傳無神論，進行反迷信教育。案件就此打住。

李振源想起這個案子和其他破不了的案件，搔著腦，思緒萬千，他感到無力，四周一片黑暗。是我無能嗎？這些年，我到底在幹嘛？怎麼會從一片光明變成一個有今天沒明天的人？外界不明究理的人，以為我是光鮮亮麗，前途無量的公安。在這個系統的人都知道，沒有一個人是乾淨的。如果不願把雙手染黑，不僅走不下去，還會被除掉。警界清除了黑幫，自己的江湖卻更黑。

我只是他們的棋子，一個傀儡而已，李振源告訴自己。他感覺內心深處有個聲音一直在跟他對話。難道，這就是良心嗎？他不確定，或許是胡思亂想而已。痛苦情緒爬滿心頭。他發現自己的手在發抖。他喝了一大口酒，想麻痺痛苦的良知和情感。

李振源意識到自己身不由己。這個時局，他能做的就是盡可能掌握權力。有權，基本就能活命，搞錢也簡單多了。只有權和錢能破開生活中的荊棘。這個位子提供的機會，能讓他照顧紅紅和葉雲。不，葉雲可以照顧她自己。他只能照顧紅紅。他不到十歲的女兒。只要他還有一點勢力，誰也不能動紅紅一根寒毛。

辦公室除了他桌上的檯燈，周圍一片黑。他想著馬連昆說的話：「先進榮譽，紅旗單位」。

正當他陷入思索時，柯吉和一四五六 四三八七員警回來了。他們打開辦公室的燈。

柯吉看見李振源便道：「咿，還沒下班？」

「看完現場了？」李振源問。

「看完了。」他們脫下槍套、皮腰帶，把槍送進槍械櫃，填寫資料，值班員警進行查驗。

「照現場目擊者說，一群不明民眾，大約十多名，拿了十幾把武士刀突然衝到命案現場，把正在街頭納涼的一位民眾砍殺致死。」四三八七道。

柯吉說，他們到達現場，只看到桌子椅子倒了滿地，顯然是多人鬥毆留下的痕跡。他們在一個民居門口見到一個人橫臥血泊。人已斷氣。救護車把人帶走後，他們在現場採集了一些跡證，又問了幾個人話。

「我們到達前，人就死了。現場和死者情況真慘不忍睹。」柯吉道：「全身上下大約中了一百多刀，手臂剩下一條皮連結，幾乎砍斷了。」

柯吉說，已約了目擊者隔天上午到警局做筆錄。據聞是前黑幫成員尋仇。

黑幫？李振源有些驚訝。正如所有人都知道的，黑幫已在一九五五年宣布全面剷清。但有些結怨被埋在深處，像是暗流不時會冒出來。

「報不報重大刑案？」柯吉問。

「現在還不急，大家都回家，報重大刑案，上頭要來開會，下面要加班，還是明天上午再說。」

李振源把剛剛鐵道部有人來指認淡水河死者身分的事告訴柯吉。

「那麼，」李振源說，「明天上午我先去鐵道部了解情況。」

「要不要讓陳保國去？」

「你還真以為我會聽老呂的？」李振源道：「我遇上了我就辦。交給別人幹嘛？黑幫殺人的事，你明天帶著三個隊，協調區武警去抓捕兇手，帶回來偵訊。」

「好吧，我這裡完事就趕過去。」柯吉道。

李振源坐在椅子上一動不動。

「走吧，下班了，還不走？晚上警備司令部加強巡邏，不會再有事了。你還有沒有事？沒事，到我那喝一杯再回家。」柯吉道。

李振源收了東西跟柯吉一起走回家。柯吉家在六條通附近，六條通是幾條長巷組成。柯吉家在一條暗巷中，兩旁林立兩層樓的日式木屋，雖然每一間都不寬，但門前都有小小的花園，有木隔牆或矮樹叢或籬笆，小巧精緻。

深巷闃靜，月亮高掛在簷頂之上，烏瓦露出薄薄的輪廓。李振源看到，院子裡種樹的，樹都高過屋頂，樹越大，院子就越大，那家人越是有來頭。他清楚知道，這表示，這家人掌握越大的權力。

先是低沉的引擎的聲音逼近，隨後兩輛吉普車突然從後面超過他們，在前方不遠一戶人家門口急停。車上闖下來四 五個人，穿著警備司令部的制服，敲門。

李振源和柯吉看到這一幕，知道有人犯事，要被抓去了。

他們經過那些官兵，其中一個人警覺地注視著他們。

沒走幾步他們來到柯吉家。從籬笆的縫隙，可見柯吉家的窗戶裡亮著黃光。

柯吉推開門，小黑狂吠。這是一條土狗，兇悍的狠。小黑一叫，整條巷子的狗都叫了起來，織成一張疑懼的網。

進屋裡，只見柯吉太太呂靜娟正在哄兩個孩子去睡覺。李振源記得柯吉說，男孩七歲，女孩五歲。孩子看見他們進來，齊聲叫了爸爸。

「沒叫李叔叔？」呂靜娟正色道。

「李叔叔！」孩子齊聲。

「好乖，好乖。」李振源笑著回應，想起自己的女兒李衛紅，小名紅紅。

「昨天從公社接回來，他們好珍惜在家的時刻。」呂靜娟道，轉頭催促孩子：「很晚了，快上樓睡覺。」語氣溫柔。

爸爸、李叔叔晚安。小朋友歡樂地一邊奔上樓一邊嬉鬧。

「弟妹。」李振源向呂靜娟點頭示意。

「麻煩給我們做點小菜，我跟振源喝一杯。」柯吉深情且溫柔道。

「十分鐘上桌。」呂靜娟笑道，便進廚房。

「我去哄一下孩子。」柯吉隨著孩子上樓。

柯吉年少失怙，非常注重家庭關係。李振源在客廳東看西看。他來過很多次，但從來沒有仔細看看柯吉家的陳設。

這是一個溫暖的家。一個原木小圓餐桌，可坐六個人，桌上方有個亮著鵝黃色光的吊燈，大約二十五瓦。客廳牆上有毛主席玉照，一張竹編三人椅，一個深紅木櫃，櫃上有各年分的埔里高粱酒，酒瓶造型各異，有砲彈形狀，有主席揮手像，有瓶造型是開卷的書，想必是資本論，還有馬列恩格斯畫像的酒瓶。櫃子上有一把精緻的老式警用紅心手槍的模型，放在最高處橫板。酒櫃檯面上還有一臺真空管收音機。

牆上掛著一排木框裱裝的照片。李振源湊近看，有柯吉全家福，有呂靜娟父母家的照片，其中呂靜娟看上去不到十歲，另一個青少年，他仔細辨識，認出是呂明松。另一張相片是柯吉剛到臺灣時在基隆碼頭拍的，背景有蘇聯軍艦，有山。有張照片是柯吉和一群硬朗的男人在室內合影，搭肩勾背；還有一個相框裡裱裱了幾年來柯吉獲得的公安獎章，包括卓越公安勳章、公安英雄獎章，還有情資訓練班學員證。

柯吉上樓時，李振源感到很奇怪，他竟然想到父親。他父親是報社漢文版的編輯。父親在漢文版被關閉後，每天借酒消愁，到最後幾乎不可自拔。李振源幾乎不記得小時候父親曾經給他像柯吉給孩子那般的父愛。李振源的父親給他嚴厲的督促，要他自立自強。父親像個日本人，對他嚴格，但與祖父矛盾下，並沒有教他什麼實質的東西。是他的祖父的教導奠基了他。他祖父李仰光教他言必信、行必果。

沒過多久，呂靜娟從廚房端出來兩盤菜，又雙手捧出一大碗湯。

「吃吧！」呂靜娟笑道：「沒什麼菜。」

呂靜娟旋即上樓叫柯吉下來。沒一會兒柯吉咚咚咚下來。呂靜娟沒下來。

柯吉拿出高粱酒給兩人斟滿。

「總算回到家，可以喝一杯再睡的時刻。」柯吉道。

「今天可真是庸庸碌碌。」李振源道。

呂靜娟準備的是盤熗炒豆乾跟一盤素菜。沒有米飯，光吃菜，喝了幾口酒下肚。

「這個月開銷比較大。要打點的人多。兩個孩子到公社托養所，那些老師、監督、領導每一個都跟豺狼似的。」柯吉道。

「真是不像話。」李振源道：「我也給了不知多少好處。」

「兩週前，兒子癲癇發作，送去人民醫院。帳單出來，你猜多少？三百五十元！有沒有搞錯？我問他們。他們說，國家醫藥取得困難，所以貴。」柯吉喝了一大口酒。

「逼急了，咱們去鎮壓他們。」李振源氣憤道。

「往後還要過日子呢。」柯吉苦笑。

李振源給柯吉倒滿了酒杯。又敬他。

「呂靜娟的媽在老人院，也是靠呂明松打點，那裡的人壞得要命。」柯吉道。

「時局很糟。」李振源道：「你別擔心。我來想辦法。」

屋外傳來蟋蟀的叫聲，屋子裡有壁虎的叫聲。壁虎的叫聲聽起來像是鳥叫。

第四章 鐵道部

矇矓中，他睜開眼，天已大白。掙扎著要起來，這感覺抵抗不了，也拒絕不了。他才剛醒就感到很累，酒精的作用，可是必須起床。

這是個大晴天，早上十點已經熱得頭昏眼花。本來柯吉要一起去鐵道部，但他必須留下來處理昌吉街命案。李振源只好獨自去。

接近鐵道部大門時，李振源額頭滿是汗。他走路過來。他喜歡走路，往往可以收到路上各種信息。他看了一眼拱門上燙金大字「中華人民共和國鐵道部」。進到門廳，兩旁是白色列柱，頂上是弧形天花板，整廳瀰漫檜木味。這味道不禁使他想起二十年前的日本時代。那時到處都是木造建築。現在，它們正一棟棟被拆除。木造房子年久損壞，又缺乏維修的知識與懂日式木房修繕技術的人，只能看著一棟棟頹唐。臺北到處可見興建中的磚造樓房。而那些新建大樓讓每個生活過日據時代的人都感到無比痛心，實在太醜了，像美女臉上的爛痘子。

但是，現在誰也管不了美醜了，活著比什麼都重要。

他看了手表，十點整，鐵道部的人應該都上班了。他向門衛說明自己的身分，那門衛穿的是公安制服，但仔細看實際上與別的徽章並不同。李振源衣服上是公安部的部徽，這位門衛別的是鐵道公安的部徽，屬於鐵道部公安系統。這完全是鐵道部自己培養的人馬，跟人民警察學校培養的完全不是同一批人。這批公安人員的素質參差不齊。一九五四年就有鐵路公安監守自盜搶劫乘客的事件。

「同志，請你聯繫你們公安局、工務局，請通知他們大稻埕公安局偵查科長李振源來了。」李振源很客氣。

「會客室等著。」這人的制服太大了，鬆垮垮的。李振源心想這人沒禮貌，連「請」字都不用。不過他也不放在心上。要計較的話，早就氣死了。

鐵道部的會客廳還是當年的老樣子，日本時代他來過，找他的朋友。現在白牆還是白牆，只是把後藤新平、長谷川謹介等人換成毛主席的玉照、共和國國旗。

十分鐘後來了三個人，兩個穿著鐵道部制服，其中一位自我介紹是工務局的主任委員，另一人是馬連昆，另一位穿著公安制服。李振源向馬連昆點頭示意。李振源正式道明來意，在眾人陪同下前往工務局。公安非常客氣，一上來就握著李振源的手寒喧道：「王傳興，鐵路公安局主任。終於見到赫赫有名的大偵探，模範人民公安，你的破案故事我們鐵道部公安同志都耳熟能詳，五五年你三天就破了甘谷街箱屍命案。五七年你單槍匹馬追查搶劫殺人集團，勇鬥連續殺人魔李明貴，哎呀，沒想到，今天能見到本人。實在太高興了。」

王傳興有一米八，相貌堂堂，若不是有點禿，長得倒是有點像年輕時的毛主席。這種人他見多了。李振源早就料到要說一些外交辭令。

「王兄，那一半是組織塑造的形象，另一半是記者加油添醋的宣傳。真實的部分只有一點點。」

「振源兄這樣說的話，我就還要給你加上個誠實謙虛的美名了。」王傳興笑得開懷。

「這次來查案，還希望王兄多多協助。雖然死者是鐵道部的人，但發現地點是在大稻埕轄區，目前案子歸我們負責。這點還請海涵。」

「那當然，那當然。吳富國處長是鐵道部模範標竿，他遭到謀害我們都很悲痛，兇手如此兇殘對待革命幹部，天理不容！鐵道部一定盡力協助振源兄。有什麼需要配合調查的，振源兄請隨時提出。」說畢，王傳興拿出菸要請。李振源提高手上的菸給對方看，客氣婉拒。

「嗯——」，王傳興態度堅定，「抽我這個。這可是特供的玉山呢。」遞菸的手舉在半空不放。

李振源感到一定要接受他的好意，只好滅掉自己的，他望眼尋找立式煙灰缸，這時馬連昆眼尖立刻上前，接下了李振源手上的菸。李振源先是愣了一下，交給他。他知道毛主席都抽玉山牌。心想姑且試試。況且人家遞菸不接，不禮貌。他本身覺得這套禮儀很荒謬，但為了合群，拉近人與人的距離，他也謹遵不悖。他銜上一根玉山牌香菸，值班主任窩起手掌幫他點上火，李振源俯下臉讓菸頭就火。李振源吸上一口到肺裡，煙質醇厚柔順，吐出來時也潤而不燥。哇，他不禁喊了一聲，心想果然是好菸。也不知道這個王傳興怎麼弄來這等好貨。市面上解放牌是最好的菸，但玉山牌是特供的菸，特供菸不出現在市面上，只少量製作。

「好菸！」李振源真心讚美。

王傳興反應很快：「振源兄如果喜歡，」他看著李振源的眼，「等等拿兩條給你。」李振源沒有接腔。

「我不怎麼挑菸。」李振源突然對王傳興感到好奇，「王兄是鐵道公安學校幾期的？」

「我是第一期的。」王傳興道。

「我認識你們同學胡晉章。老胡。」李振源漫不經心等著對方反應。

「老胡呀！他現在在彰化車站駐站。現在他可是紅人，沒多久就要來本部，剛剛發布他晉升鐵道警務處副處長。」王傳興道。

「這傢伙有官運。但我認識的老胡可不像個副處級幹部，他以前還在小站當值時，每次放假來臺北最愛逛那個……」李振源露出壞笑。

王傳興反應很快，馬上就知道李振源說的是人民公娼。「他這個老屁股，年紀一把也沒有結婚……」

解放初期，為了解決國民黨棄留的官太太和千金等戰犯遺眷溫飽問題，政府讓他們自行組成人民公娼。建國時全國推行消滅私娼政策，唯一的例外就是建立這單位。那時還有，現在可沒了。

「你認識王長富嗎？」

「偵緝隊隊長？呵，以前在也在鐵道部本部，搞到名聲不好，後來下放到高雄。」

「名聲怎麼不好？」

「出過點事。他那個人一直自以為是。風評不是很好。」

一行人一邊上樓，李振源一面打探。他轉頭對工務局主任委員問道：「主任委員，我先要對你們失去了吳富國處長表示由衷同情。你跟吳富國在工作上有什麼接觸？」

「吳富國處長的電務處是工務局下的專業工程單位，工務局下有幾十個這樣的功能單位。電務處編制有十五個人，為了工作實際超編有二十個人，每個人分管的是全國正在興建中的鐵路電氣化工程項目，全國下轄各區五、六個工程組，每個組都在競爭。我就是負責協調分配各單位工作的人。」主任委員留了旁分頭，單眼皮，鼻頭有個疤。

「那你應該很清楚吳富國的工作狀態吧？就你所知，吳富國遇害前，工作上有什麼異常？」

他們腳步很快，沿途經過很多辦公室，可能是在公安局上班太久了，李振源感覺鐵道部各局室辦公室都很安靜，講話斯斯文文，不像在警局，同志之間的打鬧嘻笑就算了，還充斥各種人犯、嫌犯不時失控的鬼吼鬼叫，以及警察的震怒。他們一下走到了電務處的小辦公室。

「吳富國的工作表現一直獲得工務局局長的高度認可，可以這麼說，電務處是工務局最重要單位，鐵路電氣化嘛，他領導的電務處隊伍，戰力堅強，似乎沒有什麼問題。」主任委員站在門口自顧問答：「現在吳處沒有了，電務處怎麼辦呢？」

李振源看了一眼電務處辦公室，所有人都在裡面。有人穿毛裝，有人穿鐵道部制服。

他來之前已先打了兩通電話，一通給鐵道部部長辦公室機要祕書曾大奇。兩年前鐵道部長馬志兵的兒子曾闖過禍，被扣押起來，馬部長透過機要祕書找到李振源。李振源很快地就把事辦妥了。當然完事之後，部長就送了點禮致意，是份大禮，李振源知道這不能不收，也就收下了。當然，李振源很警惕，那時就在反官僚主義，很敏感。另一通電話李振源打給了交通部能源辦公廳，他先告訴一位和他有交情的官員說明今天到鐵道部查案子。到公家機關辦案，還是上上下下都盡可能打點一下。

工務局電務處的人幾乎都在，他們都很忙，但昨晚馬連昆緊急聯繫了大家，要大家今天不要外勤出任務，待命。

在幾位相關人員陪同下，李振源首先見到電務處書記陸繡山。陸繡山從辦公室走出來，李振源注意到陸繡山天靈蓋根本是光的，一根頭髮都沒有，連髮根都沒有，頭皮發亮，頭殼兩側的髮也理到極短，兩側那些髮根黑灰相間透露出陸繡山有些年紀。除了是個禿子，整個人倒很清爽大方。他穿著鐵道部的標準制服，黑色長服黑色長褲，金色肩章。他的雙眼精神，鼻梁挺，嘴唇薄，身材略顯矮小，腰板倒是很直，胸膛也夠開闊，一身短小精幹的勁兒。

李振源很客氣。書記實際是電務處的一把手。為確保行政組織聽從黨的指揮，黨在行政體系安插黨組織，就像在大腦植入神經控制元。一般常規性、技術性事務執行由處長吳富國指揮，但遇到重大政策要召開黨委會議。電務處的黨委書記是陸繡山，副書記才是吳富國，黨委一共有五人，重大事情召開黨委會議舉手表決，一經表決，吳富國就要遵照黨委會的決議辦事，陸繡山代表黨委會督辦吳富國的領導。

陸繡山道：「主任委員同志」，他先注視他名義上的直屬上級主任委員雙眼，點頭示意，向眾人掃了一眼後才向李振源笑道：「來，李振源同志，歡迎，歡迎，我們坐下來談。」他雙手握住李振源伸出的一隻手。好像李振源是很熟悉、親密的人一樣。

李振源從這一套看出這是個深受黨文化浸淫，辦事精明能幹的傢伙。同時感到陸繡山是個和善又謙遜的人，散發著一種自然熟魅，明明才剛剛見面，他對待自己卻好像久別重逢的朋友，不僅歡迎還很熱情。李振源對這種形象的老幹部很熟悉，他警惕自己對方這種態度並不是自己有多特別，而是這是書記的工作，要八面玲瓏拉攏所有人的心。眾人來到會議廳。

陸繡山笑容可掬向李振源道：「來，來，來，大家請坐，找位子坐。」

大家隨手從大長桌下拉出木椅，散散落落地坐下。李振源拉椅子時不小心弄叉了右手姆指指甲，一片指甲翹起來成白色雲母。他趁大伙沒注意，將它無害的撕斷。

「傅侗，給貴賓們倒茶。」陸繡山親切地交待職工。

外面的陽光從木頭窗上層氣窗的毛玻璃透進來，下面窗戶開著。幾架電風扇在辦公室裡無怨無悔地攪動停滯的空氣。李振源聞到辦公室散發著淡淡的檜木味和菸味，外頭烈日炎炎，空氣沉悶地連窗外榕樹的葉子也一動不動。

李振源的汗從髮間順著脖子流到背上。他不動聲色地觀察每個人，暗暗記下他們的神情變化。

「李振源同志，辛苦你來本單位調查吳富國處長的事。吳處長發生這樣的不幸，實在令人錯愕。他的死亡，昨晚我已向組織做了匯報。還要正式的去認屍，是嗎？」陸繡山問。

「恐怕要勞駕貴單位派出同志，帶吳富國家屬去認屍，方能確認身分。」

陸繡山沉默了會兒，似乎在壓抑悲傷的情緒。

「真是不幸，對我們的革命事業是重大的打擊。上頭會重新指派一名幹部來任職。但我們跟吳富國工作了十多年，在他的領導下，電務處有了卓越的成績。我們需要他這樣的幹才，領導我們繼續爭取建設成績。」陸繡山說得好像吳富國才是這個單位最重要的幹部，所有的功勞都是吳富國的，跟自己一點關係也沒有。

陸繡山眼神淡然，李振源明白馬連昆昨天捍衛單位的榮譽感其來有自。然而，接下來像是一瞬從黑屋走到敞亮的大堂那樣充滿熱情，陸繡山朗聲道：「李振源同志，有什麼可以幫到調查，儘管說，我知無不言。」

那位叫傅侗的同志用拖盤送上茶。白色瓷杯上燒印出紅色仿宋體字「紅旗單位」，落款是「工務局電務處」。李振源心想這陸繡山能當書記必然不是省油的燈。

「書記，吳富國跟你一起工作很多年了？」

「八年。」

「你認識張雲？」李振源把話一轉。

陸繡山一怔。

「振源同志人面很廣嘛。交通部張雲以前是山西王的廚子，做地下黨。我是運城人，跟張雲老鄉。你怎知道我會認識他？」

「簡單推論，交通部以前管鐵路局，鐵路局業務擴大變成鐵道部，換湯不換藥，我就想你們都是老同志。」

李振源故意壓低聲音：「向書記坦白，我好吃。山西同鄉會聚會堆火山搞小灶，張雲手癢玩兩把，你們山西人搞吃的，也不知怎麼老是請我這個臺灣佬去，好吃好玩的我當然不會放過。」氣氛鬆動了。

李振源看氣氛差不多，遂單刀直入：「我希望書記幫我調查，吳富國死前，最後見過他的人。」

「行，這簡單。」

陸繡山站起來，要單位所有人放下手上工作，靠過來。所有人訓練有素的放下手邊活兒，臉都往長桌方向上看。陸繡山大聲問，每個人都大聲報上來最後一次見到處長的時間。

真是個軍事化管理的單位。李振源一一記下，姓名和時間。結果按時間順序最後見到吳富國的人是正在端茶送水的傅侗。

「這位同志，你描述一下最後見到吳處長的情況。」

「我叫傅侗，」李振源一聽，發覺他說話發音不清含糊不清像含著三顆鵪鶉蛋說話，是個大舌頭。

「週日晚上八點吧，那天我在城南副食品供應站附近看到處長。城南市場早已打烊，警備部隊已經在路上警戒巡視。我從菸酒公賣局提貨處置辦業務後跟承辦人聊天聊得久了點，正好要回家，我看到處長從總參謀部往南海路方向走。我還跟他打招呼，他問我做什麼，我據實以告。」

簡直是考驗聽力，必須專心，有點費勁才辨認傅桐說什麼。聽到南昌路、警備隊兩關鍵詞，李振聯想到南昌路古亭派出所、警備隊的兄弟。他唯一不熟的是總參謀部。他需要再進一步的消息才能形成經緯座標定出線索。他立即筆記下來：週日晚上八點出現在城南市場，往南海路方向走。李振源推想，週日晚上八點，南海路一帶已經漆黑一團。跑那去做什麼？

「還說什麼？」

「處長還對我開了玩笑，說是不是去幽會？」傅侗一臉無奈：「怎麼可能嘛！處長就是愛開玩笑。」

李振源看到傅侗的模樣，三十五歲左右，一臉油光，唇很厚，像　著條香腸，戴厚片眼鏡，眼如豆，五短身材，腿粗，有個小肚，說話不清不楚，整個人看上去的確是不容易吸引女人的長相。

「他是南區架空電纜組長。」陸繡山安靜坐在一旁，突然補充。李振源看他一眼。

「處長經常跟你開這種葷笑話？那　他有什麼異常嗎？」李振源問。

「他像平常一樣走路很快。看到我，很和善，神色很自然沒有什麼異狀。處長私底下很好相處，也沒有領導架子。他老愛開玩笑，講些葷笑話，把我們逗得人仰馬翻。」

「有說去哪裡嗎？」

傅佩看了李振源一眼：「只有我向他回報的分，哪有他告訴我的義務？」眾人你看我，我看你。一時沒有人再接話。

陸繡山看沒人接話，主動問單位所有人，知不知道處長上週有什麼事要到南海路附近。還是沒有人接話。好像線索就到此斷了。

「書記，平常吳富國處長除了工作還有什麼嗜好？」過了半分鐘，李振源打破沉默。

「老吳是個工作狂，平常熱心參加集體活動，好像沒有什麼私人生活。」陸繡山兩眼似乎在眾人中搜索，好像想起什麼：「張樹枝呢？張樹枝！」

一位約二十歲的瘦小子從人群後擠出來道：「到！我在。」

「張樹枝是吳富國同志的侍從。每天跟在處長身邊，或許知道更多。」陸繡山看著張樹枝道：「張樹枝，是不是你最後見到處長？」

「不是，我最後一次見到處長是上週六在辦公室。」張樹枝有點拘謹，他的眼睛雪亮，長得細皮嫩肉，看起來人也機靈。

李振源在心裡推估：上週六張樹枝最後一次見到吳富國，那麼傅佩週日晚上看到吳富國，才是最後一位看到死者的人。老農在週一早上發現淡水河上的屍體，也就是說週日晚上八點傅佩見到吳富國到週一早上這段時間，吳富國出了事。吳富國在週日晚上八點後見了誰？是從哪裡跌入淡水河？從吳富國最後出現的南昌路算起，離淡水河最近的點是上游的古亭附近。吳富國會是在那裡跌入或著被丟入河裡的嗎？他記得案情分析推論如果在公館落水是兩點，那麼古亭落水是不是四點呢？

李振源很想鑽到張樹枝的腦裡，看看活著的吳富國是什麼樣子。「那時他在做什麼？」李振源從口袋掏出菸給張樹枝遞上。公安值班主任立即搶伸出他那包特供級的：「抽我這包，玉山的。」李振源收回了自己的那包。張樹枝拿起菸，放在嘴裡，李振源拿火柴給他點上。大家現在把他當大爺對待，希望他能回憶起有用的線索。抽這麼高級的菸張樹枝顯得有點不自在，嗆了一口。

李振源自己也燃起一根。大家也都拿出自己的菸抽起來，頓時辦公室彌漫濃濃菸味，像是能填補一下氣氛的虛空。

張樹枝有點不太自在，看了一眼陸繡山，陸繡山對他笑。

「處長向來是大家都下班後最後走的人。他常常會留在辦公室處理公務，八、九點才回家。待晚了也叫我先走。週六下午沒事他留下來。」

聽口音、名字，李振源猜張樹枝是本省小孩。

「所以處長叫你先走？」李振源問。

「下午三點左右，處長叫我回去。因為沒有什麼事了。」

「你回去哪裡？」

「昆明街和長沙街口附近。」

「你在那裡出生？」

「萬華。」

「你老爸叫什麼名字？」

「張漢文。」

「碼頭開茶樓那個張漢文？」

「是。你知道他？」張樹枝很驚訝。

李振源微笑。他在萬華公安局待了幾年，每條陋巷有什麼鬼他都能叫出名字。

「你老爸誰不知道，他主動把茶樓捐贈給國家，做為公私合營的標竿資本家」李振源本來還要講下去，但他突然意識到再講下去也沒什麼意思，因為張漢文幾年前在肅清反革命運動中被抓出來當作階級敵人給弄死了。他判斷，張樹枝能在鐵道部工作，也是張漢文將公司行號交給國家，黨給這個家庭的獎勵。沒想到肅反運動後來發展到不分青紅皂白的地步。總之，沒影響到在這工作的張樹枝。

「樹枝，你帶警察同志去處長的辦公室看看？」陸繡山語氣親切：「其他人可以先回去工作嗎，李科長？最近工作很繁重。」

「我帶科長去處長的辦公室？」張樹枝很識趣馬上接了話。

「勞駕。」李振源向陸繡山點頭，示意大家可回去工作。

張樹枝帶李振源走出電務處到長廊。處長辦公室就在隔壁，門緊閉，張樹枝拿出鎖匙打開，看來吳富國失蹤後不是什麼人都可以隨便進來。

「之前有人進來過嗎？」

張樹枝搖搖頭：「除了我和書記進來過，看看處長回來沒。」

李振源進去後，張樹枝待在外面沒跟進來，似乎是讓他保持調查的隱密性。

這是間有窗的長方形房間，短邊是門，另一頭是大窗子，窗外可見中庭廣場種植的巨大椰子樹。室內敞亮，白天不用開燈，每個角落都沒有暗影。有一排矮櫃、一張木桌和一排木頭沙發椅，都是極為上等的木材。牆上掛著主席的畫像，李振源沒看過的一種：毛主席意氣風發，頭微微上揚，眼神放在遠方，背後是新式列車，不用燒煤的電力驅動式列車。辦公室上上下下都翻了一遍，沒什麼可疑的東西。

他走到辦公桌坐下。桌面整齊，除了筆筒、文具淺碟、桌上型時鐘，就是幾本書疊在一起。李振源翻了翻，有俄語的、英文的鐵路電氣專書，上頭寫滿眉批和筆記。他在桌上翻找檢查，抽屜一個個打開，抽屜也很整齊。桌子最下層抽屜是上鎖的。他從文具淺碟找出兩個別針，插入鑰匙孔，搞幾下就開了，好像職業竊賊一樣。

抽屜內，有幾本筆記本，他翻了翻，都是技術名詞，看不太懂。大約是進料、用料、來源。另外有個不起眼的小包，他打開看是古亭公社幼兒園的課程表，還有幾張票證：食油票、電票、大米雜糧票等，配額數量不多，不值幾個錢。

李振源拿起那課程表看了看，油印的，都是深藍色字，沒什麼特別。他又仔細看了看課程表。上面的算數課，一週有三節，一、三、五都標上記號，畫了圈。他又閉上眼思考了好一陣。

走出辦公室，張樹枝看到他出來，殷勤問他有什麼發現嗎？

「沒有。」他斬釘截鐵。匆匆告別了主任委員、王傳興和陸繡山，說會再過來。

離開了鐵道部，他走到火車站前，搭上一輛通往古亭的公交車。他決定驗證自己的推論。

在南昌路下車，步行五分鐘，來到南昌路上的公社幼兒園。這所幼兒園比較高檔，附近住的都是大官。進入園區，他先到警衛室自報家門。

「辦公室的老師都在，」門衛是個老頭，聽到是公安局，嚇得話都說不好。「辦公室，」老頭伸出手指著裡面：「在那邊。」。

他步入更裡面只聽見教室傳來老師故作幼稚的聲音和孩子們齊聲上揚的回答。

辦公室裡排滿桌椅，顯得有點擠。牆壁上孩子畫的海報，剪的動物造型拼貼，矮櫃上放了幾盆植物。更搶眼的是牆上的海報，鮮豔的祖國紅色調，工人階級男女簇擁著一位老者，紅色的粗明體大字寫著「全國人民心向毛主席」。依在門口，他掃了一眼在辦公室的老師。一名老師見了他，走到門口問：「你是？」，「請問園長在嗎？」

那老師看上去只有二十多歲，穿著海魂衫。她熱心的走出辦公室門口，手指著另一處：「園長辦公室在那邊。」李振源道謝，向園長辦公室走去。

園長是個五十多歲的女幹部，戴黑框眼鏡，聽到是公安人員來調查命案，顯得有些拘謹。她請李振源坐下，給他泡了杯茶。

「你們這有幾位老師？」李振源喝了口茶，把茶葉吐回杯子裡，他觀察了一下園長，覺得這人挺嚴謹保守：「今天都來了嗎？」

「二十三位老師，都在。」園長的眼袋很薄但很長。

「請問，有老師犯罪？這也太可怕了。」她露出一臉疑懼。

「先別猜。還不到那個份上。」李振源翹著二郎腿：「您有沒有老師的個人資料？」

「有的。」說畢，她從櫃子找出老師的名冊。

老師名冊上，每個老師都有照片，寫著姓名、出生年月，籍貫，受過的訓練，教學的課程及備註。李振源先瞄了一眼所有照片。然後再找教算學的。兩個條件交會處，他鎖定一位叫杜冬青的老師。這老師長得眉清目秀，出生日期是一九二五年。

「你們學生有幾個姓吳的？」

園長打開學生手冊，頭跟著手指移動，翻看一會兒。「有兩個，大班的叫吳大力，小班的叫吳乃義。」

園長手指著手冊的姓名欄位。「就這兩位？」李振源起身走過來，瞄了眼家長姓名欄位，果然在「吳乃義」下面的欄位看到吳富國的名字。

「吳乃義的爸爸經常來園裡？」

「嗯，這個孩子最近請了假，喔，他爸爸好像是鐵道部的？之前偶爾會來，最近比較少了。」

李振源推想，她們都還不知道吳富國慘遭殺害。

他不動聲色道：「這位杜冬青老師平時人怎麼樣？」

「杜冬青老師是我們的算學老師，我們園的小朋友都是幹部子弟，家長多半有點來頭，領導幹部，不乏革命家，請的老師也比較有要求。杜冬青不僅會算學，還擅長教跳舞、唱歌。原本是海光文工團的。」

「結婚了？」

「聽她說不到三十歲就離了。」

「有家人？」

「沒有。她父親剛到臺灣就病死了，留下她一人。她父親在軍中的舊識看她十幾歲自己一人滿可憐，就安排她去海光文工團。前夫也是文工團的。」

「是自己來幼兒園的，還是有人事背景？」

園長此時深邃地打量李振源。

「是我親自去挑選的。」園長露出懷疑的眼神。「她有問題？」

「沒有，」李振源怕打草驚蛇：「只是想請她協助調查案件。」

不知是否是錯覺，李振源覺得看到園長瞇了一眼，覺得她有話想說。

「園長不必擔心，這件事我們保持低調，調查也不公開。只有你、我和這位老師知道。」李振源語氣低沉，胸有成竹：「不會給妳帶來麻煩。」

聽到李振源這樣說，園長終於放開緊繃的五官，露出笑容。

杜冬青正在上課，李振源在園長辦公室等了半小時，下課鐘聲終於響起。孩子們嬉戲哈哈四處奔跑，一下全都跳到園區裡的遊樂區開始攀爬滾跳，興奮大叫。

園長出去把正要回老師休息室的杜冬青帶到園長辦公室。杜冬青一身纖細，穿著橫條藍白色海魂衫，脖子上是條醒目的紅領巾，底下是工裝背帶褲，看上去樸素、大方、活潑。看到李振源，她有點錯愕。

「大稻埕公安局偵查科長，李振源。」他自我介紹。

杜冬青留著清湯掛麵的短直髮，遲疑的點了頭：「有什麼事嗎？」

李振源發現她畫了眉。這在當下的環境很特別，因為所有人都把樸素艱苦當作引以為傲的事，這作風很容易被指責為走資派，不檢點。

「坐。」李振源小心翼翼的提：「杜老師跟學生家長都熟嗎？」

「有些熟，有些不熟。」杜冬青在一旁的竹椅坐下，她語氣顯得冷。

李振源點燃一根菸，吞雲吐霧起來。

「吳乃義的父親，妳熟嗎？」他吐了一口長長的煙後，試探地問。

杜冬青的臉色頓時蒼白，表情僵硬。她發現李振源一直盯著她看，過了好一會兒，才點點頭。

「妳幾點下班？」李振源語氣和緩。

她抬頭看他。過了一會兒才明白他的意思。「我下午是沒課了。」

「這事我不想高調進行，等妳下班再說，免得園長和老師大驚小怪。」李振源道：「我們約在妳的住處。」她把地址寫在紙條給他。

下午四點，杜冬青回到師大附近的住處，推開門，看到李振源已經坐在餐桌前等著。

「我們公安可以隨時進入平民住宅調查。妳不用驚訝。」李振源安撫道。

杜冬青趕緊關上門，吸了口氣，徑直走到另一張椅子坐下。

李振源拿出一張字條。

「青：這個月的票證多了許多食用油，妳可拿去賣了，換點現金。不要一次兌換，分成幾次，免得節外生枝。膝蓋痛好一點沒有？我給你安排最好的醫生。○一二八」

「放在抽屜，一打開就看到了。雖然沒有署名，但這是吳富國寫的吧？」李振源解釋，在她回來之前已經搜索過她家了。

「你想怎樣？」杜冬青語氣很差。

這樣好看的女人，願意跟著有婦之夫，到底為什麼？李振源隨即想到園長說，她離了婚，在臺又舉目無親，一個三十好幾的女人在這種處境下，選擇不多。從字條上，李振源讀出，吳富國照顧她，可能對她無微不至。沒有幾個離婚的女人能抗拒這種關懷。

「不用我說，妳應該清楚，接受票證餽贈和轉賣，嚴重違反金融秩序。」李振源道：「更別說，與有婦之夫廝混，發展不正當關係，違反善良風俗。」

杜冬青氣到坐正了，看著前方不發一語。

李振源看出為什麼吳富國會喜歡她，她看上去簡直太單純了。在這個國度，還能保持這樣的性靈，簡直不可思議。

「吳富國，」李振源仔細觀察她的表情：「上週，出了事。」

她側轉過來，兩眼睜睜看著他：「出了什麼事？」

李振源看著她好一會兒，直覺告訴他，她真的什麼也不知道。

「他被謀殺，丟在淡水河。」李振源拿出隨身的死者照片。

杜冬青一下紅了整個臉，要哭哭不出來，一口氣吸不上來昏了過去。李振源眼明手快，跨步向前扶住她的肩膀。等杜冬青醒來後，看到李振源坐在床邊，她禁不住直流淚。李振源給她送上一杯水，扶著她起來喝，又拿毛巾幫她拭淚。

「早就叫他不要賭了。」她哭哭啼啼：「他就是不聽」

「賭博？」

杜冬青點點頭。

「在哪賭？」

「我不知道。他從來不告訴我。賭贏了，跟我分享。輸了，從不說，就來這裡喝酒」她的淚珍珠一樣大，一顆顆簌簌地溜到臉頰。

李振源不斷安慰她，遞給她毛巾擦淚，換熱水。李振源聞到她身上散發出來一種過了三十五歲不再爽明的女人味，陰性的味道。他感受得到，這個女人真的愛吳富國。一個多小時後，她才逐漸控制住情緒。

「杜冬青同志，我並不想害你。」李振源道：「如果妳肯幫助我調查這起命案，我會保護妳的安全，也會保障妳的工作，不讓你曝光，」

杜冬青望著李振源，眼神充滿感激。她很清楚，若是她和吳富國的事公開，她的名節就毀了，不僅會丟掉現在的工作，以後到哪裡都會被指指點點。

「吳富國有提過，他在工作、生活上有什麼恩怨嗎？」

杜冬青搖搖頭。

「妳再仔細想想，回憶一下，他一次都沒提過跟誰鬧過矛盾？難道他做人這麼好？」

「他做人真的是很講究分寸的，對朋友講義氣。他的同事，他最愛提的就是書記陸繡山。」杜冬青肯定道。

「那麼陸繡山知道妳的存在嗎？」

「吳富國告訴我，他從未跟別人提過，就算跟陸繡山很好，因為不想授人把柄，所以也不跟他說。他也是想保護我。」

李振源明白，吳富國對她也是動真情了。就算只是玩玩，也保護她不受傷害。

「你們都怎麼見面？他直接來這嗎？」

杜冬青點點頭：「今年他都是一、三、五來這裡晚餐，到深夜四下無人才離開。有時就直接在此過夜，不過這種情況不多。」

李振源細問了一些問題，又回到他仍不解的事。

「妳有任何頭緒，覺得會是什麼人殺害他嗎？妳剛才提到，他賭博。他賭很大嗎？會是賭博的人下手的嗎？」

「我真的不知道。」杜冬青精神很恍惚。

「那妳剛才為什麼聽到噩耗第一個反應是怪罪他賭博？」

「我沒多思考，」她用被子擦眼淚。「我所知道他不好的地方就只有賭博一項。」

「妳和他的關係吳乃義知道嗎？」

「當然不能讓他知道。」杜冬青道：「我們的關係沒有人知道。我們特別小心。」

「他固定給妳票證？」李振源進一步探聽他跟她的關係。

她點頭。

「多久給一次？」

「通常每個月，有額外時，十天半個月。」

「那些東西從哪裡來？」

「他從不跟我說，也不許我問。他總說，知道越少越好。出事時，才不會有事。沒想到他真的出事了」她又哭起來。

「杜冬青同志，」李振源突然嚴肅起來：「知情不報，如果後續我查出來什麼因為妳的隱瞞延誤破案，我就不會保護妳了。反正跟我沒關係。我只是公事公辦。」

杜冬青又嚇哭了。

「兩個月前他交給我過一皮箱，吩咐我說，先放我這，機密文件，不許過問，不許告訴任何人，不准打開，打開便難逃一死。他過一陣子再來取。」杜冬青哭著說：「現在他走了，我不知怎麼辦。」

李振源不曉得她指的是她無依無靠怎麼辦，還是那一箱東西怎麼辦？不過他也顧不上了。

「箱子在哪？」李振源剛才徹底搜查過，沒看到上鎖的皮箱。

「地下室。」杜冬青道。

「妳方便拿上來嗎？」

杜冬青點頭，隨即出門下樓。這棟樓每戶人家在地下室都有個儲物空間，可以上鎖。沒多久她就回來，手上拎個旅行用的深褐色皮箱。皮箱上兩個鎖都鎖上了。李振源看了看，鎖頭挺大，估計現場打不開。

「裡面是什麼，妳看過嗎？」

「沒有。他交代不可以，我就不看。」

「這是證物，我帶回去。」李振源道：「妳不許跟任何人提起我來找過妳。現在兇手還逍遙法外，動機不明。我不希望妳受到什麼威脅。過陣子我再來看妳。」

說罷，提著箱子就離開杜冬青的住所。離開時，他發現她家是樓房邊間，靠樓梯近，共五層，住戶不多，上下樓不容易遇見鄰居。真是個偷情的好住處。

李振源坐車回到大稻埕，直接回家，今天不打算再進辦公室。

到家後，他梳洗一下，洗清臭汗。回到客廳，看了看那箱子。本想隔天早上帶回局裡再處理。但他實在好奇裡面裝著什麼「機密文件」？回來路上，他掂量裡面的東西，始終猜不透。於是他找來老虎鉗，使勁掰斷兩個鎖。

裡面有三個滿滿的袋子。

三大包紙袋塞滿了整個皮箱。紙袋裡面有一堆像是紙片的東西。李振源一一拿出紙袋，比他想像的還要重，沉甸甸的。他倒出紙袋內的東西，先是發出重物撞擊桌面聲，然後豁一響，他驚呆了，是金磚。李振源下意識抬頭，環顧四周，確定沒有人看著他。

他用手撥撥，除了人民幣外，是一大堆糧票、貨品供應票，有雞蛋票、通用副食品票、布票、火車交通票、油票、煤票等等。全是不指定便可兌換的票證。有首都發行、也有全國發行的票證，這些票證之多簡直可以兌換出一間百貨公司來。他赫然見到面額有幾百斤、幾千斤的軍用糧票，這數額完全可以養活一支師級部隊。人民幣厚厚實實放滿整個箱子。但最厲害的是兩塊手掌大小厚度的金磚。他很多年沒有見過　金，更別說這麼大塊！就像盜墓賊進了墓室看到黃金打造的棺槨一樣，既驚嘆，又害怕。

早被「走資派」弄得心頭有陰影，還有什麼比抱著黃金更符合走資派形象呢？

李振源從沒見過這麼多錢堆在一起。一九五八年破獲有史以來最大犯罪團伙那次也沒這麼多。他發楞了不知多久，才開始思考該怎麼處理這筆錢。不用說，這是證物。多年的直覺，這筆錢，從數量和種類判斷，絕對不是賭博贏來的，實在太多了。但也絕對不是來源正當的東西。

他回顧死者辦公室和桌子上鎖的情況，不是人人都知道抽屜放了什麼，就算是張樹枝、陸繡山曾打開，也未必推論得出來那張課表的意思。李振源是靠敏感的嗅覺，知道只要是個官，就有機會養個情婦。當他坐在吳富國的桌子前，就在找死者的情人，他相信如果運氣好，一定可以發現蛛絲馬跡。果然在抽屜裡看到課表，一般人會覺得是兒子的課表，未必能注意到算學課被圈出。吳富國總是在這天加班，到深夜才回家。李振源琢磨：陸繡山和張樹枝可能不知道。如果他們知道，故意帶我來「發現」這些錢的意圖是什麼？如果他們知道這筆錢，引我來，他們有什麼目的？要我閉嘴，高抬貴手？李振源想了想，推斷他們應該不知道。

那要怎麼處置這些錢？李振源想起在人民公社的女兒紅紅，想起愛人葉雲。人民公社那票土老冒兒，若打點一下，女兒可以多受到一點照顧。葉雲？不，他再仔細琢磨，她一定不願這種事想起她，她活在正義公平的世界，根本不用擔心，她也不屑。

李振源心知肚明，他可以拿走這筆錢。今天他單槍匹馬來鐵道部。又去古亭公社幼兒園，沒人知道。就算陸繡山知道，張樹枝知道，他們也是不法，絕不敢說什麼。不論他們的目的是什麼，沒有任何證明他拿走了。話說回來，他們究竟為什麼要讓我知道？若他們不知情，那我更能自由處置這筆錢。

想清楚後，他花了整晚清算金額，不算金磚的話，票卷和鈔票市值高達三百一十萬八千三百元，那些金磚不知道值多少。總之比李振源猜想的要多很多。他挑出約六千專門裝了個小袋，又找了個空紙箱裝進三袋證物，蓋上蓋子。他四處張望，想著哪裡比較安全。他考慮了一小時，覺得哪裡都不安全。他決定騎車把這些東西存放在他的祕密基地。

隔天，他又來到鐵道部。剛好在走廊上遇到張樹枝。

張樹枝漫不經心的道：「探長同志，您又回來了？」

李振源看了他一眼，沒搭腔。這時，陸繡山走過來，「怎麼？」他說。「昨天走得那麼急。」

「公安辦案就是這樣。」李振源說著，示意張樹枝離開。

「把我桌下的手提包拿來。」看張樹枝正要走，陸繡山吩咐。

「書記，你們正處級幹部一個月工資多少？」李振源正眼都沒瞧書記一眼。

「一百八十元左右。」

「工程款都怎麼取得？」李振源問。他們就靠著走廊兩側談著。

「工程款會透過主計室，單位對單位撥領，不經個人。」陸繡山道。

李振源點點頭。心裡想，他知不知道吳富國賭博？

「都是現金？」李振源眼神往他臉上掃，目光 利如同利刃，但陸繡山沒避開，直視著。

李振源心想，先進生產力單位，紅旗標桿？這傢伙不單純。一個鐵路幹部有這麼多來路不明的錢，死了，為什麼？書記會不牽扯其中？

陸繡山眼神堅定看著李振源，過了一會兒才緩緩說：「怎麼問這個？」

「沒什麼，只是想，男人出事，不是錢就是色。不知道吳富國屬於哪類？」

「我不清楚是哪類，但我相信吳處長的品格，他的品德操守一點問題都沒有。」

「書記，對他這麼有把握？」李振源道。

「自然不是憑空而來。人死了，我們可以給過世的人榮譽，也可以輕易丟屎。我想實事求是查清楚再下定論，警察同志。」

「我還沒下定論。」李振源看著書記，眼神一刻不放鬆。

陸繡山也大膽地看著李振源的眼睛，毫不畏懼。

李振源感到他的警察權威受到挑戰，但他提醒自己，別得罪「黨的人」。他還不知陸繡山底細，要低調一點。他注意到陸繡山稱呼他改用「警察同志」而不是「振源同志」，分辨出書記剛開始還與自己稱兄道弟，一質疑馬上拉開距離防備。他不禁想，這後頭還有多少防衛心態呢？他決定不要破壞關係。

這時，張樹枝拿了個包交給陸繡山。說也奇怪，陸繡山的眼神也突然變得不那麼冷酷，而且還裝熟的摟著李振源的肩膀，拉到一邊，低聲道：「振源同志，你跟我們山西人都是好兄弟，這事我就直說了。單位裡鬧了命案，對國家鐵路建設是一大打擊。你知道，拚命搞鐵路是為了軍事上能迅速運兵到臺灣的任何角落，對國家安全很重要……這是今天我在處長公文櫃裡發現的，公帳系統中沒有任何紀錄，我不知道是什麼來路。」陸繡山拿出那個包包交給李振源：「我什麼都不知道。我只希望振源同志不要傷及無辜，不要影響工程。上面要查的話，曠日費時。這些證物，隨你處置吧。」

聽了這些話，李振源看著陸繡山，覺得不可思議。他看了看陸繡山手上的包，聽他這麼說，覺得有點意思。人命關天，錢多一點、少一點對案情也許有影響，但人死不能復活。陸繡山說話很有技巧，沒有紀錄的財物，不是公帳，證物，任憑處置。他想到昨晚那筆錢的數量，眼前這筆錢真不算什麼東西。只要有昨晚那些錢，他可以高枕無憂好幾年。他接過那包打開看，果然是錢。

「公文櫃？」李振源不記得處長辦公室有公文櫃。

「喔，在這。」陸繡山帶他去大辦公室，指著靠牆一溜灰色金屬櫃。每個櫃子都可上鎖。

「鑰匙？」

「喔，每個人保管自己的鑰匙，但全部櫃子的鑰匙，張樹枝都有一把。他是單位總務，專管這些。只要有人掉了鑰匙，就來找他複製一把。」

「我今天目的是來了解一下案情，感謝書記配合。」李振源看著那包東西，看著陸繡山道：「我需要跟貴單位的同志一個個聊一下。」他把手上的袋子抓緊了。

陸繡山此時仍一副沉穩的樣子：「你做你該做的事。」

辦公室有著濃濃的菸味，遮掩了淡淡的檜木香氣。他走進辦公室，看見大家都在忙。一九六三年的夏日午後，臺北很安靜，路上偶爾幾輛汽車經過，幾乎沒有任何喧嘩聲，連風聲也沒有，只是偶爾能聽到腳踏車按鈴的聲音，唯一持續的就是永不止歇的蟬鳴。

李振源憑經驗，人死了又有來路不明的大量金錢，肯定不是什麼善事。他判斷書記要維護單位利益和名譽，同時也要保護自己的政治前途，陸繡山　不會輕易透露，反而請他高抬貴手，還給他一些好處。他知道，照他的劇本走，他就落入了授人把柄的陷阱。

「辦公室的人聽著，你們肯定有人知道吳富國處長搞什麼名堂。今天吳富國命也丟了，這事不小。人命關天，我希望你們協助公安調查。請全到那邊小房間，一個接一個進來，沒輪到的先做自己的工作。」

二十個人，花了幾個小時，從最老的到最小的雜役都接受了李振源的筆錄。問話重點是研判動機、提供週日晚間八點到週一早上六點間的不在場證明、嫌疑人、兇器、機會、犯案能力。一直問到下午五點。單獨盤問裡，他給每個人大約等價兩百元的現金或票券作為獎賞。這是初步調查，後面幾天，他還請這些人陸續到公安局一個個做筆錄。李振源在日本警校學到的偵查第一步，是學著傾聽。從傾聽當中可以蒐集訊息、分析，從溝通當中可以旁敲側擊，觀察細節。做筆錄是集中心力的工作，問對關鍵問題必須鬥智鬥勇，進行質詢往往頭腦會過熱，精神會虛脫。但他喜歡這種老方法，從辛苦的訪問中獲得訊息，交叉比對，往往有意想不到的收獲。

他意料之外的是，這次他並沒有獲得什麼線索。這個單位在他訪問完一圈後，看上去真的就是值得黨中央稱讚的模範單位。每個人都精神抖擻，戰志高昂，一副隨時要投入全部精神，隨時準備在毛主席號召下犧牲一切去搞建設的樣子。

他們對吳富國和陸繡山的領導完全心悅誠服，沒有自己，只有公家利益。李振源心想，吳富國和陸繡山究竟什麼樣的人，竟能把人心帶成這個樣子？個個成為毛主席優秀的鐵道戰士，電務處的尖兵。如果他們全都騙他，那他們的演技也太好了，全都能當演員了。

問完最後一位，李振源看不到任何線索，他索性走到外面燃起菸。

大家都在閒聊，看到他出來，聲音就放小了。李振源故意露出自信滿滿、胸有成竹的表情宣布：「今天大家辛苦了。我收獲非常多，得到相當有用的線索。」雖然沒有任何頭緒，但李振源有把握最後能查個水落石出。

誇大調查有進展，會讓犯罪者心虛，導致犯罪者輕舉妄動，露出馬腳。接著，他話鋒一轉：「國家生產還在恢復中，最近糧食供應情況很嚴峻，我心知肚明大家過得很辛苦，每個人面黃肌瘦的。誰家沒有高堂老母，沒有愛人？我知道你們大部分人都有家小，現在國家配給少，你們並不想他們營養不足，也不希望親人一套衣服穿好幾年破了之後這裡一塊、那裡一塊補丁。這些票和錢是證物，是從你們處長的櫃子裡查出來的，我不知道這些錢從哪來，不知合法還是不合法，但無論如何，終究是歸公家所有。但誰是公家？人民就是公家，你們就是公家。這些錢交回去，會去哪裡？還不是先到公安局待一陣子再交給市府。各位也不需我解釋，就知道中間會有多少入庫。於是我決定從當中的票證先拿出一部分給各位家人補一補缺漏的生活用品。這些票證是硬通貨，沒有兌現期限，價值穩定，上面寫能換什麼就能換什麼，就算過了五年也一樣。你們想舉發我，我也無話可說，你們可以去舉報。但我們在場的每個人都分到好處，誰也逃不了制裁。」李振源道：「除非你們全都想退回。現在想退回的人可以出來。」

他們看看彼此，又看了看陸繡山。

這些人是國家最頂尖的工程戰士，但李振源知道他們一窮二白，他們眼中充滿感激。

「錢的總數都記下了，我拿出約四千元的票卷分給在場每個人。這點錢對國家不痛不癢，對案情沒有幫助，但對我們事關重大。」

陸繡山打算說什麼，李振源手一比把他壓下去，沒事一樣繼續道：「你們不要一次兌換。分幾個月兌換，不要讓人起疑。我帶回去的總數將自動扣除分給各位的。」李振源轉頭對著陸繡山語氣堅定地道：「書記，物資缺乏嚴重，你的部下為國家、為人民立下汗馬功勞，現在你只要不作聲便可以幫助跟著你出身入死的部下。你知道國家目前給不了大家什麼，未來很長一段時間也改善不了。」李振源知道自己化解了一次明目張膽的賄賂，搞了一次成功的政治。

過去三年，國家經濟形勢的確不好，幾乎不能糊口。李振源自己也養妻子和女兒，很清楚這些變化。陸繡山一句話也沒說。李振源知道陸繡山很難當眾拒絕他的提議。李振源的策略很簡單，每個人都分到好處，他就可以放心大膽處理剩餘的錢。

這個辦公室正面牆上掛著主席的油畫像，不是制式的那種，是種少見的筆法。李振源想起處長辦公室也有一幅風格奇怪的主席畫像，隨口問了一下書記。書記說是吳富國親自畫的。吳富國非常崇拜毛主席，休閒的時候就畫，畫了五年才畫出來。本來不敢掛出來，怕畫的不好被人檢舉說褻瀆領袖，有一天鐵道部長知道他有這幅畫，還特別請他展示，並且頒給他獎金五百元，部長在一次會議中向主席報告這件事，據說主席聽了很高興，也頒了一千元獎金給部裡面。這幅畫才算是得到了認可，處長才明著掛出來。

李振源拿起桌上的電話，要總機轉到市府總機代號海淀，再轉大稻埕公安局代號稻香，找柯吉。

「我在鐵道部，現在開車過來。」

李振源回頭看了一眼整個辦公室，注意到牆上掛著標語牌寫著：「建設大臺灣，完成戰備運輸基礎。」、「再戰六百天，決戰全國最難路段。」

李振源知道他投下深水炸彈。能不能炸到潛水艇，就憑運氣了。

第五章

跟監

柯吉身材、背影和李振源差不多，差別在他留了寸頭，肩膀也稍寬一點，闊背肌的線條在上衣裡若隱若現。他到時，李振源心知，人家會有點害怕。因為柯吉臉色臭，看起來若他不爽，隨時會揍人。他那雙眼專注地看著所有人，四目相會的剎那，能感受到殺氣。這正是李振源想要的效果。

「偵查科書記，柯吉。」陸繡山平視柯吉，似乎不怎麼懼怕。

鐵道部這幫人以為自己是國家的棟梁，無產階級專政無畏的戰士。李振源想起以前日本時代那些軍人，打著帝國武士的名義，日本人當他們是神，但在李振源眼裡，他們也是流淌蠢血的動物。

若不說柯吉是警察，人們很容易以為柯吉是黑幫分子。他面部線條剛硬，單眼皮，眼神堅毅，胸線厚實，身體硬朗又矯健，一看就是練家子。他不怎麼說話，散發出氣勢，誰在他面前都不敢打誑語，敬他三分。任何人在柯吉面前都會被打回原型，柯吉就像鍾馗，是扮成妖魔鬼怪的神。這扮相很適合對付惡霸。

一見柯吉進來，所有人表情都顯露出猶疑。但陸繡山不為所動，可見他不是一般人。李振源看在眼裡。

柯吉從萬華公安局調來，本來副科長兼書記這個職位一半的任務是監視科長。但李振源聲望非常高，動用了點關係，說他只願意和工作過的人合作。組織上有瞭解柯吉的人，知道他的家世背景，同意李振源的推介，並說服呂明松准許柯吉的職務請求。最後呂明松也很喜歡這個寡言少語的男人，甚至把親妹妹嫁給他。

柯吉沒念過什麼書，但是做人做事有板有眼，常識也豐富，他是從部隊轉業過來的。他的氣勢是在人生經歷中鍛造出來的。李振源跟柯吉在一宗跨區辦案中認識，對柯吉非常欣賞，默契十足，兩人最後成了最佳拍檔。

柯吉協助搬那包證物到車上。車發動，幾位送到門口的鐵道部領導們留在石階上。李振源向他們微微點頭就上車離去。

「你猜怎麼著？」李振源點根菸，一隻手肘架在車窗上，看著街上的風景。

「有收穫？」柯吉看著方向盤前方。

「來路不明。」李振源看了駕駛一眼。柯吉也轉過頭看了他。兩人四目交會，什麼也沒說。

「真蹊蹺。如果鐵道部的人有鬼，留下這些證物用意是什麼？」李振源道。他也不是跟柯吉講話，而是抱怨給自己聽。

「好久沒有休假。我應該放鬆放鬆。」

他太久沒放鬆了，應該休個長假。自從當上科長後，這五年就沒有好好休息過。有了紅紅後，回家還要照顧女兒。一直到建立人民公社，女兒交給人民公社統一照顧，才鬆了一口氣。

「跟葉雲？」柯吉突然問。

本來看著窗外，李振源轉頭瞄了柯吉一眼。過了兩個街口，抽了幾口又吐了幾口菸，李振源才回：「明知故問。我現在跟她哪有什麼話講。」

「就會為女人的事煩惱。」柯吉也抽起菸。

「笑話。」李振源反駁。

車從延安北路往大橋頭方向行駛。這輛車是俄援的主力車款ＧＡＺ車廠二十年前製造的，車頭掛著共和國公安的閃亮徽章。車齡雖然很老，汽油味大，引擎聲倒很平穩。遠處的恩格山和馬列山籠罩在一片雲霧之中。

延安北路兩排房子都有騎樓，有些騎樓做成圓型拱頂，兩排樓房不是兩層就是三層，樓面都有些花飾，以前是西式雕花或菊花，現在則是鐮刀、星星、稻穗。現在招牌都拆下來了，不然就是改了店名，變成諸如無產階級工裝店、工農生活百貨、人民茶行……全都是公私合營企業。整條路上看上去灰灰的，洗石子的山牆大都長了雜草。許多家庭都已破碎人們內心傷痕纍纍，無暇整理房子的外觀。

行人走路不笑，只是趕路，不東張西望。也沒有什麼商家和商品吸引他們的眼睛。李振源瞥見熟悉的身影，一個肩膀斜一邊走路的人，幾乎沒有頭髮，衣服暗沉沉的，穿著黑長褲、夾腳拖鞋，五、六十歲左右。他很快確認那是楊招福，一名登記在案的慣竊。日本時代李振源就送他進過幾次監牢，算是「老相好」。他今天不知道又去哪觀察地形。他讓柯吉停車，大叫楊招福，矮瘦的楊招福回頭看到是李振源，乖乖停下來。

「你又出來做壞事？」李振源上前質問。

「無，我去病院。」楊招福用臺語回答，一臉不爽。李振源想起楊招福患有嚴重糖尿病，他愛人也同樣長年臥病在床。

「過來，袋子給我看。」李振源順手搶過楊招福的手提袋，打開看。裡面有香菸、火柴、老花眼鏡、一顆饅頭，還有一隻起子。這人的盜竊技術是他見過最厲害的，只要一根起子就能打開幾乎所有的鎖，並且能像貓兒一樣在大白天靜悄悄地爬上三樓，下來，完全不引人注意。

「沒錢包、沒證件，你去看個鬼？」李振源用力拍了楊招福的頭，摸他身上褲子口袋。

「去看病帶起子做什麼？」李振源問。

「平常就一直放在袋子裡。呀─病院的人都認識我，不用證件啦。」楊招福表情委屈。

「別跟我裝可憐，我會不知道你帶起子打算做什麼嗎？」

楊招福眼神低下，不敢面對李振源。李振源看了看楊招福。

「你再犯，我一定再把你抓進去。想清楚，誰來照顧你老婆？」他從口袋裡拿出錢包，數了三十元。

「喏，這你拿著。今天就別幹了，知道嗎？」李振源吐了口菸，想了想，又把口袋的那包好菸也塞給他。

「你今天好好去看病，什麼也別幹。」李振源道。

楊招福把錢塞到口袋，也沒說謝謝，轉身就走。李振源搖搖頭。楊招福被抓過三次，前後關了加一加有兩年之久。他明白楊招福一定恨死自己，再多錢也彌補不了在牢房裡的歲月。在那段時間，楊招福的愛人得了奇怪的病，走點路就呼吸困難，醫生也檢查不出什麼，她從此只能躺在床上，什麼工作也做不了。街道辦的人見此，才去法院黨部求情，放他提早出獄照顧妻子，否則她會在床上活活餓死。楊招福出獄後，更需要錢，他希望拜訪臺北有名的醫生，祈求能治好愛人的病，無奈那些醫生都進了牛棚。

大稻埕比二十年前蕭條，過去商販店家都搞公私合營，幾年下來政策搖擺不定，小商小販經不起折騰，不是關門結束營業，就是收為公營。關門的店家，店主就到工廠或是公營單位上班。以前那些彩色招牌都拆了，霓虹燈也熄滅了，晚上沒有夜總會，街頭早早一片漆黑。

兩旁樓房騎樓下居民在自家門前圍成圈，或蹲或蜷坐在小板凳上，窩著肚子低頭就著大盆子吃飯。有些家庭在騎樓下用煤爐煮晚餐，炊煙裊裊，整個街道看上去像颱風過後停電的情景，大家在門口用煤球煮飯。現在家家戶戶天天都這麼做，用煤球在廚房裡燒飯太嗆。大稻埕住家的廚房能源早在二戰結束後都改成天然氣或電。但現在國家無法穩定提供，居民只好移到走廊燒飯，或是每月用糧票去大食堂換大鍋飯吃。

整條街最凸出的色彩就是鮮艷的標語和大字報。

李振源聽見宣傳車高八度空洞的擴音：「對於歷史反革命，官僚右傾分子，一定要窮追猛打，不可放過！我們要在毛主席的革命堡壘下，堅定地做好反攻大陸的準備。」

這些口號令人聽得膽戰心驚。反攻大陸？李振源還沒超過免徵召年齡，如果打仗，他依然可能被抓去充軍。他從車窗回頭一望，看到那些圍繞在「毛主席堡壘」宣傳車屁股下的都是青年人，臉上神情憤怒。

再往前行駛了一百米，李振源望見一架巨大飛機的身影。前方正是機場的航道必經之路。到了他祖父的故居附近，他們家被沒收充公的房產有一大片。到了涼州街，車子右拐，經過一塊高牆，牆上紅漆寫著一排大字「破除封建迷信，共產主義真理照耀世界」。高牆內是充作人民公社的慈聖宮。廟正門貼著公安局的封條，是李振源親自封上去的。這十多年來早就不許任何人拜神了。人民公社的人員要從旁邊小門進出。李振源的愛人葉雲和女兒紅紅都在裡面。

共和國沒有神，只有主義和主席。李振源思緒奔馳不由己想著自己的罪惡。他的母親信仰觀世音菩薩，說他是觀世音的孩子，一開始他還覺得是老一輩的迷信。但後來每逢絕境，他都祈求菩薩而消災解厄。當年慈聖宮是他親自監督封廟。他在現場監督封鎖大門，在廟口一把火燒了媽祖聖像、聖壇神器。所有從居民家裡抄收來的資產階級私有物也都造冊鎖在裡面。他還記得居民在廣場上看他的眼神。李家的敗家子是嗎？他只冷冷回看。

有些大稻埕的老人最初還會指著李振源的鼻子罵，你這個夭壽，你的阿公雖然信基督，捐贊了許多教堂，但也尊重其他的神仙。你這個猴死囡仔竟然幫外省仔封廟，會有報應。李振源無法回嘴，那些人都是他的叔叔伯伯，遠房親戚，他也的確該罵。

沒有佛經也沒有聖經了，取代的是各種宣傳主義和歌頌主席言行的小冊子，從小學生到各機關行號，每週都要討論會，檢討自己的言行如何不符合革命精神。就像以前基督教週日早上的彌撒證道儀式。黨員不信神，不信天堂地獄，不信輪迴轉世。沒有來世，只相信今生。不信怪力亂神，只相信客觀的物理存在。

這些老人家最後被送進各種學習班進行思想再教育，對活了七八十歲的老人再教育豈是這麼容易的？有個地方耆老，仗著自己年紀大，老是站在街頭大談反動言論。李振源沒辦法，只好把他送到附近煤礦部門自辦的康復醫院精神院區關押起來。在精神病院，那些護士把老人綁在床上，四肢綁在床的四個角強迫灌藥。他不從，就用老虎鉗硬掰他的牙齒，因此掰斷了所剩不多的幾根，滿嘴鮮血，慘不忍睹。

曾經，他們李家在大稻埕以基督徒聞名，也以富裕聞名。一九五〇年共產黨把李家定為宗教神棍與資本家族，剝奪一切權利，沒收財產。他們家子孫沒逃走的不是在歷次運動中被鬥死，就是下放去南部農村改造，很多人走進勞改營從此沒出來，還有人成為戰犯，被關押在戰犯管理所。李家一夕之間什麼都沒了家產全數充公，包括所有教堂與基督十字架。

如果李振源不配合，不夠積極，只有死路一條。他的親友這幾年運動下來死了三分之二。剩李振源和他堂哥，曾在日本當醫生的李銘典，因為有特殊專長受到「控制使用」的恩典，人民政權給予他們倆機會立功贖罪。

李銘典現在在人民解放軍一〇三醫院任職，雖然只是小醫生，卻是全臺唯一的腦科權威。他們倆是李家最進步的子孫，早在日本時代就參加或接觸共產黨。要不是有他們兩個在，李家受的罪可能更多。李振源無言以對，這些鄉里指責的沒錯，除了封廟禁神，李振源還拿他們的錢幫他們處理事情。當「積極分子」那時，他不得已辦了一些鄉紳，那些人堅決反對共產黨，又跟李家有些疏遠。李振源只能奉令抓他們，最後從大牢走進墳場。這是他應得的非難。

他們在慈聖宮附近停車，兩人數了數票證和現金差不多九萬元。「兄弟，這麼大筆錢不上繳，不會有事嗎？我在想，這個案子，乾淨俐落，找個理由草草結束是不是更合適？既然鐵道部那批人也不想破壞榮譽。我們得了這筆錢，也不會節外生枝。」柯吉道。

「只要都打點好，大家都拿了份額，就沒事。」李振源道：「案子，我的直覺，裡面有點文章，還是要查。」

「好吧，雖然老呂交代過，不過有這筆錢，可以吃個好幾年。」柯吉壓不住欣喜地道。李振源看著柯吉：「你要牢牢收好。查戶口和抄家都找不到的地方。」

「放心。」

他們把錢分成三份，一份給柯吉，一份李振源自己留著，再一份上繳。

「你都放在哪？」

「狗屋子下面。」柯吉指的是那條十歲的德國狼狗小黑。牠是退役警犬，兇悍無比。

回到局裡不作聲地把剩下的那包證物先拖到局長室。呂明松盡力表現正常，但李振源覺得他心事重重。柯吉退出去前看了一眼李振源，才順手把門帶上。李振源關上百葉窗，向呂明松報告事情經過。呂明松看了看證物，從中取走一把票證，李振源又從袋子裡挖了一把放在呂明松桌上，粗略算了一下，相當市價二萬元的票證和現金。這筆錢等同呂明松局長任上幹四年的工資。剩下的，才上繳當證物。

「唉，」呂明松一臉疲憊：「不是要你專心搞特務案嗎，怎麼還是追淡水河命案？」

「特務案我也會追，放心。這事剛好在眼前，順便查。」

李振源察覺呂明松的責問有氣無力。呂明松直盯著他，兩眼無神，不再接話，李振源便告辭退出辦公室。

鐵道部電務處、柯吉、呂明松都拿了好處，這事穩妥了。李振源胸有成竹。

他走到布告欄，看看有什麼新消息。掃了一眼，黑白通緝照片上居然是本「書」，封面印著《搜索》。通緝文告上寫：作者利用筆名「夏杉露」通敵，發行反黨小說《搜索》詆毀當局，務必銷毀所有著作，並限時逮捕歸案。

李振源抓著柯吉到封閉的會議室討論案情。「拜訪完鐵道部，吳富國的愛人，一直沒有時間去。」李振源對柯吉說：「今天或明天我們親自去死者家裡一趟。」柯吉在筆記本上記下行程。

「昌吉街命案，循線查到下手的是現在大稻埕的地痞團伙，在六〇一工廠的十來個工人。解放初期他們在大龍峒一帶頗有勢力。昌吉街的死者，叫吳覽，後來搶了他們的地盤，成了當地頭號人物，還當了治安大隊長，報復性鎮壓他們。去年剛下崗，這群人就去復仇。」柯吉道。

「這麼笨嗎？明知這樣復仇一定會被抓，還要去。」

「有些人就是靠著簡單的邏輯活著。」柯吉道：「不去討回公道，活著沒有尊嚴。」

「這事轉介大龍峒公安局王若平接手。雖然命案地點現在變成我們管轄的區域，但這批人的工廠在大龍峒，宿怨也是在大龍峒產生的，他們對當地世族恩怨比較瞭解。況且，王若平生意清淡，沒案子就沒破案率。他會很高興的。」李振源道：「另外，鐵道部那幫人口風很緊。幾個關鍵人物，」李振源道：「我們可能要組織『把點』團隊。」

「啊，老呂不是說這事交給陳保國？你還要繼續幹？」

「我覺得這個案子頗為蹊蹺。搞不好有什麼重大內容。」

「好吧。」柯吉伸伸懶腰，有點苦惱，又不得不幹：「從誰開始？」

李振源把鐵道部電務處的人一一跟柯吉側寫，他用警校學的素描，很快畫出幾個人的長相，包括他們的性情、樣貌、特徵、年齡、專長，以及供詞。討論了一上午，鎖定陸繡山、張樹枝、傅桐、馬連昆等四人。他們編好跟監輪班表，從科裡挑選出最沉著、最靠譜的偵查探員，一一叫進來賦予任務。並且讓柯吉假惺惺的把陳保國編入小組，並告訴他整個案子讓他負責，他是淡水河命案的專案組組長，這樣也符合呂明松的要求。實際上，他們調查他們的，李振源調查自己的。跟監小組即刻就派出去了。

隔天陳保國向柯吉報告，李振源一看，也過來關心。陳保國回報：昨天下午他和王勇去跟監陸繡山。他們坐在一輛偽裝成貨車的偵防車，瞧著對面的一座四層樓房。下班時間過了很久，王勇在鐵道部門口偽裝路人，終於看到陸繡山下班。王勇一路跟隨他。陳保國在車裡等。十幾分鐘後他看到一個矮壯的禿子，騎著自行車，前面車籃還有個皮製公事包。

他看著禿子上三樓。

沒多久王勇來到現場，一起守在車裡。這位鐵道部電務處書記的家，緊鄰著河，從他家應該可以看到淡水河的夕陽。在這棟鐵道部員工宿舍旁，內江街，這裡除了各部會宿舍外，還有解放軍醫院、人民實驗小學，還有一棟樓面有一百米的漂亮淺米色砂石建築，一樓一字排開全是國營商店：中糧、都一處、珍芳小吃、龍山寺小吃等等。陳保國守到晚上就撤了，王勇繼續守到早上六點交班。

每天跟監探員都來回報情況。每個探員說的都大同小異。第二天沒有什麼異樣。陸繡山上班就去鐵道部，下班就回家，中途不停留任何地方。第三天也是這樣，一週都是。生活單調得不得了。

警探〇四五六，做好計畫和準備，趁白天陸繡山上班只有女人在家，佯裝查水表進屋。五分鐘內，故意走錯房間，借了廁所，還跟女主人聊了兩句。〇四五六所有地方大致都看了一眼。

據〇四五六報告，陸繡山的家乾乾淨淨，聽口音太太是個本省人。家中有價值的東西不多，木頭桌，合成木書櫃，看到兩本書，一本是《論人民民主專政》，一本是翻譯書《鐵道電氣化原理與技術》。家裡有兩個孩子，十五歲不到，男孩，都在學校。客廳地上有俯臥撐的運動器具，還有啞鈴，陸繡山應該有健身習慣。

柯吉和李振源判斷，如果他手上還有來路不明的錢，他沒用，非常低調。

陸繡山生活很規矩，上班下班，週末就帶孩子到河濱散步，晚上有露天電影，就全家人一起去觀賞，沒有特殊嗜好。

一陣子後，他們轉換目標鎖定傅桐。

傅桐有時會出差去中南部監督施工，地點不一。一旦出城，偵查工作由兩組幹警化妝成各種人士，執行監督，比較辛苦。傅桐那兩片厚唇很好認，跟監的警探老遠就能辨認他。

在斗六工地，傅桐深獲現場工程隊尊敬。他拿著工程圖，整天在工地來回奔波，檢查施工細節跟工程師討論。有時開工程會，大太陽底下他們擠在臨時搭建的帆布棚，十來個小領導頂著酷暑討論細節。

收工時，他們在工人營地煮飯，喝點酒。傅桐中間出來到營地外一個坑邊尿尿，吹口哨。

看不出有什麼異樣。差不多一個星期，傅桐這位鐵道部專員就啟程搭火車北上。一大早他在斗六車站附近買了點水果。跟監的警探發現傅桐在新竹下車，也跟著下。輾轉跟著傅桐來到北埔。傅桐進入一戶人家，隨即屋裡傳來歡聲笑語。警探記下門牌號碼。

過了午飯，下午兩點傅桐出來，那戶男主人出來送行。男人遞上一包東西給傅桐，傅桐推還兩下，最終卻收下了。傅桐搭客運，回到火車站，又搭火車回臺北。回到臺北，傅桐回了單位一趟，就回家了。警探跟監到他在鄭州路上的家，在一座筒子樓裡。他回去就沒再出門。

他們也在名單上加了與吳富國有競爭關係的軌道處處長，跟監了半個月也無所獲。

李振源每天都聚集幹警開會，匯集跟監蒐集到的信息，逐一排查。柯吉跟李振源商量，決定先撤回跟監隊。因為這樣做顯然沒有什麼效果。

「我們能跟檔案局調人事檔案嗎？」

「鐵道部？」李振源道。

「是。」

「這有什麼難？我打個電話去。」

李振源拿起電話撥號碼轉盤。

「請幫我接海淀，」電話很不清楚，有許多雜音，李振源對話筒幾乎半喊道：「海淀嗎？海淀，請接高郵、高郵嗎？高郵，幫我接一下局本部，我是大稻埕公安局偵查科李振源，找田副局長。」

「副座，我是李振源，」李振源露出笑容，終於接通，聲音雖然小了點，但沒有雜音：「是啊是啊，該喝一杯。這次我和柯吉做東喔！不許搶。」李振源跟柯吉做個鬼臉。「是這樣的，副座，我們正在調查鐵道部的案子，我們想請您協助調出鐵道部電務處職工的個人檔案供我們參考。」

「是，是，我們要每個人的。過去五年內。可以。可以。保證完璧歸趙。」李振源給柯吉做了個OK的手勢。

第二天，有輛黑色吉普車開到大稻埕公安局，一個穿軍服的男人找到李振源本人，說檔案局送文件來，請簽收。李振源收到兩大摞檔案。

偵查室平常用來審問人犯，他和柯吉遇有保密原則的事就會在裡面商討。

他們坐在桌前，桌上的檔案堆疊超過他們的頭。這是張很高級的木桌，日本時代製，臺灣杉木，桌面是整塊巨杉切割而成。李振源和偵查科警探經常把疑犯的頭撞向桌面，撞得血肉模糊。桌上除檔案外，還有兩杯茶，一個煙灰缸。那煙灰缸也打過不少人。李振源和柯吉各坐一面。人事檔案，每人每個時期有一個文件夾。資料厚度隨年齡增長變厚。最厚的是吳富國和陸繡山，張樹枝的最薄只有半公分厚。裡面不是當事人的自我坦白，就是紀錄或蒐集來的個人言行舉止。

李振源很明白，每個單位都有人負責記錄所有人的言行定時放入檔案中。檔案局在深坑一座龐大的建築裡，據說裡面的檔案如果按箱子一字排開，可組成幾十公里的長龍。大稻埕公安局呂明松是局長兼任書記，他負責寫每個幹部的人事檔案。偵查科書記是柯吉，他負責寫偵查科除了李振源之外每個人的檔案。柯吉沒上過正式學校，認字書寫都是自學。聰明沒話說，只是他看人都是江湖眼光，都是義氣、仗義執言，他寫的人事檔案也差不多是這樣，而不是主義。除了呂明松，柯吉的政治成分最受黨的信任，因為他跟資產階級、反革命分子完全沒有淵源，而且跟國民黨還有不共戴天之仇。

陸繡山的資料厚，他們拆成幾部，一人翻一部分，加速閱讀。

「你看看資料上記載的陸繡山。」柯吉道：「一九〇九年生，」他抬頭想了想：「也就是五十四歲，」繼續道：「山西運城人，父母是貧下中農。一九二六年十七歲加入中國社會主義青年團，幾年後曾因組織紀念李大釗烈士活動被閻錫山逮捕，加入共產黨之前，是個鄉村老師。因為長期在閻錫山腹地做地下黨接應，表現忠誠，在沈世傑介紹下，加入共產黨。」

「被國民黨逮捕的自白書也蒐來了。真優秀。」柯吉道。

「解放戰爭時，參加二野，渡江戰役打散了他的部隊。他化妝成農民脫離戰場，一路走到上海，聯繫上組織。組織要他北上到北平加入第四野戰軍的序列。」

李振源知道這支部隊沒多久又被北上的國民黨軍隊擊潰，北平也失守，他繼續跟著部隊轉戰錦州，退入東北。

柯吉一面看著檔案資料，一面哇喔。發現新大陸一樣興奮：「你聽聽這自白，『你可以槍斃我或是砍我頭，但我絕不悔過辦紀念李大釗的活動。』他被閻錫山捕了還這麼硬氣。這是戰亂中從閻錫山那裡弄來的自白書，不會假。」

讀了一會兒，李振源好像突然意識到什麼，緩緩抬頭問柯吉：「他這麼忠誠的共產黨員，幾經考驗，怎麼才做到鐵道部電務處的小書記？」又喃喃自語：「這麼優秀至少做到副部長吧？」

柯吉沒有抬頭：「比他優秀又忠誠的人多得是。很多人連處級都沒做到，還在基層苦挨。人太多了，粥少僧多。」

李振源這下對陸繡山、吳富國這樣的小幹部如此拚命工作多了層理解。覬覦他們位子的人可多著呢。這不是閒差，是技術活兒，金飯碗。不是人人可幹，但人人想幹，原因之一是工資比同層級的高出許多。陸繡山是鄉村教師，在那個年代，已是知識分子。他的電學知識估計是靠自己勤工苦學來的，工作主要是配合吳富國，抓政治。

「單位書記，黨更重視是否貫徹黨的意志。」柯吉知道李振源在想什麼。

「他有什麼嗜好？」李振源問。

「我看看。」柯吉道。

讀了大半小時，柯吉道：「我佩服這傢伙，他沒有任何不良嗜好，沒有怪癖，不愛錢、不出遠門玩、不愛美食、工作之餘就是念書，陪家人。」

「不愛錢也能寫出來？怎麼證明？」李振源不相信這世上有人不愛錢。

「紀錄上顯示，自從一九五四年開始，他連續八年把年終獎金捐給愛國同盟會，這是黨直接領導的組織。」柯吉道。

「難道他愛人能接受？」李振源道。

「這就不清楚了，反正上面這麼寫。」

「沒有任何污點？」

「幾乎沒有。」

「幾乎？」

「一次聯歡會上讓他唱歌，書記通常要說唱俱佳，他除了國歌其他歌曲都不會唱。如果這也算的話。」柯吉道。

他會是兇手？動機是什麼？李振源心底琢磨。

「戰爭期間的事，有多少描述？」李振源道。

柯吉快速翻到一九三五年到四九年間，紙張已經泛黃破損，邊角嚴重剝落的那幾頁，詳細讀了陸繡山的資料。這段時間，李振源改讀死者吳富國的資料。不時抬頭凝視，若有所思。偵查科今天生意很好，警察正在進行審訊、筆錄，威脅疑犯。隔著玻璃窗能聽見警察對嫌犯的吼叫聲。

「在戰爭期間，陸繡山有時是聯絡官，有時被徵召為部隊政治委員。唯一直接在戰場上衝鋒陷陣短兵接敵是渡江戰役。那仗打得太慘了，連他也賠進去了。照他的自白和部隊的紀錄，他擊斃了六個敵人，手刃八個。」柯吉道，「如果沒戰敗，他會是戰爭英雄。」

「那他非常有經驗。」李振源喃喃自語。「簡直是連續殺人犯，超過所有建國後的殺人犯。」

「但沒有動機。」柯吉道。「況且，戰爭期間誰不是這樣過來的？戰場上你不殺人，就被人殺。」兩人陷入沉默。李振源打破僵局：「死者就不是。吳富國，一九〇五年生於南京，中央軍校武漢分校畢業。」李振源道：「可是戰爭期間，看樣子……他沒直接殺過人。這上面記錄，他是中級幹部。這種級別通常在指揮所指揮，連級士兵才在前面衝殺。但按照馬連昆認屍時的供詞，解放戰爭期間，吳富國從戰場上救了馬連昆。」

「共產黨幹部，一定親臨第一線。不會躲在指揮所。他可能跑到第一線。」

「好吧。反正到臺灣後離開部隊，他到鐵路部服務。之後幾乎是另一個翻版的陸繡山，敬業樂群，忠誠愛黨。幾乎全身心投入鐵路工作。幾乎每年都獲得忠誠和績效獎章。沒有不良嗜好。」

柯吉和李振源兩人四眼對望許久。「不可能。」兩人異口同聲。

「沒有不喝酒的退伍軍人。況且，吳富國那身材和滿口金牙，表明了他不是清心寡慾的人。」李振源道，「檔案誰寫的？」

李振源翻找檔案看了一遍，在一頁中停下，四十多年來的檔案上頭蓋有許多人的章，其中一顆印著紅色字：陸繡山。

李振源繼續翻讀，喃喃自語：「三十年來，他只有到臺灣後才沒有喝酒的紀錄。之前在部隊，菸酒辣椒來者不拒，和士兵賭博被申誡好多次。看起來是跟士兵打成一片的官長。但在軍隊政委的眼裡，頗不以為然，每每記下一筆。但這些紀錄在他離開軍隊就消失了。到臺灣後，他的上司，鐵道部書記，前後有四任，王湘沅、劉夢羲、高良俊，電務處到現在就只有一位書記陸繡山，在他們的記錄下，出現了吳富國不喝酒、沒有不良嗜好的字句。」

「打過仗的軍人不喝酒，違反常態。」柯吉抽起菸：「或許人家結婚後，改頭換面，戒除惡習。」

「但是連續三任書記都這樣寫，難道他真的變了？」李振源納悶：「但是，吳富國的屍體是不會說謊的。他那個樣子，你覺得他清心寡慾嗎？滿口金牙、肥頭大耳，虎背熊腰，滿身油脂，完全是吃乾抹淨不吐骨頭的資本家形象。」

李振源和柯吉都知道，這三位書記，現在如果不是死了，就一定是高升或是退休了，若是去問，誰會承認自己當年造假資料？這在黨文化中不可饒恕，特別是人事檔案。

「柯吉，修改的動機是什麼？」

「黨員嘛，無非是檔案好看一點。忠誠、思想正確性、行為堪為群眾表率。」柯吉用拇指沾了沾舌頭，繼續翻閱。

「為將來升遷清除障礙。」

「權力真迷人。」柯吉喃喃道。

「上面的書記連續三位，一起欺瞞造假，可能嗎？驅動力是什麼？」

柯吉抬起頭，看著李振源，意味深長：「這不太容易，要是組織知道，會受到最嚴厲的處分，但，也不是不可能。你知道就像我們這樣。但他們的動機是什麼？」

「電務處的書記為處長的人事資料造假，連續三位，除非有好處，除非自成一家。」李振源低頭喃喃。

「除非有好處？」

「除非有好處。」李振源不自覺地複誦，突然覺得這個動機最有可能。吳富國賄賂了每一任的書記。一位肥頭大耳身材偏胖的黨員，人事檔案看來完美無瑕，忠誠、行為良好。手上有來路不明的大量金錢、票證，最後被謀殺了。

他們歸結可疑點：一、來路不明的錢，從哪裡來？二、現在是糧食短缺時期，那身材怎麼形成的？三、為何檔案看上去這麼完美，人卻死的這麼難看？檔案說謊嗎？到底哪個環節有問題？

「錢的來源與去處，」李振源道：「合理推論，就是殺人的動機。只要摸清這兩點，應該不難找出矛盾關係。」

「書記能造假，鐵道部每天跟他在一起的人那麼多，難道全都說謊？假如他們能夠提供真相，卻說了謊。為什麼？也是因為有好處？」柯吉提問。

他們花了一整天，看過所有人的檔案。兩人都同意就從最弱的環節突破看看。

第六章

情人

快下班時，李振源先離開辦公室，跨上公家腳踏車，沿著寧夏路騎行。經過幾間關門好多年的商店，包括木材行、玻璃行、油漆行——這些百年商家都整併進街道生產隊，由城市人民公社試辦點大稻埕分社統一組織、生產與分配。葉雲就是推動試點的幹部。她安排女兒紅紅，李衛紅，住在公社辦公室——慈聖宮，方便就近照顧。沿著寧夏路，從公安局到慈聖宮只需拐個彎，李振源騎得很快，不到五分鐘就到了。

他敲慈聖宮的側門。沒多久，呀的一聲，木門開啟，一位大媽現身。

「李探長。快請進。紅紅正在跟她媽玩呢。」大媽道。

李振源聽到歡聲笑語，廣場上有幾棵巨大的榕樹，葉雲正在跟紅紅打羽毛球。葉雲看到他，也不作聲。

他坐在廟前的石階，點菸，邊抽邊看著她們打球。

這幾棵大榕樹，他小時候就在了。大約十歲，他曾爬上去，為了躲一隻狗。他在樹枝上一不小心摔下來，額頭腫了好大個包。他記得發生過這些事，但細節不記得了。過去時日如碎片般瓦解。

殘陽在樹梢顯得蒼白，非常淡的黃色像摻太多水。樹間有許多麻雀，從這邊的樹枝跳躍到另一邊，又飛到地面去找蟲吃。地上到處是鳥屎。他感到時光流逝，卻無能為力，任憑時間帶走一切。

紅紅要十歲了。在他摔下來的同棵大樹下玩。也許，以後這棵榕樹也不存在了。總會有這一天的，他知道。到時，他也不在了，葉雲和紅紅也不在了。這棵樹，記憶，所有人都像不曾存在過。他猛吸一口菸，讓肺吸飽尼古丁，這讓他感覺存在。

孩子的笑聲讓他回到現實。「爸爸！」紅紅走過來，笑著。

「開心嗎？跟媽媽打球。」

「太開心了。」紅紅脖子掛著紅領巾：「你要不要跟我們一起玩？」

「好啊。」李振源丟掉菸蒂，站起身。

葉雲和紅紅兩人一邊，李振源一邊。葉雲發球，手勁很狠，但李振源輕鬆接住，輕輕回彈，發給紅紅。紅紅輕巧回擊，李振源重手擊向葉雲。喝！葉雲大叫一聲，反擊回去。李振源四兩撥千斤，又發給紅紅。

這場羽球，打得暢快淋漓，夫妻兩人只有廝殺，紅紅只是笑，並未感到父母的較勁。半小時的激烈運動，全身大汗，他們甚至一句話也沒說，始終就是激動地吆喝。

公社開飯時，他要走，把紅紅摟在懷裡親了一下額頭。隨手遞給葉雲一個包包。葉雲沒有接。

「為了孩子。」李振源懇求的眼神閃爍。

「我們不要。」葉雲冷冷的口氣，避開李振源的眼光。

「欸！妳這人」李振源有點氣。

「她需要的是乾乾淨淨的父親，長久穩定的陪伴。」葉雲看著他。

榕樹上麻雀嘩一聲全都飛去，旋即消失在天空，飛向不知名的地方。

「我有什麼辦法？」李振源壓低聲音：「公安的生存法則就是這樣。」

葉雲鐵板著臉側向一面，不理他。

看她不為所動，李振源只好轉身推開木門，要跨出門檻時，猶豫了一下，回頭對女兒道：「聽媽媽的話。」

天水路是條斜的路，很繁華，有副食品供應站、百貨公司、文匯報社。白天人來人往，非常熱鬧。晚上七點，店家早都關門下班。李振源騎單車回公安局，再從公安局走到這，路程大約十五分鐘。夏夜，即使走在騎樓下，也令他微微出汗。

在一間小小的木門前，李振源停了下來，四下張望。騎樓沒有燈，夜幕中顯得更黑暗，只有馬路對面樓房的燈火，透著窗照來微弱的光。木門後是個樓梯口，外面有個斑駁褪色的招牌，寫著「南北牙醫診所」。診所大門鎖著。褪色很嚴重，不仔細看也看不出上面寫什麼。但他忍不住回憶：一九四九年以前這個診所名叫瑞雪牙醫，建國後才改為南北牙醫，診所主人聽從李振源的建議改名。即使如此，不久後全國實施公有醫療制，民營診所全被迫關閉，有些醫生被下放到農村，有些併入公社醫院。這間牙醫也停業十年了。

李振源敲敲門。過會兒，門眼拉了一條縫，縫中黑影向外看了看，打開剛好可以通過一人的小縫。李振源快閃入門，速速上樓。

一樓本來是糕餅店，十多年前也收了，同樣大門深鎖。老板在肅反期間被斃掉了，妻女也下放到雲林的勞改營，罪名是通敵，從那之後一樓就沒有住人。二樓是木地板，走起路有時會有嘎啦聲。

「今天熱瘋了。」李振源用日語道，褪去襯衫，露出白背心和他的肌肉線條。

人影馬上轉身走進廚房。是個女人，即使穿著寬鬆的褲子和襯衫，也隱藏不住曼妙的身材。她的兩肩圓巧，手臂細直，曲線在衣服下隱隱乍現。雖然個頭小，卻勻稱地恰到好處。她腰板直挺，挺胸抬頭，步伐透露自信，似乎對自己的身子骨有種驕傲。

沒一會兒，她端了杯水回來，她的臉，俊俏，五官精緻，皮膚白皙。一雙大眼，黑而靈敏。她三十八歲，看起來跟二十八歲沒什麼差別，多了點嫵媚。他一直認為陳瑞雪不算美豔，但充滿知性美。女人的美麗和身體曲線是生物演化的利器。但他發覺，一個女人若能善解人意，體貼入心，同時又有志氣，比什麼都來得重要的。美麗，是附帶品，次要的，會變質。

「喏」女人給了水，順手抓起李振源擱在椅背的襯衫，走到牆邊去掛起來「你今天不回外省婆那裡？」

李振源看到她背朝自己故意問得漫不經心。聰明如她，不會這麼不在意。

「不回。再說，她住在公社裡。要說幾遍？」李振源拿出菸點上，隨手甩了甩滅了火。

她欲言又止。過會兒陳瑞雪才說：「還沒吃吧？給你弄點下酒菜。」她轉過來看著他，好像此時才決定要對他好。她那對眼睛清澈明亮。

「先洗個澡。」他說。洗完出來，她還在廚房忙，他就坐在候診的沙發上抽菸，看報紙雜誌。結束診所後，她曾下過鄉接受改造。透過李振源的關係，才調回到城市裡。李振源幫她弄來各種醫療資源，從此私下幫那些不大不小的紅色權貴看牙，也才留住這間診室，活到現在。要看牙的人實在太多，公派的牙醫時間不好安排，各階層都需要她，大家都在保護這間診室。

李振源泡了杯茶，看到一本舊雜誌封面故事是「關於知識分子再教育的問題」。茶几上那幾個瓷杯，是李振源給陳瑞雪的。最新一個上頭寫著「慶祝主席七秩大壽暨大稻埕公安局成立十三週年紀念」每年紀念杯，李振源都弄來。這是他故意要陳瑞雪收下的。來這裡看牙的某些領導醉翁之意不在酒，李振源用這個茶杯提醒那些傢伙，這間診所是有關係的不可亂來。公安部門總是有點惡勢力的色彩。

「喝？」陳瑞雪抓著一瓶白酒的瓶頸。

「當然。」李振源站了起來，幫忙擺設餐桌。

陳瑞雪炒了兩碟小菜，一盤客家小炒、一盤菜脯炒蛋。還弄了生辣椒和豆腐乳。客家小炒，大部分都是豆乾和辣椒。這幾樣東西過去並不起眼，現在可是難得的珍饈。雞蛋跟作豆腐的黃豆還是用李振源給的糧票兌的。陳瑞雪自己製作豆腐、豆腐乳、豆乾，李振源最喜歡這幾道菜下酒。

李振源扭開真空管收音機，轉到人民廣播電臺第四頻道，正在播放柴可夫斯基D大調第一號弦樂四重奏第二樂章。在優美的節奏中，他們愉快談天，小酌。

「你的手藝真沒話說。」李振源感慨。

「這東西沒什麼，就是肯花時間罷了。」陳瑞雪道。

李振源對她的用心打從心裡佩服。他愛她這樣的品質。

「沒有豬肉，現在南部鬧饑荒，油、鹽都配給少，豬肉一年多都沒有配給。還好四面都是海，魷魚、小魚乾倒是不缺，只是又瘦又小。」陳瑞雪顯得惋惜：「大的，中央領導機關都不夠吃。」

「已經很好了。」李振源讚美她。

「昨天市委鄧伯元委員來過，看牙。聊了幾句，說這陣子很不平靜。我看他心事很多。」陳瑞雪夾了兩口菜吃。

「噢，怎樣不平靜？」李振源埋頭吃飯。

「也沒說得很清楚，只說是老幹部們人心惶惶。」

「沒做什麼事，有什麼好『惶惶』的？」，「這麼多年來，這些看牙的人有沒有問過妳在哪裡學醫？」

「沒有，」陳瑞雪道：「自從你幫我改過臺北帝大醫學部畢業，一九五〇年一把火燒了醫學部的學務處資料庫，就查無可查了。」

「都沒人懷疑過嗎？」

陳瑞雪笑著：「怎麼，有人懷疑嗎？」

「沒有，就是問問。」

「來的病人都是十幾年的老病人，沒有新人。」陳瑞雪思考著：「也許有人懷疑過，但為了自己的健康，也就知匪不報了吧。」她抬頭笑著看李振源。「怎麼，你擔心我？」他一手伸過去放在她的手上。對她微笑。

此時，音樂結束。一段靜默，字正腔圓正經八百的女聲插入。「現在開始播報新聞。本臺消息，中國共產黨中央委員會總書記，中央軍事委員會主席日前接見日本帝國特使廣田弘毅，毛主席對特使廣田弘毅交代，中國共產黨不同意日本占領中國西北當作日本帝國的『中國區』，但相對國民黨占領的國統區同胞受到壓迫的現狀，中國國共產黨基於人道主義，並考慮遠東地區長遠利益，願意彈性調整政策，大日本帝國應該先與中國共產黨合作，剷除蔣匪敵軍。」

廣播靜默一段時間後再繼續播音：「臺北消息，臺北恩格斯區日前破獲全臺最大的臺獨地下組織『臺獨聯盟』，查獲分裂分子一百〇八人，收繳黃金三公斤，各式刀械、投射式火藥武器三百多件、鴉片四十公斤。據了解，這次逮捕的人大部分過去都是土豪劣紳。調查後發現，化名楊守敬的日本人混跡其中。從一九二五年起居住臺灣，二戰結束後，佐藤太郎以小學老師掩護其身分，推動地下臺獨運動。」

臺獨不是新聞，幾個月前，就已經一網打盡臺獨聯盟殘部，除了楊守敬，這批人都已槍斃。李振源知道，所有新聞都是反覆檢查、等待最佳時機，確定沒有副作用，才釋出向公眾廣播。倒是毛主席願意與日本人合作，這事聞所未聞。相當令人震驚。這條新聞短短幾句，沒有下文。他內心已七上八下。不想聽政治新聞，他走去關了收音機又回到座位上。

這時李振源才發現對面的她也被新聞攪動，沉默不語。

「哪次搞得懂？」過了好一陣陳瑞雪才低喃，接續剛才的對話。

李振源腦子還在想毛主席與日本人合作的新聞。他判斷除了對付老蔣，沒說出來的算盤，是要聯合日本對付東北的王明偽政權。日本人的算盤則是聯合毛共，對付東北共產黨，更重要的是對付背後的蘇共流亡政府。日本人應該是看到現在毛共跟蘇共失和，立即見縫插針。外交手段倒是靈活，共產黨和日本合作。「他媽的，只有永遠的利益。」李振源夾了一隻小魚乾，禁不住感慨：「在政治上，沒有永遠的敵人。我們這種人的出身，凡事不出頭，不落後。你不知道會不會站錯邊。該喊的時候喊兩聲，混混過關。但誰能想得到，今是昨非。再怎麼選邊站，也抵不過一個政策大轉彎。」

「不過，若是和日本建交，」李振源一面嚼那小魚，一面推論：「佐藤太郎可能會被當成外交籌碼，遞解給日本。他們一定會找出和日本有關的任何人。說起來也沒剩多少人，我們一定會被影響，是好是壞難講。也許妳的處境也會好些？到時，如果需要，我想辦法安排妳回日本。」

「我才不想回去。回去對我有什麼好處？」陳瑞雪道。

「他們贏得了戰爭，現在自顧不暇，還會追訴以前的事嗎？」

她是個在臺灣出生，在東京帝國大學醫學系受過醫學教育的日裔醫生，日本名叫橫山瑞雪，漢名陳瑞雪。父親臺灣人，母親日本人。公學校畢業後父母離異，母親帶她回日本受教育。戰爭期間因為反對日軍侵略亞洲各國，她沒有拿到畢業證書就離開日本到中國協助抗戰。戰爭結束後，她來到臺灣。雖然日本是戰勝國，但礙於自己的處境，她再也沒有回過日本。沒想到，父親的家族後來在毛共的肅反運動中被鎮壓，全數罹難，只有她在李振源的協助下躲過一劫。李振源幫她改了名字和民族，在戶口上隱藏身分。原是恩情，後來陳瑞雪發覺李振源跟自己有許多幼時共同的記憶，最終成了他的情人。

「來，」李振源邀請她：「陪我喝一杯」。

「我才不要喝得糊裡糊塗。」陳瑞雪笑。

李振源給她一個鬼臉，逼她就範。她一下就投降了。「敬什麼？」她道。

「就敬佐藤太郎吧。」李振源高舉著杯子。

李振源不敢在其他人面前談論自己對黨的看法。這個時代沒有祕密，也沒有可以信賴的人，他知道唯一不被出賣的辦法，就是絕不認為有人可以保守祕密。但在陳瑞雪面前，他全然信任，那超越了守密與出賣。因為那是他們共同的回憶。

「乾！」異口同聲，互相敬酒，一口喝下。

李振源一面深情看著她。他想起葉雲，現在兩人形同陌路，原本的感情變得乾巴巴，榨不出一點蜜意。眼前這個女人，從不給自己道德壓力，而且彼此能同情彼此的處境，不時給他打氣。她有時比他對自己更有信心。這讓李振源不可思議。她似乎從不懷疑未來一定會有個好結局，她總是無可救藥的樂觀。不管世界局勢如何，比如日本雖然贏得了大東亞戰爭，但她相信日本最後會分裂瓦解。因為長久的戰事，已經撕裂日本民眾。幾乎所有日本人，每個家庭，都有親人在戰爭中犧牲。後來國土延伸至西伯利亞、高加索，偌大的土地需要人力，需要有信得過的民眾去管理。日本人信不過當地人，當地人也對殖民者充滿敵意，不時有民眾起義。天皇鼓勵大家移民屯墾，戍邊，每個日本家庭，每一個都被拆散了。爺爺奶奶一定和爸爸媽媽分離，孫子孫女若是年紀小，一定跟著爸媽到天寒地凍的西伯利亞去開拓。那裡生存條件嚴苛，日本人的漁業和農業知識完全沒用。等到子女成年，就再分支出去看守更多土地，日本的人力資源捉襟見肘，雖然一直在培養親善的外族人力，但始終不夠。天皇家族留在東京，而民眾要背井離鄉，不滿的情緒四處流淌，軍管更加嚴格。

陳瑞雪覺得自己無論如何，不比祖國的同胞處境差。李振源感謝這女人，也同情這女人。她為了對抗那場不義的戰爭，勇敢對抗祖國，落得有家歸不得，最後流亡到中國參加抗日。雖然她只是待在野戰醫院協助救治中國軍人，但中國政府始終不信任她的身分。戰後，她失望地回到出生地臺灣，沒想到這裡脫離不了中國內戰的詛咒，沒多久毛共就轉戰來此，占據臺灣作為反攻基地。如果中共知道她的身分，不堪設想。禁不住憐憫她時，他會伸出手，越過桌子，溫柔地用手掌摸著她的臉頰。他疼惜她。從她的眼神，李振源也確信，她接納了他的深情。

喝酒，吃著她為他炒的料理，李振源感到身體的一些反應，確定有變化。他每次在這裡都可以一覺睡到天亮。他待在自己家裡睡到凌晨三點就會醒來，運氣好時能再睡回去，但經常不行，不然就是四點再醒來，再也睡不著了。在陳瑞雪這裡，都能睡到天光泛白。他很滿意了。

自己即使死在這個女人手上，也心甘情願。只有在這女人面前，他敢袒露祕密，重建他與世界的親密和信賴。他感到踏實。以前，他整個人是麻木的，沒有隱私，感覺非常不真實。後來他甚至在她的軀體上獲得了身心靈的解放。這些都是葉雲不能給他的。

像往常一樣，喝完酒吃完宵夜，她洗碗。他站在一邊，手裡捧杯茶，跟她聊天。以前在自己家裡，李振源反倒恪遵平等，會做家事。一來是葉雲還要帶孩子。在陳瑞雪這裡，他享受到單純的愛情，沒有柴米油鹽的負擔。雖然，剛剛喝酒時，他才從包包裡拿出無限期票證讓她挑了差不多一萬元左右的配給品，包括腳踏車票、米票、油票、糖票、五十尺布票等等。她平時獲贈的票證也不少，其實也不缺。

「說真的，雖然今晚聊天很開心，但我覺得你有點心事。」陳瑞雪看著他，突然很認真。

「沒有。你哪裡看到我有心事的樣子？」

「我的直覺。」

「呵，直覺如果神準，乾脆來當公安，協助我破案。」

「到底有沒有？」

「最近是有一宗離奇的命案，我不知從何下手，覺得自己可能江郎才盡了。」

「我的大探長，你才不會江郎才盡，這是暫時找不到線索。」她停下洗碗，看著他道：「我對你太有信心了。不過你說，我的直覺是不是很準？」陳瑞雪笑了。

茶杯一放，李振源伸出雙手去抓陳瑞雪：「你有沒有直覺我現在要來抓你！」陳瑞雪先驚叫一聲！笑得扭腰就閃躲，在廚房裡到處轉，也不管洗碗水灑了一地。

第七章

偵察科辦公室

他穿上襯衫扣鈕釦時，看了一眼手表，早上四點五十分。最好是在街上人還不多時趕快離開這裡。她看了他一眼，又把頭埋到枕頭裡，枕頭盡是她和李振源的味道。

她喜歡聞那些味道，這樣讓她心安。他也還陷在昨晚的溫柔中——她身體的曲線讓他悸動，胸口像被電流不停竄過，她雙手摟著他的頸子，兩眼直勾勾，光是那眼神已讓他們一起通達了遠古神祕的源頭，獲得無上的滿足。

她俏皮地伸出光溜溜的手臂誘惑他。他伸手觸碰她的手指，她藉此反抓他的，將他拉到床沿。李振源貪戀她的體溫，又爬上她的床，像隻狗一樣把臉塞進她的脖子吸吮她的氣味，本想輕吻一口就好，禁不住一路下滑，嘴唇通過她的脖子，輕輕咬她的鎖骨，這讓他全身酥麻不能自已。與其說是他親她，不如說她的身體像上帝的手一樣愛撫著他的靈魂。這個無神的國度，他無限悔意又遍體鱗傷的靈魂，只要跟她在一起，她就能讓他感覺到自己的「本質」，觀照自己，她就是他的上帝。現在，他變得無限溫柔。該走了。

街上仍然空盪盪毫無一人，還太早，樹上麻雀的笑聲傳進窗內。再不走，人們就出來了。他在她額頭上親吻，溫柔告別。

李振源身型挺拔，警覺地邊走邊張望，做賊一樣。還好天光稀微，騎樓還是隱隱綽綽。他不希望被看見，必須趁早離開，以免撞見熟人。這不是他唯一不光彩的事，但這事不僅關乎自己，也關係到他的妻女與陳瑞雪。

一大早的街上光線蒼白，有點濕漉漉的涼爽。街角垃圾堆積，城區還沒睡醒般了無生氣，顯得更為蒼涼。

他過了馬路，來到圓環小吃食堂。這才安心下來。

圓環裡面黑鴉鴉的，沒營業。可以看出許多店家已經不做了，油布包起攤位，而油布上已沾滿灰塵，厚厚一層。有些攤位經過風吹日曬，油布也破破爛爛的沒人管。有些攤位上倒放著板凳，板凳用鐵鍊鎖著，鎖頭早就鏽了。

他不禁覺得鬱悶。肚子有點餓，想起以往的繁榮不免有些惘然。以前這裡非常熱鬧，清晨五點就有攤位開始做生意。現在這裡的小吃攤進行過社會主義改造，很賺錢的攤主，被定性為「富裕的獨立勞動者」，有資本家傾向，被規勸回南部家鄉進行生產，加入農村生產隊，不許留在臺北。

只有一家賣米粉湯的攤主正準備營業。攤主一家三代都在這裡賣米粉，賺錢不是目的，主要是有事做，他們喜歡做米粉湯，把擺攤當修行。為了獎勵他們這種精神，區人民政府還頒了勞動模範獎牌給他。攤主把獎牌掛在攤位前，非常榮耀。李振源遠遠看著他們，不敢走近。他們當然認得李振源。因為攤販的主管機構就是公安局。

過了圓環，李振源安心了。任何人在這裡看到他，也不會有過多的聯想。他在路邊燃起一根菸，邊走邊抽，走到另一個人民食堂。這間食堂開的早，一大早就有客人。他點了一客熱熱的臺式俄國早餐，一九五六年蘇維埃軍事援助後應運而生的新料理。當時上千名俄國顧問和軍人駐守在各地，協助鐵道建設、水壩建設、軍工建設，氣象局系統，電報系統，後來毛主席和蘇共又鬧翻了，這些俄國軍民都回東北了。蘇共的算盤打得很精，一面扶持王明為代表的東北共產黨，一面也支持流亡臺灣的共產黨。但蘇共沒有料到，毛的脾氣這麼硬，他跟王明是漢賊不兩立就算了，居然認為自己才是馬克思的真正傳人，其他人都是假貨。

這天應該都會是陰天，天空不見青，灰不溜秋的。吃完後李振源又點燃了一根菸，飽飯後的體內油脂和香菸結合，真讓人感到舒坦。

即使有掃街清道夫在工作，街道還是很髒亂。李振源知道，他們原來大多是知識分子、右派、政治犯，資產階級敵人，因罪行輕所以派來掃地，只是他們哪掃得乾淨？他覺得愴然，政府宣傳部說：「人民群眾寬大為懷，饒其不死」，他們才有機會在路邊掃地，重回社會主義懷抱，而且恩賜他們光榮的勞動工作。李振源七十五歲的叔公被打成右派，本來也要當清道員，李振源透過自己的關係讓他不用出來工作。叔公沒說過感謝，甚至一句話也不跟李振源說。

李振源急急走向辦公室。路邊積水是濁濁的臭水溝的綠，陋巷裡的牆上，爬滿黑色的霉斑。他看見送報紙的、緩行收糞水的牛車，車上鈴鐺叮叮噹噹、老阿媽、老阿公都出來活動了，像從泥沼洞裡鑽出來覓食的螃蟹一樣。

每段路都有塊告示牌，公告最近的政治指示。電線桿上一定綁著紅底白字的標語旗，內容還是最新的政治指示：毛主席的思想戰無不勝、人人效法黨的精神自我革新等等。李振源發現近來多了兩條新標語。一條是「堅決跟著政府反攻大陸」，第二條是「徹底消滅官僚右傾機會主義」，他心想看來呂明松說的一點也沒錯。

走到人民西街，轉角是間醫院，有個婦人坐在那裡納涼。那是李振源的二姑。他向二姑道早，二姑面無表情看著他，不發一言，沒有任何反應，好像不認識李振源一樣。

姑丈和表哥建國初期因為對黨和人民很友善，他們被徵召到人民政府工作，後來一、兩年內政治運動如火如荼展開，他們立馬就被抓出來，說他們是反革命分子。

宣傳部對這次肅清反革命運動的說詞是：「為蕩滌舊社會遺留的反革命毒瘤以及貪鄙奢靡的歪風，為樹立艱苦奮鬥、勤政廉潔的優良作風，為國家進行大規模經濟建設創造良好的社會環境，中央決定發動肅清反革命及反貪運動，這是一次成功的實踐。」

李振源聽說姑丈和表哥在刑場上非常剛毅，沒為自己喊冤，也沒為即將失去生命掉下一滴眼淚，連腿腳都沒顫抖一下，甚至眼皮都沒眨一下。槍決前姑丈什麼沒說，態度平靜地用日語高亢地喊：「阿爸，阿爸，這是我命。我認，我認。」沒有幾個人知道他的意思。伴隨著他最後嘆息的是幾十發步槍的槍聲，隨同一起倒下的有十多人，他們只是千百個被清除的貪腐分子之一。政府部門向二姑要了四塊錢，說是子彈費，才允許她去給兒子和丈夫收屍。在那之後二姑就失去了說話的能力，眼神也呆滯了。

踏進偵查科，李振源第一個到。他拉了張藤椅坐下看報紙。茶几上，《人民日報》頭條是〈中國共產黨中央委員會聲明〉，李振源好奇地往下讀，原來是蘇維埃駐長春總部被公民投擲石塊，砸毀玻璃窗。德意志和日本聯手瓜分歐洲和西伯利亞後，蘇聯解體，實際上不復存在。蘇維埃政府流亡到了中國東北，擊敗關東軍，滿洲國遷移朝鮮半島。蘇維埃占領了東三省後，扶植王明偽政權，留在當地。瘦死的駱駝比馬大，當年作為殘部的蘇維埃仍有較為強大的力量協助毛共撤退臺灣。在新首都長春發生這樣破壞外交友誼的事，中央委員會聲明：這是令人遺憾的消息，一定是有計劃的陰謀破壞，很可能是國民黨特務或是在東北的王明偽政府指使的，中央委員會表示十分遺憾。

李振源讀完不自覺揚起嘴角，蘇維埃一面扶植王明，一面扶植毛主席，不就是兩面手法嗎，讓他們消耗，自己能獲最大利益。他突然酒癮犯了，考慮了一下，決定喝一點，鎮壓剩餘的情慾。遂走到位子上從抽屜拿出一瓶烈酒，埔里酒廠的高粱，倒點在他的水杯裡。酒是透明純淨的　色，趁現在沒人，他一口悶到喉嚨裡，免得辦公室散發酒氣。他鼻息裡似乎還可以聞到陳瑞雪胸前的香味，又倒了一杯喝下。一大早喝酒，所有酒精全數被血管吸收，進入體內。

他瞥見辦公室角落有摞書，去看個究竟，發現居然是禁書《搜索》。估計是偵查員昨天查獲的。

「夏杉露？下山路？下三路？」這作者在開什麼玩笑？

出於好奇，他拿了一本回到位子上，反正無聊，就讀了起來。沒想到這人生花妙筆，讀個幾頁就一發不可收拾，停不下來了。讀了幾十頁，他才明白《搜索》是本小說，虛構共和國的歷史。故事假定共產黨一九四九年四月廿三日成功渡過長江，一路殺到海南島，贏得內戰，定都北京，並在十月一日成立中華人民共和國。此後大肆追捕國民黨特務。

《搜索》就是以搜捕國民黨特務為主題的小說。小說中還虛構了國民黨轉進到臺灣，肅清中共地下黨。小說中描述，中共把許多臺灣籍共產黨員當成工具，對臺統戰……他花了兩、三個小時快速讀完，讀的津津有味、欲罷不能。等他回過神，才發現辦公室人都來了，偵查科又開始新的一天。

與大稻埕區不同，自日本殖民時代以來，萬華區居住了大量底層漢人，人口稠密，社會複雜而貧窮者眾。大稻埕因為早年居民多經營進出口貿易以及衍生商業活動致富，家庭多殷實。黨以工農兵起家，萬華是爭取民心的重點區域，主要街道上，已經興建一整排嶄新的社會主義式建築，老舊房子、棚戶大多拆除，原住戶和工農兵階級免費分配到一戶筒子樓的房子。筒子樓結構單純，每層樓都有一條貫穿的走廊，只有兩頭有自然光源，中間一長條面對面的住房走廊全是黑燈瞎火的。為節電，大部分住家也不安裝人工光源，同層樓所有住戶共用廚房、衛生間。每到飯點，各戶排隊使用廚房，走廊裡瀰漫著各家媽媽煮的不同省分的菜餚油煙味。這味道給了流亡者一點「家」的安定感。每間居民房間挑高都有三公尺，牆壁薄，講話隔壁能聽見，隱私極差。

因為人口以工人群眾為主，萬華也新設不少大型國有工廠、職工宿舍。整個街道有種欣欣向榮的社會主義秩序。路上行人，若是穿著藍綠色服裝，八成是工人階級。他們走起路來抬頭挺胸、趾高氣揚，跟大稻埕居民完全兩樣。過去可是顛倒過來，現在萬華區的人臉上有揚眉吐氣的神采，變成社會上流人群。黨部號稱，這裡是社會主義模範區，是反攻大陸示範省的示範區，重點中的重點。反觀，大稻埕居民一半以上被抄家，打成黑五類，人人發愁。

柯吉和李振源從局裡出發，按計畫要去查看死者吳富國家裡。他們開著吉普車沿著延安北路、馬列大街、人民大街到達西門附近，看到遠處天空冒著濃煙，接著聽到救火車急促的鳴笛聲。與馬列大街平行的是一條日本時期建造的鐵路，和共和國新建的輕軌電車。電車清脆的鈴鐺聲和火車機械往復滑動聲，成了背景聲。馬列大街沿線有好多商家，大多是市營商鋪，部分是外省人申請開設的小鋪。這種小鋪多是跟黨來臺的軍民開設，待遇非常特殊，有萬華公安局給的營業職照。李振源醉心一間叫「夜上海」的小館，在殘破的西本願寺門口用波浪板和鐵皮搭建的小破屋，老闆其實是大陳人。他跟柯吉三天兩頭來這裡吃嗆蟹、砂鍋魚頭，喝兩杯高粱，附近國防部官員也是常客。

待他們到達鐵道部宿舍附近，遠遠看到場面一團混亂。他們互看一眼，有種不好的預感。不會這麼巧吧？李振源驚愕。柯吉走在前面，推開擁擠的觀望人群，走到封鎖線下，一位封鎖線上的警察看到兩個熟面孔，立即拉高封鎖線讓他們通過。

「駱山。」李振源叫住一位警察。這仁兄李振源不會忘記。駱山原來也是偵查幹警，人民警校第一期，是很資深的警察。李振源在萬華混的時候，駱山剛畢業。由於是人民政府自己培養的幹警，駱山搞得風生水起。這幾年反右，駱山因作派浮誇又被密告貪腐，送去勞教。返職後降級成一般警察。這已經是很優厚了。要不是缺人手，上頭根本不會起用這老兄。

「哪戶？」柯吉問，柯吉也認識他。

「十五號一、二樓。」駱山疲懶地道，有點事不關己。

柯吉轉頭和李振源四目相對。正是吳富國的家。

「裡面有人？」李振源問。

「還不知道。」駱山搖頭，要理不理。李振源明白，駱山這是覺得沒面子，不想見到熟人。

他倆走近宿舍，站在不妨礙搶救工作的角落觀望。火勢很大，已經吞噬好幾戶。水柱七 八條在空中拉長成拋物線，樓房惡煙從窗戶、大門、煙囪、所有縫隙狠狠四竄。李振源聞到難聞的燒焦味。救火隊穿著厚實的防護衣一個個扛著斧頭、工具進入火場，過一會兒一個個精疲力盡的走出來，他們冒著煙和熱氣，全身是炭燒的污漬。一批出來再換一批人進去，與火燄奮戰不懈。

「這麼巧，我們才要來查，吳家就失火。」李振源冷冷道。

「不知道他愛人和小孩在哪？」柯吉道。

水柱壓制大火前，他們看到火舌吞噬了五 六間宿舍房。後面幾間住戶已經逃出，婦人嬰孩嚇得在一旁大哭。

李振源覺得眼前的景象像記憶中的法會：圍觀的人群、巨大的鐵網燒著冥紙，高竄的火燄。政府禁止封建迷信，迎神賽會、建醮大拜拜、法會、神佛出巡全都滅絕了，更別說外國宗教，教堂全都查封。

眼前，燒焦的樓房，垮掉的牆，窗框冒煙，玻璃殘破，黑麻麻的室內，餘煙裊裊，天空飛舞著灰燼。李振源不禁感到悲涼。

火滅了，鑑識人員進場，李振源看見熟悉的老面孔，萬華公安局偵查科幾個老屁股，還是像以前那樣吊兒郎當。大約一個多小時，這幾個人出來，手上拿著板子，填寫鑑識紀錄。

李振源和柯吉走上前。

「廖桑。」李振源向其中一人打招呼。

那人抬頭一看：「呦，呦，看是誰來了。」轉頭喚起其他同志的注意。

「怎麼跨區辦案啊？兩位大偵探。」廖桑半開玩笑，把膠鞋往地上蹭了蹭，火場地濕，不少灰燼黏在鞋底邊緣。

「本來是來拜訪十五號這一家。剛好是前陣子被謀殺的鐵道部處長他家。」柯吉道。

「你們倆回老家辦案，也不打個招呼，讓我們可以趁機吃你們豆腐。」廖桑道。

李振源知道廖桑愛開玩笑。這傢伙是自己離開萬華公安局時進來的，雖然沒有直接共事過，但在各種場合碰面時都很友善，不是一板一眼的那種人。李振源輕捶了一下廖桑的肩膀，表示友好。

「十五號裡面什麼情況？」李振源問。

廖桑回頭看了看，又轉看李振源、柯吉道：「火場範圍一共有五家被燒，其他家都是物品損失，唯有十五號裡有具屍體。」廖桑低頭看看紀錄，又抬起頭道：「大人，看來是女性，側躺在床上。我看了門窗都是從內部上鎖的。」

「現場有什麼可疑的嗎？」柯吉問。

「幾乎肯定起火點是十五號這一家。據我們詢問目擊者和第一時間抵達的消防員，一開始火焰顏色是黑色的，空氣中有煤油味。在十五號這家沒有看見煤油桶。他們是用電的。不排除是人為縱火。死者的身分和死因，等一下命案組的同志會來鑑定。這裡靠淡水河，今天河風比較大，延燒很快，受災戶一下就有五家。」廖桑搖搖頭。

李振源知道他是個好人。靠著手上的紀錄，目前只能給這麼多訊息。臺北市專業的法醫鑑識單位已經停擺。命案、火場都是公安局偵查科說了算。他前陣子提報，市公安局應該與大學建立刑事鑑識實驗室，但市局那邊遲遲沒動作。

「我們能不能進去看一下，如果有什麼發現也可以協助你們調查。」李振源客氣的問。

「當然，您老可是此行的宗師呢，」廖桑道，「說不定還能給我們一點啟發。」隨即扶著消防車脫下膠鞋給眼前兩人，自己換上備用的普通工保鞋。

李振源和柯吉走進他們最關心的十五號，吳富國的家，眼前的一切已經全毀。所有東西都焦了，他們小心翼翼，除了地面，所有殘物還是燙的，冒著煙，地上還可能有尖銳的東西等著刺穿他們的膠鞋。李振源看到桌子只剩三隻殘腳，桌面燒個精光；沙發完全空了，只剩彈簧和骨架，牆上的畫剩金屬框，玻璃都破了。地上都是灰和水混合的泥漿。四處冒煙，他們走到臥房，看到床上一具呈現深黑色的屍體。李振源走近，從各種角度看死者。現場沒有其他屍體。李振源左看右看，憑腦子記住所有細節。往外走剛走到門口，發現萬華偵查科幾位年輕同志翹首以待。他們看到李振源和柯吉走出來，都好奇地問看到了什麼。李振源沒說什麼，拍了拍他們肩膀，出了火場。

他們脫下長筒消防鞋還給廖桑和另一位警察。廖桑問道：「如何？有什麼新發現？」

李振源道：「死者沒有掙扎的痕跡，但我看了一下現場，她生前應該遭過刑求。另外破壞的地方除了救火隊破門而入的地方，水柱噴射的地方，還有一些可疑之處。」

廖桑睜大了眼，他剛才沒有發現，心虛地道：「什麼可疑之處？」

「先說死者。一般來說，火場大部分死者都是嗆死的，不是燒死。燒死的人必然會掙扎，蜷縮在角落。十五號這戶只有三層樓，臥房在二樓，外頭也沒有鐵窗。照理來說，若是你在這裡遇到大火，會怎麼做？我想你應該會試圖逃生吧？你會開窗，試圖跳下去。至少會開窗求救。但窗戶緊閉，很不合理，除非起火前她已昏死過去。聽你說，救火隊來的時候，現場觀察，其中並沒有受災戶開窗求救。其他戶都是跳樓逃生，她在二樓，並不是很高，跳樓逃生不是不可能。生死關頭至少要試一下。但沒有，死者躺在床上。」李振源看著災難現場，若有所思。

「會不會是死者在熟睡呢？」廖桑問。

李振源看著廖桑，一時給不出答案，卻問：「你說，救火隊抵達現場時，聞到濃濃的煤油味對吧？」

「是的。」廖桑回道。

「那就對了。我在現場特地找尋煤油相關的用品，也沒看到煤油燈、發電機，廚房也是用電的，這一戶沒有用煤油的地方。我特地尋找火燒最嚴重的地方，結果發現就是在死者臥房，而且是床鋪上。我研判，這裡就是起火點。火往高處燒，所以二樓三樓火燒比一樓嚴重很多。第二嚴重的地方是在一、二樓樓梯間。仔細看，樓梯間並沒有起火需要的火源，比如電線、燈、插孔，而火燒點附近更是乾乾淨淨的沒有雜物的地方，但地上卻有一道較黑的火燒痕跡。沒有火柴、蠟燭殘跡。這樣看來，不是單一起火點而是多點起火點。看來是有人在二樓縱火後，擔心燒的不夠完整，下樓的時候又在樓梯間再倒了一次煤油，沿路倒到一樓，這樣一樓也燒起來了。但現場我沒看到煤油桶，你也沒看到對吧？所以從死者到燃燒點的跡象，是有人縱火試圖掩滅證據。大門我推論是你們破壞的，原本關上。我建議你可以回去採取縱火劑殘跡，再去看一次建築被火燒破壞的特徵。」李振源口述完，才回頭看廖桑：「死者究竟是否生前被燒死，需要進一步對屍體檢驗。看呼吸道和肺部是否有煙燻痕跡，化驗血液，看成分。但這點，我們都做不到。現在只能請臺大或師大化學系實驗室和醫學院分頭試試。能不能成，就看老天了。」

「果然是大偵探。」廖桑比起大拇指，滿眼都是敬佩之情。在這一行的人都知道，刑事鑑定人員對火場鑑定領域不熟，火場鑑定人員對刑事命案鑑定也不熟。李振源能給出這些建議，畢竟，他也在警察學校兼任刑事鑑定的課程，早已閱覽群書。

「那，我們先告辭了，等你們的最新消息喔，好兄弟。」柯吉道。

火燒完了，現場的人群還在圍觀，不肯離去，彷彿他們在等待火場運出死者。

告別了萬華偵查科一行人，李振源和柯吉回大稻埕公安局。

他們一上車就抽起菸，鼻腔裡的火場臭味換成菸的熟悉香味。車子離開現場一路奔馳，到鐵路平交道，遇到火車通過，車子停下來等待。李振源才問：「圍觀群眾，有沒有可疑的面相。」原來他和柯吉分工，柯吉觀察現場，但一無所獲。

「你怎麼知道原來大門關上了，是救火隊破壞的？」柯吉問。

「這是專業人士幹的，開門是基本的技能，破壞會有較大的聲響，會驚動人們注意。他們進出屋子都靜悄悄的。先殺了死者，我想應該那是吳富國的愛人，再放火湮滅證據。目的是阻礙我們調查。吳富國一定有什麼事，他太太也知道，但不能讓我們知道。」李振源菸銜在嘴邊，雙手拍了拍身上的灰道：「這案子不一般。有人殺了吳富國，又殺了他愛人。誰這麼需要他們死？這個案子越來越蹊蹺。死者留有一筆錢，一家人幾乎被滅口。」李振源彈飛菸灰。

「小孩？」柯吉問。

「你有空去確認一下，小孩也許住在公社。」李振源故意這樣說。其實他知道那孩子住在公社裡。他突然覺得，孩子住在公社，減輕了父母的負擔，現在似乎還躲過了災難。並非全無可取之處。只不過，公家機關的管理和伙食肯定沒有家裡的舒適。

「死者是他殺，你為什麼不直接向廖桑挑明？」柯吉又問。

「為了留點面子給他啊，當然。讓他們有點事做，自己去調查。」李振源看著柯吉：「我對於被人妒忌很忌憚的。況且，現在還不要打草驚蛇。」

吉普車很快就到大稻埕，路上他們見到幾處地方黨部辦的集會。車子很快通過，但李振源聽見擴音器的聲音：「隱藏通緝罪犯，與罪犯同罪，窩藏者連同家屬一律……」

他們回到公安局，立刻重新部署偵查任務編制，他們叫人回來重新賦予任務。並特別交代，行動一定要保密。

第八章

威脅

早上五點半他就醒了。念警校時，逼他五點半起床，那時他才十八歲，很需要睡眠。隨著官階越高，自由更多，但再也睡不長了，若不是宿醉，他固定五點半就會醒。

這棟一九二〇年建的房子，是他祖父李仰光晚年住的。這是一間獨立建築，三層樓高，四周有點空地，不是連棟的。站在他家樓頂，可以看見墨色的馬列山，淡水河三三兩兩的舴艋舟，以及日落時分，河面金箔般碎花花的陽光。

他在屋子四周種上矮樹叢，自成一家。院子裡養了一條狗，不讓人接近竊聽。李家所有家產都已上繳，包括這間，不是充公就是沒收。他官至偵查科長後，動用點關係強要下來，才讓這間閒置的老宅回到自己手裡。這棟建築獨門獨戶，每層有五個房間，本來採光很好，可以住兩代人，現在每個房間都堆滿雜物。都是他們大稻埕李家被沒收的物品，本來被扣押在霞海城隍廟後頭的倉庫，他靠著自己的勢力強要回來。

李家原來人口不少，現在都凋零殆盡。李振源去霞海城隍廟察看成堆的沒收物品，按冊找尋李家的東西，他貪婪要回所有李家的東西，要人搬回老屋。現在這間四十年歷史的房子裡，積滿灰塵，充斥著李家族人的冤魂。東西太多，顯得陰暗。現在只有他獨居。哪個房間都進不去，只能在臥房和客廳、廚房之間走動。

回家後他想了一整晚，吳富國，一個禿頭胖子，滿嘴金牙，生殖器被完美切下，屍體被丟入淡水河。留下大筆來路不明的錢，他的愛人被滅口，燒死在自家，凶手是專業人士。他們惹誰不滿？

他捋順思路，確定吳富國愛人的命案，要追的是專業殺手，而吳富國命案要尋找的是非專業兇手。殺他和她愛人，可能是不同的兩組兇手。怎麼找？恐怕還是要先調查出吳富國個人的上下利益關係，資金來源與去向，才能弄清糾紛。

六點半，李振源離開家裡要去公安局上班。正推開家門，看見地上用粉筆寫了幾個字。「錢還來」。他看了一眼他養的狗，居然有人靠近沒有警覺，沒叫，狗還一臉無辜。

他抬頭四顧，附近鄰居面如死臘。距離最近的那戶人家在澆花，他最討厭這一戶。覺得這家的老婦在窺視他，向某個機關回報他的一舉一動。在這附近，不論什麼時候，走到哪裡都會撞見這個老嫗。根本跟老太太應有的作息完全違背：中午兩點，這老女人居然在大太陽底下散步，不睡午覺嗎？下午五點，她繞著李振源和她自己家運動。她不做飯嗎？半夜十二點，她拿把小板凳在自家門口乘涼……現在一大清早又在澆花，簡直像鬼魂一樣陰魂不散。這區是大稻埕邊緣，近淡水河。地處偏僻鄰居不多。然而，就這麼一戶如芒刺在背。

李振源一面想，昨晚回來時還沒有，那就是晚上九點到清晨這段時間，是在黑暗中進行的，誰這麼大膽？是誰呢？狗為什麼沒吠？難道是熟人？但這狗，六親不認，連我也叫，是誰讓牠順服？字體相當工整，但一看就知道隱去了筆跡，像謄抄字帖。錢，是那三百萬，還是九萬？連杜冬青也不知道那是錢，誰會知道？李振源看了看，目下沒有可疑的人。他立刻在院子取水，以水沖洗字跡。粉筆字在地上化成糊水，再也辨認不出寫的是什麼。

他猶疑地走去上班，決定今天去杜冬青那裡問清楚。

路上人並不多，李振源穿越一條更少人走的小巷。晨間，淡淡薄薄的淺藍色光線充斥在有涼意的長巷陰影下，此時，這座城市的天空如同一座冰冷的墓碑。

走在這裡，他有時間可以思考，不像那些人多的街道，他必須小心車輛，耳朵也不清淨。在安靜的巷弄，有些樓宇殘破，房頂已經坍塌，屋內頹唐，只剩長滿野草的空牆，雀啾空訴。

他走過一棟棟富麗堂皇的雅麗別墅，以及一部分半塌牆垣，不禁想起小時候，這裡富到流油，才能在城市裡過著類似田園的生活。周邊是為自己賺錢的碼頭工人，庭院裡是負責修剪花枝的長工；屋裡瀰漫歡樂氣氛，窗口傳出笑聲和樂聲。舊日情懷籠罩李振源心頭，陽臺、拱頂、雕花甚至青苔全都還在，但往日氣氛已經完全消亡，不知去向。

他看著沿路變換的時空和顏色。巨大的榕樹因為有許多鬚根，看上去極老，它的葉子一動不動，同陋巷裡的歷史恩怨一起遭到噤聲。到了主要馬路，路上的腳踏車如潮水，工人的藍色工裝如同波浪，一波波在這座城的血管中湧動，湧入工廠，湧入機關。那些工人穿的工裝染色很容易褪去，看上去有點灰黑。整座城市也都是灰灰黑黑的，色彩平淡，水泥、工裝、工廠、腳踏車，全都失去顏色。

到了大稻埕公安局，報紙上有兩則消息他多看了一下，是關於大陸國民黨的消息。

日不承認一個中國，蔣匪跳腳

【本報東京消息】大日本帝國外務省宣布，「一個中國」不符事實，大日本帝國認知中國目前是分裂狀態，日本將本著實事求是的精神，與中華人民共和國臺灣保持外交關係。針對日本政府的態度，蔣偽政權外交部嚴厲譴責日本……

臺灣和華北、東北組成統一戰線

【本報臺北消息】為了完成祖國統一大業，中共中央已完成戰略部署，與日本組成統一戰線……

終於正式和日本人合作，李振源有恍如隔世之感。這些年，在中央反日反蔣政策指導下，大批殖民時期和日本人合作過、受影響的人都成了漢奸走狗被殺或投監，至今還沒出來。其中包括很多當年因為反殖民，到中國抗戰入黨的本省黨員受到整肅。除了因為他們多半受過日本影響，也因為他們多半反對共產黨到臺灣以後的作為，影響了他們的根底。共產黨不跟本地勢力分享權力。共產黨直接打垮所有菁英階層，包括本地黨員，以便完全掌握權力。

正當李振源看著報紙時，政治保衛科王志航科長出現在他面前。這時還沒到上班時間。

「振源同志。」王志航壓低聲音，語氣神祕，讓李振源直覺有些不祥。

王志航用眼神向他示意。兩人走到政治保衛科科長辦公室。王志航拉上門，放下百葉窗。他請李振源坐在沙發上，自己拉了一張木椅，近距離面對面。

「振源同志，」王志航打出一根菸給李振源，替他點上，自己也抽起一根。

「我就直話直說了。」

李振源感覺這一天才開始，令他驚奇的事還不少。

「有人密報你貪瀆。」王志航道。李振源一聽，冷笑。

「志航同志，您看怎麼辦？」他知道他上交的錢，會按職務等級發下來，流到王志航的手裡。王志航眼神定定的看著李振源。李振源覺得有點好笑，他想看看這傢伙怎麼處置。

「是匿名舉報，前幾天有人在我腳踏車車籃底下塞了張紙條。」王志航從檔案夾取出一張巴掌大的對折紙條，攤開，上面以不太好認的字跡寫著「有些命案不是你們能辦的，往下只會牽扯更多無辜者。科長貪瀆成性，毛主席打貪，別存僥倖心理。」

「『科長貪瀆成性』又沒寫在下李振源或是『李科長』，志航同志怎麼會覺得是在舉報李某？您也是科長不是？」李振源不解。

「振源同志，我本來也以為是我，但再仔細看一下，前提是什麼？『有些命案不是你們能辦的』我們政治保衛科現在根本沒有命案，辦命案的只有你們偵查科。」王志航還是定定看著李振源。李振源感覺王志航的態度高深莫測。

「理論上，政治保衛科也辦命案，只要認為跟政治有關不是嗎？」李振源啣住菸，嘴角吐出白霧。

「是，照你的說法，一般庶務科也辦案，只要命案是由一些小事引發的。媽的什麼案子？上面也沒寫清楚」王志航抽將起來。李振源看他一眼，稍微放心。

「振源同志，您再判斷一下。」兩人一同低頭看著紙條。

上面寫「命案」，的確，實際上除了政治保衛科和刑事偵查科才辦命案和大案。若政治保衛科沒在辦「命案」，只有刑事偵查科了。「吳富國命案」，他們之前認定，受害人有可能是敵特，或是敵特犯案。但後來，確認死者是老幹部，仍不排除是敵特所為。是指這件命案？但會牽扯「更多」無辜者？「更多」兩字意味著之前發生過。什麼案子之前有「無辜者」？兩人沉思。

李振源很清楚，很多案子都有無辜者，為破案績效，把大案嫁禍給小犯行者，這些人都是無辜者。從今早他家門口的事，讓他直覺認為，字條指的正是鐵道部吳富國這案子。這案子從一開始就受到阻礙，呂明松不讓他辦，到吳富國家被縱火、愛人身亡，今早的警告到現在被舉報。

我幹嘛一直抓著這個案子不放？這案子蹊蹺，一定有內情，但我沒必要再追查下去啊，我又不靠這個案子。他猶豫，或許該放下？呂明松說的對，破幾個敵特大案，才是真格的，但事已至此，該如何停下？

「上面寫的不會是舊案，一定是近期的『命案』，有『無辜者』的，您看，是不是鐵道部電務處長和他愛人的命案？」看李振源沒有反應，王志航道。

「八成是。」李振源不得不謹慎承認。政治保衛科也有他們自己的利益：「從字跡上看，此人故意掩蓋身分。不論他的意圖為何，首先是阻礙辦案，這字條在威脅公安不要辦案。第二，此人對辦案的消息靈通，估計不會是普通民眾。您說呢？」李振源看著王志航，等他表態。

「是沒錯。但您怎麼看『貪瀆』？」王志航問。

李振源看著他好一會兒，才緩緩道：「做我們這一行，從公安部長到基層幹部，普通員警，誰沒有？」

「主席打貪，只打他想打的。」王志航附和。李振源聽這話，完全放心了。

「卸磨殺驢。到最後，還是。」李振源向後靠在沙發上：「驢子，能吃的時候快吃，能樂的時候，樂。」

兩人抽菸，沉默不語。

「您還往下查嗎？」王志航瞅著李振源。

「追查命案不是我們刑警的天職嗎？」李振源道：「不過，我倒想看看，是誰在阻撓辦案。」

李振源再拿起紙條細看，紙條是從一張更大的紙上撕下，周邊沒有任何條紋或是印刷字樣。從紙質來看，是一張普遍的公發紙張。任何機關單位辦公桌都常見這種紙，不過有些機關會在邊沿印上單位名稱。這張紙似乎避免掉能被認出的印記，從中撕下，看不出原本紙張的方向。字跡有點歪，李振源判斷，是刻意以非慣用手寫下的。

他努力回憶，這字跟早上地上排的字，像嗎？嗯，應該不像，早上的字工整，而這紙條上的字，歪歪斜斜。但寫大字，跟小字字跡還是有所不同。早上抹的太快，他也不確定地上的字跡是工整還是歪斜？只能確定這兩個寫字的人都想掩蓋身分。為什麼？是我認識的人嗎？李振源想，我看到字跡會認出的人？那是熟人？如果根本不在生活或工作周邊，哪怕字跡被認出呢？小心謹慎？「王科，」

李振源湊近他：「你打算怎麼處置？」

王志航深吸了口菸，怕噴到李振源，往上吐煙。

「我們這些年，」王志航壓低聲：「產生了信任和革命情誼。小犬上次在學校惹禍，還多虧您出面解決。這個恩，小弟一直銘記在心。」

李振源這才想起來，自己幫過王志航。那是五年前，王志航就讀小學六年級的兒子拿著鐵橇把同校一名軍區後勤部門工人的小孩打了，縫了二十針，真夠狠。他出面，帶了軍區官員、社區委員、工廠領導一同安撫家屬，事情才了結。沒想到，王志航如此重情重義。

「這點小事我早忘了。不足掛齒。」李振源站起來，把紙條塞到口袋，走到門口。回頭望了一眼王志航。

「案子也可以不辦，但不能因為是被威脅。」李振源說完，便離開。

他走過庶務科，「生意」好像很好。三個刑警正在對付一個鬧事的壯漢，那傢伙身高起碼一米八五，比李振源高了半個頭，身材魁梧肌肉強健，三個刑警隊員也按不住他。另一邊，幾個人正在對付一個女人，看上去三十出頭，脫得幾乎半裸在瞎鬧，不是喝醉，就是有點精神不正常。

李振源走近那壯漢，觀察了一下。那壯漢也看到他，滿眼凶光。他掙脫三個警察的束縛，跨出第一步要來攻擊李振源。李振源迅雷不及掩耳推開兩張木椅，飛快起腳一踢，踹中那壯漢膝蓋，那廝身體一歪，李振源側身往前一挪，順勢橫向一個手刀猛擊，劈那人喉結，動作俐落。壯漢立刻跪倒在地，雙手摀著喉嚨，狀極痛苦。三個警察立即擁上制伏。

「謝謝科長。」刑警連聲道謝。

才剛回偵查科自己的位子上，椅子還沒坐熱，柯吉就說了兩件事。一是吳富國的傳令，張樹枝因為涉及臺獨組織被政治保衛局收押；二是鐵道部一名東方號列車車長和乘務員死於七堵。不是意外事件，而是身中數刀，死在宿舍裡。

「鐵路公安局說是兩人互殺，列車長被鋒利的刀刺傷了喉嚨，乘務員被殺數刀，流血過多死亡。」柯吉一屁股坐在自己的椅子上，伸手去拿茶杯。

「他們有仇嗎？」李振源不喜歡一大早就這麼多事。

「不知道，傳來的消息就這麼多。沒有細節。」

李振源直覺不單純。怎麼又是鐵道部？難道又是滅口？他告訴柯吉，希望柯吉去提審張樹枝到公安局。這案子越來越蹊蹺，鐵道部處級幹部被虐殺丟入河裡棄屍，生前留下不合理的巨額金錢，愛人被滅口，房子被燒得一乾二淨，可能是湮滅證據，明顯是專業殺手幹的。現在鐵道部又有命案，看來鐵道部很有問題，看來這單位欠整頓。

為了弄清案件，他現在要儘快去確認杜冬青有沒有走漏風聲、跑一趟七堵。命案線索稍縱即逝，他決定立刻搭火車去七堵。雖然歸鐵路警察管轄，不是他的區域，但他跟鐵路警察已經打過交道，相信對方會諒解，而且相關性的跨區辦案司空見慣。

火車一路搖搖晃晃，車輪在鐵道上運行，只聞空聾空聾空聾，有節奏的低吟。車廂與車廂連接處的粗重金屬零件彼此撞擊，產生金屬聲響。這種通勤班次，車廂座位是左右各一排面對面，中間走道比較寬，可站比較多的人，流動性也大。每個站上下不少人，乘客面無表情，到站就下車。在火車運行發出的低沉金屬聲中，這些人默默不語透露出一種類似宗教的莊嚴感，古代獻祭時高尚、冷漠、殘酷的氣氛。

李振源站在最靠近門口的一根鐵欄邊，面向外，透過車門骯髒模糊的玻璃看向外。視野越來越窄，從廣闊的平原稻田、疏淡的河流，逐漸變成蓊鬱的山壁，房子越來越稀疏，綠色植被越茂密。李振源猜現在火車大約行經汐止附近。火車離開平地，也就逐漸遠離市區，臺北市是個盆地，四周環山，火車在山坳子內前行，表示已經進入城市的邊境。

「李警官。」女人的聲音傳來。

回頭一看，李振源心一緊，心想，真是冤家路窄。故作不認識道：「您是？」

「我們在會議上見過。」女幹部道。

李振源沒忘，他是不想去記得那些不愉快的事。這正是聯合偵查會議上那位找他麻煩的女幹部，他不知道這女人還要玩什麼把戲。上次在會議上，她差點要了他的命，當天若是不是呂明松制止討論方向變成鬥爭大會，他可能完蛋了。當天還有副市長市委第一副書記在場，影響不可想像。

「喔，記得，您當天抬舉了李某。」李振源眼光落回窗外山色。

「李警官可記仇。」

李振源被她這樣說，回頭看了她一眼。

「李某就一條小命，」李振源嘴角一彎。他看了看窗外，列車停了下來，又回過頭看著女幹部：「不小心點不行。」

也許別人看不太出來，但李振源發現她彆了一下嘴角。那是笑嗎？

「孫志芳。立志的志，芬芳的芳，政法委辦公室的。」女同志伸出手。

李振源看她腰板挺直、高眺，臉上有說不清的驕傲、自滿。

她的手還懸在空中。李振源只好伸手握。

他很清楚政法幹警是什麼，又一個不能惹的。

她全身綠軍裝，唯肩頭和領口沒有任何單位和階級標誌，領口扣得嚴實。政法部門是共和國比較特別的單位，他們散布在檢察機關、法院、監獄、司法行政系統裡，專門監督執行層峰的旨意，是專門設計來管理黨員和治理警察的鐵爪隊伍。政法部門是另一個警察系統，或是警察和司法部門的太上皇組織，可以管所有部門，他們全都是黨幹部，基礎隊伍是從解放軍和武警部隊裡招來的忠誠黨員，有點現代版錦衣衛的味道。

他沒反應，孫志芳不解的追著他看。「李警官，這麼小家子氣。」她冷冷道：「我們不都是工作嗎？你有你的職責，我有我的。」

李振源為了逃脫追逼的眼神，只好不情願地應酬：「您搭火車要去哪裡？」

「鐵道部又有命案。欸，難道李警官也是去七堵？」孫志芳道。

李振源睜大眼睛。孫志芳也睜大了眼。

他猜孫志芳一定認為這不是他的管轄範圍，他沒必要去。令李振源驚訝的是，政法部門的消息跟他一樣快速，真不是省油的燈。

李振源從她散發的氣息，感覺現在她沒有敵意。是嗎？沒有敵意？他也不太確定。

「政法委員會也很重視此案嘛。」他敷衍，琢磨該跟她分享多少目前查到的線索。聽說上面有意要法院、檢察、公安部門合署辦公，並且由政法委統一領導檢察院和公安部、法院，完全實踐黨意志，如果是那樣，到時候還得接受她的指導？轉念一想，現在畢竟還沒有實施，他可不想最後案子的祕密被發現或功勞被搶走。這不是沒發生過。

「這個案子不尋常。上次開完會，回去向政法委書記報告，他知道本案後，就交代盯著本案最新進度。」孫志芳道：「書記對你也是知道的，他說，李警官是不可多得的人才。」李振源再次驚訝。原來政法委也知道他這號人物。

「妳是坐辦公室的內勤，對偵查也有專長嗎？」李振源重心往後仰，身體靠在門和車廂交界處，摘下帽子夾在腋下。

「聽聽，李探長這不是小瞧了女性嗎？」孫志芳像在對不懂事的青少年說教：「我們的工作是協調公安、檢察院和法院，對國家重大事件按照黨的精神辦案、起訴、審判。政法辦公室的同志都先在地方檢察部門、公安部、國家安全局等單位待過，才能提升坐辦公室。」

列車又啟動了，兩人被突然的動力搖晃而站不穩，就近抓著鐵欄。

「我不是那個意思，」李振源欲解釋：「我是……」

「毛主席說『女人能頂半邊天』，男女平等都寫進憲法了，你還根深柢固的封建思想。」孫志芳一臉嚴肅。

李振源懷疑，這個人只是嚴肅，也許，並不是刻意針對他。

「這個案子看來越搞越大，政法委命我為本案的特案專員，督促及早破案。」孫志芳終於轉移話題，把眼神落在窗外。李振源鬆了一口氣。

現在李振源明白了，孫志芳是「特專」，為了協同工作，她勢必要鬆軟全身的刺。

從空氣傳來的氣息可以感覺得到，外面非常悶熱。天氣預報說，今天下午會下雷陣雨。列車搖搖晃晃又往前開。李振源有點苦惱。又來一個「及早破案」的。破案本來就該費時間，線索、證據和動機缺一不可。及早破案，都是政治壓力。乘客在五堵站下了一半，又上來一些人。

「等一下到了七堵，我聽從妳的指揮。」李振源道。

「這倒不必。」孫志芳看著他：「李探長的專長是偵查，我的專長是協調辦案。本來我去也是督促基隆方面辦案，了解一下情勢。那邊我打過招呼了，會有刑警來陪同。」

李振源知道她說協調是客氣了，更重要的是監督。沒一會兒，七堵到了。他們向站務人員問清鐵道宿舍的方向。

日正當中，沒走幾步李振源已經滿頭是汗。他看到孫志芳細白的頸後幾綹髮絲下也汗淋淋的。心想這姑娘也真不容易，大熱天還要外出公幹。

他們很快走到鐵路員工宿舍。是一棟日式的木造平房，黑色的瓦片屋頂年久失修覆蓋了一大片黑色防雨膠布，用很多磚頭壓住。整個屋子的基礎墊高，下頭是空的，用木架撐起整棟房舍。屋簷下是寬大的木頭露臺，上去要先脫鞋。

正門口有個制服公安把守，一副臭臉。

「政法委專員。」孫志芳亮出證件。

公安一臉空洞，沒阻止，也沒歡迎，好像不干他事一樣。

李振源穿著白色公安制服，就跟著進入凶案現場。那警察也不敬禮，不問候，還把臉稍微偏向另一邊去，假裝看不到。

沒有人在屋內看守現場，估計是大中午去吃飯了。屋內屍體早已移走。李振源環視一周，這是間全木造日式建築，進門後是起居室，主屋在右邊，廚房在正前方，地板走起來嘰嘰嘎嘎。十幾年來沒人會修日本房子，榻榻米已經移除，紙糊的隔間門板也拆走了，獨留地上的軌道。起居室現場用粉筆畫下死者被發現的位置。

李振源站在粉筆線描的屍體輪廓前，換了幾個角度，又站在房屋對角線交互觀看了一陣子。李振源和孫志芳各自在屋內到處看看。李振源站在輪班表前看了一陣子，理解到，這間是列車長級別的宿舍，從掛在房間的班次表上看出，八個車長輪流住在這裡。他們在這輪班休息。列車經過，該換班時，人就補上去，換下來的人就在本站休息直到下次輪到他。黑板上寫著時段，一個月的時段班表。列車班次和時間不變，但值班人員會小幅調整。不過，班表顯示，並非每個時段都有人在此休息。最多不超過三個車長同時在此休息。

李振源走到主屋睡覺的地鋪前。地上只有一個睡鋪，成北方捲餅狀，棉被折得工整，還沒收到櫃子裡。他又回去看了一下值班表，確認昨晚在此休息的只有一位叫做「郭自足」的。死者應該就是他。那麼另一個是誰？據說是乘務員。他跑來這裡做什麼？

「現場沒有打鬥痕跡。」孫志芳站在屋的一角道。她已經看完一圈了。

「如果不算那個翻倒的矮桌、地上的兩個杯子。還有老遠的那幾個家具。」李振源道。

「一看就知道那是事後安排的。」孫志芳道。

「喔？」李振源很驚訝。

「如果是打鬥痕跡，」孫志芳道：「不會只有那個桌子翻過來。旁邊紙糊的門板也會破損吧？這紙門離這矮桌原本這麼近。地上鋪墊也好好的留在原地。」

李振源沒料到孫志芳這麼細心。

「桌子附近沒有血跡，兩人的屍體不在桌子附近，而是在比較遠的角落。他們在這翻桌後和平的走到這個角落殺死對方？中間打鬥，至少會破壞這些東西。」孫志芳手指著一些家用陳設判斷：「沒有任何物件被碰倒。但這些擺設理應被兩個打鬥的大男人撞倒。殺人級別的打鬥，應該很激烈。」她指著屏風、矮櫃、矮櫃上的熱水壺，檯燈，電話機都完好無缺。另外兩件倒的，都太遠了，也不是必經之路。

「看一下濺血痕跡。」李振源道。

「濺血痕跡」孫志芳沿著地上的斑斑血跡觀察。因為流血過多，雖然經過一天，血跡仍未全然風乾。

「從血跡斑痕看出什麼？」李振源試探。

「現場的血是大片滴淋式的。」孫志芳仔細檢查：「他們的血竟然沒有攪和在一起。」

李振源道：「相當好的觀察。」他走到血的邊緣，指著兩人的血跡道：「這兩人沒有打鬥，他們是被「處決」的。你看，這個死者的血跡，流到這裡。不是被殺傷後，一邊流血，重傷走了幾步，血流不止而死。另一個人也是，如果兩人鬥毆以刀具攻擊而死，互相攻擊時應該有血跡互滲，或是在相鄰的位置。你看地上的兇器標誌，雖然離死者不遠，但只有一把利刃。這說明，不可能一個人殺了另一人，走到這裡才流血。」李振源走到另一個屍體標誌前。

「除非」孫志芳道。

「除非一個人殺了另一人後，走到這裡自殺。」李振源道。

「但是據報，他們倆人都是身中數刀。自殺者頂多刎頸、割腕，經過殺人，打鬥在自己身上深戳幾刀，可能性極微。」孫志芳道。

「還是直接看屍體以及檢驗報告對比。」李振源道：「若是我沒估算錯，至少有三個人參與。更可能是五個人，用處決的方式殺了這兩人。」

這時，屋外有些人的聲音。接著進來兩個人。看上去是刑警。他們看到孫志芳和李振源表情有些驚訝。李振源猜，門口那個站崗的公安員警大概跟死人沒兩樣，什麼也沒告訴他們。

孫志芳見狀，立即走上去：「早上是我打電話給你們上頭，安排你們到現場。我們是臺北來的幹警。這位是大稻埕李振源警官。我是臺北政法委專員。」

聽到他們的來頭，兩人立刻顯得恭敬起來，向他們簡單敘述命案的情況。

「這裡不是鐵路警察管的？」李振源發現他們倆的胸章是基隆海關警察局，有些驚訝。

「我早上打電話試圖聯繫時，也發現這個有趣的問題。鐵路警察局說，本來發生在火車上，或鐵路相關的設施上的案件都屬於鐵路警察管轄。但幾年前，上面規定，基隆線經過汐止後，都屬於基隆海關警察局管轄。」孫志芳大大的眼睛誇張地眨了幾下。

「這麼奇怪？」李振源不解。

「屍體現在移交到基隆殯儀館？」李振源問。

「沒有。在七堵殯儀館。」其中一個身材壯碩，平頭，皮膚粗糙，五官肥厚，左下顎有顆大痣的警察道。

「七堵居然有殯儀館。」李振源喃喃自語。

「新蓋的。最近各地鄉鎮死亡率比較高，各地紛紛建造自己的殯儀館，方便處理屍體。」另一個看上去臉色蒼白，尖鼻，細眼，薄唇，一臉刻薄相的員警回道。

「死亡率比較高？」李振源問。

「批鬥大會啊。你不知道嗎？」下顎有顆黑色大痣的公安道：「尤其紅頭文件指示地方推動群眾搞運動，這幾個月來如火如荼，各鄉鎮村里定期舉辦各種批鬥大會，批鬥反革命、批鬥右傾、批鬥資產階級、繼續批鬥地主階級子女，批鬥黑幫，一場批鬥會下來，被鬥者少則一人，多則五到十人，那些牛鬼蛇神被打得奄奄一息。」

長相刻薄的警察補充：「有時民眾拿石頭直接砸死，有時村里幹部直接當眾活活打死。光是上個月，七堵這種死法的壞蛋就有五十多人。暖暖、貢寮等地，地富反壞右比較多，因為深化推動運動，上個月可能有一百人上下死亡。這些公安局都有案，很準確，因為地方報上來，我們來看一眼認證，他們有功。」

外縣市的事，居然很少傳到市區裡面。臺北市基本上成為獨立的世界。李振源聽了這些話略是驚訝。十年前的「肅清反革命運動」他也經歷過類似的遭遇，要不是他夠積極，早已沒命。他知道最近政治有動靜，但不知道這些日子以來外頭已腥風血雨到這地步。

「你是不是那個很有名的警探？」大痣刑警似乎認出李振源。

李振源不置可否，他不想太招搖。多年下來，他已明白，樹大招風，必須把握好其中分寸。

「我們去看看屍體？」孫志芳客氣地道。

殯儀館建在河流旁，周邊房屋很少。李振源老遠嗅到一股難聞氣味。白色的低矮長方形連棟平房，看上去很不起眼也還沒完工。其中屋頂有根煙囪冒煙的那間，連門窗都沒裝上，一看就看到焚化爐。有人站在爐邊工作。爐正在燒，冒著白黑相間的煙。煙在山谷裡上竄。建築內還有幾具屍體像死豬一樣疊堆，等著燒掉。平房門前草地堆著高高的煤炭，旁邊停著幾輛平板車。李振源判斷是用來運死人的。

兩名公安帶他們進入停屍間。室內很簡陋，有種涼颼颼的氣氛。看守人是一位看上去眼神空洞，六、七十歲面容粗糙的農民，坐在靠門口的桌子後，一臉陰沉。李振源有些按捺不住的遐想，這人和剛才焚化爐前的那個人，好像靈魂都被抽空了。

警察跟管理員說了幾句話，那老人看紀錄簿，便走進後頭的房間去找屍體。李振源這才注意道地面濕濕的。他看了一眼門口到那死人間的地板，都是濕的。這停屍間沒有冰箱，是定時外送冰塊來達到冷凍效果。一會兒，老人用簡陋的木板車把兩死人推出來。

李振源發現孫志芳不禁貼近自己。他先問本地公安，哪位是列車長，哪位是乘務員。法醫是否已經驗過屍？然後開始檢查屍體。兩人屍體都沒清理過，仍一身血跡。這倒保留了更多細節。李振源扒開屍體僵凍的衣服細看。又把人翻過來，像法醫一樣檢查屍首。

「兩人都是利刃所殺，中刀處有前有後，不會是我們說的那種情形，」他喃喃道：「不是自殺。但也不是互殺。他們是被殺害的。」孫志芳只是點頭。

兩名公安刑警一臉糊塗。大痣刑警道：「不是互殺致死嗎？現場有打鬥痕跡，又有兇器。」

「你們到現場勘查，首先要問，命案能不能發生在這裡，不是現場擺成什麼樣，你們就認為是那樣。」李振源道：「你們查過這個乘務員跑到列車長宿舍做什麼？他們有什麼過節？」李振源問。

公安刑警敘述了一遍他們查到的證詞。根據他們其他列車同志說法，乘務員和列車長原本關係不錯，但最近列車長糾正了幾次乘務員工作紀律，接下來就發生命案了。

「問過家屬嗎？」孫志芳問。

「乘務員單身，沒有家屬，列車長有愛人。乘務員叫邱大勇，三十歲。」面色蒼白的刑警道。李振源檢視完屍體，送回冷凍間。

「屍體可以保存多久？」李振源問。

「三天，最多五天就要燒掉。」老人露出倔強的態度，好像怕大家聽不見他的意見，又好像怕這些警察要他保留更久，又大聲強調：「有味啦！」

李振源拉著孫志芳走出殯儀館，跟她說吳富國愛人被滅口的事。連續四人是他殺，可以說是連續殺人案，但他還沒找到關聯性。至少可以判斷，列車長的愛人，暫時需要保護。

「同志，我們要立即到你們單位。」孫志芳道。

他們搭最近一班列車趕到基隆。出了火車站，李振源看了一眼天空，發現這裡是陰天，氣壓低，天空灰灰的像片巨大的鐵牆。公安局就在基隆火車站斜對面，是一棟鋼筋水泥建築。中間是座塔樓，兩邊是水平圓弧造型的三層樓建築。李振源記得，日本時代，他從日本念書回來臺灣，下船時都會看到這棟建築物。當時好像是合署辦公大樓。

進入塔樓大堂，是幾根巨大的廊柱。兩個刑警帶他們到單位找偵查處處長。

「請坐，請坐，」處長道。兩名公安在路上介紹，基隆市公安局因為管轄大，除了市區外，還包括整個東北海岸，因此設偵查處，處長為領導人，為了需要，此職位還統籌指揮海關公安局偵查處。李振源聽此，知道這個偵查單位級別比李振源高，一人兼兩職，所以是處級幹部。李振源知道，比他更高的偵查領導，多是軍轉警。

「魏國樑。」處長跟他們一一握手，自報姓名。孫志芳這時又派上用場。孫志芳向魏國樑處長介紹了自己和李振源。魏國樑是個典型的刑警，長得黑白不分，寸頭，矮壯。但一聽他們的來頭，顯得無比客氣，當然李振源也清楚，這是黨制式化禮儀的一部分，不見得是真心實意。

「魏處長，我們有個請求，」孫志芳道：「昨天，應該說前天晚上，七堵站發生的命案，列車長有個家屬……」孫志芳把鐵道部命案吳富國愛人被滅口的事告訴魏國樑。

「所以，我們想請求貴單位，保護列車長的愛人。」

魏國樑遞菸，孫志芳婉拒，李振源接過。

「這沒問題。我們有安全屋。」魏國樑點燃菸，抽起來。在煙霧中瞇著眼道：「不過，我們沒有警力去輪班保護。你們覺得要保護多久？」

「至少到我們偵查完。若能到破案最好。」李振源道。

「那可能要你們的人親自去保護了，安全屋我可以提供。提供最好的條件給你們和被保護人，一面窗戶可以看到整個東北海岸，有陽臺，獨立浴廁，廚具，旁邊有保護者可以住的房間。說實話，我去看過，連我都想去住，地點也隱蔽，飲食不成問題。保密工作做好，你們放心的話，連保護警力都不用喲。只要一啟動，附近一位老太婆就會定時送菜，也會定時去取廚餘。」

李振源和孫志芳互看了一眼。

「那就勞駕處長了。我們就直接在安全屋進行詢問和筆錄工作。請處長安排。」孫志芳道。

「小事。」

告別了處長，走出公安局，發現已經變天，烏雲密布，下著大雨。坐著大痣刑警駕駛的警車開了大半小時，來到東北海岸。東北海岸線雨勢更大，而且風力強勁，海岸天氣變化多端，現在居然有種暴風雨的感覺，大大的雨滴撞擊在車窗玻璃上。車行多時，李振源看到遠處一個高坡上，有一排三間一棟外表不起眼的樓房。車隨即轉向小路，上坡，經過一段密林，穿過一個村落，有狗猛吠。再往前，路更小，然後豁然開朗來到一個大平臺上，那一排三間一棟的樓房座落於平臺邊緣，下面就是深崖絕壁。李振源意識到這就是安全屋。兩小時後，另一輛車也開到，下來一位刑警和一位婦人。刑警介紹，這是郭自足的愛人，黃懷玉。她的頭髮黑，垂在眉毛上的部分剪的整齊，眼睛黑亮，中等身材，看上去是那種安分守己的良家婦女。他們互相點頭示意。

在雨勢間歇中，刑警大聲向他們介紹房屋周邊，說明食物一日兩次，上午十一點和晚上六點，會放在門口，同時收走上一餐的餐具和垃圾。送飯的老婦就住在下面村子。任何外人經過村子，都會被發現。村子裡養著幾條兇惡的狗，住著幾位農民，他們是可靠的民防幹部，。老婦不會見到安全屋的人，所以取食時，安全屋的人可從門洞窺視老婦完全離開再取。這樣保密，更提高安全。安全屋內有警鈴，也有互通的門和內線電話，方便被保護人與保護者聯繫。也有直線電話，只消拿起話筒就會撥通最近的派出所，大約七公里外，警察會在十五分鐘內趕到。

刑警告辭後，李振源和孫志芳就留在屋內。房子漆成白色的，但受到天氣影響，有地方褪色露出了水泥的內裡。有落地窗，可以看見壯觀的海岸線。

「請妳到這來，是有緣由的。相信刑警已經跟妳說了，是嗎？」孫志芳道。

「他把我從工廠接出來，」黃懷玉道：「帶我回家簡單收拾東西，妳看，我才帶了幾件衣物」她攤開她的布包，裡面只有幾件衣服和個人洗漱用品。

她的腔調和全身工裝，是那種你可以在所有工廠看到，在生產線上成千上萬苦幹實幹的女工。黃懷玉眼眶泛紅，緊緊抓著她的布包到胸懷。

「我們知道妳才失去愛人，現下妳又回工廠做事，一定也不好受，」孫志芳一手放在她的肩頭：「不如來這裡休息幾天，調整調整心情。」

「我也是逼不得已，工廠趕進度，若不是警察來，肯定不放人。到底為什麼要我住在這？」黃懷玉一臉茫然。

孫志芳看了一眼李振源。

「郭太太，」李振源道：「妳認識邱大勇嗎？」

黃懷玉思索了一下。「這幾年他常常來我家吃飯。他孤身一人，若是自足也沒輪到班，放假他就會來家裡。」她眼神茫茫然。

「你的意思是，你們的關係很好？你不相信他們會互相殺害？」李振源道。

「自足是我見過最溫和的人。」黃懷玉搖搖頭：「邱大勇，性情也好，他一個人在臺灣，把自足當作親大哥，我看不出他們有要對方的性命的理由。更何況，我們過年才一起吃年夜飯。」李振源看了眼孫志芳，這不才幾個月前？

「他們有可能，有任何可能的矛盾存在？」孫志芳問。黃懷玉沉思不語。

「過去一年，自足有時下班後，整個人虛脫一樣，回家倒頭便睡。問他，他說是工作太忙。再問，他就發脾氣。我沒見他火氣這麼大過。以前不是這樣的。」黃懷玉喃喃道，好像自言自語，不是回應任何人：「他的脾氣變得好暴躁。但對我還是很好。」

他不確定，這些話她是否跟基隆刑警說過，明顯這個列車長工作中有顯著的變化，他不知道那是什麼，但肯定對他的工作和生活、以及人際關係產生了影響。基隆公安到底有沒有調查？

李振源不時看著落地窗外，此時，暴風雨的感覺愈加明顯，大浪不時拍擊礁石。

「郭自足和邱大勇有金錢往來？」李振源回過頭來看她，也許這女人從來不清楚男人在搞什麼。李振源很早以前就知道，男人間的糾紛不外是金錢、權力和女人。她不語。

「妳隱瞞的話，可能工作都要丟，還要坐牢。」李振源語淡淡地說，不是威脅，而是曉以大義的解釋。黃懷玉先低泣，然後抽泣。

李振源看了孫志芳。心想，中了。孫志芳靠近黃懷玉蹲下，手放在她的膝上。

「我老早就跟自足講，非分之財，」情緒平靜後，黃懷玉喝了一口水，語調中還有點哭音：「得來不會安心。我們的生活本來很安逸，雖然列車長待遇很一般，但也不缺什麼。我們家也不需要多餘的家用。我們沒有孩子，住在宿舍，也買不到什麼東西。」

孫志芳低頭望著她：「你是說你愛人得到一筆額外的金錢？」

「自足這陣子，總是帶回來一些貴重的東西，前前後後給過我一塊小小的金子，一卷質量上好的新布四，還有些副食品票卷。邱大勇來家裡，也帶來不少食物。以他的工資，這樣花銷也不正常。」黃懷玉道：「自足拿回來的，我都不敢拿出來用，藏了起來。這些東西不能用，一用，人家還不起疑心嗎？但自足說，拿就拿了，難道還退回去嗎？說是上頭給的。」

「有說是哪個上頭嗎？」李振源立刻問。

「他堅決不肯說。我們還為此吵了架。」

「這些東西現在在哪？」孫志芳問。

「在家裡，我藏得很隱密，怕被發現。」黃懷玉又哭了起來：「自足還是死了，我活著也沒意思。」

貪污是死罪。李振源一聽，知道黃懷玉豁出去了。她隱瞞不報，蒐藏贓物，最重也是死罪。李振源自己也不乾淨，知道這種事都是情非得已。他看了眼孫志芳。孫志芳一手放在黃懷玉膝上，一手放在她的背上，安慰她。

他看著孫志芳，覺得她的年齡大約與黃懷玉相仿。李振源覺得孫志芳這個人不像上次給他的印象那麼壞，想致人於死。

「你有生命危險，郭太太，」李振源打破沉默：「不是貪污治罪，而是別的。所以我們帶你來這裡。」

「什麼別的？」黃懷玉抬頭。李振源尋找適當的說法，卻找不到。

「你聽過吳富國這個人嗎？」李振源問。

「沒有，他是誰？」

「鐵道部電務處處長。你愛人有提過這名字？」李振源一臉期待。

「沒有」

「他被謀殺了，」孫志芳道：「他的愛人也死於火災中。我們懷疑是被滅口的。」黃懷玉張大了眼，一臉震驚。

「我們發現吳富國也有來路不明的錢。」李振源道：「只不過，我們還沒有搞清楚這和妳愛人之間的關係。」

「總之，妳在這裡待著，千萬不要跟外界接觸。」孫志芳道：「想住多久就多久，等我們破案，抓到害死你愛人的兇手再出來。工廠那邊我們會去做工作。工資會照發，不用擔心。」

詢問完，已經是晚上七點。李振源走到門口，用門孔窺視，外面沒有人。開門，地上果然擺了飯菜。他端進來，和她們共進晚餐。飯菜是三菜三碗飯，紅燒茄子、炒空心菜、醃蘿蔔，剛好三碗白飯。菜挺可口，只是冷了。食物短缺的時節，這都算不錯了。吃完飯，他們告辭黃懷玉，讓她好好休息。

因為有三間屋子，天色又黑，交通不易，他們決定就住下，剛好一人一間屋子。孫志芳挑中間那間，李振源住另一個邊間。

中間那間跟黃懷玉住的格局一模一樣，都是一樓是客廳和廚房，二樓是臥房和洗手間。臥房三間都有門相通，可以從兩面反鎖，而且都有反鎖的門栓。

屋內沒有任何陳設，床、桌椅、老舊沙發、茶几、餐桌。牆上乾乾淨淨，沒有任何裝飾品。洗手間的衛生紙粗糙，是農村用厚厚的沒有染色的赭色草紙。重點是沒熱水。他試了好一陣子，屋內屋外沒有熱水鍋爐。他自己是不用，可憐兩位女同志。

「這不是度假村，不是來享福的。」他看著孫志芳，說出這些話，也不知是解釋還是安慰。他們來到一樓起居室，李振源正要離開，孫志芳叫住他，手指尖輕攬李振源手肘。

「耽誤李科長一點時間。」李振源轉頭看到孫志芳的表情，心跳加速。

「我上次在會議中得罪你還請多包涵。」孫志芳說：「那次，不是針對你，是呂明松。他立場站不穩。反對中央領導幹部。我受命上頭領導，對其展開鬥爭。」

「中央領導幹部？」

「中央領導和上頭都知道你的能力，對你也很清楚。他們希望你能把這個案子好好辦下去，查個水落石出。」

「郭自足有個神祕的上頭，妳也有個上頭，妳指的是誰？」

孫志芳又好氣，又好溫柔的對他無奈的苦笑。

「你是真單純還是假單純？李科長。」孫志芳搖搖頭，屋裡燈光昏暗：「中央領導幹部還會有誰？毛、林、周、鄧一批黨政高級幹部。我的上頭則是政法委。我只不過是一個小螺絲。政法委書記知道你和呂明松雖然長期一起工作，但你不是他的黨羽。書記要我轉達，希望李科長能站對立場，不要變節。毛主席知道這事，也希望李科長查下去。」他很震驚，除了政法委知道他，連毛主席和總理都知道這個案子，而且相當重視。為什麼鐵道部處級幹部的命案會驚動中央？他百思不解。

「『呂明松立場不穩』、『反對中央領導』是什麼意思？」

孫志芳看著他久久，眼神近似憐憫。

「臺籍幹部，許多人有地方主義色彩，已經長期受到批判，仍然冥頑不靈。呂明松就是其中之一。」

「地方主義？」

「呂明松受黨栽培多年，但同情臺獨分子，成為同路人。」

和呂明松談話的情景湧上腦海，呂明松說他會被打倒，原來是這原因。

「中央已經祕密調查所有臺籍黨員，包括革盟，民盟，民主建國會中的臺灣籍會員也都受到專案調查蒐集證據，現在臺灣聯合會謝主席、人民廣播電臺國內臺林臺長、貴局呂局長都有強烈的地方主義傾向。他們，都同情臺獨，這算是好聽的，其實嚴格來說，他們已經升級為臺獨分子。中央現在要一一收拾他們。」

「臺獨……我有事嗎？」

孫志芳看著他，笑了：「你是臺獨嗎？我說了，政法委書記說過，李科長是黨不可多得的人才。層峰對你是了解的。你沒有參與臺獨活動，對嗎？」

「沒有，我從不參加任何組織。」

「那就對了。」孫志芳說：「你的舉動，多年來一直受到監視，這也不是什麼新聞，你也心知肚明。」

李振源想，任何人都可能是監視他的人，偵查科小隊長、柯吉、王志航、附近鄰居，每一個跟他接觸的人都可能是上頭的布線。他老早就知道「若要人不知，除非己莫為」。必須沒有不可告人的事。就算是貪瀆，也是公開的，大家都有分，就不是祕密，也就安全多了。除了那三百萬，他心想，也沒什麼，他可以解釋說，是為了引蛇出洞，釣出吳富國命案的兇手。

「總之，上頭要你繼續查下去。這案不尋常，上頭很想知道真相。」

李振源覺得這個政法委書記可不是普通人，嗅覺這麼靈敏。難道自己漏掉什麼？

「你們知道什麼線索沒告訴我？」李振源一臉疑惑。

「倒沒有。」孫志芳道：「我們還有賴李科長破案。倒是你有什麼沒分享的線索。」

「沒有。」李振源底氣十足。

李振源滿心疑惑，他離開孫志芳的屋子，來到自己的屋子。仔細想了想她的話，突然不寒而慄。他告訴自己，就算毛主席知道我李振源，要我追查下去，看似好像很重視我，說到底也不過當我是個有利用價值的棋子。一旦我失去利用價值，就會在這個體制下被消滅。

變成有利用價值，他想，一面拿出筆記本記下今天的發現。

繼吳富國夫婦命案，鐵道部又發生兇殺案。列車長和乘務員死於宿舍，命案現場被故布疑陣。兩人應為他殺。但與吳富國愛人命案不同，此案手段破綻更明顯……列車長郭自足愛人透露，生前來路不明的金錢。是什麼人殺他們倆又故意步置成互殺呢？他想。而且手法這麼笨，連菜鳥孫志芳都看得出來。四個人死了。是連續殺人命案？但明顯不是同一幫人做的。吳富國的兇手是外行人，愛人的兇手是專業人士，列車長和乘務員的兇手是半專業半外行，可能是菜鳥。

晚上九點，他覺得睏乏，躺在床上休息，想著明天的計畫。層峰要我繼續查下去，主席很想知道真相？為什麼？若要說大偵探，這個政法委書記才是，居然身居要職，也知道底下發生的事不尋常。他聽見隔壁浴室的水聲，知道孫志芳在洗冷水浴。沒多久，他睏得不得了，順手一拉床頭燈的開關，熄燈。

不知過了多久，可能已經是深夜，房內影影綽綽，迷迷糊糊中，他看見孫志芳推開了相連的房門，開了他床頭燈。李振源很震驚。

「我一個人不敢睡。」她說。

「為什麼？」

「外面有野生動物的動靜。」孫志芳主動躺在他的旁邊。

過了一會兒，突然他睜大了眼，發現孫志芳不知什麼時候把他的內褲退到了膝蓋，趴在他胯邊，正吸著他，而且還是半裸，只剩下底褲，露出完美的臀部和光滑皮膚。

「我的天。」

他感覺自己在她口中軟韌，上下左右滾動，無比溫柔包裹著他，濕潤的舌舔著、汁液淹沒，貪婪吸吮進喉嚨，好像多甜美一樣。沒多久他感覺整個人血脈賁張。孫志芳抬頭，對他微笑。又埋頭下去舔他。

她的背細長，毫無贅肉，激動時肌肉束緊繃扭曲，放鬆，扭曲，放鬆。他聽見她細細的喘息聲，如浪一波波起伏。他既興奮又緊張，沒有想到她會這麼主動。幾週前，這個女人還差點置他於死地……

他感到光，半瞇著眼，是窗外的光。他愣了會兒，眼前是昏暗的天花板。轉頭看，只有他一人在床上。環顧四周，寂靜一片，床頭燈還是暗的。疑惑，然後意識到，原來是夢。下床走到相連的門，上面的門栓是從他這邊上鎖的。難道對她有意嗎？他問自己。心緒不寧。想起第一次見她的時候，她的鋒利，她的敵意，她的尖刻，真的很難喜歡她。怎麼也不想接近她。就算昨天一整天，有些改觀，但也不至於……對她性幻想。潛意識真奇妙。他感嘆。

他呆呆地盯著窗外，懊惱自己的魯鈍和好色。

上午八點，他依約出門，站在空地上等孫志芳。她遲了五分鐘出來。

「早。」她問候。

他看著她，有著不一樣的奇妙情緒。「早。」有些心虛。

她笑著看他：「睡得好吧？」他有點不好意思：「很好。妳呢？」

「這裡好安靜，我一覺到天亮。」她說。

「我也是。」李振源摸了摸鼻子。

「怎麼聽起來不像？」她笑眯眯地道。

「怎麼可能？」李振源心虛的更厲害了。

「這裡荒郊野外，晚上除了風聲，連海浪聲都聽不見。怎會不好睡？」

「我聽到你房間有聲音，昨晚。」

「什麼聲音？」李振源有點吃驚

「我好像聽到你叫了幾聲。」

「什麼樣的？」他心虛。

「像是做噩夢。叫了兩聲，特別可笑的那種。」

「這房間隔音太差了，怎麼做安全屋。我要跟他們反應，把相連門封死。」

他們敲門，告辭了黃懷玉，走下山，搭長途客運到基隆，換火車回臺北。

第九章

刑求

回到臺北，他一下車就去找杜冬青。幼兒園的園長說，她已兩天沒來上班，也聯繫不上。李振源深感不妙，立即去她家。打開杜冬青家的門鎖，不費吹灰之力進到屋裡。滿地狼藉，有人搜查過，手法粗魯。書籍散落、抽屜，衣櫃、儲物櫃都被翻空。他看了屋內每個角落，最後在浴缸裡發現杜冬青，頭沉入水中，雙腿伸直。他拉她出水來，看到她的臉上、身上傷痕累累，不禁落淚。

他已明白，有人來找那筆錢。坐在餐桌的椅子上，失魂落魄，環視整個屋子，想像杜冬青的遭遇。她那纖柔的身軀，生前承受了多大的暴力。他很快推論，吳富國是因為那筆錢而死。來這找錢並殺害杜冬青的人就是兇手。

問題是，兇手怎麼知道她？她是吳富國的祕密情人，就算是陸繡山、張樹枝都不知道，而且李振源調查時，沒驚動任何人，包括幼兒園園長。除非是有人跟蹤他到幼兒園。

但跟蹤他到幼兒園，一定會跟到這裡，看到李振源提了皮箱走，直接堵住他就好了，或是跟到他家去找他。何必殺害這女人？而且杜冬青並不知道那箱子裡面裝的是錢。除非，兇手本就知道，或者不是很確定。那天兇手只跟蹤到幼兒園就回去了，或是跟蹤到這，等太久離開了。哪有這麼不盡責先跑的？除非，是受僱於人或體制裡的人，業餘偵探想趕緊交差了事，回家休息。

對了，可能就是這樣。受僱的眼線在兇手逼問之下，杜冬青最後一定告訴了兇手她把箱子交給誰。他推論：兇手循線找到我，並在家門前留下粉筆字。為什麼不現身直接向我要呢？忌憚我的勢力？不願曝光？這也說明某組織行動不能曝光。他懊悔怎麼沒有早點想到。

不論如何，兇手不會善罷甘休。畢竟他們已經至少殺了兩個人。只要錢在他這，他就有生命危險。

來啊！李振源想。他們還會來找我的。到時我就知道你們的廬山真面目。

杜冬青的遺體要怎麼處置？除了她和兇手外，沒人知道那筆錢。也沒人知道李振源來調查她。現在報案說發現一具屍體？他想了想，覺得自己太謹慎，他是偵查科科長，說什麼就是什麼，反正報告是自己寫。

他下樓找到居委會，讓他們去問鄰居，有沒有人見到昨天或前天，有人到杜冬青家？並調查有沒有人聽到巨大聲響。他打電話回到局裡，派人來處理。

他回幼兒園問園長，是否有人來找過杜冬青？園長回道，除了李探長，沒有人找過她。如此一來李振源更加確認有人跟蹤自己，而且跟蹤到杜冬青的家。

他自責輕敵了。

對方是誰呢？他再次懷疑，有這麼大本事，殺人，跟蹤，這不會是平民百姓，不是單獨一人，是一個組織。從這時開起，他特別留意周遭人群，開始反偵查。

回到局裡，柯吉告訴他，張樹枝已經成功借提，目前人在地下審訊室。李振源立即去看他。這個可憐蟲已經在政治保衛局被嚴刑逼供過，遍體鱗傷，在這冷酷的小房間他顯得更加孤單。柯吉坐在張樹枝面前。李振源端了杯水給張樹枝。

「張樹枝。」柯吉的聲音低沉渾厚。張樹枝虛弱看著他，可能好幾天沒睡。

「借調你來不是為了你被捕的事，」誰都知道，涉及匪諜和臺獨皆死罪。「不用俺多說吧？」柯吉拉把椅子坐在張樹枝面前。「你把吳富國說成聖人，當我們傻子？」

「工人階級的先鋒。」張樹枝低下頭。「處長是再標準不過的黨員。」

李振源這才意識到，他一直低估了這個年輕人。

「有意思，吳富國身邊窩藏了你這麼一個油嘴花唇的小臺獨，他生前知道還是不知道？」柯吉道。張樹枝沒有理柯吉，反而看著李振源道：「別人覺得你很厲害，但我以你為恥。」柯吉一巴掌甩向張樹枝，打得透響。

「我沒問你對警察的看法。」柯吉道。

「鷹犬。」張樹枝狠狠地盯著柯吉。

「唉。」柯吉很洩氣。

李振源和柯吉互相望了一眼。他們都知道，這孩子的態度等於一心向死。

「你和你那群電務處同志為什麼要隱瞞？」柯吉道：「我們知道吳富國作風腐敗。」李振源看到張樹枝避看柯吉。李振源看了看柯吉，有點擔心。張樹枝眼神有光在閃。

「今天我不問你參與臺獨的事，」李振源問：「我們就想知道吳富國哪來那麼多錢？」張樹枝不答。

「警官問你話。」柯吉加壓。

張樹枝仍不看柯吉，看著李振源：「你知道以前不是這樣的。」

李振源知道他在說什麼，即使二十年前，這孩子才出生，也是經歷過日本和國民黨時代。

「這樣沒用。」李振源道：「時勢比人強時，白白犧牲有什麼意義？」

張樹枝冷笑：「你是沒用的傢伙。」

啪！柯吉又甩了他一巴掌。

「客客氣氣對你，你還不尊敬點。」柯吉道。

呸！張樹枝對柯吉吐了一口水，不屑跟他說話。「你忝為臺灣人，甘做這批匪徒的走狗。尊敬？」惡狠狠看著李振源。

「吳富國生前，生活腐敗吧？」柯吉湊近張樹枝的臉：「你若說出來，政治保衛局那邊，俺能說情，給你少用刑。」

「我怎麼會知道？」張樹枝顯出躁動。

「你不知道？你是吳富國的傳令，幾乎天天跟他在一起，他聯繫什麼人，經常去哪裡你比誰都清楚，你一定有事隱瞞。吳富國絕對不單純，你不知道，誰會知道？」柯吉說。

「我又不是最後看見處長的人。我只是他的傳令，不是他肚子裡的蛔蟲，他不是任何事都告訴我。」張樹枝不耐煩了。

「傳令或是蛔蟲，在我們這裡沒有差別。一般來說，傳令最狡猾。」柯吉湊近他的臉。張樹枝睜大眼看著柯吉。

「這樣吧。我們好好說話，你別把我們當傻瓜了。好嗎？」柯吉後退了幾步，給張樹枝一點空間：「他可不像你說的那樣，一切為群眾，具有共產主義覺悟的先鋒戰士，他有大筆來路不明的錢，可能是貪污，或不法所得。你不老實交代，我讓老李好好招待你。聽過大稻埕分局老李吧？」

張樹枝表情僵硬。那意思很明顯，大稻埕分局老李？他沒聽過，不過柯吉這麼一說，聽起來是臭名在外，拷問人犯肯定殘酷。

「我真的，」張樹枝道：「說的是實話。」

柯吉來回踱了幾步，雙掌緊緊交合，仰頭閉眼，忿忿道：「為什麼？為什麼？你偏要吃苦受罪？這是何苦呢，小老弟？何必如此？」

「俺再問你一次，你們為什麼要隱瞞吳富國的行徑？」柯吉一臉鐵青。張樹枝沉默不語。在張樹枝還來不及反應過來之前，他已經從椅子上摔到地上，柯吉的大腳重踹了他的胸口，速度之快，連李振源都沒看清楚。

「你－可－能－」與突然的暴力相比，柯吉的語氣倒是和緩。「不知道像你這種屁蛋，俺一年要處理多少個？」他像是在進行儀式，而不是發脾氣。看人犯受苦，也是警察的責任之一。對受磨難的人，磨難是人生的成長過程。

「喘不過氣，胸口空空洞洞的吧？你可能不信，我這是在幫你，不想你受太多苦。你把知道的告訴我們，我讓你待在這裡多幾天，不回保衛局受苦。」柯吉道：「當然，你不說，也許這裡比保衛局更苦。」柯吉扶著張樹枝坐回椅子上，幫他理理儀容。

「夠了夠了。」李振源冷冷下令。柯吉也沒看李振源，但是停下動作。

這讓張樹枝分不清這到底是疼他，希望他少受點苦，還是要折磨他。

李振源和柯吉知道，他們對鐵道部其他人不好審訊，這孩子既然涉及政治案件，也被政治保衛局調查，他們可以順水帶舟施壓。但李振源不太願看人受苦。

「我調到他身邊就沒看過他抽菸。」張樹枝突然打破沉默。「但他喝酒。」

李振源思考，為什麼張樹枝願意吐出一點真相？

沒有歡喜，柯吉顯得更加生氣：「我就說你敬酒不吃，偏要吃罰酒。你早說出來，就不用受剛才那一腳不是嗎？」他嘆口氣：「你們電務處還有什麼集體隱瞞的事？」張樹枝不語。表情木然。李振源尋思他隱瞞真相的動機是什麼？動機通常若不是利益就是利害關係。他是哪一種？

還不說？柯吉充滿殺氣看著他，上身向後旋轉四十五度伸長手臂，帶著雄渾腰力，以迅雷不及掩耳的速度轉回來，像根鐵鏟一樣扎實的一揮，重擊在張樹枝下顎與臉頰交接處的區域。只見張樹枝頭一歪，撞離座椅整個人重重倒在地上昏死癱軟，嘴角滲出鮮血。過了許久，張樹枝才恢復意識，頭都抬不起來。

「你說也得說，不說，也得說。今兒個你不說個清清楚楚，就別想結束。」柯吉抬著頭閉著眼道。張樹枝側趴在地上，虛弱呢喃：「我……已經……說了我知道的。」

「聽聽看，」柯吉看著李振源道：「寧死不屈的小英雄吶？」

「我已經說了。」張樹枝的嘴角一面流著血，左臉又紅又腫。

「你沒說他的錢到底從哪裡來。」柯吉道。

「唉—既然如此，我也不囉嗦。走！考驗你的意志吧。」柯吉不由分說粗魯地一把抓著領子，拉起他，拎出偵訊室。李振源看了一眼柯吉，意思別弄死，還有很多事待他釐清。柯吉闔了眼又慢慢張開，意思是我會看著辦。

地下室是鐵柵林立的空間，透光窗都是雙層，裡面喊叫外面也聽不見。有幾個特殊的鐵柵隔間，裡面囚徒都臥著，不知是在睡覺還是奄奄一息。鐵柵內有個水槽，審訊平臺，可以倒掛人犯，此外就是各種刑具。空氣瀰漫魚市場那樣的血腥味。地上牆上到處都是血跡斑斑，長年累月沒有清洗，已經變黑沾在各個物件上頭。張樹枝被扣在一根粗木上，雙手被掛著老高。

柯吉叫了一位警察過來。張樹枝看他穿著公安制服，卻開著襟，沒有扣上扣子，裡面是件白背心，背心裡的皮膚白裡透紅，鬆弛，有些黑痣四散。一位滿臉通紅的老警察，臉上滿是皺紋，眼袋厚重。張樹枝聞到他滿身酒氣沉鬱，像個千年木乃伊。可想而知他就是老李了。

「別逞能，年輕人，」老警察用關心的語氣道：「我下手不輕。快招了吧，別吃這種苦。」

看張樹枝默默無語，老警察脫去上衣，露出穿著背心的上半身，看似要大幹一場。張樹枝一看，人是老，但身體很結實。老警察像打沙包一樣，緩慢但扎實地一拳一拳打在張樹枝胸口和腹部。一開始還憋著氣，兩拳後張樹枝就昏死了。老警察停下來，用水潑醒張樹枝。

「撐不下去，就告訴我。」老警察又繼續打。打他的側胸、肚子、後背、前胸肋骨、上腹、下腹、腰間，打他的臉頰、下巴。張樹枝年輕，身子瘦，拳毆在他身上，只聽見脆悶的聲響。張樹枝昏死過去不知幾次，又被冷水潑醒。

醒來之後，他發現自己被按在一長條木板上，屁股坐在木板上，雙手反綁在身後，雙腿伸直併攏被綁在木板上，整個身體彎著前曲，臉貼膝蓋，頭頸用粗繩子綁著大腿和木板，完全固定。張樹枝覺得自己的姿勢太怪了，像個彎曲的夾子。沒多久他就感到血液不順暢，頭腦發脹，痛苦難當。過一會就痛哭流涕。

老李坐在遠處抽菸看報紙，桌上一杯酒，藉著酒精麻痺空氣中的血腥味。「實在受不了，就說真話，少受罪。」老李滿身酒氣。「不過就是個肉身，但可以焚化你的靈魂。何必逞強？」

「怎麼，」張樹枝突然含著眼淚鼻涕模糊不清地道：「你還有靈魂？」

「什麼？」

「共產黨還相信靈魂？」張樹枝盡力讓自己的話音清晰。

「我操！」老李道：「嫌我下手太輕，還含扣？」張樹枝吐了口血。

「我看你能跟死磕到什麼地步。」張樹枝昏也昏不了，痛不欲生。

「我不背叛組織。」他對自己喊話。

「隨便你，不過，年輕人，你該忠誠的是黨，不是電務處。不是處長和你們的小書記。」老李道。

沒一會兒，柯吉出現了。

「你說出來，不是背叛黨，是效忠黨，效忠主席。」柯吉對他道。

「效忠黨？效忠主席？哈哈哈」張樹枝似乎陷入瘋狂，「哈哈哈」他口中一直流血，眼睛血紅，整個人快要失去意識。

老李本來要下狠手，看他這樣卻感覺有英雄氣概，不禁停住。

可能是太痛苦了，張樹枝虛弱地：「我說，我說，你們先放我下來。」聲音都扭曲了。柯吉朝老警察使了眼神。老警察把張樹枝鬆綁，一邊道：「早就告訴你坦白交代，少受點罪。早知如此，何必當初？」

「說吧。」柯吉冷冷道。

張樹枝看老警察，又看牆上掛滿的各式刑具，再看了看柯吉，哭了出來。

「哭個屁！別浪費時間。說吧！」柯吉有點不耐煩。

張樹枝扶著腰，活動腰椎，眼淚簌簌。

「處長，對我很好。」

「少廢話，快說！」柯吉罵道。

「既然今天我劫數難逃，我就老實告訴你們吧。我就是要推翻中共，獨立建國，獨立建國我們才有自由，才有活路，我們的子孫後輩才不用受到這種對待！」柯吉和老警察都驚了。這個小子看起來軟弱，實際上頑強。他們都意識到，這小子在拖延時間，喘口氣緩解刑訊的痛苦。

「下一招吧。」柯吉搖搖頭，對老李說：「看他能撐多久。」

張樹枝被刑求到深夜，老李用了四種刑具，張樹枝左手指甲都被拔光，右手指甲縫被插進兩根牙籤，牙齒也拔掉好幾顆，到處都是血淋淋，折磨得張樹枝奄奄一息。

「你都快死了，還不說？」看地上的血，老李說：「老夫算是服你了。」

張樹枝感到時光流逝非常慢，彷彿折磨他的不是刑具而是時間。每一秒的刻度都滲透著極端的痛覺，加大刻度的距離。張樹枝已失去時間感。李振源陪同柯吉又回到地下室，跟著他們還有一名老婦。柯吉走到張樹枝跟前道：「張樹枝，看是誰？」

張樹枝緩緩抬頭，切忍耐瞬間決堤。是母親。

他看到自己的母親走下木頭臺階出現在這，腕上扣著手銬。母親看到他不成人形，雙膝鬆軟跪地，崩潰嚎啕大哭。

「阿母！——」他發出野獸般的嘶吼，聲嘶力竭，眼角眼淚混著血水直流。

從小張樹枝就沒少讓母親操心。母親是那種倔強執著的女性。幼年時他連續幾夜發高燒不退，陷入昏迷，是母親不眠不休照顧他，給他降溫，熬草藥給他服用，才救回來。十五歲，父親被批鬥，他不顧一切偷上批鬥臺，冷不防狠狠地把兩名革命小將踹倒臺下，再給父親鬆綁，差點被革命群眾活活打死，是母親上去抱著他替他挨揍。母親的溫柔，盤旋在他心裡。母親給了他生命，他欠她不只一命。他已沒有了父親，早已抱定在她有生之年要好好孝敬母親。

豈知，給她帶來的盡是苦難。

李振源道：「你還是說吧。你阿母飼你這多年，吃過多少飯，才長這麼大。我們也希望你不用受那麼多苦。」

「幹你娘……」張樹枝氣若游絲，拚命才擠出這三個字。

「你若是心疼你的老母，就趕緊坦白交代。」李振源道。

「幹……你娘……」張樹枝嘴角已經不能控制地流下帶著血的口水。他鼓足了剩餘的最後一口氣，突然奮力衝向李振源企圖攻擊他，但身體被牢牢綁在椅子上，整個人彈回原地，椅子發出劇烈聲響。老母早已哭倒在地，身子蜷伏一團，她無法再保護他了，伏在地上啜泣。張樹枝看著母親，內心的痛苦比身體的痛苦強烈千萬倍。

第十章

賭場

據張樹枝招供，隔晚李振源循線索找到一個地點，吳富國經常到這玩。高度戒備，非常隱密，平常人進不去，必須有人帶。李振源照描述穿過曲窄的小巷，穿過兩道密林，來到新店溪畔隱密之處時，黑暗中竄出個黑影。

「什麼人！」那黑影道。

「路過。」來之前，李振源已知道暗號。

「到哪裡？」

「去坐船。」

「這麼晚了，船老大都休息了。」

「必須趕到對岸。」

「跟我來。」

那人請他入哨所。哨所密閉性高，黑夜居然看不見裡面開著一盞昏暗小燈，不過燈被壓低低的，瓦數也低。這是登記處。那人就微光翻開簿子。

「單位，姓名。」

「大稻埕公安局，李振源。」

那人抬頭看了他一眼，手指在本子上滑動找尋他的名字。

在來之前，李振源先透過有力人士安排預約。這裡可不是想來就能來。

夜晚的樹林大又扭曲，濃密交錯的枝幹，像是黑暗勢力的血管。經過兩層關卡，一片矮樹叢，他才靠近大門。一看是日式庭院建築。依稀記得日本時代這附近有家會館，當時能來消費的都是日本人。莫非就是這裡？

他穿過竹門和邊上的燈籠，頗有古風，他想。只見院裡庭臺樓閣，日式造景，綠地、石、奇石、水塘，竹屏、小橋、錦鯉，一排墊腳石。他踩著墊腳石穿過耙紋的砂地，石燈透著光。屋內燈火通明，越近弦音笙歌越清晰。他這時才明白，那片樹林是為了隔絕聲音和光線。李振源一看，有個面熟的人在門口吸菸身邊跟著幾個男人，同學一樣沒分寸的笑鬧。見到李振源，那人大叫：「振源兄，可總算出現了。」這個人叫做曾大奇，原來是鐵道部長辦公室機要祕書，現在是交通部長辦公室主任，就是他預先安排好一切。

他順手搭了李振源的肩膀：「走吧。」

一幫人進了屋內。人歌喧嘩，舞蹈的女人個個身材高䠷，音樂是朝鮮曲調，仔細一看那些穿著朝鮮傳統服裝的長腿美女都是白色人種，相貌近似高加索種，地上坐的都是穿著毛裝、土到掉渣的幹部，帽子皺巴巴的壓在屁股下。美女跳的舞不見得就是傳統的朝鮮舞，又有其他中亞的型式，搞得不倫不類。但她們的舞姿曼妙，身材火辣，看得所有男人全身酥麻。

「如此時刻還有如此活動？」雖然覺得俗氣，但李振源語氣有點興奮。

「這裡是南局招待所，高級幹部才能來的地方。剛才兄弟能進來，是我先打過招呼，報上真實姓名預約，否則兄弟從小巷穿進來時就有許多暗哨阻止你了。」曾大奇道：「你硬闖也進不來，他們保安隊有一個連的兵力。隨時待命，一分鐘內到達。」

曾大奇身形挺拔，青年俊彥的模樣。他們找個空位坐下來，叫了燒酒。盤腿大喝起來。喝了幾盅，又換上伏特加。開始上菜。李振源一看，俄式大餐——大列巴，濃湯，俄式烤肉，大大的肉塊，也不知這飢荒時刻哪來的食材，他嘖嘖稱奇。好久不見肉食，立即狼吞虎嚥起來。大口吃肉，大口喝酒。

席間大家唱起國際歌，以前俄共革命歌曲，本來跟俄共關係搞砸之後列入禁歌，但這裡卻可以唱，很明顯是緬懷正統蘇維埃精神。菜都吃了幾道，喝也喝得臉紅耳赤，現場招待的一位大媽走過來，在曾大奇耳邊低語了幾句，李振源一聽，是朝鮮人。曾大奇滿意點頭。朝鮮大媽走回去從房裡帶出幾位更加妖冶的女人，坐到席間。侍者又送來幾瓶溫熱的日本清酒和小杯子。那些白種女人在朝鮮服裡露出白 無瑕的修長雙腿，臉上鋪著紅唇和謎樣的湛藍瞳孔。趁著一片嘈雜和大家注意力落在白種長腿美女的當兒，曾大奇道：「據我所知電務處長吳富國，背後是軍方大將。戰爭期間，吳富國是他的通訊連長。戰況極為慘烈之時，吳富國仍不使通訊中斷，立了大大的戰功。復員後，大將安排他到鐵道部，他一路躋身到電務處處長，掌管全國鐵路的電路系統，背景非常硬，可以說連雞巴毛都硬。」這些李振源在檔案中都看過。他試圖把這個經歷和後來他的墮落連結起來。

「據我知道，他做事積極，可是就是有個毛病。」曾大奇悄悄到李振源耳邊說：「在新時代可是不允許的。」曾大奇用揭密的語氣道，惹得李振源豎起耳朵：「喜歡來這裡。」哈哈哈大笑。

「這裡的費用？」李振源在他耳邊小聲問。

曾大奇望著他一會兒：「今天我作東。」

「不是那意思，我要知道數字。」

「進門，一個人先給一千，若有額外服務，再加。比如，酒水看牌子，還有……」說到這，一陣酥軟之聲：「各位領導，小女子這杯先敬毛主席，」五位白俄藝妓用外國腔調齊聲道，然後眾女一飲即畢。大伙一致叫好。

李振源想再問，只見曾大奇已經把注意力轉到藝妓身上。李振源很驚訝她們能說流利的漢語。她們第二杯敬大家，催助飲酒。

進門一千元？吳富國月薪一百八，來一次是他半年工資，這人還真有辦法。

李振源起身，曾大奇看了他一眼。「我去賭場看看。」李振源道。

他沒忘記自己的任務，離開座席。據張樹枝供詞，這裡還有一處賭場。

張樹枝說吳富國最後沉迷在這裡，他經常來將爛醉如泥的主子扛出來。他離開主屋，拋開嘈雜，周圍的沉靜立刻包覆他。眼前是優雅的庭園，充滿東洋情調，他感到一陣寂寥襲來，如果能跟陳瑞雪一起住在這樣的地方多好？

門口一位制服侍者立即走上前伺候。他說想玩兩把。侍者立即恭敬的帶他繞過主屋到旁邊建築。門口坐著一位面色鐵青的中年人。皮膚沒有光澤，面如槁灰，左臉頰上有個快癒合的傷口，是個深色的血疤。他身型矯健，一看就是保鏢之類的漢子。他和李振源四目相對，李振源知道這人可不是省油的燈。那人推開日式拉門，小臂從衣袖中露出來，壯碩的肌肉上有淡青色的紋身，是五顆五角星。

「脫鞋，直走下到地下室。人下去後，勞駕回頭關門。」那人語氣沒有任何情緒。

這棟日式建築居然挖出了地下室？他脫鞋，看到一排鞋櫃，滿滿的都是鞋，有點納悶。進入屋內，是條長廊，他走到屋子盡頭，果然有扇門，他拉開門，手差點沒脫臼，是厚厚實實的鐵門，喧鬧聲立刻撲來。走下階梯，他看見大約二十個賭桌，現場至少百來人。空氣中煙霧瀰漫，菸味濃重。居然是賭場，難怪那麼多鞋子在外面，一個大型的地下工程，簡直不可思議。

他走到最底，有人湊上來。此人個頭一八五，魁梧壯碩，長相凶惡，他判斷這個大塊頭只是圍事兼侍者。還是外面那個人比較可怕，這個人只是塊頭大長得醜罷了。李振源把事先準備好的賭金大約兩千元交給他——最低消費。沒一會兒，那人帶回一盤排列整齊的籌碼。他掃了一眼，賭桌上玩輪盤的最多，還有牌九、買大小等。他看一桌買大小的有空位，就擠進去。

完全是個舊社會的風貌。不過新奇的是，按照曾大奇的說法，賭客全是幹部，都是地方一把手和中央部會首長、國企高管等高幹辦公室的。這根本也不用問，一面下注，他們全會自己透露。好像，賭博不是目的，聊天才是。他們自然就說起工作。

李振源暗自分析他們是從桃園、臺中和龍潭來的，在煤礦部、電機研究所、陶瓷工廠等單位服務。他們邊押注邊抽著上等的雪茄、吃著高檔烈酒。這些都是要錢的。侍者送來酒水單，他掃讀一眼，要了份「彩頭煙雲」——古巴雪茄配一杯頂級蘇格蘭威士忌，要價兩百元。簡直搶劫，他暗罵。不過想到，這些幹部用的都不是自己的錢，出手自然闊綽。他自己也一樣。他也不靠他那微薄的工資，現在他們全成了犯罪團伙了。

「這位同志哪裡的？」聊了大半小時，一位看上去五十多歲的賭客問李振源。他滿臉通紅，看來是喝高了。李振源猶豫。

「我是公安局的。」這樣回答會不會太誇張，他心想。賭客全都笑了。

「我還沒在這遇過公安。」一位滿臉官僚樣的中年道。

「不是來抓賭的吧？」一位圓臉、胖手、油頭的傢伙道。大家又笑了。

看到這位仁兄，李振源想起吳富國也是這體態。他現在明白為什麼吳富國可以那麼油胖了。雖然是食物短缺的時期，只要有權，就有錢，就有辦法。

「我是來玩的。」李振源很識相。他把籌碼五十元押在三骰子都是六的那格。因為他的幸運數字是八。

這時侍者送來酒水和雪茄。

「這裡背景很硬。」一位面無表情的賭客道。

當然很硬，李振源想，若是不夠硬，只要把這裡的人抓起來，不是破獲全國最重要，肯定也是最大宗的貪瀆案。這裡誰不是貪瀆受賄才能這樣揮金如土？

若不是這裡背景硬，保護傘夠大，他們也不敢來。李振源不驚訝，幹部都貪，手上大筆的錢總要流動，問題是流去哪裡？沒有市場，這些錢只能在這花，沒有其他地方，因為一出手就露餡。他唯一意外的是，反攻大陸運動如火如荼進行到這個地步了，居然還能存在這種地方，真不可思議！他越來月不瞭解這個世界了。問題是，這裡是誰辦的？無論如何，這人肯定賺翻了。靠著賭博遊戲，全國的贓款都聚在自己的荷包裡。

莊家開出來，骰子全是六。押大的人笑了，其他人都羨慕地看李振源。他怎運氣這麼好，第一次下注就贏三十倍。

李振源故作姿態說著錢這種東西，生不帶來死不帶去，沒有又不行。他開始油嘴花唇說，前一陣子他遇到一個出手最闊的傢伙。此人把自己家蓋成隱形的皇宮，外表普普通通的一座民宅，裡面極其現代化。純瞎編的，他猜一定有同樣的隱形富豪，錢花不到什麼地方，就蓋房子，又不能太顯著，於是就在內裡做文章。一天著火了，他燒死在裡面，他的帝國也付之一炬。

後來胖胖的那個幹部也開始吹牛，說有間餐廳，現在已經不存在了，但前幾年，裡面全是蘇聯賓客，一次他看到一位蘇聯共黨幹部，全身都是黃金，金牙、金表、金鏈子，說戰爭什麼都不值錢，全都換成金子。大家聽了默不作聲，都知道蘇聯解體，流亡到東北，吃了中國共產黨的地盤。大家恨得牙癢癢。東三省，那可是中國的領土。那位醉醺醺的賭客也附和道，他也在這個賭桌上遇過闊佬，鑲金牙，出手一注就是兩萬。李振源問，這麼闊綽，是幹什麼的？大家齊聲道，鐵道部的，前陣子死掉的那位。現在全世界都知道吳富國死了，但他們不知道李振源正在追查。莊家就說，那個鐵道部的同志之前在這裡賭局都很大，大得離譜。他在這裡輸掉的錢可以花好幾輩子，媽的，他才是真正闊綽的傢伙。

「人不能太過分。」胖子道：「我們這種人，凡事低調點，都還能接受。」

李振源想，誰接受呀？紀律委員會還是人民群眾？

「他的錢從哪來？」李振源問。

「媽的，誰知道？」醉酒的人又喝了一大口。

「公安同志，這裡的人從不問這種問題。」那位面無表情的賭客冷冷道。

李振源想，也對，若說出來，可多不好意思。哪個不是民脂民膏，說穿了沒意思。

「他有欠款嗎？」。

「他錢多，不欠款。」胖子道，一面招呼侍者過來：「給我來碗麵吧，有點餓。」

「這位領導，對不住您，我們這沒有麵，有牛扒。」侍者恭敬道：「給您做？」

「老子八路出身，農家子弟，不吃牛。」胖子道：「有沒有土豆？」

「有些下酒菜。」

「那就來點。」

李振源喝口酒，想要解手，離席去廁所。還沒尿出來，胖子和醉酒的賭客也進來站一排撒尿。胖子清了清嗓子繼續道：「那同志在這裡揮金如土時，偶爾也會埋怨兩句，說他的書記如何刻薄他。」胖子在跟醉酒的賭客說話。

李振源一聽書記，是陸繡山，聽的更仔細。

「他老說他那書記最貪，有了錢又不敢花。沒花出去的錢，沒享受到的錢，都不算是你的。那陣子老找他麻煩，阻止他來玩。他臭罵書記自命清高，卻又愛搶功，常常推翻他的命令。那老兄叫什麼國來著？吳富國，對了，他在這裡經常點白酒，邊玩邊喝，喝得酩酊大醉。最後一次也是這樣，那天他來玩，非常不開心，喝完存的酒，又開一瓶。自己喝著悶酒，醉醺醺才離開。第二天就陳屍淡水河了。賭場的人說想必是酒醉跌入河裡。」

李振源聽完，當然不是，他是被殺的。這些人不知道是正常的，他們沒有參加聯合偵查會議，自然不知死者身中數刀，還被切掉生殖器。回想當天吳富國被撈起時，因為浸泡了幾個小時，並沒有聞到酒味。不過這賭場的位置剛好說明，當時判斷落水地點可能在四汀橋附近，完全正確。但陸繡山有錢？這對他是新信息。他們跟監的同志看到他的家那麼樸素，他的錢在哪裡？又從哪裡來？這麼一想，陸繡山跟命案脫不了干係。

「賭場的人說的？是誰？」李振源幫另一個人扶著醉漢。

「就是那經理。」醉漢踉踉蹌蹌。

那陸繡山就是關鍵人了。下一步就是請陸繡山來偵訊。李振源盤算著。

他們又回到賭桌。李振源隨便押了注。

「開！」莊家喊。

大家一看都傻了。連續三個三。李振源的五十元正押在上面。莊家賠一百八十倍。他起身去找經理，莊家指著角落裡的一個老者。

他向老者報了身家：「能借一步說話？」

經理果然是經理，氣定神閒，慢慢站起來，一起走出賭場。地上安靜很多，只剩下蟋蟀和樹蛙的鳴叫。

「我想問一下，之前來這裡玩的鐵道部幹部」

「吳富國？」李振源還沒說完，經理就爆出名字。

「是。」

「他來這裡豪賭，欠了一點錢。」

「他贏的不多嗎？」李振源惦記著他留下那麼多錢，難道不是賭博留下的？

「哼，」老者不禁冷笑：「他大部分時間，贏的比他欠的多的多。」

「那你們一定不歡迎他來。」

老者點上一根菸，吸了兩口：「賭場，就怕賭客不來賭。你來賭，就算贏了，賭場還有其他人輸呢。就是賭輸欠著，賭場就當作是放高利貸了。總之，賭客欠著來玩也比不來強。」

「這樣賭場划得來嗎？」

「賭場是無本生意。哪有什麼划不來？」

「吳富國到底欠了多少錢？你能說嗎？」

「大概兩萬。」

「他從頭到尾一共贏了多少？」

「總共不到二十萬吧。」

李振源明白，那三百萬不是賭來的。倒是陸繡山給的那九萬可能是贏來的。現在他似乎更明白，陸繡山還出那些錢，目的是切斷跟這個案子的關係。

「我知道你在想什麼，」老者說：「賭場不傻，如果殺了賭客，他積欠的錢賭場就拿不回來了。不是嗎？」

「嗯，」李振源同意經理的辯詞：「這賭場背後是誰？」

經理望著他，笑了。

「我奉勸您別問了，若是我告訴您，不是害了人家嗎？」老者道：「總之，這裡能存在，有它背後的目的，也有足夠的支持力度。」

這麼含蓄的說法，李振源聽得明白。賭博是死刑，開設者極刑，也就是凌遲至死。若這裡的人都不怕，那背後的「支持力度」一定是惹不起的人物。他很識趣，知道自己官低位卑。

「他在這裡欠下錢，」老者又說：「在外面是否欠的更多，不曉得。誰殺的都有可能。」向經理道謝後，李振源轉身離開賭場。他感覺吳富國命案有幾處線索彼此矛盾：吳富國的死狀是非專業手法，其愛人是專業殺手為之。吳富國的九萬元如果是賭博來的，陸繡山會不知道？他急著切斷跟本案的關係真的是為了維護單位榮譽？還是畏罪心理？經理說的對，賭場若殺了賭客，就更不可能拿回欠款。吳富國愛人又為何被殺？賭博的人又不是她，殺了她，連最後還賭債的機會都沒了。誰要滅口，為什麼？要隱瞞什麼？有必要殺害她嗎？切掉生殖器，殺掉愛人，這是報復性滅口。鐵道部和張樹枝好像要讓人往這個結論破案。被說成道德敗壞，原因是要合理化被歹徒所害。他知道，查出誰在造謠誰就可能是兇手。張樹枝？陸繡山？他們是有心的嗎？

李振源不相信他是欠賭債被殺。陸繡山說工程款他們根本摸不到，都是單位對單位。不是賭博，也不是公款，那吳富國一開始賭本從何而來？

李振源得了情報又賺了錢。離去前先跟曾大奇打個招呼。

他回到主屋，正要跟曾大奇告辭，曾大奇一把抓著他坐下。「回來的正是時候！」曾大奇摟著他肩膀：「好戲才要開始。」盛情難卻，他走不了。

酒過三圈之後，李振源感到坐在他身旁的這位女士又白又長的手既冰涼又細嫩，在他胸前劃來劃去。他想到自己的妻女，還有一個等著他獨處空閨的陳瑞雪，但這些歉意很快就化成微不足道的意念，被巨大的慾望淹沒。他看到對面的朋友已經伸手進朝鮮長裙裡撫摸那些女人的大腿，李振源還妄圖起身抵抗，但被這位女士拉下來，跌坐在白俄女人的懷裡。情況越深入時，他已經像中了邪，完全不能自己。他恍恍惚惚跟著蛇女走進隔間。

他感覺自己與白蛇糾纏在床笫之間。白蛇背上一片刺青，仔細看卻是朝鮮傳統的妖怪，大蛇和法師。他一邊激烈與她雲雨，一面問為什麼她身上刻著朝鮮鬼？俄國女子斷斷續續道，她原本是白俄羅斯人，德日戰勝後，納粹占領白俄羅斯，她的父母被德國人殺害，她本來在蘇聯友誼社工作，蘇聯解體後，她被輾轉送給日本帝國，訓練成為藝伎，服務於平壤。這是平壤滿洲國的日本人刻的。前一陣子，她才被日本外務省挑選送到臺灣，當作日臺聯誼人員。

李振源一聽，什麼聯誼人員，都是外交辭令，這些女孩其實就是日本人送給毛主席的禮物，懷柔之用。一定是毛婆不同意毛主席將這些人留在身邊，才分配到這運用。李振源也無暇顧及其他。原始慾望整個爆發起來，激烈雲雨後，他沉沉睡去。

第十一章

罪人

早上六點，他親了一口白俄女蛇的額頭離開，走回大稻埕，讓自己清醒。走著走著，他感到無比的神清氣爽，陽光舒緩通體舒暢。

不到七點回到局裡，剛坐下，看到桌上有警政通報，這是公安系統最重要的內參消息。他翻開瀏覽，赫然看見前幾天有多名黨幹部跳樓自殺，他特別注意到其中有故宮博物院、交通部、鐵道部的。

沒多久他看到局長進來了。果然是領導幹部作風，都是第一個進辦公室的人。

「早。」李振源問候。呂明松看了他一眼，沒有回應。

局長是體態漂亮的官員，走路快，大步向前，幾個跨步就到了自己的三樓辦公室。

沒多久，李振源看到二樓辦公室牆上亮起紅燈，意思是要二樓辦公室現場最高負責人到局長辦公室。李振源一看，只有自己，明顯是在叫喚我。走到局長辦公室門口，敲了兩下門。呂明松抬起頭，叫他進來。他這一抬頭，李振源嚇了一跳，他看見呂明松的雙眼通紅，滿臉鬍渣，完全不像他之前硬朗、漂亮的形象。

「局長你這是怎麼了？」他問：「眼睛這麼紅？」

「好幾天沒睡。」呂明松坐在桌子後面，一臉陰鬱：「麻煩關上門。」

這陣子，只要來局長辦公室，都有驚異的消息等著他。

「時間不夠了，我以下要講的話很重要，你仔細聽好。」呂明松一臉疲憊。

李振源關門，放下窗簾，聽見呂明松扭開收音機，調大音量能蓋過談話聲。他又從抽屜拿出酒和兩個杯子，倒了威士忌，遞給李振源。李振源心想，喔老天，我正需要。

呂明松給自己倒了滿滿一杯，空著另一杯，讓李振源自己決定喝不喝。李振源二話不說給自己倒滿。

他拉著李振源走近收音機，在播音員冷酷莊嚴的新聞播報聲中，壓低聲音道：「市公安局，今早要派專案工作組進駐，接管本局工作。我先通知你，你不要反抗。」

李振源聽了一臉驚異，睜大了眼。

「這是要做什麼呢？」李振源不解。

「你做為偵查科長，卻對政治一點敏感度都沒有。我已做好準備接受組織審查考驗。從這次的規模看來，是深層清洗動作。和我接觸的包括局裡幹部，經常聯繫的區委書記、宣傳部、其他分局長、區人大代表、政協副主席……相關人員全都要審查。」呂明松兩眼空洞，好似失魂說著。

「我也要被審查？」

一時間，呂明松的魂才回來一點，勉強笑道：「你能活到今天，也算是祖上積德。就是最壞的情況發生，你也沒什麼好抱怨的。」他喝一口酒。

李振源想起上次呂明松說的事，但說的很隱晦，始終沒說明白。他又想起孫志芳說過，上面很清楚，他的為人，跟呂明松不是一夥人。呂明松有點「地方主義色彩」、「同情臺獨」。

「事已至此，局長不如明白告訴我，到底什麼事。」

呂明松一口喝完酒：「我跟一些朋友走得比較近。」

「什麼朋友？」李振源等著他說出真相。一個共產黨員願意跟你吐露多少真相，那是跟你遠近親疏、信任度的尺標。呂明松看著他好一陣。

「振源，我一生反帝國主義，反抗日本殖民，反抗國民黨專制……我從沒想過家鄉搞成現在這鬼樣子」呂明松道。李振源看著他，表情很驚訝。

「臺獨。」呂明松說。

「夭壽。」李振源不禁喊了一聲。雖然孫志芳說過，但從呂明松親口說出，還是頗令他震驚。他趕緊喝了一大杯酒，鎮住自己的情緒。

「還沒全軍覆沒？」

「只要有被壓迫的一天，就有臺獨。只是隱藏得很深而已。這次，他們將把我周遭的人全都調查一遍。」

「你怎麼被出賣？」

「政治保衛局交叉比對，找出來的。」呂明松看著他，眼神閃爍。

「有多深？」李振源不得不追問。

呂明松喝了一大口酒道：「我從來就是亡命之徒。到上海參加反殖民革命，反國民黨，打日本人，奪回臺灣，為共產黨打天下，馬革裹屍，沒怕過。」

「問題是，你之前抓了那麼多臺獨分子，怎麼自己變成臺獨？」

「時勢比人強的時候，反抗只是白白犧牲。要顧全大局，為將來打算。」呂明松毫不猶疑：「再說，我也私下放走很多。」

「同情叛亂分子，也是死路一條。」

呂明松定定的看著李振源。「叛亂分子？你被洗腦太深。我這種人不會遵循法律和規矩，只會制定法律和規矩。我是革命家，只要是壓迫我就反抗，打從最早參加革命，就知道我不是死在沙場，就是死在刑場。難道死在女人手上？」

呂明松一飲而盡：「別再醉生夢死了，振源。」

「局裡還有人涉案？」

呂明松口風很緊。「你相信柯吉嗎？」他轉頭看著李振源，兩隻眼睛還是呆滯。

「我們出生入死幾年了。況且，他還是你的妹夫。」

「除了他，你還能相信誰？」說畢就開了桌下的保險箱，拿出一個包包交給李振源。「這你先保管。」

李振源想了很久，不打算多說。「沒什麼人了。」看了一眼那包：「這是什麼？」

「錢和一些重要的筆記。本來我打算帶著這些東西走的。現在沒有機會了。我本來想立即遠走高飛，渡海到第三國。但想到我妹妹、妹婿，我的老母，不忍他們代我受罪。」

呂明松道：「我不是畜生，還知道知恩圖報。你可以拿著這些東西走。去找漁港的魚仔，讓他協助你離開臺灣。如果要走，現在馬上走。」呂明松喝了一大口酒：「振源，革命了一輩子，我沒有真正的朋友。這個圈子裡的人，永遠都在鬥爭，都不可信。今天受寵，明天可能被鎮壓，反反覆覆。受到這種思想影響，哪有真的朋友？每個人為了活命，都可能犧牲別人。但你不一樣，你不是典型黨員，你是一半一半，這反而是好事，良心沒有全毀。我現在，只能指望你。」

「局長我……」李振源要說話，卻被呂明松伸手制止。

「沒時間如果。我沒了，請照顧我的家人。剩下的錢，如果還有，你就拿去。如果有機會離開，就離開。」呂明松道：「這段時間，低調一點，靜觀其變。這是槍斃死罪。」「以上的話，我沒說過。」

李振源心想，呂明松這次真是掏心掏肺說實話，當他自己人。但他還有老母、紅紅，還有葉雲，怎麼走得了？而且可惜了這批酒。

李振源不多想，離開呂明松辦公室後，立即騎著腳踏車到陳瑞雪家。

陳瑞雪開門，很意外看到李振源。

「有病人嗎？」

陳瑞雪搖搖頭。李振源很快奔赴二樓，一大早診所空蕩蕩。

「怎麼這麼早來？」陳瑞雪露出一點喜悅。

「這包東西，」李振源遞給她。「請幫我收好。不是我的，所以不要打開。藏在一個你認為絕對安全的地方。」李振源相信她，以她的聰明才智，她要藏的話，沒人可以找得到。

「發生什麼事？慌慌張張的。」

「今天上午局裡要被清查，我不知能不能脫身。萬一不行，妳把這包東西拿出來，其中一部分是錢，拿一半祕密交給呂明松的愛人，但必須隱匿身分。另一半藏在最不可能找得到的地方，妳自己要想辦法離開臺灣。」

陳瑞雪聽出嚴重性，眼眶一紅。以他們倆的關係，雖然不能名正言順也算心連心。她從沒想過，分開的這天，會這麼早到來。李振源緊緊抱住她，猶豫要不要乾脆現在就帶她一起走。以他們倆的日語能力，偷渡到西伯利亞，大日本帝國正缺人手，或是去美利堅，至少有幾個州是講日語的。只要換個身分和名字，他們一定能生存下來。

「不論出什麼事，我會在這裡等你。」她緊緊抱住他。

李振源清醒了，他還有女兒、愛人以及母親要照顧。他知道，現在不是兒女情長的時候。在她額頭上輕輕地吻了一下，「我回不來，妳必須走，因為他們一定會找到你。記住我的話。」便轉身離開。

他又往回騎。正當他接近公安局二百米，突然聽到熟悉的聲音喊他：「李探長。」

他急剎車，轉頭，孫志芳站在路邊。他停下車。兩人隱蔽到角落說話。

「政法系統目前正調查故宮博物院，查出最近有大量文物失蹤。故宮內線說，他們受到朝中壓力，外借這些文物。我聯想到，郭自足愛人黃懷玉的供詞，說她愛人經常帶回來一些貴重的財物。你猜這中間有沒有關聯性？畢竟，這年頭一般單位，尤其鐵道部，不會這麼容易有機會接觸這麼大額度。」

「猜測會矇蔽眼睛，推理能讓我們透視障礙。我也在尋找郭自足、邱大勇和吳富國命案的關聯性。為什麼人們會因為錢財鬧命案？利益分配不均、黑吃黑，滅口，這些都是最常見的動機，這些人符合哪個？為什麼必須殺他們？沒有其他作法？畢竟人死了，就拿不到錢了。殺他們的人也可能是受到威脅才痛下殺手。我很困惑，兇手不是同一批人。故宮文物流出，轉手可以賺很多錢，解釋得通這些死者生前得到大量財物。但鐵道部為什麼能跟故宮扯上關係？按照功能來看，列車長和乘務員可以提供運送國寶的方便性。吳富國嘛，這個我就不知道了。」

「你不覺得奇怪，為什麼七堵那段，基隆鐵路局要交給基隆海關管轄？」

「這個懷疑很好。」他對她刮目相看。「這樣一來，運送國寶直接到基隆海關出國盜賣就一路暢通了。

這是假設，需要證據。」

「我們去查基隆海關魏國樑。」她希望再次和他出任務。兩人眼神交會，似乎有一些微妙的感覺在他們心中滋生。

「很可惜，我剛接到呂明松通知，說市裡派工作組要來接管大稻埕分局。我可能要接受政治審查。」孫志芳睜大眼睛看著他，無限同情。

「你……會沒事的。」孫志芳不由自主地碰了一下他的手似乎想安慰他，出乎李振源意料，孫志芳的眼眶紅了。

兩小時後，市公安局的工作組就到了。整個大稻埕公安局上上下下非常熱鬧，都是人，還有長短各式的槍。工作組帶了市公安武裝部隊，大稻埕公安幹警一開始不明究理，雙方劍拔弩張對峙起來。

「先不要亂動！」工作組領頭吼道：「我是市公安局派來的工作組長葛先鋒，呂明松沒跟你們說我們今天會進駐？請他過來！」

「公安局容得你們這樣帶槍來控制嗎？還有沒有王法？」一位資深幹警吼回，許多人都跟他一樣把右手放在腰間的槍把子上，衝突一觸即發。

呂明松緩緩從辦公室出來。

工作組長葛先鋒看到呂明松就罵道：「呂明松，你沒有預先通知大家，工作組要來接管？你不想讓事件儘快結束嗎？有何居心？我看你罪加一等！」

呂明松沒有任何反應，兩眼直直看著葛先鋒。

葛先鋒大概是不耐煩了，拿出一張紙展示，逕自宣布：「我這裡代表黨中央，國務院，國家公安部，臺北市委，市公安局，到貴局成立工作組。從現在開始，我是各位的新局長兼書記，接管本局所有領導事務。這是黨中央與市委書記的直接命令，任何人反抗將被立即逮捕。我身邊的這六位同志，將接任副局長，政治保衛科長，後勤保障科長，偵查科長，消防科長，紀律檢查科長等職位。」葛先鋒個子很矮，大約一百六十五公分高，但聲音宏亮，充滿精力。

「原任局長呂明松，副局長，政治保衛科長，後勤保障科長，偵查科長，消防科長，紀律檢查科長，現在一律停職，接受紀律審查。各位公安同志，大稻埕公安局原領導班子參與不法，這次市委員會將徹底對他們進行審查，有助於本黨導正風氣，請大家一定要遵守紀律。」

李振源在遠處角落抽菸，看到這一切，猶豫了半天要不要進入那個場面，他現在離開，開始逃亡都還來得及。他聽這個矮個子新任局長布告，確定自己也要下臺接受審查。他倒不害怕，認為自己沒做錯什麼事，錢的事情他有把握滴水不漏，三百萬和額外的九萬都藏好了，包括老呂的那包東西剛剛也趁機交出去。還有什麼可怕的？

李振源不由自主緩緩走近他們，幾個人立馬包圍他，將他圍在中心。以他的身手，撂倒三個人可以，但五、六個人荷槍實彈，勝算太小，更何況打贏了，他能逃去哪裡？於是束手就擒。他看了一眼柯吉，柯吉不在名單上。可能是因為他是小隊長，不，他同時是偵查科的書記，又是呂明松的小舅子，怎麼會沒有事？李振源不得其解。

他們立刻被押解到公安局地下的牢房。

張樹枝仍昏死在其中一個偵訊室，奄奄一息，完全不知道，現在他有了許多牢友。而且，幾天前，這些人還是關押他的人。現在大家都成了階下囚了。

這是日本人建造的牢房，已有三十年歷史。裡面有水牢、偵訊室。所有人被關到牢房。但老李被特別交代，將前局長呂明松關進水牢，直到宣告下個命令為止。水牢犯人只有頭露在水面上。

如果按照呂明松說的，臺獨等同叛國罪，唯一死刑，最輕也是政治犯，將要送入重罪監獄，虎尾、臺東、三峽、綠島或是蘭嶼接受十年以上的改造。現在他們前途未卜。

雖然新任局長葛先鋒宣告他們是要接受黨的「紀律審查」，但只說「參與不法」，尚未定性。而到這時李振源才明白「審查」是文明的說詞，實際上是「逮捕」。那還不如剛剛和他們大幹一場。

牢房其實也不夠用，他們幾個人擠記兩間鐵牢，空間很小，睡覺時要側躺，醒時要曲膝而坐。老李趁沒人時偷偷告訴這批前領導，因為政治保衛局的牢房不夠用，他們才就地關押，便於審查。政治保衛局派了一位嚴肅苛刻的專案幹部，又帶來幾位調查員協調偵訊，現在地下室主要由他們這個專案組審訊，老李變助手。他也只能公事公辦。

他們都在想，政治保衛局專案幹部那個人是誰。特別是王志航科長，他對保衛局的系統很熟。終於，幾天後那人終於露面下來看看。

「他是誰？」李振源問王志航。

「奇怪，我也沒見過。」王志航道。

所有人面面相覷，沒人知道。

理論上王志航應該配合政治保衛局一起對大稻埕公安局領導班子展開調查。但他也下獄，這說明上頭不信任所有大稻埕公安局的人，事態嚴重，連王志航也不被信任，認定是一丘之貉。隔天起，他們被審訊多次。呂明松最慘，屎尿都拉在水裡，等於泡在糞坑。李振源因為拒絕坦白被扣上手銬，反手在背後，故意讓他全天候不舒服。其他一行人也被用刑。

他們被反覆問的一個問題是，有沒有跟呂明松局長串聯釋放臺獨？

沒有。大家伙說的是實話。

呂明松有時被拉出來鞭刑，打得皮開肉綻。審訊者逼問：「你放走了那些臺獨？」

呂明松反覆告訴他們，放走的臺獨，都被抓了，何必再來問他。

他被再丟回糞水裡泡著，狀況極慘。但他唉都沒唉，吭也不吭一聲。當審訊者罵他是叛徒，不忠於入黨誓言，他可忍不住，衝著那些打他的人用他滿布血絲的眼睛怒視，吃力地張開已被白色乾唾液黏住的雙唇，帶著嘶啞的聲音道：「恁爸十七歲參加革命，對抗日本鬼子，參加長征對抗國民黨，轉戰大江南北；本黨分裂，我堅定地跟隨主席撤退到臺灣，參與建國，沒有成為王明傀儡政權的幫兇。你說我反黨，不忠？」

「幹恁娘！恁爸打阿本鬼時，你還不知道在哪吃奶。」不論呂明松多氣憤，審訊的人也不分青紅皂白，只顧往他們想要的方向定性。

包括李振源在內的前領導班子在一旁牢房裡看得義憤填膺，激動地咒罵這幫鷹犬爪牙，他們其中也有原偵查科、庶務科、政治保衛科的同志，轉眼間就充當新領導班子的打手。

沒多久，政治保衛局常常帶走呂明松單獨審訊，晚上又丟回黑牢。每次回來，呂明松都像是丟了半條命。李振源都趕緊問呂明松，什麼情況。他最想知道他們是什麼處境。

「我被當作是『敵我矛盾』處理。」呂明松疲憊不堪。李振源心沉到底。

「我猜我沒活路了。」呂明松反而輕鬆地微笑。

如果呂明松被定性為敵我矛盾，其他人皆會受其牽連。

王勇有時負責鞭刑，李振源平日對他不薄。他也趁別人不在場時，悄聲表示，感謝各位領導們對他平日的照顧，但自己若不賣力，將會有嚴重後果。新的領導們一旦發現王勇同情老領導，就會把他當成同伙。「請各位領導同志體諒，我還有高堂老母，家裡只有我一人。萬一我怎麼了，八十歲的母親就無人照料了。我下手看起來很重，但盡可能在刑鞭落下時放輕。」

即使如此，李振源還是被打得整整兩個星期爬不起來走路。

一天柯吉故意下來巡視其他人犯，悄聲在李振源耳邊道：「據說整個臺北市各區公安局都遭到大大小小的衝擊，過去十年來爬上區局領導位子的現在全部都被打成『地方主義分子』。連我也逃不過整肅，被迫離開偵查科書記職務，降職為小隊長。」

柯吉塞給李振源一個紙包：「有機會再來看你。」站起來要走。

李振源一把抓住他的手臂：「我女兒。」

「尚未受到影響。」柯吉道。

柯吉走後，李振源打開紙包。是瓶烈酒。他笑了。

據說各地遭受關押審查的幹部越來越多，這是審查擴大化的跡象，而外界給冥頑不靈的地方主義分子污名化為黑幫分子，給關押處取名叫「黑幫地牢」。沒多久公安局牢房不夠用，就直接找個政府辦公室房間把窗戶釘上木板門板，把舊幹部關在裡面。因為裡面暗無天日，又無正式牢獄編制，人們管這種臨時的牢房叫「黑牢」。黑牢就是個形式，踢破牢房木門根本不是問題。但踢破後呢？能逃去哪？家人都在黨掌握中。

五個月地下室的折磨像是五年，經過反覆刑訊，李振源等人現在被轉移進駐黑牢，終於不用再受鐵牢之苦。這批「前公安局領導班子」的家屬，也不知從哪得來的消息，妻子帶著孩子從公安局一路來到五百公尺外的黑牢大吵大鬧要見他們。這些女眷家小天生有本事胡鬧，說憑什麼說他們的愛人和爸爸是叛徒？有沒有證據？有沒有審判？說得工作組啞口無言，只能厚著臉皮趕走婦孺們。但這些原幹部家屬哪裡是省油的燈，不肯輕易善罷甘休，一有機會就重新回來，死纏爛打。妙的是，即使嚴酷如葛先鋒等，也招架不住，只好放她們進來。

李振源心知肚明，過去這十幾年，只要是上頭政策性關押的人，可以沒有證據，不審判就斃掉。送入大牢長期監禁都是最好的結果。其中不乏明確是被誣陷的人。李振源是執行逮捕任務的人，抓過不少無辜，其實也幫兇。祖父李仰光曾告訴他，不要做傷天害理的事，不是不報，時候未到。

他不禁又想起葉雲對他說過，黨員不能信因果報應封建迷信。共產黨員必須相信物理現實，勇於鬥爭，勇於對抗，創造環境。唯一存在的只有物理現實？他不確定。

在黑牢和長達半年的審訊期間，他們有了新的表定活動，上面要求他們每天晚上背誦毛語錄，還建立互助組。犯人們倆倆分組，互相監督背誦。背錯一個字，賞對方一個巴掌，必須響亮，否則監管的人就走過來打，那更狠。每晚他們互相掌嘴，聲音此起彼落。每三天要進行一次小組座談，座談中他們要坦白自己的罪行，要大聲朗誦共產主義理論和毛主席言行錄小冊子上的字句。

這種活動，徹底滅絕了這些人的自尊，他們覺得活著簡直是恥辱。在坦白交代罪行方面，除了臺獨活動他堅持沒有參加，李振源一改之前的猶豫不決想法，逐漸接受這些年當中，他的確做了不少傷天害理的事，真心認為自己錯了。比如抓了一些根本沒罪的人，或是因為關說而放了犯下滔天大罪的傢伙。雖然都情非得已，但畢竟他為了自己犧牲過別人，他全坦白交代。

解放前他加入警察，目標完全與此相反，追求公義，為李家爭光，爭口氣，做人中傑。人民政府給過他機會，給他權力和地位，但他最終不可救藥地墮落。現在事業人生一團亂，道德淪喪，紀律敗亂。外部環境也一團混亂，倫常崩解，他迷惘，只是苟且地活著，像隻寄生蟲一樣。他逐漸瞧不起自己。與其這樣活著，心想死去也不是什麼壞事，現在如果有躲不掉的命運，他坦然接受。他捫心自問，自己根本不配做一位共產黨員，不配做一名公安警察，甚至不配做一個人。

一天葉雲來探監。帶著十歲的紅紅跟著一些家屬到黑牢探監。

李振源看到他們卻怒了：「你帶小孩來做什麼？」他埋怨道：「你知道這對小孩有多少不好的影響嗎？」他不想紅紅看見坐牢的自己。難道要紅紅記得爸爸是個罪犯嗎？

葉雲身形修長，全包在她的舊軍裝裡，風紀釦扣到最上一顆，衣服寬鬆。

即使愛人才見到她就埋怨，她淡淡的答道：「我們都不知道，紅紅會不會是最後一次見到你。」這麼一說，李振源反倒沉默。李振源從她嘴裡聽到自己的處境，清醒，但也怔住了。

「紅紅最近見不到你，成天吵。知道見你一面我費了好多功夫？」葉雲道。

紅紅伸出手摸了摸李振源的衣角，兩眼無辜。他轉頭望著紅紅，知道不能再放縱自己的脾氣。他原本以為紅紅跟他不親了，此刻卻覺得鼻酸。他一把抱著紅紅，把女兒小小的腦袋塞進自己懷裡，深深地在她的頭髮上親吻。

「想爸爸了？」李振源問。紅紅點點頭。

「爸爸能出來嗎？」

李振源忍不住紅了眼眶。他點點頭，安慰她。

妻女走後，李振源陷入低迷。肉身被禁錮，不得自由，思想也劇烈激盪。他想，自己一輩子求呼吸，求溫飽，求生存，求被人看得起，求個血脈延續，到底做錯什麼？菸，酒，女人，孩子，他一點都不少，現在又怎樣？這個臭皮囊保留不下任何東西，而且正在腐化。他感到自己的衰亡，所有他能控制的事，如今都如斷線的風箏；原本清晰不過的事，都在崩解，變得模糊不清，從記憶淡去。

他唯一能做的，只是為了紅紅。

又過了一個月，大稻埕公安局新任局長葛先鋒宣告：偵查終結。舊領導班子全數送往法院宣判。柯吉找到機會又到關押的黑牢跟李振源說：「他們這些人被定性為『臺獨』、『特務』、『叛徒』、『內奸』、『工賊』和『反黨集團』，將依法嚴懲。」

第十二章　愛人

派來押送他們去法院的，正是柯吉。

全車人都知道去法院也就是走個過場。哪有什麼依法審判，他們的「罪狀」早已被定下，大家心知肚明。就不說臺獨，光是「特務」、「叛徒」、「內奸」、「工賊」和「反黨集團」的罪名一旦成立，無異於死刑宣判。雖然有些憤慨，但不免有些無奈。以前自己都是這樣走程序的。那些名詞：法院、調查、審查、陳述、證據不過是讓事情聽上去嚴肅一點，好像很「文明」、「公正」，事實上，具有司法職務的人大都沒有法律知識和素養，都是以前幹革命的黨徒和退伍軍人轉任的。

街道路面不平，車子晃動得厲害。柯吉在路上塞了一張小條子給李振源。李振源趁其他人不注意時偷看了一下，字條上寫著：「你關心的人，我將照顧，請放心。」言下之意是，若李振源被宣判了重刑，柯吉將會把他們留用的錢用來照顧葉雲、女兒紅紅和陳瑞雪。此時李振源暗自慶幸自己留下一筆豐厚的錢。柯吉身型健碩但心思細膩。李振源遠遠跟柯吉四目相對，言下之意是，這一去法院，搞不好一宣判就直接拉去刑場，再也回不來。我李振源只有靠你這個朋友了。

囚車避開了交通比較繁忙的路線，稍繞了點路以確保運囚安全。

冬季，臺北城難得鍍金一樣光燦。李振源發現這半年社會氣氛變化很大。整個街頭巷尾浮躁熱鬧，好像人人都打了雞血，情緒非常容易沸騰。沿路上有很多人，一群一群聚集在各處，貼標語，拉橫幅，寫大字報。揚聲器播放著高昂的呼聲，要打倒叛徒、走狗、特務。鬧哄哄的。有些橫幅上寫著「掃蕩社會主義叛徒，鞏固反攻大陸核心：向走資本主義道路的當權派奪權」，有些橫幅上寫「勝利在望！一年準備二年反攻三年掃蕩五年成功」、「保衛黨的總路線」、「全面開展反右傾機會主義、反臺獨分裂勢力的鬥爭」。

密不透風的囚車裡，透過模糊不清的車窗玻璃，李振源看見天上有許多蝗蟲在飛，密密麻麻，吱吱咋咋。李振源並不害怕。他其實知道早就會有這麼一天的。

他們幾個人被送到人民法院的時候，從車窗看到外面的畫面令他們大感意外，整棟法院建築像補丁一樣被貼滿各種大字報。法院已經被學生和工人占領了。

本來他們還設想會走進法庭，由法官冠冕堂皇地宣判他們的刑責，過過場也妝點個形式，現在情況不明了。在李振源等人被關進警局大牢審訊的這些日子，局勢變化得很激烈，本來是各種工作組替代了各階層的前領導班子，現在是學生和工人占領了校園、法院、市委機關在內的各種行政系統，情勢變化得比他們想像的還快。他們看不太懂。即使像他們這樣對黨內傳統知根知底的老共產黨員也弄不清楚是什麼狀況。為免生意外，柯吉讓囚車停在幾條街口距離之外，自己下車去交涉。

李振源一干人等坐在囚車上等著柯吉回來。透過鐵窗，李振源聽到遠處學生和工人用擴音器哇哇的激動地控訴。他根本無心聽他們說什麼，一群戰後出生的孩子，沒吃過戰爭的苦，沒對社會有什麼貢獻，推翻什麼又打倒什麼？養尊處優的一代，認為一切都該更好，更正義，把目前一切擁有的當作理所當然，完全不把前人的犧牲和努力當作一回事，輕易就相信自己的理想比別人的更高。他遠遠看去，那些年輕人長得真漂亮，身體很少贅肉，臉部光滑明亮，脖子沒有皺紋，頭髮烏黑，神色清明。他們的吸引力布滿了無可救藥的樂觀主義和自以為是的無知，在交配的季節蠢蠢欲動。他們經得起生死考驗嗎？年輕人很容易被煽動也很容易被利用。他想起納粹，想起二戰期間日軍徵兵，多少年輕人血氣方剛爭取上戰場，後來一個個成了帝國棄卒。與他同齡，一頭熱血的年輕人、甚至更小的青少年不是戰死南洋沙場就是在不見天日的叢林中消失。他的親哥哥李振洋就是其中之一。僥倖活著回來的也帶著沉重的烙印生活下去，或被當作反革命殺掉。

李振源卻心裡沉靜。或許有點遺憾，他來不及跟家人和陳瑞雪這些對他最好的人慎重地道別。囚車裡都是汗味，比黑牢更甚，他們很久沒有洗澡，加上囚車可能多年來沒清理。李振源聽見腳踏車叮叮噹噹的聲音，樹聲和腳踏車的聲音，還聽得見樹枝上零星的麻雀吱吱喳喳。這讓他想起小時候，熟悉的大稻埕場景。正當他沉浸在過去的美好時，他突然感到車身在微微震動，然後沒有多久傳來的是相當巨大的機械轟鳴聲，震盪加劇。

眾囚們目目相望，有點緊張，不到一會兒，從車窗外經過一列好長好長的坦克隊伍，跟在其後的是各式火砲，接下來是運兵車，和吉普車。一輛接著一輛，上面坐滿荷槍實彈、全副武裝的軍人。光是聽那機械移動的引擎聲便可以把心臟震碎。他們全都探著腦袋往車窗看，好像被巨人關在鐵盒子裡的昆蟲。為什麼這麼多部隊？副局長道：「這是中部野戰師，從軍人身上的標章可辨識。」大家不解為什麼軍隊也出動了？只見柯吉急匆匆跑回來，迅速上車，關上車門就命令司機趕緊開車。

在路上，柯吉告訴一車的「前領導」說，法院已經癱瘓了，院長和法官們都被打成了走資派成了階下囚。現在大家只好回到牢房。大家一聽，一方面覺得鬆了口氣，一方面還是惶惶不安，不知道接下來會怎樣。

「那你那麼緊張作甚？是他們被打成走資派，又不是你。」李振源會這樣問，因為他發現他熟悉的柯吉有點不對勁。

柯吉滿頭是汗，還有點喘。等他稍事平息之後才道：「剛進法院去問狀況的時候被幾個學生和工人盤問，他們一聽我要找法官和書記處的人便把我攔住。」

「然後呢？」李振源好像平常跟他鬥嘴一樣。

「我心想可千萬不能在那個時刻被他們困住，要不然你們怎麼辦？」柯吉道。

「要是那些學生知道我們一車「反黨集團」在此，搞不好來劫囚車，把我們全都抓下去，我們全都帶著手銬腳鐐，無法反抗，後果不堪設想。」王志航插嘴。果然是個精於觀察情勢的政治保衛科長，但卻沒料到自己會被打成內奸，李振源心想。

「我要脫身，但那些孩子個個殺氣騰騰，突然一個小鬼一手抓了過來。情急之下，我反抓他的手掌，扣住他的姆指把他整個人往下壓，他哇哇大哭。另幾個馬上撲上來，我一腳一個踢飛了兩個，幾拳又幹倒了四五個。我的拳腳比較重，他們全趴在法庭上暈死過去，趁沒被其他人發現，我悄悄關上門出來趕緊跑了回來。」柯吉道。

車上一片靜默。所有人知道，柯吉捅了馬蜂窩，竟然去惹革命小將們。李振源卻清楚再來五個年輕人包圍柯吉，他也能輕鬆突圍。

「還好我沒提我是什麼單位的。」柯吉又補充說。大家聽到這句，這才又放下了心。沒有人注意到李振源的微笑，他心裡贊美柯吉的機敏。柯吉說，現如今只能先開回關押處，待命。

局勢很混亂，中央接二連三下發一些文件，外界已經炸開了鍋，他們在牢房又待了幾個月卻相對平靜。任憑外界翻天覆地造反，他們在牢裡有吃有喝，除了有老鼠夜間造訪，伙食難吃了點，一切也不是那麼難以忍受。後來又來了許多囚犯，牢房不夠住了，上面再把一些有廁所的小辦公室窗戶釘上木板，又擴大成立幾間牢房。

李振源、呂明松這批老領導被請到新的黑牢裡。在新的黑牢裡其實待遇不差，也不黑，因為窗戶釘木板時故意留了比較大的空隙，甚至還有書可以讀。這是以前的老同志們暗渡陳倉，故意給的福利。

白天他們在黑暗中像是蠕動的蟲子，彼此磨肩擦背，並不能做什麼，除了被提審時開門看到一下光線，他們大部分時間處在光線暗沉的小空間裡。和他們在一起的還有爬滿牆壁的蝨子。由於他們不能洗澡，換衣物，他們全身油膩，散發著怪味。蝨子在牢房裡到處都有，牠們喜歡鑽進死角，衣服的縫線摺痕裡。在牢裡他們依然遵守職務高低的秩序。呂明松因為是局長，所以有一個角落是給他的，周邊並沒有別人，離廁所也比較遠。他已經從被屈打得不成人形，逐漸恢復過來。大家很自然的讓位，沒有人惡言相向搶好風水。其他資格比較老的幹部依位置好壞排序，一直排到廁所邊。

人要是什麼也不讓做，不能思考、閱讀，活著跟動物沒有兩樣，精神乾涸，比不吃飯更痛苦。關他們的黑牢原是文康室。據說這是對他們這些幹部最特殊的待遇了。文康室書架上有一些李振源原本從不會想去讀的書。這些都是中央政治部自己出版下發的書，包括魯迅的短篇小說集、《周樹人小說選》、《郭沫若文選》、《毛主席言行錄》、《茅盾自選集》李振源就緊貼著窗縫讀魯迅的小說，讀得很是起勁，半個月就把他的全部作品都讀完了，他讀馮友蘭的哲學史專著，卻讀得頻頻打盹。其他人的著作，讀了之後他想，這都是什麼鬼。

他們還把以前壓在書報櫃最底下的舊報紙拿出來一張張讀，一個字一個字仔細讀，連軍區政治部文工團春節話劇宣傳文案他們也讀得津津有味，而且這些報紙都是兩到三年前的舊報，刊的是過時的消息。但他們仔細讀還讀出了一些興味。比如建國十二年的一張《人民日報》發表的毛主席和世界友人站在國務院前搭建的梯臺上，跟建國十三年另一張國慶照片，怎麼看都是同一年同一時間拍的。因為來自越南社會主義共和國的胡主席連續兩年都來參加國慶，但是建國十三年國慶那張照片肯定是十二年國慶時拍的，因為胡主席得了癌症後瘦了十公斤，但照片樣子沒變。胡主席沒得絕症之前，領導越南人民擊潰了日本帝國在南洋的勢力，而現在毛主席跟日人合作，就算胡主席健康好轉了，但再也不會來參加國慶了。真是沒有永遠的朋友。

有一天，在一堆舊報紙中，夾了一本薄薄的冊子，李振源一看，是本《心經》還是日本時代的版本。佛經怎麼會在這裡？他立即夾在衣服裡面不讓人發現，推估是某人沒收後沒有上繳焚毀，　在這裡。葉雲每半個月都會來一次，有時帶著紅紅。李振源只想見紅紅，不想見葉雲。他感到有些悲哀，這是他早就猜到的轉變。他盼望也能見到陳瑞雪，但這是不行的，既不是家屬，又會曝露他們的關係。

葉雲每次來，都會帶些水果。當然是先賄賂了其他同志才悄悄帶進去的。葉雲人際方面的工作有天賦，認識不認識的人葉雲只要上前說幾句話就像熟人一樣。

李振源見了她只感到羞愧，時間一久就產生了排斥。她在家的時候有時過於冷淡，她可以坐在案頭一天不說話。李振源再三忍受她的冷感，他們吵吵鬧鬧，常常弄到三經半夜不得安寧。葉雲受夠了，李振源也受夠了，他無法想像自己的一生要一直這樣下去。況且葉雲還老是說他沒有信仰，說他墮落，說他可悲。李振源受不了自己的女人瞧不起自己。二來是李振源也不想牽累她們母女，他後來的處境對她們不好。但是葉雲對李振源這些心理都不知道，只當是夫妻間尋常的爭吵。

其實，李振源很清楚，他怎麼會沒有信仰？

牢裡的日子是窗縫給的，窗縫透著日間的陽光和夜間的黑暗，牢裡的人看日子從縫中溜進來，又從縫中飄走。日子一週一週的流逝，從夏天到了冬天，他們衣服不夠，只能靠家屬送來。但是只能穿在囚衣裡，每個人看起來鼓脹，但是因為飲食太差，他們很瘦，也穿得下。柯吉就送來陳瑞雪準備的棉衣，李振源知道她一直沒放棄，在等他出獄。日光、冷空氣、濕氣、黑夜、更潮濕的冷空氣，往復循環。快樂早就失蹤許久，腦袋瓜空白一片，感覺逐漸麻木。

一切都很平靜，直到他們見到新局長葛先鋒進來，牢裡的平靜才被打破。

第十三章

提審

新局長葛先鋒不是來視察的，是同他們一樣被關進來。柯吉進來告訴大家，公安局現在進駐了另一批工作組，葛先鋒等領導班子都被打倒。柯吉因為官小，仍然沒有被牽連。大家都覺得莫名其妙，這些人來取代我們，現在又被打倒？局面相當混亂，很少人搞得清楚其中的邏輯。柯吉還說，公安局原幹警都要先暫停工作，原工作組幹部受到審查，工作組新的領導班子不是公安系統的人，他未曾見過，可能來自軍方，因為他們作派更加嚴厲，一副要麼聽令服從，要麼去死的鬼德性。這可能是柯吉最後一次進來探視他們。柯吉自己也被暫停職務，前途不明。

柯吉還帶來一個讓李振源憂心忡忡的消息。葉雲在單位被揪出來，打成歷史反革命，說她曾在反動政權下工作。現在人被扣押起來。不過柯吉去看過紅紅，她在人民公社，生活起居尚正常，有得吃有得喝，沒受到差別待遇。這點柯吉已經用公安的身分去「關照」過了，那些人民公社幹部都怕事，沒有敢不服從的。

李振源一聽葉雲被打成歷史反革命，悲憤莫名，他不明白早就過了肅反高潮，當初審查她沒事，怎麼現在又有事？葉雲當年是奉命打入汪偽政府工作的，是地下黨員。

他必須去救葉雲，他想，不論他們的關係如何，畢竟是小孩的媽媽，雖然是組織安排他們結婚的，雖然他們的感情冷淡，不管怎麼說，她曾給他再生的機會。但是自己身陷囹圄，拿什麼去拯救葉雲？現在只能讓柯吉盡量去打探葉雲的最新情況，再想辦法告訴他。雖然覺得自己死有餘辜，但家人是無辜的，特別是小孩。他在心裡向觀世音菩薩祈禱。

他們問葛先鋒，外面到底發生什麼事？

「就在兩天前，中共臺北市委員會被集體解散，市委書記被隔離審查。上面對外宣布，臺北市委已被接管。臺北市委員會那些人都下臺被控制了。緊接著中央派了新一批人同步接管了市公安局。所以今天新的市公安局領導班子又派了一批各地調來的幹部以『革命工作組』名義接管臺北各地的公安分局。」之前是反攻大陸工作組，現在是革命工作組，名堂還真不少。兩個組之間有什麼差別，沒人搞得清。

「你說市委員會整個被端掉，怎麼會？」李振源問。

葛先鋒嘴巴緊閉。

「前幾個月看見中部野戰軍跑到臺北來，發生了什麼事？」王志航在旁插嘴詢問。

葛先鋒膚色黑，眼白很清晰。他看著李振源和同屋這批原來的階下囚，不想示弱，不能不正視自己的處境：「把公安系統全換了，又互調北部和中部的部隊，這誰做得到？當然是中央軍委毛主席。」

「公安和軍隊都是安全保障的班底，主席肯定覺得安全受到威脅才這麼做。中部的野戰軍源自紅一方面軍系統，毛主席信得過。所以北部的野戰軍移防之後首長一定也被換掉了。不信你們去查，一定可以證實我的推論。」王志航似乎被觸發了靈感。

大家面面相覷。

李振源對這些派系活動感到頭暈。「他們做了什麼？」

「據說，臺北市委會聯合公安職能部門、交通部門、情報部門、偵查部門、地方武裝部隊，試圖推翻中央當權派，計畫暗殺」葛先鋒看著地上。

毛？大家全都倒吸了一口氣。呂明松一屁股坐到地上。腳軟了。

發動政變，刺殺毛？李振源差點心臟猝停，沒有這麼驚嚇過。

李振源看到他熟悉的呂局長一臉呆滯麻木，雙瞳渙散，屈膝兩臂環抱膝蓋，整個人蜷縮，手掌不時顫抖。他把手放在老呂的肩頭試圖給予慰藉。

「他們真的幹了。」呂明松幾乎是喃喃自語，但是所有人都聽見了，把頭轉向他。

「誰？」尤基悟頂著他的光頭問。他的光頭色澤黯淡，不像以前一樣發光，可能是食物長期缺少油脂。

「共產黨長征臺灣十五年，許多人好不容易安頓下來，成家立業。現在毛執意要反攻大陸，日子還會好過嗎？雖然不少人在大陸早有家室，想要回去團圓，但幾十年過去了，更多人在本地已另起爐灶，娶妻生子，成立第二個家庭，算是落地生根了。勉強才有的平靜，誰都不想放棄。而我們臺籍幹部的家在臺灣，更不願回去一直打打殺殺的中原。革命不就是為了平穩的生活？難道革命是一直活在打打殺殺的生活中嗎？那不是革命分子，那是匪徒。只有匪徒不惜做亡命之徒。」呂明松看著大家：「黨內早有一群反毛的人，他們終於結成勢力，想要推翻毛的統治。不過，你參與其中嗎？」他看著葛先鋒。

「就你們對組織的瞭解，市委都被逮捕，我們市委的下屬會沒事？」葛先鋒顯然不打算正面回答：「黨隨時有審查黨員的權力，黨員有接受黨審查的義務。」意思是，他不必參加政變，就是沾邊關係也要接受政治審查。

「你葛先鋒我是不知道，」呂明松道：「從建國開始我就跟著市公安局趙茂生局長工作，他升任局長，指派我們幾個親信任各區局長，對我照顧有加。按我對組織的瞭解。他被逮捕，我們這些「他的人馬」全都有事。他如果真的參與其中，若死刑，我這種親信也不會有活路。」

「你臺獨本來就沒有活路。」葛先鋒冷冷地看著呂明松。「你們早就被定性了。」

隨著新出現的案情，新當權派被打倒，接下來幾個月，李振源他們這幫人，全都被重新審訊。柯吉善於交際，跟新當權派又混熟了，讓他進來探監，帶來外界的消息。新的當局對這群人進行再次調查。日子在刑訊拷問與柯吉透露葉雲被群眾批鬥的消息中交叉前進，日日夜夜，盡是悲慘壓抑。

原局長呂明松康復的情況良好，跟他此前判斷有差別，因為外面在政變時，他在牢裡已經待了一年，怎樣也不能算參與。新的當權派知道他只是受牽連，沒有為難他。現在他已經勉強可以自己站起來了，不用人扶，身上傷口幾乎都已結痂，骨傷也痊癒。葛先鋒倒是被嚴刑逼供，打得全身是傷。現下葛先鋒才是當局重點審查對象，呂明松等人已退居第二。葛先鋒躺在黑牢的小角落，沒人理他，除了李振源。李振源有時會去餵飯、分水，同牢的獄友見狀都啐了一口表示不屑。

葛先鋒的家人要來看葛先鋒，給革命工作組阻擋在外，打發走了。

李振源有一天問奄奄待斃的葛先鋒，你參加了政變沒有？

葛先鋒睜開疲憊的眼，看著天花板，喃喃自語：「真是冤枉，我沒有。但他們挖我其他的歷史。說我在一九五〇年通報臺灣的情形給南京，又說我是美國特務和日本的雙面間諜。我跟美國人接觸只有一九四九年，黨中央擊敗盤據臺灣的蔣軍和美軍，那時我負責美軍戰俘營的安全，那些老美跟我最深的接觸只有在牢裡每天我經過時說聲：「Fuck You！」他躺著，兩行熱淚從外眼角向下流淌。「做日本人的間諜就更是無稽之談了，抗戰時期，我甚至連日本人都沒見過。我犯了什麼罪？我不知道。跟南京通報這事就更莫須有了。我的胞弟被蔣匪幫槍斃，我的家被迫害，我與他們有血海深仇。我如何會通敵，做叛徒？如果上頭不信任我，幹嘛把我從中部調上來？可現在他們要置我於死地，我完全不懂。」

李振源問他：「那麼你又為什麼協助把我們定性成叛徒……」這一問，葛先鋒只是流淚，看著李振源說不出話來。

這天看守的人走到鐵門前，叫李振源的名字，他單獨被外部單位提審。囚車開了一個小時，把他矇眼載去一個地方。是個什麼地方他不知道，只曉得車子上上下下行駛了很久。當他的眼罩被卸下，他覺得亮晃晃刺眼，等他恢復視力，發現自己在一個大房間，兩面都有大大的木框窗戶，窗外陽光燦爛，綠蔭扶疏。這是一間日式木屋，有一個人坐在一張木桌後面，桌對面還有一張椅子。

這人不苟言笑，有五十多歲，臉上的肉很薄，體型精幹，沉穩莊嚴，典型的老幹部。

「坐。」他叫人取下李振源的手銬腳鐐，一手遞出一包解放牌：「抽。」

李振源一看，跟許多有軍方背景的人一樣，口氣和遞菸的手勢有種豪邁，說話就一個字，坐，抽，不多說一個字。不過此人不似軍人那樣粗鄙不羈，語氣的尾端是收斂自制的，雖然也有一種隨時　掉老命也彎不在乎的底氣，但他顯然是書生型的幹部。

他梳著一絲不苟、油亮的頭，左臉上靠近顴骨的地方有個小凹洞，像是青少年時期留下的青春痘疤痕，也可能是做了除痣手術。他的臉黝黑，雙眼皮，濃眉毛，手臂皮膚粗糙，手指關節粗大，李振源一看知道是長期吸菸所以手指上皺紋間也暈染著燻黃的顏色。李振源很久沒抽菸了，嗅覺靈敏，隔著桌子都能聞到對方渾身散發著一股菸味。他看到桌上的菸灰缸裡都是菸屍，滿滿的，猜想這裡審訊了很多人。

李振源的鞭刑傷口只剩背後一條條硬化的疤痕。但是他還是能感覺到痛。那痛其實是一種疼痛記憶，是幻覺。

這人的瞳孔仍然是黑而亮的，比呂明松還亮，不是清亮，而是暗裡透著光的亮。他的外表掩蓋了內在的精明，而且還有一般人不易察覺的殺氣。整個政府部門軍方背景的人很多，當然，那是因為共和國的大小官僚都是從戰場死裡逃生出來的，他們原先都是軍人，或者說必須穿上軍服的人，因為國民黨和日本人的追殺不得不對抗，直到解放了臺灣才解下戎裝，充當各式官吏。沒有人有這樣的眼睛，此人不是一般人物。

李振源想起陸繡山抽的也是解放牌，可能是共和國軍人最喜歡的香菸。李振源比較習慣抽辛辣口味的新樂園，不過此刻他無從選擇，他已大半年沒有菸抽，來者不拒。

「李振源？」李振源抬頭看他。決定抽慢點，好好享受。

「你已經死了。」那人說。

李振源菸還啣在嘴裡。他早被定性為「叛徒」，雖躲過了法院的宣判，但聽他這樣說，李振源還是怔了一下。

「我是中央反攻大陸工作組的黃念。簡稱中反組是直屬毛主席的特別工作組。先跟你說明，為什麼請你到這裡來。這是北部某師的運輸營，位在林口。選這裡調查是臺北現在鬧得很兇。在這裡你可以盡情坦白。所有對話都會記錄，呈報到中央。毛主席將親自審批這報告。若有冤屈，這是個平冤的機會。」黃念邊抽菸邊說。

李振源從驚訝變成半信半疑。黃念？不是中央社會部的情報首腦嗎？怎麼會親自上陣，他手下的人這麼多？而且以李振源對共產黨的了解，情報首腦不可能，或者說不應該輕易露面。而且，自認他李振源也不必什麼人來平反。除了安錯罪名，他並不冤。他覺得自己應該被視為貪瀆犯、謀殺犯，而非反黨反革命的叛徒。他死有餘辜。這十多年來他為了立功贖罪，害死了多少人。也許，這些業務眼前的這位仁兄還有點關係。只是李振源這還第一次見到共和國的情報頭子。

他們隔桌對坐。

「呂明松有沒有邀你加入過任何組織？」黃念盯著李振源，菸擱在菸灰缸邊沿。

「除了公安局黨委會外，沒有。」李振源斬釘截鐵回答。這些問題審訊過千百次了。

「他有沒有命令你去調查不是社會罪犯的任何人？利用職務之便偵查中央領導人。」

「沒有。」怎麼？李振源心想，還有人敢偵查中央領導人，不怕死嗎？

「沒有什麼？沒有社會罪犯還是中央領導？」

「沒有讓我調查過中央領導。」

「我們交叉審訊過各種參與其中的叛徒，沒有人提過你。當然也因為呂明松從來沒相信過你。我也相信你不必跟他一起冒死幹這些勾當。你們之間以前沒有淵源，雖然他一直在組織上推薦你，但是你們關係不能算深厚。我看過一遍你的個人資料。那可是厚厚的一大疊個人資料。你在日本當過留學生，受到人民政府留用除了是呂明松欣賞你，一路提拔，但據我知道戰前你跟呂明松並不認識，他讀公學校，你讀小學校，他念早稻田，你念京都府警校，而且差十年，你們不曾是同學，家裡的生意也八竿子打不著，沒有往來。你受到黨的重用真正起到關鍵是你的妻子葉雲。葉雲靠著在黨內的關係，向組織介紹、說服、推薦你。」黃念身體向後傾，微歪著頭避開菸燻到自己的眼睛，他翹著二郎腿，等著李振源的反應。

李振源覺得，不論這個傢伙真實的身分是誰，他很用功。李振源當然很清楚，是葉雲透過各種關係協助說明丈夫的偵查技術，對黨在臺灣的治安建設極為有用。但是，關於呂明松，李振源可不認為跟自己關係不深厚，他能有今天，沒有呂明松也絕對做不到。雖然他跟老呂幾乎是一種利益關係，但李振源感覺黃念的話透露了不一樣的信息，搞離間嗎？

黃念很有耐心地說話，好像在聊天一樣一邊抽著菸。但是李振源對這種革命語言感到麻木，又抽菸抽到有點暈。他強忍著，試著用同樣的語境回應。

「我的愛人目前被扣押，罪名是歷史反革命。她對黨那麼忠誠，怎麼還能是歷史反革命呢？她反了哪一段的革命了？我不明白。她在汪精衛手下做事完全是奉黨的命令，打入敵人內部做臥底。十年前肅清反革命運動時就已經交代清楚了。」

「這個等下我們再談。」黃念道：「呂明松，我是說，你對呂明松怎麼看？」

李振源提出葉雲，是因為他清楚任何審訊本質上都是信息交換。

「在局裡，呂明松兼任黨委書記，對黨的政策是貫徹始終的，做人做事忠懇負責。同時，他對我一直很照顧。」

「你太天真了。若是他對黨的政策貫徹，怎麼會同情臺獨分子？照顧你？哼，對你個人，他不信任你，還打過你的小報告。」

打小報告這個李振源知道。呂明松早就當著他的面提過。

「『不信任我』此話怎講？」李振源故意問。

「他沒有讓你參與他們的行動。這不是很好的說明嗎？」

「但這不也是保護了我？」

李振源這一頂，黃念沒有反駁，只是兩眼直盯著他。

「既然你都知道我沒有參與他們的活動，我不就是無辜的？還不放了我？」

「你們不僅僅是關於參與呂明松行動的事，你們這批人，也是紅頭文件指定的當權派，必須被打倒。」黃年用左手食指尖扣右手手背，那裡似乎被蚊子咬了一個包。

「你可以告訴我，為什麼當權派就要被打倒？」

「黨有黨的政策。在反攻大陸運動下，必須清理革命隊伍。黨的方針是，一、清除地方主義，二、清除個人主義。當權派都走資本主義道路。資本主義的核心就是個人主義。你們都是個人主義。而且涉及地方主義，黨認為，必須批鬥。」

李振源聽到批鬥兩字，又怔了一下。長年政治學習，他知道「批鬥」和「批判」差一字，差之千里。

「而且，你們這批人是敵我矛盾，不是人民內部矛盾。黨的基本方針就是這樣。」黃念補上一句。

「若我們是走資派，我們打倒這麼多資本家、富商、地主，奠定社會主義環境又怎麼說？怎麼會是走資派？」

「你們是機會主義當權派。」

「話都你在講。」李振源簡直七竅生煙。

黃念用口水沾了沾食指，再去塗抹那手背上的蚊子包。他開始四下搜尋蚊子，試圖拍掌消滅幾隻。「臺灣就是蚊子多。」他罵道。

「你不也是當權派嗎？毛不是當權派嗎？」

「層峰的派系，你不懂。」擊殺幾次失敗後，他懶懶地回道。換李振源沒話說了。

「你是臺籍，不同情臺獨嗎？」他回到椅子上坐好。

「我對政治不感興趣。」

「你沒有資格不感興趣。」黃念深深吸了口菸，緩緩吐出濃濃的白色煙霧，他的臉淹沒在煙霧彌漫中，半隱半現。「你這樣的反正幹部，時時刻刻都要警惕政治的變化。」李振源的嘴緊閉，態度很堅定，他不會出賣呂明松。

「你這樣是守舊的思想，是落伍的。我已經說了，你和他是不同的。你不必這樣。」

「那是不是證明，我不是叛徒？」

「你整天跟一位叛徒在一起工作，不論知道不知道對方是叛徒，這就有罪。知匪不報。」

「問題是不知。」

黃念靜靜地看著他。直到現在，李振源也看不出此人的一點情緒。

「跟你說大實話。如果我會出賣同志，你覺得我不會出賣黨嗎？如果我連同志都不會出賣，你覺得我會出賣黨嗎？」

聽他這樣說，黃念也沒有任何反應。只是抽菸。過了一陣子，黃念從抽屜拿出一瓶酒和兩個杯子。黃念把杯子推到李振源面前，倒酒。「喝。」他豪氣干雲地說。

李振源抓起杯子就喝起來。他很清楚這叫創造氣氛，軟化關係，說難聽一點這個人想用酒精麻痺我，鬆軟我的防備。但是李振源不管，他已經太久沒有喝酒了。

「我們看一個人，會聽其言、觀其行，還看他過去的歷史。不會這麼容易就輕信一個人的說詞。」

「請細細回答前面的問題。呂明松有沒有指派你去調查大稻埕管轄外的人？比如市委團隊成員，或是中央政府層級的官員？」

「剛才我不是說過了，沒有。」

「請你再細細說明。麻煩你。」

李振源微笑。他知道反覆問的原因是要找破綻。他決定無比耐心的回答他。

「平時都是我主動進行社會犯罪調查，對象是罪犯。無非是跟蹤、監聽，查緝，非常偶爾，我說的非常偶爾的概念可能是一兩年才一兩次，上面，我指呂明松，才交代一個偵查任務。」李振源道：「比如說，有一次要我跟蹤一位戶籍登記在彰化縣的王某在臺北的行蹤，此人是呂　松家的園丁，局長要我幫他調查。他不希望他家有內賊，我想這都無可厚非吧。並沒有調查中央領導人這種事。況且，我根本沒有那種高端技術！」

李振源一轉話題：「我倒是好奇，你當年是怎麼跟隨主席到臺灣的？」

黃念楞了楞，咧嘴笑了。

「我早在當年攻打南昌時就是紅軍幹部，這麼一晃都三十多年了。我們在東北，是有機會留下，但主席決定要走，我當然是跟著老長官走。可憐我那留在家鄉的妻小。估計他們在大陸不會有什麼好日子。」

「府上河南哪裡？」

「洛陽。你聽出來我的口音？」

「以前東南市場有一些河南籍退伍軍人，他們講話就是這個樣子。我也想親眼去看看洛陽白馬寺、伊水、龍門石窟，也想嚐嚐洛陽水席。」李振源憑藉豐富的歷史地理和文化知識順口說出。

「你對洛陽的寶貝如數家珍。」

從他臉上表情看去，黃念是真開心的。誰聽到自己家鄉的事，都倍感親切，尤其他這種離家這麼久的人。李振源也是為了套近乎，他連萬華龍山寺都不常去。

李振源一心想交換有用的東西。

「我的愛人，葉雲，現在什麼狀況？」

「你先回答我的問題。」

「不是回答了嗎？」

「那個回答有用的信息量太少。」

有用的信息量太少？行。

「一次是要我弄清一個殺人嫌犯的犯罪事實，因為此人是某部長的兒子。」李振源再祭出一個故事，希望能娛樂這人。

黃念嘴上叼著菸，專注看著李振源。「是哪個部門的首長？」

「前　道部馬志兵部長。」李振源進入回憶：「我轄區發現一名女子遭殺害棄屍，手段殘忍。這是三年前的案子，案子因涉及本黨高幹的家屬，處理得很低調。呂明松要我親自上陣。後來我調查出來，馬志兵的兒子是被冤枉的。犯罪者是他的朋友，壞朋友。與他無關。」李振源感覺腰有點酸，學黃念背靠椅背。酒精發生作用，他的思緒放鬆了：「馬部長因為兒子冤屈被洗刷，特別來到公安局對局長致謝。甚至送了『公正廉明』匾額，現正掛在大稻埕局長辦公室外面的小會客室。」

從他說話的用詞、思維，李振源判斷黃念在大陸至少念過中學。而憑黃念的口音，李振源剛剛已猜中他的省籍，他其實還猜中他的文化程度，只是他不想對他透露。李振源因為是偵查出身，特別注意口音，學習認識腔調。他能分辨出日本方言腔調，像是東北腔、關西腔、近畿腔、沖繩腔他都能細細分辨出來。建國以後接觸大陸人，沒幾年功夫，南腔北調他一下便能分辨出來。

「老實說，我不覺得呂明松是會出賣別人的人。也不會叛黨叛國。」李振源吊他胃口。

「此話怎講？」

「我的愛人，葉雲，現在什麼狀況？」

黃念不說話。李振源也不說話。

李振源的意思很明白，我要的訊息和東西先解決。否則不再給你信息了。很明顯，誰都知道若不滿足李振源，就問不出來什麼東西，僵在這裡。

「你愛人的問題，我保證等一下給你滿意的答案。」

李振源半信半疑，但也無從選擇，人為刀俎我為魚肉。

「呂明松是一個共產主義者，反帝鬥爭的戰士，十七歲從臺灣到上海參加革命，對抗帝國主義，抗日、對抗國民黨、又轉戰到臺灣，他要叛黨早就叛黨了何必等到現在？現在哪裡也去不了，失敗了他逃去哪裡？又不能去大陸，也不能去日本。我做警察二十年了，說真的，我一眼就看出來了，他這種人對黨和革命可以說付出了一生的代價，你們都是老幹部怎麼會不懂？」李振源開始用他的誠意回應黃念。

「人生是漫長的，早年投入革命的人，付出一切。沒錯，是通過了考驗，但人到最後最難的是自己那一關。你有看過他的生活？李振源，你去過他家嗎？你知道他在馬列山上有棟祕密花園嗎？呂明松是共產主義的鬥士，但那是在大陸，可是現在，他變了。」黃念臉上的那個洞看起來更深了。「生活腐化，作風腐化，操守敗壞，意志不堅定，同情敵人。這些難道你看不出來？他已經不能算是共產黨員了！」

「我記得毛主席曾說過，看問題要看本質，看幹部要看大節，不要看小節。若糾結生活小節問題，那是聖人才能完美，共產黨員比的不是聖人操守，是組織紀律。」李振源反駁道：「我去過他家，也去過他的花園，那房子可以俯瞰淡水河入海。恕我直言，他若是腐化，整個共和國的官員都是腐化的。仔細要查的話，我敢說每個黨員都有問題。多少幹部過得都比他享受，他們也不能再算是共產黨員嗎？那整個國家沒有幾個真正的共產黨員了。就你和毛主席是黨員，你不害怕嗎？」李振源盡量心平氣和，但顯然音調有些上揚。

「你穿著日本製的鞋子，是不是走資派？也不是共產黨員嗎？」黃念怔住了，低頭看了自己腳上的鞋。這是走私的鞋子。李振源眼尖，就算拆了牌子，他一眼就看出來，這是日本人在美國製造的。他的偵查技術，無非多年累積對細節的觀察力。

「你真不是蓋的。」黃念的臉紅了一下又恢復了。這是李振源第一次看出老狐狸的心理變化。

「他有沒有包庇臺獨、同情臺獨分子？這就是大節上出問題。」他的態度無比堅定：「共產黨畢竟是一個政權。不忠於黨的政策，不忠於黨的領導，就是叛黨，他放走臺獨分子，數典忘祖，就是叛國。更何況，他們進行的是政變，要刺殺黨的領袖。還好他們的陰謀詭計被粉碎。」

「我不知道他包庇臺獨，我也不知道他們的任何政變行動，我不是他們的一夥。」

從頭到尾，他都不知道政變怎麼進行。

「同志，你是不是去過莫斯科？」李振源轉變話題。黃念又一怔。

「我是去過莫斯科。」黃念問：「你怎麼知道？」

「你的問法都是俄式的，是一種浸入式的，也就是建立與審訊犯公平的深層的關係，是倚重心理變化的審訊。這種審訊方式，是蘇式審訊的特徵。你應該在蘇聯受訓。」

「你真是不簡單。」黃念：「既然如此，我們就彼此交心吧。」

李振源笑。

「怎麼？」

「還是俄式的。」

黃念舉起杯，顯出欽佩的態度：「喝，臺灣能出你這樣的人才，真不簡單。我終於懂呂明松為什麼欣賞你了。」

「按照你前面的說法，我受到黨的重用，真正起到關鍵的不是他。」李振源舉起杯，一口悶了酒。恭維對我起不了作用，他這樣想。

「葉雲，現在關押在什麼地方？」李振源仍不死心，趁勢詢問。

「三峽監獄。」

三峽監獄是著名的軍事監獄，專門關押重案罪犯，臭名昭著，弄死人不償命。

「噯！」李振源想到這個監獄的待遇和環境很糟糕，火氣上來了。「你們真是太糊塗！太亂來了！你們憑什麼把她關在哪裡？」

黃念沒看他。只是大喝了一口酒。看上去也不心虛，好像他決定人的生死天經地義。

「你們給她定什麼罪？完全是子虛烏有。倒底有什麼證據說他反叛？就說我吧，我也被定罪是反黨叛徒，我李振源反黨做什麼？我只會抓壞人，又不懂政治，也沒有野心，我反黨幹啥？根本是誣陷！我是反正幹部，你可以說我根不正苗不紅，但葉雲是你們最好的黨員，曾為你們出生入死，你們不珍惜，偏偏把人往死裡整！」

黃念一隻手握著酒杯，不知道什麼時候開始用食指和中指腹在杯上不停地敲，似乎在想什麼，但李振源也不在乎。他是來套情報的。但李振源唯一想要的是從他身上反套出更多想知道的事，看看能不能為葉雲做點什麼。

李振源心想，這位中央要員一定有需求，只要耐心，就會看出來。李振源承認，中央要員有一定的水平。他的態度嚴肅認真卻不嚴厲，果然不一樣，很快就讓自己想要合作。

黃念沒說話，只看著李振源。也說不上是生氣，李振源覺得他可能又有點語塞。這傢伙講話慢，但是思維敏捷，按部就班，四平八穩的讓人一步步進入他的邏輯和遊戲。有計謀的理性，就是此人的審訊武器，無往不利。

黃念起身在室內走動，然後推門出去，出去之後門也沒關，李振源可以看到外面的走廊，沒有人看守。李振源獨留在屋內。看著這斗室，沒有天花板，屋頂上面有木梁，木梁上是木板和瓦片，牆壁是白色的，掛著毛主席的畫像，這幅畫像是不太常見的一種，看起來不是制式公發的複製品，有可能是出自美術高手。他想起吳富國畫的毛主席，跟這個風格完全不同。他心想，若要逃走，現在正是時候。憑他的身手若不從走廊，還可以爬上屋梁穿破瓦片。但逃得了這個屋，逃得了營區，逃得了臺灣嗎？況且葉雲還等著他營救呢。

過會兒，黃念回來了，手中拿著一把壺和兩杯子。黃念把酒倒到壺裡，又把壺泡在一盆熱水裡。「年紀大了，涼的酒喝得胃不舒服，咱還是喝熱的吧」。真格是喝酒聊天。席間，黃念還去不知哪裡取了一些包子、饅頭和紅薯當作點心。黃念不再談有關呂明松的事。他反而對李振源的過往大感興趣，兩人天南地北的聊，聊到了中午，叫人送飯進來，一邊吃飯一邊聊。

「你從日本剛回臺灣就參加了讀書會？」

「戰後本來有機會正式入黨，我沒完成宣誓，我的介紹人就被逮捕，遭到國民黨槍斃，還沒查到我，黨就解放了臺灣。這段歷史上面曾來調查過，對我的經歷他們找不到確實證據，我當年當然把所有證明與介紹人有關的東西都燒掉了。沒有人可以證實我當時的思想和狀態。黨內對我進行過詳實的調查，沒有任何證據顯示我對黨有什麼不忠。但這些年來，始終一直對這個問題糾纏不休。」

「如果你真在日本時代就啟蒙了。這不簡單，何況你還是世家子弟。」

「你知道建國後我們被定為神棍惡富階級受到什麼待遇？」

「關著門我才跟你說。我認為黨對地主、富商的剝奪政策不是完美的。但我們人微言輕，也起不了什麼作用。」李振源頗具深意的認真看黃念，覺得這人這樣套近乎也是膽子不小。

「貴閣下為中央反攻大陸小組成員，想必也長期是大領導，這樣都人微言輕？」李振源心想這樣的話你也敢對我說。

「我也必須聽命上頭你說是不是？」

「你倒底是相信主義還是相信領導？」李振源不假辭色。

「我相信我的領導。」意思就是毛主席。

「我也相信我的領導呂明松。呂明松的作風也許有瑕疵，但做一個共產黨員，他沒什麼問題。你知道真正的社會主義者相信公平，相信平等，不會相信自己有一個領導人高高在上像個神。我們已經推翻了帝制，趕走了皇帝、天皇不是嗎，怎麼又捧一個上去？」李振源心想，反正這最後一餐飯，有什麼說什麼。

黃念盯著他看，嘴巴閉合很緊。

「我已經是死刑犯了，有什麼好怕有什麼不敢講的？」

黃念大笑，他用長者的表情誠懇的道：「但是你走出這裡千萬別再說這種話。」

「走出去？我還能走出去嗎？」李振源也搞不清楚是酒的作用還是豁出去了，走到這一步，他拿捏不準世上大部分的事了，他誰也不相信，也不寄予期望，誰都沒有義務去承載他的期望⋯他們兩人相視苦笑。黃念從桌子抽屜又拿出了一瓶酒，這比剛才那瓶高粱要厲害——茅臺。「收繳的走私匪貨，罕見高檔品。聊得愉快，不如來喝真正的好酒。喝累了就睡在這裡，不用回大牢。」黃念道。

遠遠的，傳來軍歌和口號聲。黃念說這是軍營，看來不假。李振源沒有手表，失去了時間感。但他從軍歌那種軟綿綿又氣噹噹唱腔判斷，應該是吃飯時間。

黃念看著李振源，嘴巴緊閉，過了一會兒才說：「我下面要說的話，你仔細聽。」

李振源心想，只要有耐心，審訊者的需求總是會出現。

「說說看。」

「這個問題攸關你愛人和女兒的安危。」李振源整個人都精神了，豎起耳朵。

「你被關押之前在調查吳富國命案？」黃念吸了一口菸，緩緩吐出來，好像飯後談天一樣輕鬆。

「是。」李振源心想，你怎麼會不知道。

「你知道什麼？」黃念被煙燻得瞇起眼睛。

黃念玩弄那根牙籤，剔牙，又像反覆咀嚼、死死咬住什麼微不足道的敵人一樣。

「他愛賭兩把，賠了自己和愛人的老命。」

李振源覺得自己看見黃念閃過一絲笑容，不過稍縱即逝，再也看不見痕跡。他為什麼關心吳富國命案？

「他的錢從哪裡來？」

「還不清楚。」李振源察覺黃念有點　色。他心跳加速。

「你知道錢流向了哪裡？」

「這個我也還沒搞清楚。不過他在一間叫南區招待所的地方，花了不少錢。」

這間屋子是木造建築，應該是當年日本時代蓋的，現在已經顯得有點老舊。空氣中除了菸味，還有淡淡的木頭味。窗外有鳥鳴，陽光透過樹枝，灑進窗戶，光影映照在木頭地板上，隨著枝葉產生晃動效果。房子很大，挑高比較高，可能以前是陸軍醫院、宿舍什麼的。陽光這麼美，樹蔭這麼涼，李振源心想自己這時應該好好享受陽光的沐浴，跟著女兒散步在公園，而不是在這。

黃念靜靜看著李振源。李振源覺得黃念雖然沒說話，但他的氣息中有火藥味。李振源終於感覺黃念開始掩蓋不住情緒，這表示，一個人正在談論或思考的是真正在乎的東西。

「南區招待所只是一部分。」過了好久，黃念才道：「你覺得這個案子到底什麼問題？」

「兇手本身很矛盾。」

「此話怎講？」

「殺害吳富國的，我看不是職業殺手。倒是殺他愛人的兇手是專業的。」李振源一口飲盡杯中物：「同時，鐵道部還有東方號列車長和乘務員命案。只是雖然死者同屬一個單位，殺人手法卻不同，不像同一人所為，吳富國像是被報復，他愛人，以及列車長和乘務員像是滅口，而且故布疑陣。可惜，我正逼近真兇，就失去了自由。現在兇手可能隱蔽得更徹底了。」

「你懷疑殺吳富國的兇手不是專業人士？」黃念的眼神很認真。

「不敢完全這麼說，但被虐殺是確定的。不像是為錢。欠錢被砍斷手腳時有所聞，誰會為錢切除人家生殖器呢？」

「切斷生殖器？」

「是的。乾淨俐落。」

黃念微微點頭。似乎認同他的論斷。

「列車長和乘務員的命案，你覺得跟吳富國命案也有關？犯案手法有什麼特別？」

「笨。」

「對不起？你說什麼？」

「笨！兇手可能很會殺人，但對命案調查一一竅不通。兇手故布疑陣，但手法笨拙。吳富國和愛人命案，顯然兇手比較懂警察調查命案的方法，盡量避免留下破綻。」

「但還是逃不過你的眼力。」

李振源嘴角上揚。

「這幾件命案，你覺得彼此相關？」

「目前還不好說，但我直覺，大有文章。」

「那你覺得呂明松和這些命案有關聯嗎？」

這個聯想很有趣，李振源從沒想過。呂明松被定性為叛黨集團成員，同情臺獨，但他真的什麼也不知道。他和命案有關嗎？呂明松和鐵道部？

「目前為止，我沒看出什麼關聯。」

高層首腦級人物，喜怒不形於色，就算難掩情緒，特別是老練的政治家，他們可以立刻控制身上所有機能，包括物理的和心理的。一直暗中觀察，李振源驚奇地看到黃念的火氣，逐漸消散於無形。這個人真可怕，他意識到。接觸過的人這麼多，李振源早能從對方的氣息，對話間的磁場，感受到彼此間的親密近疏。

但他判斷不出這個人的。

「你為什麼對鐵道部的命案感興趣？你懷疑呂明松涉案？」

「我最關心的，是吳富國的錢流向了哪裡？等下我會告訴你原因。」黃念道：「你若是願意把這個案子查得水落石出，我可以安排你回到原職，戴罪立功。」

戴罪立功？李振源思緒萬千。是說，不用死了？但他要這樣回歸原職，其他人呢？不會覺得他是叛徒嗎？

「你若是願意繼續查下去，完成任務，我還擔保你的愛人和孩子的安全。」黃念道：「表面上，你回到大稻埕公安局辦案，但你直屬於我，向我報告調查進度。這對你來說，再簡單不過，你就只是去破案。」

李振源一時不知該說什麼。能解救葉雲和孩子？這刺中他的要害。

「你願意嗎？」

「憑什麼你就相信我李振源一個人單槍匹馬能幹這事？」

「你過去的成績。破獲特工案，共和國還沒有超過你的。」

李振源愣了一下。看來呂明松說的對，只要無可取代，共產黨有需要，他們會善待你。一旦你沒有利用價值，對不起，共產黨公事公辦，絕對無情無義，立即遺棄你。對李振源來說，黨有黨的鐵面無私，他有他的人情義理。葉雲給李振源很多，他的命可以不要，可是他欠她太多了。更何況還有紅紅。若是紅紅沒有了葉雲，那將是多可憐的孩子……他曾暗暗發誓，他一定要救她回來。無論代價是什麼。

「葉雲並非反革命問題。她的問題我了解過，她曾在偽政府下的中國銀行工作，這都得到證實。但是當時她的組織領導胡雪，現已被確定匪黨的雙面間諜，葉雲本身是不是，目前很難證明。但按照我黨傳統，胡雪這條線全都要清除，確保黨的純淨與安全。」黃念吐了口煙霧：「你知道，現在要反攻大陸，我告訴你，最快三年，最慢五年，就要實行。我黨現在最重要的就是清理隊伍，清理掉可疑的、有問題的黨員，留下忠貞的，貫徹黨意志的，執行黨決策的。我們沒有時間和機會，容不得閃失，否則我們就回不去了。」黃念說。

胡雪是雙面諜？這他第一次聽說。原來葉雲被抓是受到入黨介紹人牽連，歷史反革命不過是一個由頭。

「反攻大陸不是更需要人才？怎麼要大量清理人？」李振源想替葉雲辯解。

「反攻大陸是大規模戰爭。戰爭是殘酷的，但也是講求效率的。我們已經記取失敗的教訓。只要人是對的，就能精準打擊，不需要一堆無用之人。我們做過檢討，內戰之所以失敗，就是派系傾軋，情報失準，加上一連串錯誤命令所致。」黃念說。「你們夫妻倆的性質很接近，都是上線聯繫人變故，留下的證明薄弱，讓你們受到牽連。」

李振源只是發愣。誰是無用之人？誰的命令一連串錯誤？

「但我這次會將你的妻女保護起來。挽救我黨優秀同志。」黃念說。

過了好久，李振源語重心長道：「你們都是這樣對待曾經在第一線冒險犯難工作的同志，我不知道以後誰還會為黨盡忠。葉雲是很難得的黨員，你們卻要除掉？」

「所以我才來補救不是嗎？」

「你能保證葉雲和我女兒的安全？」李振源半信半疑。憑黃念一個人就能將他的家人保護起來？反過來說，是不是一個人也能讓他家破人亡？

「不僅如此，我還將你官復原職。當然，為了掩蓋你的真實任務，免得其他人懷疑，會在合適的時候讓你自自然然回到工作崗位。」

「但你會立即將葉雲調離三峽？將我妻女安排妥當？」

「只要你有誠意。」黃念道。

李振源猶疑了下，發現除此之外別無選擇，於是微微點頭，用他的眼神表示。

「很好，」黃念舉起酒杯，「來，我敬你。我黨的好同志。」

李振源一口喝完杯中酒。他的心緒奔騰，他這樣同意會不會太草率？可是他有什麼選擇？沒有。他的剩餘價值只剩下為妻女做一點事。

「我來介紹一下這個案子。」黃念道：「有批叛徒陰謀政變，但我瓦解了他們的行動。這些人幾乎都是黨培養的精英。他們是有組織的武裝叛黨集團，忠勇同志會。遍布我黨各部。他們有軍隊、計劃、資金。吳富國負責他們的帳務負責人。呂明松放走的臺獨組織——青山會，跟這個叛黨集團合流。」

李振源很震驚。青山會？此外還有個叛黨集團「忠勇同志會」跟臺獨合作？更奇的事，吳富國竟然是帳務。

「臺獨的政治主張是脫離大陸政治脈絡，追求臺灣的獨立地位；忠勇同志會反對黨的反攻大陸政策，不主張革命進行到底。兩個組織因為共同利益合流。一年前，青山會在外動員，忠勇同志會在內，裡應外合，企圖以臺北為核心，聯合地方勢力、市黨部，市職能單位，調度首都統治機關包括衛戍部隊、市公安局、偵查機構和非法地方民團，包圍機場、車站，圍堵淡水、汐止、三峽等關隘，封鎖進出臺北市的要道，企圖包圍並推翻中央。所幸，我事先掌握了消息，粉碎了他們的陰謀詭計。他們的核心人物是市委顧家碩，他承認自己是國民黨的潛伏。」

李振源現在完全明白，那天在法院外頭，見到的大規模部隊調動，就是政變現場。

「中央社會部，政治保衛局，難道不作為？」

「你以為，我們的工作只由內部人員推動嗎？當然不是。黨的地下工作，由內部驅動，但消息七成都由外部活動人員提供。況且，不瞞你說，黨的情報部門也遭到忠勇同志會滲透。不可全信。」黃念道：「由於敵人出身我黨，了解我黨地上和地下所有工作、運行模式，所以能有效反制我黨的查緝。他們隱蔽很深，遍布各個單位、機關。兩年來，我們逮捕了一小批人，但完全鎖定不了主謀，以及主要骨幹。他們似乎是去中心化的組織。現在我們的策略是切斷其資金鏈，這樣他們也無從行動。我要你把忠勇同志會的金流查個水落石出。他們的資金有部分我們已經掌握，數額六百萬，多半是腐敗所得，來自人民和政府，現在資金去向我們不清楚。但只要缺少經費，他們的人和組織就會自動瓦解。我要你找回資金交給我。這個組織，你不用去管，我留著他們有利用價值。我希望借助你的長才，找到那筆錢，交給我。你的行動只向我報告，不透露給任何人。」黃念用強調的語氣道：「這個案子，重點是破壞資金鏈，取回資金。」李振源不可思議的看著黃念。

「關於你的行動，我會給你一筆經費，不需報銷。」黃念道：「只要你找到資金交到我手上，我保證能保護你的愛人和小孩。現在局勢混亂，反攻大陸不可能永無止境待命，總有啟動的一天。我可以拖延，但久了誰都沒把握，你趕緊切斷他們的資金鏈，把錢找回來，那麼我可以在工作組上為你們說情，特案處理。不說廢話，你不為自己，也應該為你愛人考量。」

李振源一時間不知道說什麼好。他祖上世居臺灣，反攻大陸真的不是他的戰爭。況且他知道，現在全國鬧饑荒，拿什麼去餵養軍隊？民眾怎麼辦？然而他該對葉雲負責。他有種進退為難之感。

黃念從抽屜取出文件夾。「你的案子我們調查得很清楚。」黃念道：「操守上，你不全然乾淨。工作得到的財物，分給局裡上下，這些我都知道。」黃念沒表情，不是責怪，也不是縱容，無從判斷態度：「但就像毛主席說的，看人要看大節。這些我都不追究，可以睜一隻眼閉一隻眼。只要你戴罪立功把他們的資金鏈給破了，資金給我，你的貪瀆一筆勾消，你的妻女也能得到安全。」

「六百萬？」

「六百萬。」

不知何時，天早黑了還下了雨。窗外是潮漉漉的雨夜，室溫有點涼，李振源這才明白，黃念早做好萬全準備，勢在必得。最終他還是跌入黃念網裡。他雖看出黃念的需求，但他根本沒有選擇，必須按黃念的命令去做。

黃念怎麼知道錢的分流去向？他雖然提到錢分給局裡上下，但沒說是哪筆款、金額。李振源暗忖，他到底知道多少？他沒提到柯吉、陳瑞雪，表示他不知道？呂明松和所有分到錢的人，都只知道自己那部分。

接下這個任務，黃念似乎把他當成自己人對待，敞開聊。從反圍剿，渡江戰役死裡逃生，黃念跟他說自己一直從事地下工作，到了解放戰爭後期，戰場上軍人都死光了，他投入軍事鬥爭工作，在第一線與敵人肉搏。他描述自己如何從華中戰場化妝成農民逃到上海，再從上海搭船到營口跟主力部隊會合。

李振源這才知道原來眼前的高官竟有過如此狼狽的經歷，從生死邊緣撿回一條命。能活下來，都是頑強堅忍，足夠機靈。他竟然有種安慰感，不是只有自己的經歷最慘。可是，當他惺惺相惜之時，又想，人家現在官大權大，飛黃騰達；而我卻只是人家的一顆棋子。李振源感覺此人是那種大膽、不怕殺頭的人。模糊感覺得到，黃念一定對不起過什麼人而不願意再這樣活著。但既然活著，就要做點什麼事贖罪。兩人喝到晚上十一點，已經暈暈乎乎，黃念還弄來兩張折疊床，兩人就睡在行軍床上。黃念迷迷茫茫中一直嘆說自己的大批戰友在撤退到東北的路上殿後，為主力部隊阻斷國軍的攻勢，最後都命喪華北而他竟然奇蹟般活著。

黃念跟他透露近期東亞局勢，自從南洋反抗軍擊退各地的日軍，日軍從越南、柬埔寨、泰國、緬甸全面北撤，最後一支盤據在菲律賓的殘部，最近也被反抗軍擊敗了。臺灣與菲律賓的海面原本被日本人封鎖，現在完全收復了。所以日本才要和毛主席合作，建立互不侵犯條約，並且給予共和國經濟援助，牽制美利堅亞洲流亡政府、國民黨軍隊與蘇維埃流亡政府。

他恍然大悟，日本在南洋到處受挫，需要新的支持力量。日本強大的海軍要去保衛朝鮮半島的朝鮮滿洲國不受東北的蘇維埃流亡政府威脅，陸軍要對付華中和華北的國民政府，日本需要臺灣，恰恰毛主席需要反攻大陸的支持者。毛主席跟日本人合作除了對付蔣匪國民黨反動派，也可對付王明傀儡政權。黃念說：「像你這樣在日本留過學的，現在是對日統戰的重要資源。」

他們聊到國務院前方正興建的毛主席巨大雕像。與雕像遙遙相望的人民英雄紀念碑是用花蓮運來的花崗岩製成，它建立在臺北老城門景福門的原址上。

隔天一早，黃念就叫人送李振源回大稻埕。臨走前，黃念拉著李振源的手道：「兄弟，你委屈了。現在是非常時刻，我能做的也有限。但我會想方設法拯救我黨優秀的同志。你先回去。我這裡條件都等到了後就幫你想辦法。」

「就算你沒救成我，我也無所謂。但請務必拯救我的愛人和孩子。」

「只要我還有能力的一天，我會盡力。但你知道時局變化有多快。祝你成功。」黃念雙手握著李振源，兩人深刻的注視彼此。

回到黑牢後，很多人都以為他被處決了，急切地圍過來問李振源去哪了。李振源一五一十講述這兩天的見聞。

「先不論這個自稱為『黃念』的人是不是真的黃念本人。黃念是中共中央社會部部長兼書記，中央政治局候補委員，紅一方面軍重要軍職出身，毛主席的親信。他被選入中央反攻大陸小組，可見這個工作組是毛主席的人馬，應該是老人家親自召集的。」政治保衛科王志航分析。

「與日本合作，藉由日本協助，我黨可消滅東北偽政權，打倒老蔣。但這麼做，等於是和蘇聯流亡政府徹底決裂，在人家最需要時背後插刀，社會主義兄弟般的擁抱變成互砍。對日本來說，是藉著臺灣之手，消滅殘餘的蘇維埃及其附庸。說到底日本的軍火商才是最大贏家。因為臺灣將全面結束武器取得困境，全面採用日系武器。毛主席真是務實，老謀深算的政治家。但這人是真的黃念嗎？」

「我怎麼知道？我沒見過他，也沒有他的照片問世。畢竟是情報首腦。」李振源道。

「從你的敘述聽來，的確像是黃念。大革命時期我見過此人數面。」呂明松道。

「怎麼說老謀深算？」尤基悟問。

「對我黨來說，寄望兩面三刀的蘇維埃已經不靠譜了，毛主席學會兩面三刀的精髓。要反攻大陸，必須依賴真正有此需求和能力的日本帝國。」王志航道。「轉身和資本主義帝國合作，把回到神州母土當成唯一合理的政治目標，表示我黨的政策靈活，不拘泥立場，畢竟沒有永遠的敵人。」

「他有提我的案子嗎？」呂明松問。

「我們私下談。」李振源觸了一下老呂的膝蓋。待李振源一一回答所有人的疑問後，他拉著呂明松回到角落，悄聲道：「黃念一開始一直問我你的問題，問你有沒有邀我參加什麼團體。有沒有調查什麼中央領導人。我據實以告，的確沒有。但到最後我反問他你的問題時他又一直閃避，不肯改變論調。他問我的問題得到我否定的答案後，不再追問。」

「他還知道什麼？」

「這些年我們錢的流向、你對臺獨分子的同情他也清楚。」

「他怎麼可能知道錢的分配？」

「我也奇怪。我這邊不可能有人透露。」

「你被審訊了一天一夜？」李振源沒回答。

呂明松看著李振源，一句話也不說。

黑牢又恢復以往的無聊，但本來已經結束的刑求，隨著外界政治運動再次開展，各種刑訊又重新啟動了。眾人叫苦連天，罵聲連連，看守的人解釋，這已不是審訊而是政治運動。每日固定一段刑訊，夾手，挑指甲，做噴氣機，上老虎凳。他們三天兩頭被叫去參加軍隊或黨的文宣部門組織的學習班，學的是《大陸是我們的家鄉》、《原鄉人》、《反攻大陸理論》、《毛主席言行錄》等課程。

課程開始先是領讀、講解，再來把囚犯分為幾個小組進行討論。參加的人除了大稻埕公安局原幹部，也有地區糧食局的、地區軍隊和來自大學的行政部門。由於臺北市公安局的大部分人被定為敵特、內奸、叛徒，可能面臨死刑或無期徒刑，管理者見到他們，好像看到赴死之人，往往肅然起敬。李振源沒看見其他公安局的人，判斷可能是不想他們彼此建立聯繫，互通消息，因此分開審訊。但既然是死刑犯，他不太明白為什麼還要試圖改造他們的思想。改造好了再殺嗎？他料想的沒錯，隔了沒多久，他們就不再被叫去上這種學習班了。

取消上學習班之後，刑訊的時間反而變長了，也變兇了，審訊的人從以前的同志，變成不認識的獄卒，公事公辦將每個人都打得體無完膚，奄奄一息。拷問者發明了一種極為惡毒的刑訊手段用在呂明松身上。以一根鐵絲，硬生生穿過呂明松的兩只大拇指，把他掛在高處，靠著拇指的肌肉承載全身體重。他被全身脫光，先是水澆，再用電夾夾住身上的穴位後電擊。電穿過鐵夾深入人體，在身體裡形成一圈封閉電路。呂明松反覆昏死過去。他們再用水澆醒他。呂明松曾想要一頭撞死，試了幾次力氣不夠，只把自己撞得滿臉是血。又試圖咬舌自盡，被救回來後，獄方把他整天綁起來，嘴巴上塞根棍子固定，不再讓他有機會自戕。呂明松滿眼血絲，狀似發瘋的野狗，見到獄卒就發狂。獄吏規定只要呂明松再度試圖自殺，所有人的刑罰就連帶加重。

刑訊像上班一樣，白天審訊的人來上工，他們被打，晚上審訊者下班，他們也回到黑牢休息。

仍是窗縫的陽光開啟他們的一天，也是那道希望之光消失，結束他們的一天。他們全身爬滿白蝨，也無力氣去掐死。萬幸的是偶爾輪到好心的看守，會在白天給他們偷偷開燈。晚上獄卒就不敢開了，外面一看就知道。囚犯們很珍惜有光的時刻，因為沒開燈即使白天他們也是在黑燈瞎火之中，除了出去提審、挨鬥見到光，只有開燈能看清彼此的臉，閱讀、交流和動動腦，否則覺得自己像個蠟像。這天，他突然在睡榻下摸到之前藏起來的《心經》。閒著也是閒著，便讀了起來。

> 色即是空，空即是色，受想行識亦復如是。

他挺直了背。

> 無眼界，乃至無意識界；無無明，亦無無明盡，乃至無老死，亦無老死盡；

眼淚簌簌地從他臉頰流下。他閉起眼睛。

> 無罣礙故，無有恐怖，遠離顛倒夢想。諸法空相，不生不滅，不垢不淨，不增不減。

李振源涕淚縱橫，臉朝向牆壁，以免被人看到。

沒有人給過他如此巨大的救贖。自我訓誡、集體主義、同志情誼不曾；社會主義、誠實無欺、名聲不曾，連性愛都不曾，接近死亡的經歷不曾，通通不曾給過他如此平靜。如果一切都是空，一切都是空相，一切都是徒勞，徒勞本身是最絢爛的夢想，不執著，包括空相也不能，執著就是罣礙，遠離執著就是自由。他心有戚戚。

黑牢的日子並沒有持續多久。上頭可能發現這群叛徒是漏網之魚，他們不應得到這麼好的待遇，於是某天他們被一輛軍卡轉移到著名的三峽監獄。這是在一座山麓上，巍峨的山嶺，白色高牆的大監獄，建於一九五二年，起初是關押肅反鎮反的政治犯，後來是重大罪犯。這幾年人少，因為大部分人都被分散到四大離島監獄：綠島、澎湖、蘭嶼、琉球，他們併稱「南臺群島監獄」。三峽監獄成了專門關死刑犯的地方，人稱「匪徒的最後一站」，裡面有死刑犯、有刑事犯、也有政治犯。李振源以前破獲的敵特不少人被送進這進三峽監獄另一個意思是，他們離死亡愈來愈近了。這裡的人犯不需要改造，他們是即將被清除掉的渣 。

在三峽，李振源多方打聽，葉雲確實曾經待在這裡，但已經被轉移。這所監獄環境條件更惡劣，獄卒不認識他們，對他們也沒有一絲敬意。可能看過太多死刑犯。

這裡故意整人，三餐吃不飽，飲水缺乏，更別說衛生條件了，二十個人關在一間四坪大的牢房，共用一個蹲式馬桶，馬桶頭有個漏水口，水是一滴滴流的。這是牢房唯一的水源，你要刷牙漱口，得一滴滴接住這水；大便要沖也用這水，接滿才能辦到。完事你還要用牙刷去刷馬桶，刷自己的大便殘跡，必須刷的乾乾淨淨。

比起黑牢，這牢房空間更為狹小，人數更多。他們睡覺時必須側躺，獄友必須一個個排整齊，頭腳交錯才能有足夠空間躺下。到這他們才知道，全臺北受到牽連的人有多少。這裡人滿為患，每天都排定一些人執行死刑，以便牢房能新陳代謝，騰出空來。

死刑通常是早晨天未亮執行。可以聽見腳鐐拖地的金屬脆響。從牢房拖到走廊盡頭。大約半小時內，就會聽到槍響。金屬脆響連結死亡，在每個人心底刮成一道道痕跡。

被移監的第二週某天清晨，呂明松被叫出去。獄卒來叫他，不解釋也不回答囚友們質問。大家都明白了。

呂明松很淡定。他一把抓住李振源，在他耳邊道：「若活著出去，看在緣分，請照顧我的妻小。」李振源伸手掌在他臂上按了兩下，不知道該說什麼。

呂明松抱緊李振源，對他耳語：「兄弟，靠你了。」

呂明松推開他，雙手抓住他的肩，眼神堅定不移：「做個好男兒。」

黑暗中，呂明松轉頭跟大家道：「兄弟先走一步。你們若誰能離開這裡，不論年齡多大，一定要充實學問。我就是認識太少，才有今天的下場。珍重了！各位。」

呂松明爽朗地，沒有哭，沒喊冤，就這樣離開了。當晚，一位獄卒來告訴大家，呂明松被釋放回家了。

大家面面相覷。

過了好一會兒，王志航才說出自己的想法。「我有不好的預感。」他皺眉頭道：「怎麼可能前面進行了這麼多工作，後面平白無故放了他？」大家沉默不語。

隔了半個月，那位獄卒又來告訴他們，新聞說呂明松在自己家裡上吊身亡。李振源沒想到自己會掉淚。現在大家明白了，像呂明松這樣的臺籍資深黨員如果被處死，不好看，逼他自殺是最合適的手法。當局還會批判他這是「背叛革命」或「放棄鬥爭」、「自絕於人民」，不僅反動還自私，是破壞革命事業的極端政治行為。當天稍晚，王志航分析，呂明松一直不招供，所以上面決定放棄這條線。但是黨是讓他結束自己的生命，一定是告訴他，黨看重黨員的貢獻，恩賜他回家跟家人相處最後的時光。他若不自我了斷，就會在他家人面前動手。

想到這些，大家義憤填膺。王志航擊牆，跺腳，罵娘，說這樣死去手段更狠，不僅讓家人目睹王志航的死，而且可以說是黨寬大為懷，呂明松畏罪。

李振源想，以前他們把人犯送來三峽，今天輪到自己，是報應，死有餘辜。他很寧靜，只覺可笑可悲。他知道真正的共產黨徒可不是這麼想的，他們不信輪迴，亦沒有因果報應的概念。

為什麼老呂臨死前要對我說「靠你了」、「做個好男兒」這些話？是說照顧他的妻小嗎？難道他知道黃念會放了我？即使如此，他不是也不相信我嗎，還能靠我什麼？

隔兩天，獄卒在鐵門外喊尤基悟的名字。接著大家只聽見走廊上腳鐐的拖地聲，那聲音鏗鏘入耳，比槍聲還駭人。不少人已經想，與其這樣活著人不像人，不如死去。

每隔一、兩天，牢房裡就被叫出去一個人，有時一、兩週，有時僅隔一天。這種處決排序方式精神壓力非常大。人犯每天早上起來根本不知道吃不吃得到午餐。據說早飯一定可以吃到，因為那是最後一餐。食物吃到肚子，還來不及消化，人的生理功能就永遠停止了。讓你體會生時的徒然。

李振源倒是不擔心。一來他覺得自己本來就死了，他雖然是威名在外的神探，但實際上他能活到現在是因為自己作惡多端，害死不少人。他曾為了自己的生存而犧牲別人，現在就是惡有惡報的時候。但他也納悶，黃念不是說要給他一次機會讓他去把握嗎？他還有妻子與女兒要救。不過現在他也看開了，人都有自己的命運，她們也有自己的。他毋需罣礙。一天過一天，只要有人要被執行死刑，走廊就傳來金屬聲，噹噹響。他知道，不久就要輪到他了。

局裡全組幹部都被處決，只剩王志航和李振源。

這天早上，終於輪到李振源。他跟王志航握握手，開玩笑說過幾天大家又團聚了。李振源早想好，輪到他的時候，他要用最不在乎的方式面對。李振源心中倒是一片詳和。他要用輕鬆的方式對待別人加諸在他身上的愚昧。除此之外他找不到更合適的方式。獄卒領他經過一間間牢房，他覺得自己的時間真的到了，可惜不能親眼見到紅紅長大成人。

他們拐到一條長長的走廊，黑漆漆的，中間有盞昏黃小燈泡微弱地指引著方向。意料之外的是，他被引到一個房間，裡頭坐了幾個穿毛裝的人，而不是荷槍實彈的行刑隊。有張長桌，擺滿整桌文件。

「坐下。」一位臉上沒有表情的女性命令。

李振源過了好一陣子才認出她。

「我是中反組楊艷。」她自報身家，掃除李振源的疑惑：「李振源，一九一八年生，逮捕前，任臺北市大稻埕公安局偵查科長。請確認身分。」她沒有情緒的陳述。

明明是孫志芳，怎麼說自己是楊艷？但李振源並不作聲。

「是我。」李振源答道。

「一九三九年，你的愛人葉雲由胡雪介紹入黨，在他的領導下打入汪偽政府中央銀行。」念到一半，李振源心想，又來了。還不死心啊？不過轉念一想，難道是宣判罪行？他仔細聽下去。

「戰後曾潛伏在汪偽中央銀行南京辦公室。胡雪目前失蹤，據情報顯示已經叛逃到大陸。這樣說來，胡雪是潛伏在我黨長達三十幾年的雙面間諜，由他介紹入黨的黨員，包括葉雲，可能都是潛伏為國民黨情蒐的地下黨員。反正脫離不了干係，葉雲是胡雪的下線，為他打下手，做掩護。」房間沒窗戶，穿毛裝的幾個人在昏暗燈光下影影綽綽。

李振源聽這話，覺得他們想把葉雲的「歷史問題」案子提高到「敵特」。她不是政法委辦公室專員嗎？又成了中反組審訊官？換了制服改名。李振源不禁想像各種可能。他一直看著她，試著與她四目相對，可是她一直避開他的眼神。

「中反組指示，關於葉雲『敵特身分』或是『歷史反革命身分』的認定，葉雲與胡雪之間的真正關係，需要進一步理清。」楊艷手比檯面上的資料，「你和葉雲各個時期的資料我們全都仔細研究過了，雖然呂明松參與反黨集團，雖然你的愛人身分模糊，但我們徹底清查你之後，認定你跟呂明松與葉雲的關係應該是表裡如一的。呂明松參與反黨反革命集團是確定的。葉雲嘛……」楊艷衣著依然穿得嚴嚴實實，風紀扣扣到最上一顆，服裝筆挺，表情一絲不苟。雖然光線不明，但是頸部有一顆小小的黑痣他認出來肯定是孫志芳沒錯，

「她與胡雪的牽連關係，到底是什麼？葉雲是否是胡雪埋藏在我黨的二號三號敵特潛伏？亦或是絲毫不知情的我黨優秀黨員，這需要進一步調查。」

「但是你，黃念同志指示，李振源的忠誠仍然必須在工作中接受考驗。你要被放到工作中去，繼續為人民服務，接受黨的考驗，偵查指定案件。我們知道鐵道部有一命案在你被捕前正在調查中，你要繼續追查真相。你也要配合臺北局調查你愛人葉雲的身分。李振源，這是考驗你的時刻。在重大是非問題上，你要堅定

不移，鐵面無私，對自己的愛人也是一樣。你要堅定維護我黨的最高利益，做忠誠的黨員。若是你的愛人真是敵特，你必須大義滅親；若不是，你也必須找出證明。」

李振源心想，敵特或是歷史反革命罪，都是一死。歷史反革命是已經清清楚楚知道你的過去一舉一動所有的活動；敵特罪，是要進一步查找敵人情蒐手段、途徑、接頭點。他心想這一刻終於來了。

死不成了。

第十四章

重回崗位

放出來後李振源馬上回家。長達兩年的牢獄，身體機能已經受損、失調，食不下嚥，精神萎靡，他需要好好靜養。

他獨居在這棟原是祖父的房子裡，感覺並不踏實。先是當作階級敵人財產沒收，不到一年全國取消私有制，房產國有化，由國家統一調用，也許分配給什麼官員。後來他有點權勢，去要回來，但房產還是國家的，李振源不過用了「調借作偵查使用」，國有房產局就不敢多說什麼，給了他無期限的使用權。

現在整個房子塞滿舊家具，只剩客廳簡單陳設。兩張竹編靠背沙發，客廳牆上一幅毛主席像，靠牆櫃子，人胸那麼高，裡面是偵查辦案相關的專業書籍。從年輕到中年，他搜羅各種能提昇偵查知識和技術的書籍。櫃子上放著一部國產收音機，這臺收音機原本只能收聽人民廣播電臺和臺北人民之聲，但是李振源偷偷改造了檢波器和頻率放大器，再加個暗鈕機關，這臺收音機就可以收聽全頻道。

他發現兩年來沒人搜索過這裡，一切如舊。暗色桌上的茶壺裡，還有兩年前泡的茶葉，已經乾涸，發霉。桌上保暖水壺裡還有兩年前裝進去的水；一個搪瓷鋼杯，兩個瓷杯，三個都倒放，還有空的菸灰缸已和桌面一同塵封。地上拼接的青花磁磚，是祖父在世最喜歡的裝飾。想想，祖父在當年生活那麼豪奢，如今猶如繁華後的廢墟。天花板上吊燈燈泡都還能亮，開關附近有點污黑。公安日報還攤在桌上，日期是一九六三年八月二十日。他走到一間堆滿雜物的房間，一件件搬開，直到最裡面，看到那兩個箱子。他打開，那些錢原封不動的躺在箱子裡。

若是有這筆錢，忠勇同志會和臺獨的政變也許就能成功。做為財務，吳富國事前沒有動用這筆錢，為什麼？根據黃念的說法，應該有六百萬。另外三百萬去了哪裡？剛好一半的錢不見了，是藏在別的地方還是在別人手裡？吳富國是因為私吞了這筆錢被殺嗎？如果是這樣，那麼忠勇同志會就有殺人的動機。

他坐在地上，思索半天。想偵破，首先要查出，這筆錢從何而來？忠勇同志會集資？搜刮？可以先排除賭博得來。南區招待所賭場的現金吞吐量沒這麼高。

入獄前夕，孫志芳告訴他，她懷疑這筆錢跟盜賣國寶有關。這懷疑有道理，按照列車長遺孀黃懷玉的證詞，郭自足和乘務員邱大勇都獲得來路不明的財物而後遭到不測。那吳富國是否也是死於相同的原因？不知道他愛人黃懷玉如今怎麼樣？他想起孫志芳，希望趕緊見到她。

李振源被放回來後，他發現房子各方面都顯露瓦解的跡象，好幾個房間的木頭門框都被白蟻蛀蝕空了。糊牆紙到處剝落，露出大片壁癌。晚上蟑螂到處攀爬。他在紙箱後發現一隻老鼠的乾屍，他離家兩年，老鼠也活活餓死。他栽殖的花圃原本綠藤曲蔓，翠翠青青，如今花卉枯黃，泥土乾涸。

他看了許久，覺得有些淒涼，但隨即發現，細心栽種的植物全死了，雜草反而欣欣向榮。

他爬上頂樓，站在牆邊凝望。淡水河上杳無漁舟，泛泛河水拍岸，波紋如弦，岸邊泥地插著一枝紅色三角小旗在風中翻飛，太陽給一層淡薄的霾氣遮蔽在後頭，河面上映著千道萬道金燦燦的落日餘暉。這是老氣橫秋的傍晚，整個大稻埕顯得暮氣沉沉。李振源知道，夕照很快就要消失，太陽跌入馬列山後頭，黑暗就會籠罩大稻埕。

他利用最後的餘光整理家園，拔掉凋萎的藤蔓，集中乾枯的植物在院中，丟下火柴，先是冒起白煙，火舌鑽出，整堆枯枝很快就被烈焰吞噬，火光一滅一亮映照他的輪廓。他發現那個住在附近的老嫗又跑出來看他燒東西，假裝路過。火滅了，水一沖，嘶的一聲衝上一團蒸汽。接著他回到屋裡打掃居住空間。他從牆上的掛鉤取下他的制服，發現制服上還有兩年前的菸味和油漬，而且發出些許霉氣。這晚他就坐在浴室木頭小板凳上一件件清洗，包括床單、被套、枕頭套。

翌日早上，制服晾曬在竹竿上，陽光透過被風吹動的衣服間歇射在他臉上，他不自覺地抬頭，閉上眼，讓陽光輕撫他的臉。自從他穿上警察制服以來，他所見識的是他完全不認識的世界。這天柯吉來看他，兩人見面時，無限感慨，他們差點天人永隔，再也見不到面，彼此緊緊擁抱。柯吉給他帶水果、饅頭、下酒菜和一些日用品。

出獄幾天，他也不覺得餓，可能在裡面吃得太差，食慾都消散了。現在他吃到甜味的水果、下酒菜，味蕾甦醒，歡快吃下兩個饅頭，再要吃，柯吉打住他，說這餐就這樣，免得胃消化不了，他才作罷。柯吉拿出酒來，李振源也喝一點，他不能喝多，不像入獄前，他目前的身體可受不了過量的酒精。他的頭髮過長，肌肉消瘦，兩眼泛黃，嘴唇發白，皮膚乾燥。他的手指甲邊緣皮膚翻翹起了倒拉刺，經常感到口乾舌燥。柯吉看他這個憔悴的樣子，顯出極度同情。但兩人見面仍然像以往一樣盡興，相互把牢裡牢外的事情彼此更新了一下。

他掛起柯吉送他的月曆，撕去封面一家人歡欣鼓舞的形象照撕，露出一九六六年一月，他繼續撕下內頁，直到八月。

整個客廳看上去，不是木頭的色就是暗紅色。柯吉告訴李振源，兩三年來，時局變得混沌不明，政治掛帥，他的角色變得很敏感，他探聽不到葉雲的下落。她現在轉到哪個牢裡，他不清楚，生死不明。紅紅年初從人民公社出走，她不願集體生活。柯吉說，他找了好久，動用了偵查系統才在桃園找到，現在安置在柯吉的家裡。他遲疑半天，才萬分歉疚告訴李振源。

「你別激動。人我已經處理了。流浪期間，紅紅被一位軍人姦污。」柯吉道。

原以為李振源會有什麼過激反應。但他聽了女兒的遭遇，說不出話。

「怎麼處理的？」過了許久，李振源才從發愣中恢復過來。

「我按照紅紅的描述，和附近居民的指認，循線找到這傢伙。」柯吉的手臂粗，拳頭都是粗繭。「讓人解決了。」他這樣隱晦的說，李振源明白，是讓被他們罩著的道上分子做掉了。

李振源的母親仍待在郊區山上，種菜，自給自足。李振源因為在獄中接觸到黃念，所以知道葉雲被放了，但現在人在哪裡？怎麼沒有回到公社？他交待柯吉通知自己的母親，說他已經出獄，別擔心，現在還不是見面的時候。李振源擔心自己後面還會出什麼事，連累到母親。他讓柯吉給母親弄去一個全新的保暖水瓶和收音機。

李振源想起自己的父親在第一次肅清反革命運動時被拉出來批鬥當場打死。他眼看父親死狀悲涼，自己卻無能為力。當時他改變不了任何事，那之後，他發誓必須改變家族命運。豈料現在他還是這般無能，只剩下母親，葉雲、紅紅，他都保護不了，他的努力最終只救了自己。還好母親搬離臺北，遠離塵囂，暫時安全。

李振源告訴柯吉在獄中見了黃念。今天他能倖免一死，是有條件的。他必須偵破鐵道部的案子，追回六百萬交給黃念，同時找到葉雲與胡雪工作關係的確證。否則組織不僅會對自己不利，也會對葉雲不利，對紅紅不利……更會連累到李家其餘活口。

「有什麼人知道，」李振源凝視著杯子的邊沿：「紅紅在你家？」

「沒有。而且反正局勢太亂，我讓孩子們都別去上學了，靜娟帶著他們在家學習。你放心，在我家很安全。」李振源點點頭。

「你覺得什麼時候我適合去看看她？」

柯吉思考了會兒。「我剛帶她回來的時候，她充滿了懼怕。小小的心靈受到巨大的衝擊。好不容易對靜娟產生了安全感。我看再隔一段時間。我今天回去會先告訴她爸爸回來了。觀察她的反應。」

李振源兩隻指頭輕輕掐著酒杯，喃喃道：「黃念說要保護我的妻小，現在葉雲失蹤，紅紅又……說要在工作中考驗我。你明白，我要像哈巴狗一樣活著，必須對他們更加奴顏婢膝，這是我唯一的機會。」

「真的是不讓人活。」柯吉憤恨不平地道。「現在你打算怎麼做？」

「說不清楚時局會演變成什麼樣子。可能變得更好，也可能更壞。我現在必須儘快採取行動，儘快把案破了，以後如何，走一步算一步了。」李振源呷了口酒，沉思了半晌，然後道：「我沒有什麼選擇，必須找到那筆錢。」

說話時，李振源不自覺地還是左顧右盼，似乎不太放心，聲調也放得比較低。李家的門鎖得很緊，李振源偵查出身，他清楚街道委員會經常會盯著某些人家，派人去別人家門口和窗邊偷聽。李振源因此在房子周邊做了圍牆，圍牆內是院子，偷聽的人必須翻過牆到院子裡。他是偵查幹部，掌握了許多機密，做好保密工作，不僅黨允許，也是保密紀律。他剛回來時，曾特別在屋子裡上上下下檢查過，看有沒有竊聽設備。他什麼都沒找到，才安心。

他想了很久，他的家沒有被搜索過，沒有人發現收音機的祕密，也沒人發現那筆錢。他離開兩年，公家也沒有收回房子？他百思不得其解。柯吉揭祕才真相大白。本來國有房產局要收回房子，是他跟有關部門說情，說等人死後再收回，人家現在只是接受調查。柯吉還告訴他，自從兩年前他被抓走後，偵查科的油水幾乎都乾涸了，一來是原來整體運作的機制隨著人員的入獄瓦解了，二來社會動亂，「生意」都到工作組那裡去了。

柯吉是他最信得過的人。活到這把年齡，李振源回想過往，自成年以來，戰爭殺死他的最好朋友，他進入共和國的公安系統後，就再也沒有遇過值得信賴的朋友，直到柯吉在七、八年前出現。

在政治環境對他這種歷史成分不好的人最嚴厲的時期，李振源能活下來，是靠著一股真誠、運氣和靈活的身段。他不怕弄髒自己的雙手和雙腳，只有一個目標，活下去。自己先活下去，家人才能活命。於是他結交上九流和下九流的各色人等，盡可能運用關係當作浮木，支撐他不致滅頂。如果浮力大，他還能扶搖直上。為了達此目的，有時他要蒙上自己的雙眼，甚至蒙蔽良知。他成了他們的朋友，為他們做事，為他們服務，有時候，也不得不幹些在他看來不光彩的勾當。他讓這些人感到他李振源就是他們的好兄弟、好朋友。年輕時的他，有所為有所不為。等到認知他不只是為自己而活，而是為整個家族的命運而活，為了妻子和紅紅而活時，他發現自己做這些事並沒有那麼難，沒有什麼不能做的。有時他會問自己，我對得起自己良知嗎？後來他意識到，他可以暫時不去處理這件事。入獄的一天，他發現原來人在生死面前是那麼孤獨，怎麼樣都是一個人去面對，不論你愛家人多麼深，家人愛你又多麼濃。

柯吉走後，李振源又一個人面對滿室的空寂。不到二十年前，這裡還充滿歡笑。他們總在祖父生日時全家來祝壽，七十五歲的祖父李仰光容顏蒼老，但精神抖擻，說話中氣十足。李振源最崇拜祖父，他不僅會讀書，會作詩，會說流利的英語，後來還學會日語，而且還很會做生意，是個全才型的人物。

他躺在床上，層層眷戀襲來，想著過往的歡樂氣氛，想著紅紅的遭遇，他最心疼的女兒——胸臆突然一陣抽痛，鯁在情緒裡那條悲傷的魚終於破開堅強的膈膜奔奪出來，化成一陣長長的嗚咽。

之後休養的日子柯吉有時會帶來其他的補品，一次竟然有燉的雞湯。這雞湯不僅平日是奢侈品，而且現在食物缺乏，就算有錢也弄不到。柯吉告訴李振源，這是陳瑞雪親自燉的。她總是有許多辦法能弄到這些東西。她現在也不適合來看你，因為外面眼線極多。李振源完全明白，他知道她雖然整個過程都沒來看過自己，但瑞雪一直是惦記著自己的。

他花了幾天才吃完那盅雞湯，湯裡的每份油脂都被他的腸胃吸收，他也細細嚼爛雞肉，啃乾淨雞骨頭，絲毫不肯浪費。說來奇怪，過去他不愛吃的補品，現在居然格外鮮美。獨自在家靜養，飽食之餘，李振源壓不住思緒，不時想起過往種種，感到哀傷。呂明松、尤基悟、王志航以及其他共事的同志都殉難了。他軟弱、無助，可上天如此慈悲，又給他全新的機會。他很清楚不能這樣下去，軟弱就像鉛球，會一直往下墜、向下沉。他逐漸恢復運動，在屋內慢跑，強化鍛練肌肉。他知道體格強健，心智才能更強健。他想到十三年前，他們李家成為肅清反革命的標靶，全家籠罩在愁雲慘霧之中，他的父親被抓走，為了家中其他人的安危，李振源瞻前顧後，怕動作太大波及其他家人。他的父親最後死了，而且沒人敢去收屍，最後屍首在哪都不知道，屍骨無存。他清楚只有控制局面，才是唯一出路。因此他決心要有更強壯的體格，更機敏的心智，更扎實的權力。他堅定地抱著要控制局面的決心。

又一天，柯吉像往常一樣來看他。他從口袋拿出一封信。

「喏，老呂生前偷偷交給呂靜娟的。基於對死者的尊重，我們沒拆開過。他交代，若是你沒出來，就焚毀。」

李振源接過來，信封上以日文寫著李振源親啟，封口未拆。他撕開，裡面全是日文。他讀了起來。

振源君：

這是我最後的冬日，冬季臺北的雨夜竟如此淒美。

你讀到這封信時，我已經走完我的一生。我盡了力，歷史功過如浮雲，我毫不在意，唯心繫故鄉的人和事。然而仔細考慮，又與我何干？

我們從來不算是朋友，緣分卻比朋友還堅實。官場的人不是互相利用，就是別有所圖，無法信任。唯有你，是真性情，即使在生存關卡之下，仍不失善良的本質。請饒恕我，將未來的重擔交給你。

做個好男兒。

呂明松　絕筆

一九六五年十月五日

又是「做個好男兒」？呂明松兩次訣別都對他說這句，有什麼特殊意思嗎？其他溢美之辭，李振源極為心虛。甚至有些痛苦。他不願面對這些痛苦，將信折起來，收進抽屜。

一個月過去了，李振源體力和精神也恢復大半。這天他起了大早，就像以往一樣走路回到單位去。這讓他百感交集，過去兩年多，他一度以為自己再也沒有機會回到大稻埕公安局。

在路上他覺得自己的狀態好得不得了，像二十五歲的自己那樣，早上醒來趕緊下床要讓世界見識自己的能耐，走在路上隨時都有找人打一架的衝動。唯一讓他覺得有點擔心的是膝蓋，他覺得膝蓋老是微微的酸。這是在牢裡被操練受的筋骨傷。他不確定這傷是否能好起來，或許他下半輩子就要帶著這傷走入自己的墳墓。大稻埕公安局那塊匾額仍然如以往一樣，那幾個燙金大字在街口閃閃發光，李振源猶豫了一下，深吸了一口氣，走進大門。

值班警察瞅了他一眼，不明所以，正要問，李振源正眼沒看就往樓上走。那警察是新來的，沒見過李振源，李振源也懶得說明。小警察正打算上去盤問，經過的老資格民警按住了他，告訴他，那是李振源。小警察一聽，不禁多看兩眼。李振源在警界仍是號傳奇人物，他以往破獲的案子無數，知名的案件也多，人民警察學校裡上的偵查課舉了許多由李振源破獲的案件為研究實例，他的大名幾乎所有警察都知道，只是見過他本人的並不多。

李振源心裡卻清楚，那不過是虛名。虛名對他都沒用了。在黑牢時，他有一段時間被關「小號」。連續一百天，獨自一人關在沒有聲音的暗室，漆黑一片，沒有外在的刺激，他的意識逐漸流離。他無依無靠，漂浮在一個敞亮的空間，同樣空無一物，他不知自己身在何處，要漂向何方？與唯物主義思想相違背，他意識明白，自己不願意面對但不承認也不行，這就是「空」，一切都是空。

他也明白了一個道理，即人生沒有意義，意義沒有意義，一切都是不生不滅。生命沒有緣起，也不在某處結束。生命本身不結束，只是換了別的形態。人的存在，不只是物理存在，人的價值還有別的形態。在受到隔離的空間裡，他想明白了許多問題。像虛名這種東西，他一點也不在乎。就算人情義理，也有存在和消逝的時間。

他走進辦公室，同志們都在位子上，不過不是在辦案，而是看報聊天，有人在泡茶，抽菸。同志們看到李振源紛紛站了起來，疑惑地問好。大家圍過來七嘴八舌。李振源一看，他們有舊同志也有新來的同志。他原來挑選的人有幾位還在，他們告訴李振源，公安局在這亂局中，已經停擺很久了。公安局被反攻大陸工作組接管，辦案不是重點，政治審查和政治教育才是重心。抓到的任何罪犯，不論是重罪或是輕罪，一律從嚴處置。外面治安由軍隊控制，他們偵查科等於無用武之地，這兩年基本上就只是在單位待著，每天大家來單位露面，開會時開會，上課時上課，此外他們就是喝茶聊天。外面的治安每況愈下，而他們什麼事都做不了，唯一安慰的是工資照領。李振源從人事處那邊也發現，這兩年他羈押期間，他的工資還是照發。這點讓他發現社會主義制度的另一面向。

李振源掃了大家一眼：「相信各位已經聽說原呂明松局長和尤基悟書記、王志航科長等領導都已伏法了。陳保國科長，也調離本職，去了萬華公安局。上面認為我是清白的，恢復我的職務，要我重新領導偵查科，繼續為人民服務。以後有勞各位協助。」

大家紛紛祝賀，同時表達自己不惜赴湯蹈火的態度。李振源看到有幾個陌生面孔。他親切的問：「你們是什麼地方調來的？」一位皮膚白晰、梳著油頭、眼神老道的民警回說：「我叫詹雨東，原是第四野戰軍情報中心情報士。」另一個長得矮粗、滿臉橫肉的道：「我叫戴英鹿，剛從人民警察學校十五期畢業。」最後一人年紀較大，有著黝黑的臉、窄鼻梁和深沉的嗓音：「我是錢大明，從國務院警務處轉調過來。你不在的時候，我領導大家。目前是偵查副科長。本單位的黨委組織目前是被工作組取代的，未來如何，組織並沒有明確指示。」李振源道：「感謝大明兄過去這些日子領導著大家。我等一下去找反攻大陸小組報到，再探聽一下。」李振源馬上判斷出，此人是上頭派來給他的副手，一半是協助他，一半當然是監視他。柯吉在一旁默不作聲。大家也知道，其實李振源不在的時候，柯吉起到了穩定局面的作用，即使他被降職為小隊長。

上午，李振源先向公安局的反攻大陸工作組報到。李振源觀察，反攻大陸工作組對他的歸來早有準備，對他很客氣。偵查科在工作組領導的運動範圍內是個特殊地帶，是亂中也要維持的地盤。基本上，工作組表明不會介入太多李振源的工作，並囑咐李振源，以後的工作直接向新的市委偵查局匯報。估計是偵查局提前通知了工作組他要返回崗位的消息。

工作組不知道李振源要直接向黃念報告。而李振源知道新市委偵查局已經變成黃念從中央直接領導，不管向哪裡報告，等於他都是直接由黃念領導。

他回到辦公室，立即展開工作部署。他從錢大明口中得知目前有多少積案，開了個臨時會，要資深的警察同志連夜做好偵查計畫報上來。隔天他看完計畫做了些批示，制定工作措施，並針對一個個案件進行研究，部署。「我們的工作紀律是，要保持不打擾外界搞的運動，不打擾行政程序，儘量低調進行，比過往還要低調。」李振源跟大家強調：「從現在開始，重新啟動刑事偵查業務。」這樣部署了各種工作，過了半個月，竟有些工作成果，轄區幾樁犯罪案循線逮捕了要犯。

這天早上大稻埕天空烏雲密布。李振源工作幾個小時後，氣定神閒地走出公安局，他打算出去散散步透氣。其實回到職務上工作這些日子，他不時還會陷入過往的情緒。李振源一面走，雙手不禁發抖。積壓在他胸口的惡氣太多。死裡逃生，內心淒惶。如今走在街上，恍如隔世，能夠活著，還能呼吸，感受食物的味道，他想，是上天的恩澤，但老天為何要放棄他那些同志？葉雲呢，她到底在哪裡，過得如何？陳瑞雪，他很想見她。

兩年黑牢，看著整個公安局領導班子被端掉，無限感慨。本來難逃一死，誰知道老天給了他機會。也許命不該絕，也許是愛人和女兒命不該絕，也許是李家先祖保佑，總之他活下來了，這當中一定有什麼力量在幫他。他想，這個時代是不幸的，但自己又一半幸運。他跟著呂明松一路被提拔，拯救了老李家。在他們被定性為反黨反革命叛黨集團慘遭滅頂時，他卻僥倖身免，也許只是暫時的。他很清楚那些人可能還是會要他的命，但起碼現在他還呼吸著。當然，即使再風光，他知道自己不過是個配角，他是被呂明松用來掩護的角色。還好，他有被利用的價值，保住了小命。

寧夏路沿街矗立兩排兩層樓高的磚木混合建築，騎樓下沒有人，整排老舊的屋宇多半大門深鎖。行道路上鋪著灰色的磚，磚與磚之間長出了鮮綠雜草。這條路比他入獄前更加蕭條。對面騎樓每根廊柱都貼滿大字報、字條，一半以上褪色剝落了。破敗的海報和地上的雜草在風中顫抖。空氣中飄散一股化學機油混合有機垃圾的酸臭，街頭一片蕭索。大稻埕正在崩塌，老建築一棟棟在拆除，冷酷風格的樓房一棟棟在建設，華麗造型的建築一棟棟頹唐。他感到一陣悲涼，疲倦不堪。環境不僅炙熱而且險惡要命。他對自己仍然活著，沒有一絲興奮，反而感到恐懼。所以當他讀到「無罣礙故，無有恐怖，遠離顛倒夢想」時竟痛哭流涕。那次崩潰後，他似乎有種變化，他的處境沒有多少變化，但他似乎更懂得如何面對。

很快，他就回到現實，告訴自己要務實點，沒有資格逃避。首先要趕快破了淡水河命案，找到剩下那一半的錢，交給黃念，了斷一切。其他積案可以交給柯吉去辦，自己辦不辦無所謂。他沒有選擇餘地，只有硬著頭皮把問題一個個解決才是真的。葉雲到底在哪裡呢？

眼前閃過一道黑影，他眼快，看到一個影子轉進穎超中學的巷子轉角。出於警察本能，他飛奔過去。轉進巷子，他看到一個背影又在下一轉角消失。他猶豫了一下，長巷裡磨石子牆灰色一片，牆上有道又寬又長的裂痕，露出裡面的紅磚。他快步跟上那人的步伐。當他轉向另一個彎的瞬間，突然受巨大撞擊，閃過腦海的是，中了埋伏！

眼前瞬間一黑，就什麼也管不到了。生命的突然結束大概就是這樣，什麼都沒準備好，卻什麼也顧不上了，都不干自己的事。既然如此，有何可怕？一切交給死亡就好。

頭腦昏脹中，他逐漸恢復視力，有人在拖他的腳，但他動彈不得，似乎意識還沒重新取得控制權。那人把他拖到一個彎彎的小巷裡，然後他迷迷糊糊看到是兩個人。他又昏睡。再醒來時，他感到臉頰疼痛，他本能想摸，卻發現雙手不能動，被反綁，背靠牆，坐在地上，眼前是一個小房間，吊一盞昏黃的燈，空氣充斥奇怪的腥味，面前有一個人。待他逐漸有些視力，看見此人年約三十五六歲，有一雙大眼，臉部線條剛毅，剃個平頭。

「醒了。」那人點上一根菸。李振源一聽是外省口音。他能細膩分辨江蘇和浙江邊界口音的差別，但這個口音很混雜，像是中原的又像南方的，他需要再多聽幾句才能判斷。

李振源看著他，快速蒐集特徵，判斷此人的身分。他穿著嗶嘰藍色工裝，神態顯得比工人的閱歷更廣。他身體健壯肌肉發達，顯然經常從事體力活動。仔細看，眼神比普通工人多出了一股狠勁。李振源斷定這個人如果不是軍警就是特勤人員出身。這個國家的特勤人員多如過江之鯽，一撒網可以撈到一票。但這個人不同，他有一種味道，李振源好像在哪見過，又說不上來。

「你剛放出來，珍惜自由。」那人蹲下來看著被綁在牆角的李振源。「不要往死裡鑽。」

「往死裡鑽？」李振源聲音還很虛弱。

「你跟黃念交換什麼才被放出來你自己知道。」

這人居然知道黃念，而且這意思是他不該跟黃念交換。誰這麼大膽敢對抗共和國情報頭子？

「你是殺人還是偷竊國家機密？」李振源還不能完全睜開眼，閉著眼睛嘲笑：「喔，不，你是襲警。你才是往死裡鑽。」

「李警官，別耍嘴皮子。」這人也笑。「你從前做過什麼事，我們可是瞭若指掌。」

李振源知道自己陰溝裡翻船，有點氣。被誘捕？連我是誰都知道，他怎麼知道我會出來透氣？知道我的名字就算了，還知道這麼多？他完全張開眼，慢慢恢復意識。

「老兄，『你們』知道我的過去，不算什麼厲害。我本來就透明，政府知道我做過什麼，鄰居同事都知道我做過什麼。知道我是誰有什麼了不起？了不起的是，我知道你是忠勇同志會的。」他故意漫不經心，露出孩子般的自信。能知道他的背景的人的確很多，但敢襲擊他的不多。況且剛剛提到黃念時對方的語氣，讓李振源一下就判斷出來這人是什麼背景。

那人看著他遲疑一下，一言未發。

過了會兒才道：「名不虛傳，果然大偵探。既然如此，我們就直話直說吧。」

李振源迫不及待要知道他的目的。

「黃念所說關於胡雪的事情，不是真的。」那人盯著李振源看。

李振源難掩驚訝。胡雪？李振源豎起耳朵。這人怎知道黃念跟他說過胡雪的事？他從此人的眼神中看出，他可不是開玩笑的，那眼睛帶著一股淡淡的深沉，李振源在日本軍人和黃念身上見過那種殺氣騰騰的東西。

此人並不否認忠勇同志會，估計說中了。他知道胡雪的事，而且知道我跟黃念的事……李振源感到不可置信。就算忠勇同志會的人，他想不出對方如何能知曉自己的任務。是黃念那邊露餡的？還是警察？不可能是警察，布置任務主要是吳富國的命案，辦公室的人不知道他要破解資金鏈的事，而胡雪案是私下調查，他沒有告訴人。他對本案都還沒有頭緒。難怪黃念說，忠勇同志會滲透所有機關，所以才倚重他……這一想，覺得事情比他想像的還要複雜許多。

「黃念說了什麼有關胡雪的事？」李振源故意試探對方知道多少，也試著掙脫背後的綑綁，發現捆得紮實，掙脫不易。這人穿著工人制服，但未必真是生產線上的工人，也許是偽裝。李振源從他的身手判斷，這人來自特勤單位，有許多不同身分，工裝只是讓他在人群中不容被辨識的簡單偽裝。

「他跟你說胡雪叛逃到大陸。」小平頭摸了摸頭髮：「而且他要你找到一筆錢，交給他。」

「既然你知道我的任務是什麼，那麼應該清楚我不能不查這案。」李振源道。

「你若是還有點正常的神智，聽我的，胡雪不是叛徒，不是雙面諜，當然你的愛人葉雲也就不是。胡雪被黃念誣陷，現在若不是被祕密關押就是被滅口。你不要那麼傻，作他的工具。」

李振源腦袋一片空白。這人好厲害，直接攻心。只要卸除葉雲受到的脅迫，李振源就沒有聽從黃念命令的必要。

「你與胡雪有什麼關係，你怎麼知道？」

「胡雪的愛人，洪紫宮的證詞。」那人拿出一張紙讓他看。

李振源一看，是手寫的，筆跡雖然工整，但不時橫橫歪歪，但看得出是在巨大痛苦下寫的，紙張曾沾濕又乾掉所以不平整，還一些乾涸的血跡。他讀了下去。看到下面這幾句話，他重讀了幾次。

「黃念利用權勢，祕密經營南區招待所，吸收非法所得，其中包括各地貪官污吏的贓款。我愛人胡雪知道後，打算抖出來。沒多久胡雪失蹤，再也沒有回來。我相信是黃念下令綁架了胡雪。是生是死，下落不明。」

李振源腦子像被鐵鎚重擊，轉不過來。南區招待所是黃念經營的？他盡力理清線索——胡雪被黃念控制或是死了，不是叛逃？若是此人透露的是真相——不論胡雪是否被誣陷，他都是牽連葉雲的人。黃念拿葉雲要脅我，是順水推舟，怎麼樣我都是黃念的棋子而已。他不怕我去查胡雪案，因為他有把握，這是無頭無尾的案件，我根本查不出來，人和證據都在他手上。我只能乖乖去找錢給他，才是解方。我的天啊，我怎麼這麼蠢。李振源咒罵自己。吳富國在那裡一擲千金，按照賭場不殺賭客的原理，吳富國不是黃念所殺，起碼不是為了賭金。吳富國慘遭不測，肯定跟那六百萬有關。這筆錢從何而來？私吞財物，又或者是其他不法勾當？

「她死了？」

「她寫下這些，你覺得社會部還會留活口？」

「這供詞怎麼落到你手上？」

「我們無所不在。」

李振源想到黃念也是這麼說。想了想，他越來越不懂。

「我憑什麼相信你？」

「你可以自己去查。我不過給你個線索，希望你不要誤信黃念。」那人道：「黃念跟你說的是，找出錢拿去給他對吧？」

李振源沒回他。黃念交代的確實重點是要找回那筆資金。

這裡血腥味濃，四處是掛鉤，他認出應該是個屠宰場，心亂如麻，手腳出汗。死牢之後，這是第一次有這種感覺。雖然他不怕死，但他控制不了自己的心跳。趨生避死是人的天性。他努力冷靜，試圖戰勝身體本能。李振源的手被反綁在後，很不自在。在黑牢期間失去自由的日子又浮現，他懊惱自己怎麼如此大意。

「這件事，你只是黃念的工具。」這人點菸。「胡雪案，被營造成反黨。黃念掌握了黨的所有情報和紀律檢查機構。我這樣說，你明白意思吧？」

這人的臉頰肌肉緊緻，身體也精瘦結實，從頭到尾說話語氣平和，而且不是一般文化教育階層。

「黃念下令相關部門用了一年九個月，把包括他的祖宗八代全都給刨出來檢查。胡雪的交往對象，他的公私領域，全都沒有放過。檢查資料堆滿了整整一個房間。包括他妻小，也受到拷問和刑訊，軟的硬的，全都用上。」他說話的語氣和態度沒有一絲情緒，只是陳述一個事實，並非同情。這些都是蘇式審訊的基本手段，李振源看明白，對方對於透露什麼信息是很精準的。

「那麼他還牽涉到什麼人？」

「多到你無法想像。」

「說說看。」

「胡雪是文聯藝術報社的總編，只是小官，一個棋子，他背後有潛藏勢力。他那本《搜索》是為高揚翻案。你聽過高揚嗎？高揚是建國初期黨內高官，能力很強，極具野心，他可能是建國後最早跟毛主席爭權的封疆大吏。你也知道，中共怎麼能容許有反對派？除非自身弱到無法還擊。那時毛主席聲望如日中天，將高揚的核心黨羽定為反黨集團，集全黨之力圍剿。受到黨內壓力，高揚在一九五四年畏罪自殺。但還有少數同情者仍位居黨內高層，連主席也莫可奈何。胡雪寫這本書，無非諷刺當前的局勢，為高揚翻案，替這些人造勢。黃念對此很警覺，他告訴毛主席，這是利用小說反黨，權力鬥爭的前兆。毛主席也認為如此，所以說『利用小說反黨是一大發明。』這是黃念掃蕩這本書的背景。」

「胡雪就是夏杉露？」李振源早讀完《搜索》，覺得是本神作。這是他第一次知道胡雪就是作者，真是後知後覺。李振源是黨校高材生，對這再熟悉不過：黨內鬥爭的經典形式是路線清算，在理論上與組織上進行公開決鬥，殘酷鬥爭，無情打擊，「用布爾什維克的鐵鎚將敵人粉碎」。站在毛主席那邊的就是正確路線，反之就是反黨分子。他在黨校學習，為了活命，早就將黨的教條和黨的鬥爭史背誦爛熟，而且還看透其中沒有放在檯面說清楚的門道。黨內鬥爭核心說是路線之爭，其實無非爭權奪利。對毛主席來說，除了權力，其他一切都是塵埃，有權就是勝利，有權就是有理。

從這人的談吐，李振源確認他不是工人階級。

「是的。」此人道：「夏杉露就是胡雪的筆名。但是他並沒有畏罪潛逃到大陸。他不是雙面諜。」

在李振源驚訝還沒反應過來時，此人繼續道：「胡雪案，表面上看，是胡雪寫了小說《搜索》，虛構本黨在內戰中打了勝仗，在北京實行無產階級專政，將革命進行到底。看似歡慶革命勝利，但它的重點在敘述黨在北京建國的前十年造成中國社會巨大浩劫。他這一切用心，其實是詆毀、污衊、諷刺黨在過去十多年建設大臺灣的偉大成就，諷刺毛主席倒行逆施。這點固然罪不可赦，但真正引起黃念動殺機的是胡雪寫的第二本書《首都計畫》，他寫了黃念的勾當。結果黃念先動手，把胡雪弄成叛逃。真正原因是黃念要殺人滅口。當然，這第二點毛主席被蒙在鼓裡，還好主席已經注意到黃念的投機倒耙。」

文藝理論，李振源只讀過毛主席在延安文藝座談的講話，其餘都不懂。但他知道，胡雪寫書反毛，又洩露黃念的祕密，鐵定活不成。毛主席說，文藝要介入政治，為工農兵服務，要揭露敵人的殘暴和欺騙。看來胡雪就是照這理論幹的。

「但是通緝令上註明他是通敵的作家。」

「你有沒有在聽我講？國民黨那邊沒有他的消息。如果他叛逃到南京，國民黨一定大肆宣傳。黃念也沒有在找他，由此，我們判斷，他要不是被關押，就是已經被黃念滅口了。你剛看到他愛人洪紫宮的供詞不是嗎？洪紫宮也因知道事情的來龍去脈而被逼死。」

「你們又是怎麼知道這其中的原委？」

這人冷笑了一聲。「若要人不知，除非己莫為。他做什麼事，都瞞不過我們的眼線。」

「吹牛，你們這麼神通廣大，難道不知道胡雪在哪，是死是活？如果你們這麼厲害，告訴我，葉雲在哪？」李振源嘲笑：「胡雪活不見人死不見屍，黃念還是瞞過了你們。」他盤算，這人所有的用心，就是要阻止我把六百萬交給黃念。他們這麼忌憚我破壞他們的資金鏈，可見真的受到威脅。此人沒有理會他。

李振源相信，就算一切如同此人所說，按照黨過去進行路線清算的傳統，黃念還是會將胡雪這條線的人馬全數株連，一個不留，免有遺患。這是早晚的事。就連葉雲這樣的對官場毫無興趣，良心未泯，自甘待在最基層的幹部也不會放過。黨要確保一切安全顧慮從根消滅，徹底的淨化。這是蘇維埃政治在國際間的繁衍，消滅階級敵人，消滅階級聯盟，就像當年他們對付沙皇尼古拉二世一家人那樣。要我去找六百萬，破壞忠勇同志會的資金鏈條，不過是黃念發現胡雪的下線葉雲的家人，有我這麼一號人物可以利用。葉雲現在生死未卜，可能已經慘遭毒手。

不，不會的，他還要以葉雲要脅我，不會這麼快殺掉她。

李振源自我安慰——我還有利用價值。

黃念，我們還一起把酒言歡，你這狗日的，李振源暗罵。

「你把我弄來這，就是為了告訴我這些破事？」李振源追問。「怎麼，胡雪是你朋友？還是沒有那筆錢你們搞不下去？」

此人沉默半晌：「我不認識他。我也不同情胡雪。他的才情無庸置疑，雖然他站到高揚那邊是站錯隊，但無損他是一個正直的黨員。我們覺得他不應受此遭遇。」他丟下菸頭，用腳踩滅。「黃念是我們的頭號敵人，血海深仇，他陷害了太多同志。打擊他，揭露他，是必要的。」

忠勇同志會認為自己是比較好的共產黨？從他的話中隱約可知，高揚、毛主席、忠勇同志會，黨內至少有三股相互對抗的勢力，並非鐵板一塊。

「你倒是直言不諱。我問你，你們是國民黨支助的嗎？」

「我們和國民黨有血海深仇。跟日本也一樣。你怎麼有這種懷疑？」

「黃念說你們是國民黨支持的叛黨集團。」

「要妖魔化一個組織何其容易。」此人笑道：「共產黨不是他們一小撮人的。我們也是共產黨。國民黨妖魔化中共，中共妖魔化國民黨，共產黨也醜化自己內部的派系，政治便是如此。」

「你們的資金從何而來？」

「你也太天真了李探長。你覺得我會告訴你嗎？」

「這筆錢的數目很大，看來很有故事。」

「今天見你，是希望你不要助紂為虐。」

「人家是官，你是匪耶。況且，你們用這筆錢從事顛覆活動。誰才是紂？」

李振源用口水呸了出了一口血。該是改變氣氛的時候。「我並非一定要跟誰過不去。」他緩和了情緒：「這些鬥爭對我來說，簡直像是廁所那麼臭，我一點也不想參與，甚至不想知道。我被放出來，是為了救我愛人，方式就是找出那筆錢，交給黃念。你就算是閻羅王派來，要我不要妄為，我也不會聽你的。你要了解，胡雪與我愛人葉雲的真實干係，無關痛癢，就算胡雪不是國民黨特務雙面人，我愛人也不是雙面諜，黃念實際上還是控制了我的愛人，是不是？何況胡雪還寫了反黨小說，橫豎，黨都會在清理隊伍時清理掉葉雲。」李振源挑明了說。「重點不在胡雪是不是雙面諜，而是我怎麼幫葉雲脫身。她要怎麼證明自己跟胡雪的反黨小說沒有關係？如果你能協助證明葉雲的清白，讓她自由，我發誓有機會我會放你們一馬。」說完，他自己也知道不太可能。

「哈哈哈，李探長，真服了你。」小平頭笑道：「這份證詞手稿你拿去，這是黃念不法行為最有力的證據。」

李振源看了看手稿，又看了看此人。就算有了證據，去哪裡申冤？誰能給他一個青天？

理論上胡雪如果是被陷害的，葉雲就不是雙面諜，黃念就沒有理由關押葉雲，那麼李振源就不用去調查吳富國案，不用去幫黃念把錢找回來。可是，李振源想，這無法無天的時代，黃念就是非法扣押葉雲又怎麼樣？他公然利用葉雲來脅持我，把我當作他的工具，誰管得著？黃念不可能承認綁架或殺害胡雪，因此也不可能承認這份手稿。這世道也沒有凌駕黃念權力的公正機構能阻止這一切。而且，重點是胡雪寫了《封鎖》諷刺毛，黃念都有足夠的理由清理掉胡雪這條線，株連他的人馬。

小平頭看著李振源半天，明顯在盤算什麼。李振源也看著他，知道光是這份手稿沒用。況且，此人等於是要李振源去對付他們的頭號敵人，也是把他當鬥爭工具，李振源怎會不知。

過了半晌，小平頭才道：「看來，除非找到葉雲本人，你不會改變心意了。」

小平頭深吸了一口菸，吐了長長的一口替代嘆氣。他看著李振源道：「揭穿黃念不法勾當，誣陷胡雪的事實，也許能讓毛主席網開一面。」

「你覺得毛主席會網開一面？」胡雪寫了小說諷刺黨和毛主席，又不干葉雲的事。葉雲只是微不足道的地方幹部。但黨的傳統是會堅壁清野，除掉這一條線上的所有可疑的人。李振源覺得這個機會太渺茫。

「那要看你對毛主席有沒有用。」這人索然地說。

除非毛主席要全面毀掉黃念，才會扶持黃念所有的敵人。李振源太知道所謂「敵人的敵人就是朋友」這句話的精髓，沒有信仰，沒有價值觀，只管利用價值。

「那一天會到來嗎？」

「要看黃念的作為。」

這人大費周章出來誘捕李振源，原來是希望李振源不要幫助黃念找那筆錢。對於葉雲，黃念說自己是「出於對黨內無辜黨員的愛惜」，這幫人說的是「同情胡雪，覺得他一個正直的黨員，不應受此遭遇」，該相信哪一個呢？不論如何，調查吳富國案，找出六百萬元，對這幫人是威脅。難道，吳富國是他們殺的，為的也是這筆錢？

此人看著李振源很長一段時間不說話。李振源四顧這房間，只見四壁只有白色的磁磚，磁磚縫塞滿污垢，又黑又髒。這是一磚造水泥房間，大約十個榻榻米大，頂上有鐵桿數條，桿上有數十個掛勾。他聞了空氣中飄著腥膩，地上又有排水溝，再次確定這是一間屠宰場，之前這裡可能吊過許多死豬死牛，也有可能是死人。現在全國缺食物，也很久沒有牲口在這裡宰殺。他感覺手上的手銬是制式的，很笨重厚實，蠻力是打不開的，想想這一切他不寒而慄。從這個人的克制和談吐，他很難判斷此人究竟是體制內編制外？還是編制內體制外？體制內有一群情報機構，他們是數個不同單位組成的龐大系統。也有一種體制外編制內的，也就是查不到戶籍、查不到單位、查不到工資帳戶的，但卻是黨的情報人員。其中最傳奇的是一群專業人士，在他們行話中是負責了結目標的「熄燈號」，也就是殺手的意思。這個人也許是這種角色？他們極度忠誠，訓練有素，科班出身，卻查不到任何背景，有極強的自制力，絕非蠻幹的屠夫。

這個人看了看李振源終於說話：「了結你對我來說易如反掌。但我決定放你走。」小平頭點了根菸，放到李振源口中，讓他抽兩口，吐口煙，又給他抽兩口。

「放我，是因為我還有利用價值，能對付黃念。」他對著此人吐煙。無辜被揍，他心裡的氣沒有消。那人不正面回應。

「李警官，我敬重你是個好警察，破了這麼多大案。但這件事，我跟你再三保證，你別給自己找死路，別給妻女找死路。你若是幫忙黃念找錢，等於是幫妻女套上頸環繩。我言盡於此。現在我放你走，你當什麼人都沒見過，否則結果是怎樣的你心裡很清楚。」

「怎麼，錢在你們手上？吳富國是你們殺掉的？」李振源保持他的鐵齒：「如果是的話，我還是會逮捕你們。」

那人看著他，好像眼睛在說話。但李振源讀不懂。

「全國都在通緝你們，你還能夠這樣大搖大擺綁架公安，跟我提條件，真是膽識過人。」

那人毫無表情，只是兩眼盯著李振源。

「吳富國的愛人，以及邱大勇、郭自足是你們殺的。」

「李探長，找答案是你們的工作。」

李振源道：「既然這麼容易放我，又何必抓我？你是要警告我？在路上直接跟我說不就好了？『李警官，請你不要追查那筆錢，不要將錢交給黃念好嗎？』你們放了我，難道不怕我端掉你這裡？」

聽到李振源的戲謔，小平頭笑了，四下環顧：「這裡？這裡跟我們沒關係。你找不到我的李警官。你在社會上找不到我，你在政府裡也找不到我。你回來也找不到任何蛛絲馬跡。」

李振源壞笑：「你就這麼有把握？」

小平頭笑聲變得不那麼自信。

「李探長，如果你手上剛好有那筆錢，我也勸你交出來。那錢已經沾染了很多人的血。我不希望再加上你的。」

他為李振源鬆了綁，李振源站了起來。在地上活動了下筋骨，摸了摸手腕，撫了撫臉頰。

李振源笑道：「葉雲在哪，你不會剛好知道吧？我也勸你把人交出來，那會救了很多人的命。」

「李探長，」此人說：「我們假設一下，葉雲可能與胡雪被關押在同一個地方。」

「然後呢？」

「找到胡雪，等於找到葉雲。他們都在黃念手中。」這麼假設也是可能的。

李振源在地上跳了幾下，像運動員要開始比賽前做暖身運動。然後冷不及防，李振源一個勾拳擊中小平頭的左臉頰，力道之大，小平頭幾乎站不穩，單腳橫跳試圖找到平衡。

「這一記是還給你的。」說時遲那時快，李振源立即抓住小平頭右臂，拉住他的重心移到自己這邊，一個弓足便讓此人跪下向下趴，李振源順勢轉身到此人背後，將膝蓋頂住此人背部，將此人手臂向後反折。小平頭欲抬起頭反抗，立即被李振源再施一記重拳打在後腦。「你好大的膽子敢襲警，現依共和國公安法逮捕你。」

突然，門外衝進六名大漢，團團圍住。

他放開小平頭，做戰鬥姿勢。「來，全都一起上沒關係。」李振源信心十足。他在道場上曾經打過八個人的陣式，熟稔柔道、空手道、合氣道、劍道。而他最厲害的是近距離格鬥。

小平頭手一揮大喊：「不要動！」他制止了六名大漢。「李警官，我們是要放了你。你要這樣，他們不會讓你走的。」

「試試看。」

這些人聽了小平頭下令，面面相覷，不知所措。

李振源一個箭步往那六人發起進攻。那幾個人拳腿凌厲，但全被李振源一一擋下。李振源突穿至前，腳步靈活穿梭在幾人當中，快速擊中他們的要害或者破壞他們的平衡。兩三下這些人就往後退得老遠，不敢輕易上前。小平頭不服，跑上來對戰，你來我往攻防幾個回合。但沒多久，小平頭就處於下風。

「郭自足、邱大勇是你們殺的吧？」李振源問在膝下的小平頭。小平頭又掙扎了一下，李振源用膝蓋用力頂他的脖子，小平頭痛得悶吭。

「吳富國吞了你們的錢，所以你們殺了他？」

「他不是我們殺的。」小平頭擠出痛苦的聲音：「我們來只是告訴你，胡雪不是叛逃，而是受到陷害。要你不要把錢交給黃念。僅此而已。」

「那些錢到底是什麼錢？」

「上人！」小平頭大叫。

六名壯漢再次向李振源撲去。李振源只好鬆開小平頭，從地上立起身子。

只見他四兩撥千斤順手接過一個壯漢轉身便將人摔出身後，另一腳踢翻了一個大漢的下巴。一邊抓了一個壯漢的手臂順勢滑到其手腕將此人重心向下帶，猛抬膝撞擊其胸膛。另兩人，猶豫了二秒，看了小平頭凶惡的眼神，繼續撲向李振源，如猛虎撲羊。但李振源豈是待宰羔羊，他也衝上前去，如腳上有輪，近敵斜身，滑入側翼，手刀側劈砍到對方咽喉，再一個轉身又砍到另一個人的太陽穴，兩人瞬間倒地不起，摀住被猛擊的部位發出嗚咽。轉眼間，李振源才發現小平頭已不在屋內，他衝出去追逐，是條羊腸小徑，拐了兩拐，小平頭已不見人影。他站在巷口，前思後想，又在胡同裡轉了幾圈沒有任何發現，然後心想不妙，立馬跑回那屠宰場小屋，裡面已空無人影，好似人間蒸發一樣。

李振源不明白，為什麼好端端的人就全不見了，他四下觀察，穎超中學對面的胡同裡有這樣的空間也不足奇。這一帶鄰近早市，這裡有副食品供應站、蔬果統銷處、肉品供應站，這個屠宰場外頭卻沒有門號和門牌，說來有點奇怪。李振源在左鄰右舍打聽了一下，鄰里們大都不清楚屠宰場的所屬單位為何？

他決定回公安局再說。這時他衣衫不整，頗為狼狽，突然感到悵然若失，竟在轄區附近中了埋伏。以前他身手矯健，警覺靈敏，誰動得了他？他懷疑自己在黑牢中關押兩年給關傻了。人變得遲鈍，不像以前那樣聰敏。他不禁看著自己的手，手在抖，細想了一下，意識到自己可能因為懼怕，肢體才不受控制。被關在牢裡，他已做好隨時可死的心理建設。

感覺到怕，就是有恐怖，有罣礙。他們心自問，什麼是他的罣礙？

紅紅，這兩個字毫不猶豫地浮現。

在這七拐八繞的巷子走了一遍，他發現有三個出口，才想明白為何小平頭在這裡設伏。他出一端口，看見一衣衫襤褸的男子站在路邊，以前見過，從未在意，判斷是個無家可歸的人，便上去打問。「這位先生，剛才見到一群男人大約六七人從這口出來嗎？」李振源從口袋拿出菸請對方。這時，李振源才注意到此人油頭垢面，衣裳殘破，活脫一乞丐——共和國各種機構正式文件裡不存在的一類人。他們是真正的無產階級，怎麼能任其衣不蔽體，露宿街頭？共和國應該要將所有流浪漢、乞丐、拾荒老人保護起來才是。見了李振源如此客氣，這人戰戰兢兢地接下菸，李振源又幫他點上。李振源還期待他答話，但此人只顧著抽菸。

「請問，剛才看見一群人從這巷口竄出來嗎？」李振源有點後悔問錯人，又不好意思反悔離去。見他未應，只當他是耳朵不好。

此人看了看李振源，不發一語，然後突然對著李振源咧嘴傻笑，然後眨眼又瞠目，一下瘋笑一下作哭，逕自走了。一邊走一邊用臺語瘋瘋顛顛唱道：

眼見得一片茫茫大水，
平生膽力都完全失去，
要向死神手中，
爭出一個自己，
最後的掙脫真不容易！

曲調哀怨，令李振源茫然若失。儘管此人已經走遠消失在路的盡頭。李振源站在原地像是失了魂，雙腿僵硬杵在地上，動彈不得。待收拾好心情，回到隊上，已近傍晚時分。大家見到李振源，看他一副狼狽樣，紛紛投以異樣的眼光。唯柯吉適時走來關心。

「發生什麼事？」

「上天臺。」李振源使了個眼神。經過此事，李振源已經有了不同的思考維度。他懷疑，隊上不太乾淨，忠勇同志會和黃念的眼線、其他不知名機構的細胞隨時在監視他。

步上天臺，河岸盡收眼底。暮色中，三重縣塵煙蔽野，灰濛濛一片，瀰漫至淡水河，薄薄一層霧氣遮住河面上夕陽餘暉，顯得蒼茫而落寞。

「我開完會出去，走到穎超中學對面時中了埋伏。」

李振源將今天的遭遇一五一十告訴柯吉。柯吉問了細節，兩人默不作聲好一陣子。附近的麻雀嘰嘰喳喳，大群飛起來時，翅膀震動，猶如某人搧了一巴掌又逃走。

「媽的。」柯吉打破沉默，索性坐在石砌水塔邊抽菸。

李振源若有所思：「以往我們查案的那套正規作法看來起不了作用了。對象目標可能滲透到我們心臟來。我們一舉一動都在他們的眼皮底下。我想，這案我們分兩路進擊。一路是局裡的六個刑偵小隊，我們按照正規操作，其實是掩其耳目。明天我任命你為第二副隊長，由你來把他們領到另一方向去。另一路是我自己去調查，用低調的非常手段解決。」

到現在葉雲都生死未卜，兩人都明白時間不多。

李振源下樓後就直接下班了。他立即開始打聽他坐黑牢前，檯面上和檯面下那些朋友現在都在哪裡？法律早失效，現在更演變成瘋狂群眾用「公審」決定正義。一場運動下來，許多人都被人民群眾拽下臺，鬥死或是活活打死。李振源跟社會大眾打了一輩子交道，他很清楚「人民」的本質——民眾的眼睛在經濟上或許是雪亮的，但在政治上多半盲目。人民群眾容易被煽動、分化、利用。要不然怎麼政治運動這麼容易就激情四射？光靠黨的動員體系是不夠的，還得靠沒有獨立思想的盲目群眾作基礎，彼此交互作用才能達到燃點。

他明查暗訪，打聽出他的朋友十有八九都被打倒了，不是坐牢就是已經被逼死了。還好，檯面上新的當權者或是關鍵樞紐位置的人物，十有八九李振源都打過交道，李振源有把握，那些人也當他是朋友。清查過一輪之後，李振源做了人物分析，盤點手上各種朋友、相識和老相識，哪些知己知彼，哪些僅聞其名，還有彼此幫助過但未曾實際交往的一一分類。他算了下手上的資源，想想遠大的目標，作出整體判斷。

第十五章

忠勇同志會

在日本時代，李振源學的調查功夫分成科學調查法和社會調查法。科學調查法利用顯微鏡觀察微物線索，利用醫學知識檢驗屍體，推論死因，也運用科學鑑定，或取法精神分析描繪兇嫌。社會調查法無非是追查兇手和死者的社會關係和作案動機、線報和觀察。採集訊息的方法，不外明查與暗訪。明查即正規調查，追查嫌疑人，把人抓回來審訊，暗訪則為布眼線或找指證者。審訊的行話又叫做「掘地刨根」，名詞還算溫和，但執行過程很殘酷，旨在把疑犯心理和社會行為探掘耙梳一遍，像農夫耕地一樣，要深挖還要翻土，把土下的祕密翻過來曝曬在太陽下。凡被「掘地刨根」過的人，都感覺好像內臟被人掏空了一樣。蘇維埃概念的恐怖之處，是把一切用唯物角度看透。在蘇維埃政權裡，唯心和唯物在科學裡走了岔路，彼此不相容。他們似乎認為，兩者不能同時存在。要看透事物，就要徹底分解事物的物理現象；精神靈魂不在他們視野，所以沒有恐怖的事物。在豬肉攤上，豬的幾乎所有器官都被一一拆解，屠夫操著沉重的屠刀，一剁一剁砍下龍骨、肩胛骨、脛骨、肋骨，蹄膀、豬腳、蹄花，挖出橫隔膜、直腸、輸卵管、空腸、大動脈、食道和臉頰，人們每天吃這些東西，害怕過嗎？

在共和國刑偵警察的行規裡，天底下最不可能的就是事物一如表面看上去的樣子。人們通常有個隱藏的動機，甚至還有更深層隱藏的慾念，這些都是刑偵警察要挖掘出來的。如果不奏效，就進行逼供。逼供又叫做「焦作法」，把疑犯的每一片舒適感的地方用火逼燒，把恐懼逼出來，真相就跟著出來。這是李振源最瞧不起的手段，他認為凡是進入到逼供的階段只能說明調查者的手段無能，手上的工具使用不夠多元和透徹。他喜歡優雅斯文的方式，討厭見到暴力，他認為同理心才是最厲害的武器，是刑訊的藝術。他的作法不見容於主流，所以在人民警校兼課時，他從不教這個。但是他也有逼急的時候，也來點主流手段。在共和國，黨為刑偵科學做了巨大貢獻，他們發明的社會調查和逼供手段可說是非常「進步」的，超過李振源早年的想像。

經過襲警事件，李振源有了更具體的思路。黃念挾持葉雲，逼著一定要將六百萬交給他。小平頭要他不要把錢交給黃念，不要「助紂為虐」。為了維護忠勇同志會的資金鏈，小平頭當然會這麼說。但是眼前，是黃念掌握葉雲的性命，他不聽命也不行。

他依然認為原本的偵查思路沒有問題，找錢的來源，釐清錢的去向，就能拼湊出吳富國發生了什麼事。到現在他還沒搞清吳富國的錢從哪來。按照黃念所說，這筆錢「有六百萬，多半是腐敗所得，來自人民和政府。」這情報正確嗎？情報來源是哪裡？怎麼知道是這個數？況且「多半是腐敗所得」這句話太籠統。

孫志芳給了他一個聽起來比較靠譜的線索——故宮有大筆文物流出，下落不明。社會主義經濟上比較單純，計畫經濟，幾乎每一筆錢都是規劃過的，如果出現巨額來路不明的錢，一下就引人注目。此前新聞提過，故宮博物院有文物幹部非正常死亡，鐵道部也連續有幾名幹部和家屬死亡，這是否有聯繫關係？對了，她怎麼會變成楊艷，而且在中反組工作？要趕緊見到孫志芳問一問。他要見的人還不少，一直排不出時間。

這六百萬，已排除賭場所得。因為就他觀察，南區招待所整體的月營收，包括賭場，不會超過一百萬。而且人家都說了，這傢伙就欠了兩萬，還贏了二十萬呢。

錢的去向方面，現在他至少知道有一半原本在吳富國情人哪裡。在她那裡不過是吳富國暫放的，吳富國甚至沒告訴杜冬青那皮箱裡裝的什麼。杜冬青是因為此事才死的？是誰威脅她要他把錢拿出來？合理的推斷是，此人就是這筆錢本來該流向的去處。難道不是忠勇同志會？

另一半的錢也在兇手那邊嗎？他沒有頭緒。

吳富國拿了這些錢，本來該交給組織發動事變，卻交給杜冬青，而且似乎無人知曉，為什麼？怎不交給忠勇同志會？他在躲什麼？難道他受到威脅？他有沒有獨吞的嫌疑？但小平頭似乎也沒有在尋找那筆錢的樣子，只是叫我不要把錢交給黃念。他知道三百萬在我手上？他指的錢，是三百萬還是六百萬？我手上有三百萬，另外三百萬吳富國交給了誰，或是在誰手上？這筆錢原是忠勇同志會和青山會政變的資本，來自人民和政府？那同志會和青山會都可能有殺人動機。小平頭在同志會裡是什麼角色，殺手？

第二天上班，李振源一早就補寫偵查筆記。寫畢，將之收好。然後喚來科裡的人向他的桌子靠攏。現在刑偵科有六組偵緝小隊，近四十人，比反攻大陸運動以前的編制還大。

李振源清了清嗓門道：「各位同志。」他突然想抽菸。克制著想抽菸的慾望，他摸摸鼻子。從死囚牢房出來，他就想戒菸。「各位同志，昨天開完會之後我出去透氣，沒想到在穎超中學對面的巷子中人埋伏，差點死於非命。」李振源掃了一眼所有人，看見所有人的眼神乾巴巴，興致索然。他繼續道：「現在外頭的局面非常混亂，此時正是我公安穩定社會擔大任的時刻。我一個刑偵科長居然被來歷不名的匪徒設伏？現在立即成立專案，我要你們在三天之內查出對方是誰？無論對方是誰，襲警就是重罪，必須繩之以法！柯吉！」

「有！」柯吉答道。

「我任命你，從今天開始擔任專案調查組長。我現在以大稻埕公安局偵查科科長暨偵查大隊長之名，下令所有人聽從柯吉對於本案的指揮調度。」李振源道。「柯吉同志要儘快召開偵查會議，細密做好計畫，分層實施，務必幾天之內調查清楚，趁機出擊。」

「李振源同志，很抱歉，我懷疑你這個命令。」

所有人的眼光隨著聲音的來源落在一名年約三十五歲左右的警察身上。此人面貌清秀白皙，濃眉大眼，精神幹練，衣服燙得筆挺。

「願聞其詳。」李振源客氣道。

「毛主席萬歲！」此人立正，喊了聲口號，義正詞嚴道：「現在國家最重要的事是凝聚一切力量和一切資源做好反攻大陸的準備。是，昨天隊長你遭不明人士伏擊，是該盡快破案。但現在你把所有偵查資源投入在吳富國案以及你昨天的伏擊案，難道我們不更應該配合國家重視工農階級的思想監督嗎？政治保衛局現在正擴大監視工農兵學商各領域的思想教育，作為配合單位的公安系統，為什麼你把資源全放在與此無關的這幾件只與你相干的案子上，而不是密集配合中央的重點工作？」

一時所有人都沉默不語。李振源再細看了看此人的面容，白臉劍眉，唇紅鼻挺，活脫脫一個美男子。他講起話來不疾不徐，不卑不亢，機靈聰明，頗有才幹的樣子。怎麼膽敢在公開場合衝撞我？李振源心想。

這時柯吉向李振源使了個眼神，意思是由來他應付。

「楊盛同志，此言差矣！你從政治保衛局調過來三個月，人又年輕，可能並不清楚李科長的為人。事實上，過去的歷史為據，科長是怎樣的人大家有目共睹。這些年，他犧牲了多少私人生活，連小孩出生他都不能陪伴愛人，幾乎全身心都貢獻給偵查科。我不明白你說『只與隊長相關的案子』是什麼意思？這個指控並不真實，有欠考慮。嚴格說起來，這幾個案子像其他的案子一樣都是社會影響極壞的重大罪案，甚至還更複雜嚴重，影響難以估計，科長同志又親歷本案，切膚之痛，感受最深。我想請問，科長不是人民群眾的一員嗎？科長不是人民保姆嗎？這幾個案子對反攻沒有潛在破壞性嗎？」柯吉道。

李振源非常驚訝拙於言詞的柯吉，這些年鍛煉口才到這種地步。他暗自嘖嘖稱奇，不禁想，人要活命，什麼潛能都會激發出來。李振源同時清楚，現在這個場合不過做做樣子，隊裡面的組成分子非常複雜。所有放出來的消息都是選擇過的，用意在迷惑對手，李振源要讓他們以為他的主要兵力用在調查這幾個案子上。但他的目標自己很清楚，就是解救葉雲。

「現在人民政府要打回大陸，人民殷切期望早日實現。我真的希望同志不要老油條，渾渾噩噩過日子，我們幹的是革命事業。不要自私自利，我們沒有太多時間。」楊盛顯得有點惱羞成怒。

李振源走到楊盛身邊，拍拍他的肩膀道：「楊盛同志，不是只有你想打回大陸去，現場許多同志都想打回去。」李振源言不由衷。「但是，說真的，你真是一個相當好的年輕人，感時憂國，充滿革命精神。」李振源抬頭看著大家：「大家要學習楊盛同志的幹革命的精神，隨時把革命兩個字放在心裡，做事想著革命，吃飯睡覺也想著革命。這樣就沒有幹不成的事業，做不到的事情。」李振源不禁感嘆，在這個時代，隨時能打打官腔的本領是做官的第一條件，這跟刑偵技術可是一樣重要呀。

柯吉馬上接著道：「革命，革命，革命，掛在嘴上就能革命嗎？我從年幼就跟著黨生活，受黨的培養幹革命，每日新、日日新，從生活小事，從新思維，到殺人放火，無命不革，可以說幹革命幹了一輩子，現在你在我面前大談革命？」

「李隊和柯吉，你們也不用這樣講。我做事向來對事不對人，有話直說，有屁直放，不拐彎抹角。我覺得你不用為彌合領導關係打那些官腔。」楊盛道。

柯吉竟不知如何接話。楊盛同志這麼大膽講話，李振源心想今天算是遇到鐵釘了。這楊盛的來歷，柯吉剛才話語只落得三分。李振源早在任職前把每個人弄得清清楚楚。這楊盛本是政治保衛局幹員，因與上司處不來，人又剛愎，所以被調了出來，轉職到公安系統。政治保衛局是一個龐大的系統，裡面統整了黨、政、軍、情報、社會部各個單位，是一個太上皇組織。調來大稻埕公安，等於是被政治保衛局踢出來的人，對公安局來說也是個麻煩人物。但李振源知道，真正的細胞應該另有其人，通常不會是這種高調的傢伙才是，應該是那種不起眼、默不作聲的人。

李振源試圖按捺著性子，保持心平氣和道：「小老弟，我覺得柯吉的話你最好聽聽，年輕人講話別這麼衝。我們在官場上久了，也許講話有一種套路，但並非沒有誠意。比如你說話前喊了聲『毛主席萬歲』，難道不是一種時尚？喊萬歲的人比較忠誠嗎？我們這一代人，講話通常比較害羞，不會那麼直接，我們也敬愛主席，但我們不會這麼喊，能這麼肉麻講話的，在我們這一代人裡面應該是很罕見的。同時我也習慣給對方留面子，否則就自覺有點放肆。這並不表示我們就是打官腔。就算聽起來有官腔的味道，必然也是循著一種真誠的實事求是的態度說出來的。」

楊盛怒視李振源，「竟然說是『時尚』！」他轉頭向大家道：「各位同志」，他環顧了一圈，「毛主席要我們一心一意為反攻大陸做準備。偵查科長李振源，我都不好意思稱他是同志，承蒙黨的恩澤，居然不顧大局，把公安資源全放在處理他個人的問題上頭。我懇請大家把這事想透徹、想明白了，咱都做個明白人，好不好！淡水河命案、鐵道部命案，都不是目前反攻大陸的工作重點，我們的工作重點是監視反動言論，消滅反動分子，統整反攻大陸的思想。這才是我們的工作。」楊盛回頭，用凌厲的眼神看著李振源和柯吉，「他們兩人要我們把工作力量放在重新調查鐵道部無足輕重的小命案，別有居心吧！？」他一隻手插在褲腰，一隻手比手畫腳。

李振源掃視了一遍現場。偵查科在二樓，磨石子的樓梯和扶手，檜木的窗櫺，外頭陽光明媚。他突然有種怪異的感覺，心想自己為何在此受這種鳥氣？如果可以，他寧願找個破屋，安享餘年。出門是海，背面是山，智者仁者一次做了。這個空想很快被眼前的現實打破。

「各位同志，讓我們識破他的詭計！」楊盛道。

他意識到楊盛現在正在對他興起新一波鬥爭，年輕人受到風氣的號召，變得熱血沸騰。距楊盛最近的是王朝宇，三十八歲，遼寧人，東北大學肆業，是黨器重的幹警；站他隔壁的是謝民泰，三十三歲，彰化員林人，爸爸原先是搬運工，現在父母在國營鐵工廠上班；謝民泰隔壁是陳億，臺北人，三十五歲，人民警察學校第八期畢業的；陳億隔壁是黃明我，宜蘭人，二十八歲，父母是貧下中農；還有許多人都是從東北來到臺灣的。

這幫眾看上去似乎有所動搖。李振源搖搖頭，突然覺得他們都很可悲，他們根本對偵查工作沒有興趣，只是為了蠅頭小利才加入人民警察的工作。他們對被害人，對破案，對真相，對不公平一點也不在乎。他們唯一在乎的只有自己能不能吃飽，有沒有機會掌握權力，工資有沒有提升。他們都來自工農兵階級，一有機會就想往上爬。看著他們一個個眼神專注，似乎都被楊盛迷人的北方口音迷惑了，像中了邪一樣，眼神全是血腥的。他們全都是野生的狗，看到肉就呲開牙齦露出犬齒。大家穿著制服，白色常服和黑色長褲，斜過胸前的是皮製的武裝帶，腰際掛著紅星手槍。他喜歡這套制服的設計，但想起日本時代人家日本人做得更美觀。畢竟中國人做的就是比不上日本人的，光喊那些偉大的勵志的口號掩蓋不住世間的殘酷現實。

「李科長曾經說過，他一生都在為人民服務，請問是哪個人民？中國大陸附匪的那些人民還是東北為偽政府工作的人民？我看我們應該好好偵訊清楚。」楊盛繼續道。

他才回來幾天，就有小年輕對他指手畫腳，他很難想像。可有什麼辦法？現在的小年輕會的語言，他不會，他幾乎跟不上小年輕的雄辯──新潮的鬥爭話語。他站在這二十多個人面前，幻想自己是一個過氣的明星，神探之名早已不能給他帶來各種好處，反而成了一種負擔，好像脖子上掛著一個供人嘲笑和輕視的罪狀木牌。他感覺到自己如同一隻被咬傷的老獅子，還來不及舔自己的傷口，就被青壯的年輕獅子一腳死死踩趴在地上。年輕獅子大吼，向世界宣稱自己的王位。李振源感到自己的衰老，他知道自己不可能有年輕獅子的精神去一再的打打殺殺。但是他也沒這麼快就屈服的打算。他才從死牢裡出來，還有妻小要救。

在楊盛滔滔不絕數說那些政治話語時，李振源穿梭在隊員當中，用自己的眼神認真的跟他們一個個對看，他想搞清楚現在的人都在想什麼？他們真的知道自己在鬥誰嗎？他們看到的我是真的我嗎，還是只是一個符號？我李振源經歷過的大風大浪比你們任何一個人都多太多了，你們哪來的信心能鬥勝我？難道他們眼中只有自己的公義是公義，一切不合時代的都該被切斷、碾碎、遺棄、焚燬？他感覺自己不被尊重，懷疑在他們眼中，他李振源毫無價值。他走回楊盛面前，楊盛還在口沫橫飛講他對主席的情感，講反攻大陸如何能解救大陸同胞，進而解放全人類。講毛主席如何翻轉了臺灣人民殖民地奴僕的身分變成共和國公民。正當他口沫橫飛大話連篇，李振源手刀迅速一揮劈中楊盛的咽喉。動作俐落，話音立即斷掉。楊盛對這冷不防的攻擊毫無招架能力，立即蹲下雙手按住脖子，只聽見他發出小小的嗚咽。李振源順勢再補了一腳，正中楊盛的太陽穴。只見楊盛立馬翻身倒在地上，口吐白沫，昏死過去。

李振源又上前，用他的皮鞋鞋尖猛踹了楊盛的肚子、頭部、胸部以及身上各處。「愛人民，」一腳起腳落，一面踹他一面自言自語：「愛主席」、「愛主義」、「愛反攻」、「愛鬥爭」、「愛你老母」、最後一腳特別用力，「就是不愛破案」。

大家看得目瞪口呆。

李振源理了理衣服，拍拍灰塵，看著大家。所有人都一臉驚訝。他盡力壓住洶湧的情緒道：「我通常會給別人留情面，但若遇到不知好歹的傢伙，也不會客氣。」他再次走向一個個人身邊，跟每一個人眼神交流。「不是所有的暴力，都是下三路。對抗壞蛋的，可能還有點可取。我是大稻埕公安局偵查科科長，這是黨賦予我的職位。我有權有責指揮各位調查的方向，在組織上如此，在政治上如此，在現實世界亦如此。為人民服務，不是口號，若是有人膽敢挑戰我的權力，考驗我，跟我玩政治，玩人脈，玩陰謀，我可以跟大家說，我就地執法，以反革命罪嫌疑逮捕。」李振源用腳撥開楊盛扶在頸子上的手，一腳踩在他臉頰上。

「柯吉！」

「在！」柯吉立正警視。

「把這個屁蛋拉進地牢，先好好拷打一頓，問清是否有敵人陰謀在後。寫分報告向反攻大陸工作組匯報情況，並且對此人煽動群眾的動機立案展開調查！」李振源道。

柯吉立即命令幾個偵查員把楊盛扣押起來關進大牢。

所有人噤若寒蟬。

「謝民泰！」李振源的聲音有點沙啞。

「在！」

謝民泰走出來。李振源走近，細細的看著謝民泰的上上下下。幫他理了理衣服。「你一直以來都是把本單位的大大小小事向外洩漏的人。」

「我沒有。」謝民泰大驚失色。

「沒有關係，承認吧，我在全國上下都有朋友。他們把你的一切行動都告訴我了。」

謝民泰不可置信。

「沒有關係，該報什麼就報，這裡沒有祕密。」

其實李振源是猜的，根本沒有人告訴他。他只是觀察每個人的眼神時，發現這小子眼神游離不定。他用排除法一個個將不可能的人去掉，剩下的還是謝民泰。就算不是他，也起到敲山震虎的警告作用。

李振源燃起一根菸，他實在太需要了，顧不得戒菸的願望。「現在大家都去做事，按照我說的方向。不准再有懷疑。我這裡清楚的跟大家講，外面那套政治術語在這裡不管用，我們是專業組織，以專業報國。政治有黨委來指導，個別人員再給我提那些打倒誰的口號，我就讓誰死得難看。」然後他吐了一口煙，好像這口煙是口惡氣，終於逼出來了。

他拉著柯吉到角落說話。

「紅紅現在怎樣？她願意我去見他嗎？」

「嗯，我看差不多了。要不就現在去？反正開車很快就到了。」

兩人丟下辦公室裡的人就外出了。

他們開著偵防車，轉了幾個彎，不消十分鐘就到了柯吉家。

他們還沒進屋，就感到屋內的人都站在紗門邊從裡面看著外面。呂靜娟帶著三個孩子，其中一個比較高的是李衛紅。呂靜娟伸手摸了摸紅紅的肩膀：「爸爸來看你了。」滿臉感動之情。

兩個男人靠近，婦孺往後退，他們橫推移開紗門，進屋。

李衛紅貼著呂靜娟站，兩眼直盯著李振源。

「紅紅。」李振源喚她的名。

紅紅不動一步。兩片嘴唇緊抿。

李振源靠近她，緩緩蹲下，兩眼泛著淚光。「紅紅。」他伸手碰觸她的肩，「很抱歉爸爸來晚了。」

她再退了兩步，讓他觸碰不到。

兩人對峙了一陣。李振源不知如何是好。

然後紅紅突然一頭撲進他的懷裡，嚎啕大哭起來。

李振源深深將她擁入懷裡，感到一陣心酸，不禁紅了眼眶。苦了你了，孩子。他想。

不知過了多久，呂靜娟道：「我去做點吃的，一起吃飯再走。」

李振源點頭。

「你住在柯叔叔和柯阿姨家，很安全，」李振源雙手扶著紅紅的肩，「爸爸要想辦法去找媽媽回來。」

紅紅兩眼哭的紅腫：「媽媽去哪了？」一臉委屈。

「爸爸也不知道。」李振源也老淚縱橫：「妳不擔心，爸爸一定把她救回來。」

李振源抬頭看了一眼柯吉。

「紅紅在阿姨這裡，有沒有乖乖聽話？」

紅紅點頭。

「妳還記得最後一次看到媽媽是什麼時候？」

李振源又抬頭看了一眼柯吉。

「在我離開公社之前幾個星期，公社的老師一個個都消失了。許多小朋友都被家長接回。有一天媽媽來了，她說正在處理一個很重要的事，過兩天來接我。後來就再也沒有出現了。」
柯吉的兩個孩子都比李衛紅小，兩個男孩比較調皮，此時跑來跑去，過來拉著小姊姊的手去玩。
李振源在她額頭上親吻。「去玩吧。」
李振源站起，試著紓緩自己的情緒。柯吉給她遞上一杯酒。
李振源雙眼充滿感激之情。
「你老了好多。」柯吉感嘆。
「是啊，一張椅子用三十年都要壞的，何況是快半世紀的血肉之軀。」
他轉身，在屋子裡漫步，欣賞牆上的相片。當他再次走到一張他看過的照片前，他對柯吉說：「那天綁架我的人，就是這個人。」
柯吉一個箭步跨過去看。照片上有個橫幅，情報資料特種訓練班的紀念照。
「你確定是這個人？會不會是你腦子被重擊，有點暈，認錯人？」
「不會，怎麼？」李振源：「他是誰？」
「毛主席的三公子，」柯吉道。「毛龍龍。」
「啥！？」李振源看了眼柯吉，吞了口水，鎮壓自己的情緒。
「毛龍龍加入忠勇同志會，反黨？」李振源：「毛主席會不知道嗎？」
「你確定是忠勇同志會？」
「他沒有否認。」
「這也說的通，為什麼事情搞這麼大，卻一直不能斬草除根。原來勢力不僅龐大，而且關係複雜。」
「毛龍龍要推翻他爸爸，支持別人當主席？有這麼不肖的兒子？」
「政治上的事，我們搞不懂。」
「我看他上面還有人。他的位階並不高。」

「毛龍龍一直跟著海軍大將劉志遠。」

「陸繡山的靠山也是劉大將。看來這劉大將很有些故事。」「你認識嗎？」

「這麼大的官我怎麼會認識。但是毛龍龍，是我訓練班的同學。」

「按照我黨的傳統，如果你的同學叛黨，你這同學也完蛋了。」

「政變事件都快兩年了，毛主席不可能不知道幕後的勢力是誰，這不是侮辱我黨情報部門的智商嗎？」

「要不要去一探究竟？」

「他平常都在哪裡活動？」

「他是大將的幕士，大將已經退休應該在官邸吧。」

「明天走一趟？」

「當然。」

南昌路、牯嶺街一帶是相當神祕的區域，原本是日本總督府的高官宿舍區，成片的深色瓦頂日本大型宅邸建築群，每一棟都獨具特色，每一戶都有大大的庭園。共產黨最頂級的黨政軍高官現在都住在這個區，他們把幾個街區封鎖起來，僅留下四個出口，由中央辦公廳警衛局派員守護。畢竟這裡住的都是黨國重臣，包括將軍、中央政治局常委、全國人大主席，國務院總理等等。院裡院外，街道和公共區域種滿了高大茂密的樹木，有像是樹妖的孟加拉榕、結實的摩鹿加合歡、葉片巨大的象耳榕、粗礪的茄苳、爬滿寄生植物的木棉，還有大葉雀榕，提琴葉榕，蓊蓊鬱鬱，從上空俯瞰，整個區域像是一座小型樹林。

李振源開著偵防車，他和柯吉都穿著公安制服。他們的車和中央警衛局的車都是警車，所以不太引人側目。

柯吉拿出識別證，給警衛看。警衛身材高䠷，面容和氣，看起來是特別挑過的衛士。

「這裡不受貴局管轄。」警衛一如既往有著「中央特別警力」的高傲，而且說起話來也有一種人上人的氣質。

「我知道，」柯吉似乎早有準備：「我們不是來辦案的，麻煩請你們隊長出來處理。」

小伙子的頭髮兩鬢剃得泛白。「小隊長，還是大隊長？」

「曹大隊長。」

這時一位穿制服的警衛，看起是個官，從警衛崗亭走出來。「請問有什麼事嗎？」顯然是這位警衛的督導。

「我是曹德福大隊長的戰友，大稻埕公安局的柯吉和李振源。我們來拜訪劉志遠大將。」

「戰友？」那個警官筆挺，但顯然不像年輕的那個是一板一眼的。

「內戰。」柯吉判斷，以這人的年紀，沒參加過戰爭，恐怕他搞不清楚。但實際上這個曹德福是他在遺族學校的同學。

「您稍等，我跟他確認一下。」他走進崗亭，過一會兒出來。

「放行。」過一會兒，他從崗亭探出頭向年輕警員低聲道。

柵欄上升。

「劉大將的官邸在哪？」

那個年輕警員手伸直像個交通指揮：「最後一間，靠近解放大橋了。門口有個中式燈籠的就是。」

柯吉向那個警衛舉手敬禮，表示感謝：「跟大隊長報告，我下次再找他。」路上有個圓形限速標誌，寫著二十。他們放慢速度通過。

「這裡畢竟是高官官邸，不是主席官邸，沒有管制那麼嚴格。高官有家人，孩子，他們若是進出太嚴格，也不那麼方便。」柯吉抽起一根菸。

李振源看著眼前的景象，不禁感慨萬千。這條道叫牯嶺街，街兩旁的高大樹木遮蔽了天空，陽光從樹間劃穿，灑落在一地落葉的柏油路面，變成一片景緻。街道兩側，家家戶戶是以矮樹叢與街道隔離，樹叢間有門軒，從入口起多鋪設平整的岩片當小徑，圍繞石片四周都是細小石塊、木屑或草坪，一路延伸至木屋門口。各家各戶都有石燈，水塘，竹籬，一片明治時代的風情。李振源很驚訝，這麼多年過去了，這個地方還保持著日本的風貌。重點是，抱持激進民族政策的共產黨還容許這樣？他感到不可思議。更讓他不解的是，這些高官，住在這種地方，而鐵道部那些小官卻住在建材廉價的社會主義集體宿舍。這算什麼共產主義？付出一樣獲得不一樣，同樣是無產階級幹部，有的收穫多，有的收穫少，這是算是什麼各盡所能，各取所需？況且不是打倒了地主、鄉紳封建階級了，怎麼又建立了另一個？他想起黃念指控呂明松，說他作風腐敗。看到眼前這些房舍官邸，他絕不相信屋裡面找不出一瓶洋酒。

再往裡前進，街道兩旁種的是大梧桐樹、樕樹、楓香，樹木有高有矮，形成有效的遮蔭，是一條非常幽靜的綠色走廊。

服從官邸特區速限標誌，他們的偵防車緩緩滑行，老車的引擎聲也很懂事，不敢粗辱，只聽到乖順的低吟。汽車最後來到最裡面的一戶，柯吉在門前緩緩踩下煞車。這家門口掛著中式燈籠，寫著「劉寓」。就是這裡了，他們心想。門口有門鈴，柯吉按下去，沒有任何聲響或反應。正當他們感到困惑，屋裡出來一位中年婦人，小碎步到門前。李振源錯覺以為那是穿著和服的日本人。

定神一看是一位穿著圍兜，頭髮梳理在腦後，模樣福泰的婦人。

「有事嗎？」老媽子看他們一身制服，有些困惑。從她的口音聽起來是本省老媽子。

「我們來拜訪劉大將。」

「將軍正在休息。你們有預約嗎？」老媽子以為這樣他們就會放棄。

「我們可否到屋裡等他？」

「可⋯可⋯以。」對這樣的積極，老媽子有些疑慮：「請問是什麼事嗎？」

「我們有事向大將報告。」

老媽子也不好再問什麼，欠了欠身。「那，請會客廳稍坐。」

這時，李振源看到劉大將的宅邸，整個腹地可能有六千坪以上，除了種了高大樹木和各式南洋植物的庭院，還有幾棟「和洋混合」木造建築。主屋是一棟外有迴廊的日式平房，屋墊高，下面通風。四周都是樹蔭，屋瓦灰黑，雖然屋牆是淺色的，但爬滿紫藤，整體而言看上去是暗色的。在主屋不遠，有一棟洋式挑高建築，看上去像是活動場地。

老媽子把他們引進主屋的客廳。有暗紅色布面木沙發，玻璃茶几。牆上掛著毛主席的小幅玉照。有個木匾寫著「為國盡忠」，落款是李鴻章，己丑年。這個墨寶，特別引起他們的注意。還有一個大框裡，整齊擺放著各式鏤鑲花彩的共和國勳章，顯示劉大將的勳業彪炳。

老媽子從廚房走出來給端上一壺茶。

「將軍有午睡的習慣。不過他睡覺和起床的時間都很固定。再一會兒他就醒了。」老媽子兩手互握，好像意思是說招待已經很周到，她的工作就到此為止。

有一面牆高處，掛著一個巨大方向舵，看起來真的是從軍艦拿下來的紀念品，顯示屋主人與船艦的關係。玻璃櫃裡，有各種海軍艦艇的模型。還有不少海軍的書籍，《蘇維埃北方艦隊》、《海軍起義記》、《中國海軍史》、《最新日本海軍船艦技術》、《德國潛艦戰史》、《全球海上戰略》，光看這些書脊，李振源就感到知識的浩瀚無垠，他對這些幾乎沒有一點概念。櫃子的另一半擺放的是各式的酒，洋酒、白酒都有，瓊漿玉液他是專家，這裡面最珍貴的應該是戰前的罈裝汾酒。呂明松說的對，人，哪能一直革命呢？人生下來除了奮鬥，就是要享受，缺一不可。李振源確定自己的價值觀沒有扭曲。另一半的牆面掛著一張全家福，一個男人站在中間，周邊圍繞著一位婦人與三位年輕人，其中一位是女孩，孩子年齡多是三十至四十歲左右。中間的男人應該就是劉志遠，看起來一板一眼，重紀律。那婦人應該是他夫人，他有兩個兒子和一女兒。李振源想，來臺的軍人以低階官兵為主，他們因為戰亂多是孤家寡人赴臺。這海軍大將因為有船艦作為交通，可以將妻小家人都帶上船艦。

大約半小時，劉大將出現了。兩人立即從沙發上站起來表示尊敬。

「坐，坐。」劉大將對他們客氣。他穿著居家便服，身體結實硬朗，頭髮整齊，唇上留著鬍鬚，從皮膚的光澤和緊緻度，看上去比照片要再老十歲，差不多七十多歲。李振源覺得他比照片看上去和藹多了，但他很清楚，只要不說話，不論年輕時怎麼凶殘火爆，上年紀之後人都會看上去比較溫馴；不論多麼老奸巨猾，年紀大了都顯得敦厚。在老人臉上很難看到戾氣。不是消失了，而是沉澱更深了。

「兩位警察同志，找我有什麼事？」山東口音。

「喔，是這樣的，」李振源態度拘謹，卻單刀直入：「不知道大將有沒有聽過『忠勇同志會』？」

劉大將的臉色即刻一沉。

他緩緩坐好，老媽子又端來茶杯放在他面前，然後悄悄的回到廚房。他從桌上拿了香菸，翹起腳，點火，吐出兩口白霧。在煙霧中，他仔細端詳兩人。

過了好一會兒才道：「你們是從哪裡聽說的？又如何來問我？」

「我是從中央社會部黃念口中知道這個組織。又循線查到毛龍龍跟您的關係。」

「毛龍龍。」劉大將閉起眼，好像明白了。

「黃念怎麼跟你說的？」

「他說忠勇同志會是一個武裝叛亂團體，無處不在，滲透黨和國家非常深。」李振源雙膝合併，坐姿端正，拘謹。

聽到這，劉大將鼻子噴了口氣，幾乎聽不見，但李振源知道他發出哼的一聲。

「如果是這樣，我還能在這坐著安詳的抽菸嗎？你說。」

李振源和柯吉互看了一眼。

劉大將突然站起來：「跟我來。」

劉大將推開紗門逕走出戶外，陽光透過綠蔭灑在地上，碎花花一片。大將直接走到旁邊那棟挑高的木屋。那也是和洋混合式建築。他拉開門，脫鞋，走進去。兩警探也跟進。

裡面是一個榻榻米鋪成的武道場，屋宇高挑，四周都有門窗，高處還有透光的氣窗，室內敞亮。李振源一看，有幾個人在練習合氣道和柔道。只聽見人被摔在榻榻米上沉悶的啪嗒聲。李振源抬頭看到有個橫幅的書法作品掛在屋的正中牆上，那書法寫著「忠勇」兩大字，他眼尖，發現落款是毛主席潦草的字跡，有些納悶。

柯吉見到其中一位穿道服的人，立即走上去擁抱。

李振源一看，豈不是襲擊他的人嗎？

「兄弟，好久不見了。」柯吉說。

毛龍龍嘴角微揚，眼睛一直看著李振源。

「兩個大探長一起來查案了。」毛龍龍搖搖頭笑了：「李探長真是了不起，說你找不到我，究竟還是給你找到了。佩服佩服。」說畢即上前握手，李振源也伸手去回禮。

他一握即感不妙。毛龍龍臉色已變，握實他手隨即下壓，順勢一拖，另手瞬間抓住李振源前襟，猛個轉身就來個柔道肩摔。李振源在空中的剎那，順勢空翻轉身，雙腿穩穩著地，緊接著，出乎毛龍龍意料，他轉身就抓到毛龍龍的胸襟，一個扭力大轉也給來個肩摔，動作一氣呵成毫無間隙，毛龍龍當場被摔倒在地，發出啪嗒巨響。

「好！」周邊幾個人對這一氣呵成的反應驚嘆不已。

李振源伸出一隻手，拉起地上的毛龍龍。

「毛龍龍，李科長可是人民警校搏擊總教官呢。」柯吉道。

「我們這是第二次交手了。」毛龍龍拍拍自己的衣服。向劉大將鞠躬。又向李振源鞠躬。「領教了。」

李振源也鞠躬回禮。

劉大將笑著道：「年輕人摔一摔好，骨頭越摔越硬。」說著便盤腿坐下。李振源覺得自己並不年輕，但在老人面前，他無話可說。他看大將坐下的姿勢，知道他練過功夫。見大將如此，他和柯吉也跟著坐下。

劉大將指著那幅字道：「你們也看到那『忠勇』兩字是毛主席寫的。主席的公子也在這裡。若是天下有什麼地方算是忠勇同志會的大本營，只能是這裡吧。」劉大將挺直著腰一臉嚴肅。

果然是單刀直入，軍人作風。

「我不太明白……」李振源感到很困惑。

「忠勇同志會，」劉大將看著前方上空，好像那裡有什麼人正在接受他的告解：「是毛主席親自創建的。」

他和柯吉都睜大了眼睛，不可置信。

「忠勇同志會發動政變，不是嗎？」李振源不解。

「起義。」毛龍龍立刻糾正，不假辭色。

劉大將看著李振源和柯吉，露出一抹高深莫測的笑容。

「年輕人，什麼叫引蛇出洞？」劉志遠含笑道：「為了要抓住黨內的反對分子，還有什麼比親自建立一個叛黨組織更有效？」

這時李振源感到自己真是個庸才，因為完全超出了他的想像，完全顛覆了他的認知。組建一個叛黨集團來找出叛徒？……簡直……天才。他有時懷疑，過去他抓捕特務，逮捕壞人，出盡風頭，其實都是被人設計的，只是人家的棋子，他不過出去扮演男主角。他還一度以為自己精明。這會兒，他更篤定，自己不過是個線控人偶。舞臺是人家的，劇情早就寫好，是黨需要一個樣板人物才造就了他。雖然天天學政治，三天兩頭開小組會，審判會、批判大會、控訴大會、反省大會、效忠大會，但李振源覺得自己沒有政治細胞，完全不懂其間運作的奧妙。反黨集團，顛覆團體，毛帶頭顛覆自己的權力，是為了誅殺異己？這遠遠超越了李振源的眼界，甚至超過了他的價值觀，像在他天靈蓋開了一個大大的洞。

毛龍龍看著李振源，眼神冷冷的。那意思彷彿是，後知後覺，層次不夠。

「話說回來，黃念事先獲得情報，阻止了政變。若是真的政變成功，毛主席將如何自處？」

「你沒有聽過兵諫嗎？」劉大將面露微笑：「不是要換領袖，而是要除奸臣。」

好一個借刀殺人。李振源不寒而慄。

原來這個叛黨集團不完全是個幌子，而是半假半真，若是政變成功，毛主席可以將計就計，順勢換下他覺得礙手礙腳的臺上要員。自己在幕後操縱，保留自己的權力，除去異己，包括反對他的黨員以及要費勁討價還價的重臣，一箭雙雕。這完全是權力的翻雲覆雨手。在黨校學習路線鬥爭史，他早就看出毛主席追逐權力的能耐。但主席對主席自己政變？這遠遠超出了他的智力，這才是毛主席的巔峰之作吧？而不是挾持蘇維埃殘部轉戰臺灣的那一刻。他再次感到自己的魯鈍，也再次感到一切不可輕信。

「那麼臺獨與忠勇同志會合流呢？」見劉大將有話直說，李振源乾脆也直接了當。

毛龍龍和劉大將對看了一眼。

「還有什麼比這樣瓦解叛亂分子更快速有效？全在我們掌握中。」劉志遠用手掌壓了壓他油亮的頭髮。

「這次政變，臺獨連根都被拔起。」

我的天，李振源想，這真是一箭雙鵰，既引出反黨分子，又清剿了臺獨。

「當然，」劉大將像是竊竊私語那樣，彷彿這裡還會有人偷聽，將身體前傾細聲道：「表面上領頭的人是我，不是毛。否則就沒有效果了。」

「那些人聽到要一起阻擋『反攻大陸』，紛紛表態贊成，大將一呼行動，他們就跟進，直接幹了。比我們想像的還積極。從軍方到各個單位，順藤摸瓜，一抓一串，死都不知道怎麼死的。」毛龍龍喜滋滋地道。

他輕蔑態度讓李振源不是很舒服。這不等於是出賣信任你們的人嗎？李振源沒敢道出他的想法。忠勇同志會的性質相當於諜報組織。本來，諜報工作就是建立在背叛信任的基礎上，這對李振源來說倒沒什麼，他完全理解，但就算從戰場歸來，理應對亡魂保有一絲憐憫。大家不過各有好惡，甚至各為其主，最後一絲人性豈能不顧？眼前兩位既無情亦無義，他們跟黃念雖然不是一丘之貉，然而都是殘酷之人。他倆甚至不覺得出賣信任他們的人有什麼問題，毫不關心他們，就好像這些人死有餘辜，如同螻蟻，對這些人的遭遇漠然。李振源不認識這些人，但想到他們面對的後果，卻感到胃好像被刀割一樣。這兩人卻表現出這些人該死，被當作垃圾一樣用完丟棄也不可惜。李振源看著他倆，試圖看清他們的靈魂究竟長什麼樣？當然，他是霧裡看花。

「他們一個個被抓，而你們沒事。他們不懷疑嗎？」柯吉滿臉懷疑。

「他們多數已經被捕殺，哪裡知道什麼人被捕？自顧不暇了。同志會，是一個比較扁平的組織。以船艦來比喻的話，沒有艦橋指揮室，水手都是有著長年航海經驗，受過高度專業訓練的，他們各自運行，只需聽到一點引擎和海浪的聲音就能判斷自己該做什麼，具有高度協作性，頂多有個人告訴他們海面是什麼情況，目標在哪裡。我不是下令的人，我們只做橫向聯繫，協作之後發揮高度執行力。我比較像是一面幡旗，發揮堅定大家的意志的作用。他們模模糊糊聽說我也參加組織。多數人彼此從不見面，也不知道對方的運作。領頭的人，甚至沒幾個見過我。」劉大將解釋。李振源覺得他也許是一個很厲害的船長，但他故意讓敵人擊沉船艦，水手全都葬身海底，這種做法極違人情義理，認為這是他給自己減輕負罪感的說法。

李振源皺著眉問：「黃念，作為情報首腦，他對毛在後操作毫不知情？」

「就算知道，敢吭聲嗎？」劉大將笑著看毛龍龍。「他如果知道是主席在背後，估計嚇得半死，只能鳴金收兵或是束手就擒吧。不過就我們知道，他並不清楚這個組織的背景。否則不會在主席面前邀功說他的情報部門立了大功。這次事件，也考驗了他對主席的忠誠。主席認為他還堪用。」

「所以沒有刺殺毛主席的計畫？」

毛龍龍看了看李振源，又看了看劉大將。

「那就是主席派我來的目的。」毛龍龍說。「假作真時，真亦假；真作假時，恐成真。」

這句話讓李振源想半天。他看了眼劉大將，他面無表情。李振源推想，毛主席派劉志遠這樣名聲的軍事將領來領導反黨組織再適合不過了，為了以防萬一，主席還派毛龍龍來協助大將，其實也是派自己兒子來監視所有活動，另一個意思也是表示他老人家對這個團體的重視。

「你上次告訴我，不要把錢交給黃念，是什麼意思？」李振源看著毛龍龍。

李振源瞥見毛龍龍看了劉大將一眼。

「黃念已經掌握太多資源，」毛龍龍道：「對你們的監控中，我們得知他有巨額貪腐所得，謊稱是忠勇同志會的資金，要你找出來給他。這非常令主席震驚。沒有流失的經費估計遠遠大於此。這對黨和國家不得不說是種威脅。毛主席礙於他掌握太多權力，怕他幹出什麼出格的事。所以我立即出面要你不要把查到的錢給他。」

「他告訴我，這些錢是你們政變的資金。吳富國是你們的帳務。」

「他當然要這樣說，這樣能讓你當他的棋子，為他賣命。」

原來那六百萬不是同志會的經費，而是黃念的貪腐所得？這錢不會是南區招待所，因為招待所沒有那麼大的金額吞吐量。但為什麼貪腐得來的錢會在吳富國手上？又是什麼貪腐能的來這麼龐大的數額？

毛主席和忠勇同志會對錢的事，知道多少？知道六百萬裡有三百萬在我手上？如果黃念也不知道，他們不知道，那是誰知道？誰在我家門前寫下那些字？八成那就是殺害杜冬青的兇手。

他想了想，心中的輪廓逐漸清楚。忠勇同志會的死對頭是中央社會部，看來，毛主席跟黃念離心離德，黃念是政變主要目標之一，是「礙手礙腳的臺上要員」。毛想要以體制外對付體制內，煞費苦心，動用許多人。難怪孫志芳說連政法委都希望我把案子查下去，原來是場政爭。依照他對黨的了解，這個政法委估計也是毛用來打黃的。李振源同時注意到，毛龍龍叫他父親也叫毛主席。這種兒子也像普通人的叫法，顯得主席超越人間倫常，連爸爸也不是，就是主席，不僅是黨的主席，也是人民的主席。

「他掌握多大的資源？」

「作為國家和黨的情報首腦，他掌握國家最重要的信息資源。你曉得，情報網布線在黨政軍和社會各個階層，是共和國最龐大最重要的組織，每年有大筆的預算，投入到中央社會部，軍委情報處，政治保衛局，政法委員會，公安局偵查系統，其中社會部握有黨國最機密的情報，從國防、經濟、外交到內政，包括毛主席的私生活。這麼多年，這個布滿全天下的網路都交給同一個人掌握，是很危險的。而現在他又掌握很多錢，這樣更增加危險性。情報首腦已是一人之下、萬人之上，就算毛主席也不是說拿下就能拿下，必須有策略。否則鬧出事來可不是開玩笑的，那可是能亡黨亡國的事。」

共和國情報系統相當發達，但也相互重疊，權力傾軋，問題叢生。「他經營南區招待所的事，主席也知道？」李振源問道。

毛龍龍緩慢地眨眨眼。李振源不得其解。

「這是政治，」毛龍龍道：「那都是小事，主席身邊可信的人有限，支持他的人若是有點小問題，也無損整個大局。」

李振源這下算是真正懂得「看一個人要看大節」的意思，以前他的理解，層次都太低。黃念支持毛主席，但毛主席無時無刻不提防著。李振源這麼多年如履薄冰的活著，沒想到連層峰都要爾虞我詐的過活，他不免有一絲絲安慰。

「他害胡雪的事呢？」

毛龍龍語帶保留：「主席也認為能寫出那樣小說的人，自然不可信。只是，如果有需要，還是可以加以利用。比如有一天若需要處理黃念，揭發他的不法，就可以成為有用的材料。」

「胡雪在哪裡？」李振源現在已不太相信任何事了。

「不曉得。我告訴過你，黃念可能把他祕密關押。」

關鍵就在「利用」兩字。比如黃念利用胡雪案以葉雲的生命要脅李振源，驅動李振源去查緝六百萬的下落。然而若不是這樣，也許李振源此時早已經死在牢獄裡。主席看事情也是看有沒有利用價值。胡雪諷刺毛，毛雖認為胡雪不可信，但認為可以利用胡雪來揭發打擊黃念，這時，胡雪就是好的。也許毛將胡雪藏起來？李振源想，也許就是毛龍龍自己。

「主席為什麼不跟胡雪談談，也許他是為了黨好。」

「為了黨好？」

「他那本書，或許可以當作諷刺小說，也許指出了問題。像我黨這樣一個堅持真理，勇於刮骨療毒，自我革命的組織，修正錯誤達到自我修復的作法應該不難接受才是。為什麼不把它當作是一個健康情況的警訊？」

「你不了解主席。一旦他認定的壞人，就不能翻身。」毛龍龍看了一眼劉大將：「除非真的有用。」

這句話再次刺中了李振源。真個是事無對錯，只看有無可利用之處的世界。

「主席是個務實主義者。這麼多年來黃念都是主席的支持者。主席對他知根知底。他的一些毛病，主席也都知道。但是主席有自己的考量，他需要黃念這樣有政治資歷和資源又堅定不移的支持者⋯但是主席又感到擔憂。」毛龍龍一副什麼都知道的自信表情：「貪利的人，總有一天會因為利益而出賣朋友。更何況，他現在比誰都有錢。」

「這是主席的原話？」

「你認為我們捏造聖意？」劉大將一臉不高興。李振源看到此人露出桀驁和頑固，於是有了定見。他們怎麼鬥得過綿裡藏針的黃念呢？

毛主席居然有這樣的真知灼見。李振源看得出來，毛龍龍為父親設想無可話說。那這位大將呢？內戰以前，黨沒有海軍。這位劉大將年紀跟毛主席差不多，他推算這老傢伙可能年輕時是北洋水師大學堂出身，辛亥革命時還是艦艇管帶。民國後，一路做到艦長，艦隊長，各級參謀，再到海軍司令部高層。國民政府的官僚系統和腐化使他不滿，加上埋伏周邊的地下黨有心誘使，他參加了共產黨，抗日戰爭時還隱瞞了身分，到了內戰末期率艦隊起義。李振源很相信自己的判斷。覺得這人在海軍的資歷獨步群雄，沒有做到部長估計有點遺憾。劉大將雖然沒說，但他自豪自己的「忠」和「勇」，特別是「忠」心，不論對黨的，對主義的，還是對毛個人的。李振源看著劉大將，心想，這個老傢伙雖然是個大將，但也是個「起義幹部」或「反正幹部」，毛不可能真正相信他。從他的說詞判斷，他跟黃念應該不對盤，若不是政敵，就是吃味兒。

他們四個人，跪坐圍成一圈，上身直挺，看上去像是幾個武士在論道。這麼說也未偏離事實：毛龍龍勤奮練武，劉大將雖然年紀大了但年輕時一定也是習武之人，連家中都有道場，可見其尚武精神之深。柯吉也是一身武藝，李振源是警校搏擊總教官，精通合氣道、柔道、空手道、跆拳道、劍道，允文允武，他跪坐在那裡整個人精氣神合一。

「黃念的貪腐的錢從何而來，南區招待所？」柯吉問。

「這只是其中之一，我們懷疑他還有別的管道。」毛龍龍冷冷道：「只是我們還沒掌握到證據。」

毛龍龍厚厚的白色道服浸潤汗漬，在腋下和背上濕了一片。劉大將的白色襯衣露出他那個年紀的鬆弛皮膚。李振源看著他們，心想這個老人還能活多久？十年，二十年？他到底在追求什麼？權力和錢？錢不過是人世的盤纏，殘年將盡，他還不夠用嗎？權的本質亦不過是干涉他人。無盡的操勞，夜以繼日，甚至甘冒丟腦袋的風險，就為了這兩樣東西？這是聰明還是愚蠢？毛龍龍呢，他又在追求什麼？他就像多長了一根骨頭的孽種，前途已經無可限量非比尋常，還不斷搗騰。這兩人，興風作浪，害死了多少人？

「光是南區招待所，大搞色情、賭博，破壞社會風俗，排放污泥濁水，恢復舊社會醜惡，就是反革命罪了，更別說貪腐、走資，更是死罪。」柯吉吞了口水。

「他是個亡命之徒。」毛龍龍。

李振源避開毛龍龍的目光，他想，難道你毛龍龍不是嗎？他說不好主席的公子都經歷過什麼，但從他的眼神看去，這人有著不尋常的經歷。他隨即想起呂明松也說過自己戰場馬革裹屍，革命都幹過，還有什麼可怕的？他不禁搖搖頭，想想自己經歷過這麼多生死存亡的關頭，也可以算是九死一生，但他就不是可以把命豁出去，鋌而走險的人。

「黃念希望我查組的那筆錢，難道不是同志會的活動經費？據黃念說，吳富國是同志會的財務。」

劉大將看著李振源，一時屏息，未作聲。

「吳富國的確是我們的帳務。但我們的活動經費，都是起事者自募，各行動體系自己解決，多不經過吳富國那邊。否則怎麼叫去中心組織？」毛龍龍解釋。「況且，多數人參與事變，都是自願，除了必要的打點，沒有人事經費，武器彈藥汽油又是公家的，根本不需要太多的資金。這裡我們要自清，吳富國的死，我們也很意外。他的死跟我們沒有關係。同志會在他手上的資金也不多。」毛龍龍看了眼劉大將。

絕大部分兇手都會說自己是無辜的。他不輕信毛龍龍的否認，這需要證明。李振源盤算，這個政變對毛主席來說，真是無本生意。這些參與者，自己給自己挖了墓穴，替毛主席收拾了自己。毛主席得有多麼老謀深算，才能推演到這個結果？如果毛龍龍沒有撒謊，吳富國手上的錢既不是來自同志會，也不是來自賭場，到底來自哪裡？

劉志遠還是那副趾高氣揚的樣子，下巴微微抬高：「我們知道他跟你在林口營區的對話。他畢竟是情報出身，能過目不忘，但你以為這是天生的？不是，其實，他有把日常的細節都會紀錄下來的習慣。他紀錄下來除了可以提高他的記憶力，也是為了把私事變成公事。他的筆記有公私兩種，都藏在他辦公室桌子下頭的保險箱。一旦紀錄下來，不論紀錄的是什麼，就會變成公事和私事攪和在一起，就隱藏個人犯罪。」

把公私混在一起，這個他懂，吳富國那三百萬若是不小心曝光，他可以說自己正在調查，為了找出兇手，他以錢為釣餌，引誘真兇露出真相。但是他們怎麼知道黃念辦公室的情況？李振源有點疑惑。他從不紀錄，只要一紀錄下來，就有洩露的機會。劉志遠在黃念辦公室布建？這個想像有點大膽，畢竟那是共和國情報首長。無論如何，黃念這個人貪贓枉法到了無法無天的地步。李振源聽了他們的說法，心理有底，跟他的想法對得上。

「對於吳富國和他愛人的命案，你們一點都不知情？」他心想，還有杜冬青、邱大勇、郭自足都是誰殺的？忠勇同志會還是很有嫌疑。

「黃念有很強烈的動機。吳富國也許，可能，是他不法資金鏈的一環，黃念殺他，滅口。」毛龍龍提供了看法。

「你的意思是？」難道吳富國既是同志會的帳務，也是黃念不法所得的經手人？

「吳富國也許是兩面人。」毛龍龍道。

「那你們還讓他管財務？」柯吉反問。

「人心隔肚皮。」劉大將道。

黃念暗示的卻是同志會有動機…誰說的是真相？是這兩個單位狗咬狗，飛噴的唾液嗎？

木屋好處是通風，四邊都開著落地門窗，落地窗格大小適中，給人輕快明亮的感覺，李振源聞到一股桂花香氣。

從幾起命案兇嫌犯案手法來看，兇手可不是一組人，是好幾組不同人馬。黃念一方所為的話，為什麼動員不同背景的人下手？毛龍龍和大將顯然也有動機，如果吳富國真的貪了他們的資金，他們現在矢口否認就符合犯罪邏輯。如果毛龍龍殺了吳富國，等於是毛主席殺了吳富國，這有什麼好掩飾的？主席手上沾的血腥還少嗎？有什麼可懼，有何可掩蓋？

李振源轉念一想，毛龍龍肯定跟毛主席是一國的嗎？他不確定。毛龍龍為什麼這麼積極要將黃念定罪？加上上次為了要警告李振源不要輕信黃念，還費勁誘捕他。他們之間，真的只是毛龍龍一心憂父？會不會有什麼私人恩怨？

「既然你們有這麼多眼線，是否可以幫我查出我愛人葉雲的下落？」

「憑什麼？」

「黃念要控制我，挾持了葉雲，逼我要去找錢給他。如果葉雲在安全的處境，我就不必聽從黃念的要脅。你們也就不必擔心我受到他的利用。」

「李探長是個人才。若是能跟我們站在一起，別說你愛人葉雲的下落，就是你的事業也會改觀。」劉志遠露出笑容。

李振源沒想到劉大將見風就下雨，馬上順水推舟要拉攏他，要他選邊站。李振源是那種和而不群的人，從不參加任何團體，他不沾黏各種政治立場，這是他立身處世的方式。況且，這個同志會前兩年才發動政變。他們一面之詞，說是毛創立的，真真假假，無論如何，他不要參與。

劉大將想了會兒。「其實扳倒他不是我們的任務。是他一直想要扳倒我們。」

「你們什麼都告訴我們，為什麼？」柯吉問。

「呵呵，」劉大將胸有成竹的模樣：「事件已經過了，人都已處理。祕密大部分都已公開，這個組織算是解散了，死了。毛主席的角色，單獨透露給你們，讓你們知道，你們懂得分寸，量你們不敢造次。只要散播出去，我們就知道是哪裡洩漏的。」

李振源和柯吉是識時務的。誰都看得出他們沒有膽子也沒有能力去暗算黨的高層。況且李振源很不願介入兩派人的鬥爭。在當前的情況下，他知道不站隊也不行，在這兩人眼中，可能不是朋友就是敵人。

「我這人沒什麼長處，知恩圖報是其中一項。如果你們提供葉雲的下落給我，我不會恩將仇報。」

言下之意，是你們能幫忙找到葉雲，一旦同志會有難，李振源會協助的。這也是他委婉拒絕加入他們的意思。

「一旦有消息，必定告知。」毛龍龍信誓旦旦。

搞懂了同志會的來龍去脈，李振源和柯吉告辭劉大將。劉將軍顯得重視李振源，臨別前還對他擁抱。

除了偶爾的政治集會，臺北的街頭日益蕭索，基本上已經沒有什麼商業活動。走在路上的人，大都是去洽公，要不就是去辦事。沒有人在路上閒逛。人和人也不積極往來，戒慎恐懼，更少私人聚會。就算交往，也不敢講真心話，人和人之間掏心挖肺這種關係變得風險很高，只有相當輕率的人才這樣做。鄰里見了面，也不願意點頭，他們必定相互舉報過對方幹了什麼投機反動的事。過往，人們聽到大稻埕三個字，會聯想到雕梁畫棟，感受到無與倫比的商業活力——糕餅舖、藥材行、藥房、茶莊、鐘表店、布店、南北貨、貿易商，這裡曾是小上海的南京路，繁華似錦。現在已經跟往日不同，這裡的人走路垂頭喪氣，若不是哭喪的臉，也是面無表情，兩隻腳沉重，眼神呆滯。大稻埕三個字變成資本主義的代名詞，是共產黨要徹底改造的重要街區。

告別了劉大將，李振源跟柯吉回到大稻埕公安局，然後他一個人一路走去鐵道部。出獄之後，他想看看鐵道部又有什麼變化。

會客室裡的鐵道警察已經換成了武警部隊，整個氣氛變得嚴肅了。他報了自己的身分，臉色如鐵的警衛讓他在旁邊等著。

先前李振源打過招呼。幾年來，他原先認識的人下臺了。但是李振源的其他朋友卻上了臺。原交通部長機要祕書曾大奇，他們最後一次見面是在南區招待所那次。現在他可是專管鐵道部整體預算的交通部「鐵路資源設計部」主任，為了瞭解鐵道部的運作需求，他幾乎整天都不在交通部辦公室上班，而是待在鐵道部上上下下走動。

沒多久只見曾大奇和一群人走來門口迎接，有鐵道部長辦公室主任及其他必要人物，看來都已換了一批人馬。

「振源兄！」曾大奇一把握住李振源的手。「快請進！」

他們走到部長會議室，曾大奇叫人泡了杯茶，一面說：「振源兄能逃過大劫，必有後福。」

「大奇兄，實在很感謝你幫忙，真是麻煩你了。」

「哪的話，」曾大奇遞上一根菸，並幫忙點燃，「兄弟交待事，我一定盡自己所能。」

兩人坐在沙發上，一面抽菸一面喝茶。上好的凍頂烏龍，南投國營茶廠特供，只有部級幹部才享受得到的待遇。

「讓我來給兄弟報告一下，」曾大奇吸了口菸，「你問的鐵道部電務處的預算，我去翻看資料，看到電務處鐵路電氣化預算一九六二年度大約是三千萬，其中包括材料約二千八百萬，工程單位一百八十萬，以及細瑣的其他費用。材料多是進口。工程隊由國造營建承包。所有預算都是從交通部直接給付給對口單位，電務處不可能接觸到。」

「也就是說，吳富國不可能拿到回扣？」

「可以這麼說。吳富國只是執行工作的人，他把工程需求編列建議書交給交通部，交通部審核後，制定預算撥補計畫，直接由國庫撥補到對口單位。比如材料預算，就直接給採購司，吳富國只會見到運來的工程材料，永遠不會見到真金白銀的錢。連人事經費都不經過他手。」

「這麼說，這個電務處不是一個有油水的單位？」

「整個鐵道部都不是。」曾大奇道：「真正有機會的是採購司，他們去比價，決定採購哪一家廠商的貨物。這裡可能有拿回扣的機會。吳富國只能對物料規格提出意見。他見都見不到供應商，即使他能在規格上動手腳，但他上面還有鐵道部工程處等等單位會做整體規劃。以我的看法，他不可能從中揩油。整個流程太複雜了。不可能。」

「嗯，那麼他的死就和預算以及回扣沒有關係了。基本是這樣。」

「同意。這方面，幾乎是不可能。」

「現在人事方面，這兩年有什麼新聞？」

「原先工務局主任委員王傳興已下放到一五一幹校勞動改造，工務局電務處書記陸繡山調到交通部鐵路司。」曾大奇小聲道：「現在電務處處長是我哥兒們，書記也是老相識。」

他本來就覺得陸繡山不簡單。但對王傳興被送去勞改感到同情，他那麼會做官的人……

「原先那些職工有異動的嗎？」李振源問。

「除了一名被劃為右派分子，被送去改造外，還有一名跟著陸繡山一起去了鐵路司，其餘都還在原職位上。」

「誰和陸繡山去了鐵路司？」

「南區架空電纜組組長傅佪。」

李振源想起來傅佪是那個嘴唇很厚，看起來老實巴交的傢伙。

「沒想到單位出了命案陸繡山還能高昇，背景夠硬，是誰？」李振源道。他也沒想到，傅佪是陸繡山的親信。

「徐元帥。說是老部屬。」

果然，李振源心想，是那個山西將軍，看來這些軍人跟鐵道部的關係不淺。而若不是朝中有人，陸繡山不會有那種傲氣。

「晚上再去招待所？」曾大奇問。

「還在營業？」

「怎不？」曾大奇笑了。

李振源很驚訝，這黃念真是極為自信與大膽，有一組人馬專門針對他的腐敗進行打擊，他依然故我。就不怕翻船嗎？

晚上他們又來到南區招待所。兩年來腥風血雨，這裡不僅沒有消停，而且看上去比兩年前更加靡爛。舞臺上的女人除了俄羅斯姑娘外、又招募了中東歐、韓國等地的女子，這些地區全都在德日的管轄下。菜單酒水的品種也變得更加多元化，來自敵對陣營德屬西伯利亞的伏特加、德意志波蘭的啤酒、北海道的波本威士忌，赫然在目。菜色也變得更多樣，除了德國豬腳、德式香腸、也多了鵝肝醬、魚子醬，各式義大利火腿、各式乳酪等。

他經過兩年煉獄般的生活後，現在猶如置身天堂。他大口吃大口喝。沒多久就幹掉半瓶威士忌。正當他開始暈暈乎乎的時候，重頭戲悄然而至。老媽子帶來一批女子，供他挑選。他掃視幾遍，試圖找出兩年前的那位女子。但他發現，跟菜單一樣，這些女子早就換代更新。他略顯失望的留下一名東方面孔的女子，老媽子說是朝鮮人。

朝鮮半島被日本併吞，成立朝鮮滿洲國。所以這批人也是被送來當作外交禮物。這女子溫柔敦厚，嫵媚纖細，他當場跌入溫柔鄉不可自拔。

睡到半夜，突然被搖醒。一看是柯吉。

「你怎麼找到這裡？」

「有緊急事件。快走。」

李振源穿上褲子，套上白色襯衫就離開被窩。

第十六章

悍匪

李振源在路上看了一眼手表，凌晨一點四十三分。他們接近工廠時，李振源感覺到胃酸過多很不舒服。這是一片工廠區，夾雜著化工廠、兵工廠、煤炭場，白天冒著煙，空氣頗不好聞。這幾天假期，工廠停工。

無線電臺傳來消息，有歹徒闖入一家位於淡水河邊的國產電視機廠。歹徒可能有五人，身分尚在查證中，不過情報機構不斷傳來更新消息。匪徒打劫用了日本槍械，遠距射殺衛兵，格殺保衛人員。屬於極度危險的悍匪。

幾個簡單的信息於是被拼湊出來：歹徒經過專業訓練，用日本槍械可能是警察或是軍人，因為毛主席和日本合作後，獲得了日本軍援。李振源癱坐在偵防車副駕駛座。他問：「帶了多少傢伙？」

「除了標準配置，六把短的，一把長的，子彈各二百發。手榴彈四粒。」柯吉道：「已經通知局裡馬上派出支援，三組偵緝隊。」

柯吉再補充：「市局一組特警部隊已經出發。」

「市局也來攪和？」

「現在什麼事都要回報請求市局出面，跟以前不一樣。」

李振源點起菸吐了一口，試圖緩解頭痛。但是不起作用。李振源道：「國慶假期，工廠也不上班，搶什麼？但在工廠是圍捕的好地方。」

大半夜路上很冷清，柯吉闖了幾個交通號誌燈，不到十分鐘就到了現場。大門前掛著木頭牌子，寫著臺北電視機廠，旁邊是一個消防隊。消防隊員穿著睡衣都出來一探究竟。工廠鐵門是敞開的，警衛室玻璃上有個彈孔，地上躺著制服衛兵，人已斷氣，慘白的燈光籠罩。

李振源與柯吉互看了對方一眼，推估另一位保衛人員可能死在別處。現場的公安，是三個附近派出所的員警，和一個社區巡邏員。

「一個小時前，我在附近巡邏，聽到槍聲，立即趕來。」說話的員警大約二十歲出頭，戴盤帽，制服筆挺，挺精神：「我到了之後，在裡面看到一具屍體，是衛兵。應該還有一名保衛巡邏員，老畢，工廠每天晚上固定的夜班警衛，我們常打招呼。他不在位子上。我進廠區看，他趴在生產大樓前，一動不動，估計死了。我看到六名匪徒，在辦公室裡，荷槍實彈，自知不敵，我就跑出來呼叫支援。」

「你做得很好。」柯吉拍拍他。

「大半夜工廠有什麼可搶？」李振源不解。

「我也不知道。」小警察眼眶紅了，似乎難過他的朋友死了。

小員警的反應讓李振源有點感動，這年頭居然還有真情。

「他們往經理室或財務單位去，一定因為那裡有保險箱。」另一位比較年長的警察說。

其他支援部隊最快二十分鐘才能到達，若是確認歹徒手中還有其他人質，二十分鐘能發生的變化很大。

李振源想探查清楚，但是他跟柯吉只有二人。

「你們看到他們有六人？」柯吉拿了一把長步槍，腰間還有一把手槍。他檢查了槍枝，分配一些子彈給李振源。

「是的，他們全都荷槍實彈。限於火力不足，我們沒敢和對方交火。」那個老員警說。

「還有其他人質？」李振源問。

「不太清楚。」小警察道。他似乎有點緊張。

「很好。你的處置正確。別打沒有把握的仗，白白犧牲。」柯吉道。他留下一些子彈和一把手槍給眼前的公安。「你們守在這裡，若是他們從正門離開，你們直接擊斃。注意隱蔽位置。」

這裡以前日本時代是德意志領事館，後來廢棄重建，成為市立電視機廠。偌大的廠房裡面有不少建築，其中一座工廠有五層樓高，並非全黑，有些區域燈仍亮著。這一棟工廠從外表看來，明顯是蘇聯專家協助建造，二樓能夠俯瞰全場生產線的有一排辦公室，其中一間亮著燈。李振源向柯吉示意各自從不同方向接敵，窺探他們的活動。愈多情報對採取策略愈是有幫助。

李振源心想，這批匪徒搶劫，殺害無辜，很可能繼續殺害人質。如果發展到那時，就不等支援，必須即時出手。如果對峙，決不允許談判的。公安從不與歹徒協商，一般來說上頭要求盡量在現場格斃歹徒，彰顯社會主義正義的偉大和效率。

李振源明白因為政策如此，所以武裝歹徒通常一定會成為亡命狂徒，因為他們沒有退路。

他和柯吉在昏暗中低調接近生產大樓，分別從工廠外部兩邊靠近。遠遠的，在建築物前他們看見一個穿制服的人趴在地上，想必就是巡邏員老畢，他一動不動。他們低姿從大樓兩側窗戶溜進工廠，踩著貨架爬到高處窺看。對面亮燈的辦公室裡有四人，兩人手上有槍，兩名沒有，應該是被挾持。李振源躲在車床機器後面，看到走廊上還有三名荷槍警戒的匪徒。

持槍匪徒辦公室走廊有三名，裡面有兩名，這樣五名罪犯，可小警察說有六名？另一名在哪裡？李振源回憶，剛才從工廠進來，一路到辦公區，並沒有見到可疑人物，也沒在門口見到把風的，那麼這人去了哪裡？難道是公安看走眼？

「操你大爺的，你再不說保險箱的密碼，殺了你。」聲音傳到高挑的廠房，很空洞，卻清楚。一名慓悍的匪徒用槍托猛擊被劫持者的胸膛，那人被打得後退三步。另一位是比較莊重的傢伙，李振源判斷，此人應該是匪首。

「我真的不知道，我只負責夜間值班。」那人唯唯諾諾。

接下來只聞一聲槍響。另一位被劫持者哀嚎摔倒在地上，抱著膝蓋痛哭。雖然緊盯著他們，但李振源沒有看清楚發生什麼事。

「去你媽個蛋，你是夜班經理。你再不說，吃苦的是他。」匪徒用槍口指著地上的人質。「你們有幾條命跟我們玩？我這彈閘裡有二十發子彈，你有四肢，加一個腦袋，五發你就完玩了。你想忍受多少痛苦？經理同志，他們給你多少錢讓你如此賣命？給了他多少？這些錢又不是你的。」匪首道。

倒在地上的人聲音痛苦帶著哭音道：「我只是倉儲看守。我什麼都不知道。別殺我，我孩子還小。」

「沒問你。你是尹班長，山東老鄉，俺知道。」匪首低頭學著他的腔調，轉頭望向站著的那人：「我們早摸清，正副經理級幹部共有四人，負責輪流值班，你是正經理鄒中興，一把手，今天是你值班，你知道密碼，所以我們才來。你以為？」

「內賊難防。」鄒中興經理埋怨。

「我們清清楚楚你們的動向。最近工廠代銷日本家用電器用品，許多單位都來採購，你們收了不少現金。因為國慶假期，有些來不及入庫，都在這個保險箱裡。」匪首道。

鄒中興看來很為難。「我若告訴你，我會受到處罰。以後難熬了。」

「處罰？在偉—大的社會主義制度下，你會照常領工資。況且你還是黨員，黨信得過你。你不會有事的。」匪首把偉大兩字故意拉長，聽起來似乎在嘲諷。

「正因為我是黨員，我才不能告訴你。黨有黨的紀律，黨員有黨員的責任。」

「你不說，他就見不到日出了。」另一名匪徒似乎等不及要開槍了。

「求求你，俺還等著回大陸看娘。」地上的尹班長急得哭了。他看上去有五十歲，短髮，黝黑，眼睛有點糊。

「你對你娘挺有孝心。我們都想回去看娘。那就請經理打開保險箱。」

「我對毛主席發誓，不能。」鄒中興沒等尹班長求情。

匪首苦笑了一下。「哇操，這樣，別怪我們。」他向另一人使了眼神。

一聲巨大的槍響劃破空氣，李振源反射性低頭。他又沒看清楚發生什麼，但是那哭聲瞬間沒有了。

遠遠看去，一灘噴射型的血漬沿著地上四散，在尹班長的腦門後頭灑了一片。

「媽的！」鄒中興在地上跳腳，失去理性。

「接下來就是你了。」匪首把槍口對準鄒中興。「最後一次機會。」

李振源看到這一幕，知道是無法跟他們談判的。李振源伏好射擊位置，跟柯吉比了手勢。

李振源開了第一槍，柯吉開了第二槍。一位匪徒應聲倒地，匪首抱著手臂就閃。室內匪徒的和走廊的匪徒四散，逃出辦公室，從二樓一躍到一樓，跑到生產線上，有的從另一邊的牆跳出窗外。

李振源向柯吉比手勢，要他追緝逃走的其中一名。李振源自己則追捕其他匪徒。

李振源衝向工廠電視機裝配線上，看見歹徒逃逸的方向，一路飛快追蹤。歹徒不時回頭對後方掃射，隨著火藥爆裂，子彈打在厚重的機械金屬上，鏗鏘聲響伴隨火花四濺。李振源看不清他們的位置，但進行了壓制回擊，電光石火，不知有沒有擊中對方。李振源抬頭一望，看到廠房很高，在後半部沒有低窗，有高窗，沒後門、側門。他明白已把兩名匪徒基本逼到工廠的角落，只要工廠沒有其他出口，他們逃不出去。

與匪徒對峙了約三分鐘，匪徒丟出了一個東西，在地上發出清脆的　啷聲，李振源判斷是手榴彈，還沒爆炸，另一顆又扔過來，李振源立即跳躲到機械車床後頭，隨即白光一閃帶著轟然巨響，天搖地動，連笨重的車床都跳了起來，然後水泥、金屬碎片從天而降，貫了他一腦袋。於此同時，廠房貨物起了大火，火勢竄燒很快。李振源雖臥倒在地，被震得頭腦嗡嗡作響。炸彈一爆，現場顯得混亂，柯吉在外邊也在開槍。匪徒趁亂突圍，往出口移動。

李振源恢復過來後趁機還擊，他帶的彈藥充足，就在工廠裡相互交火。只要時間拖得夠長，支援部隊就會包圍此地，到時悍匪插翅也難逃。

匪徒見自己受阻，亂丟了五六顆手榴彈，炸的天旋地轉，機器支離破碎，然後以火力壓制李振源，往出口奔竄，但李振源就是不放過對方，一路攔截。匪首氣極敗壞，又丟了幾枚手榴彈回應，企圖將工廠牆壁炸出一個洞來，可是建築太結實，根本不為所動。匪徒於是集中火力壓制李振源，一面突圍而出。柯吉那邊槍聲也大作。此時李振源聽到警車鳴笛聲。

他追出工廠，已不見歹徒身影。

隨後大部隊人馬圍住了大門和工廠，柯吉死死咬住的一個歹徒，成了困獸。跟上的警隊向歹徒喊話，要他放下武器。他用槍擊回應。

雙方僵持了半小時，匪徒和警察相互開了有一百多槍。然後是靜默的十分鐘。

最後廠房後頭傳出槍聲。

公安部隊清理現場，發現困在廠房裡的歹徒自我了斷。現場指揮官跟柯吉簡短談了幾句。樓上一名死者是匪徒，一名死者是職工，一名傷者是經理。樓下三名死者，一是老畢，另一個是自殺的匪徒，令大家大感意外的是，在生產線的地上，還發現一名死者，脖子中彈。靠近門口地上有一串血跡，估計是匪首留下的。匪首和一歹徒成功逃逸。還有一名從一開始就沒有出現的歹徒仍沒有身影。

生產線上的死者，後來受傷的工廠經理指認，這名死者是工廠的工人。因為家窮，所以放假前向辦公室申請假日來加班，折疊紙箱，賺取不休假獎金。沒想到死於槍戰。李振源卻推斷，這人可能就是工廠的內應，是小警察說的第六名匪徒。

主任說，這名工人全家都靠他微薄的收入支持生活。現在他死了，他們家更慘了。

李振源於工廠外頭，四下搜索逃逸的匪徒。李振源研判，四下都是軍警，匪徒可能跑不遠。李振源看那匪首的行徑，可不是省油的燈。心想，若是遇上，不是他死就是我亡。

李振源聽見擴音。「大家注意，還有歹徒下落不明，可能還在廠區四周，各部隊長立即分配區域，地毯式搜索。注意，歹徒武器充足，火力強大，極度危險，任何人遇上可格殺勿論。」是一名黨幹部用擴音器做了任務提示。

李振源有點輕傷，他到廠區更外沿搜索，防止歹徒逃跑。李振源算了一下，六名歹徒，其中一名被擊斃，一人自戕，一人身分待確認，三人下落不明。戰前，搶匪沒有這樣凶悍的。戰後，臺灣這麼殘酷的劫案多是敵特所為。以他的經驗，像他們這樣凶殘的匪徒絕大部分都是外省人，他們多是不顧性命之人。他提醒自己，要小心一點，否則這次任務連自己命都不保。

離開大部隊，兩人繞到工廠後頭小巷，逐條查看。這是一片陋屋，緊連著屋後就是一河堤，河堤坡道上長了許多植物，在月夜中像是靜謐的鬼魂。他眼觀四面耳聽八方，生怕歹徒埋伏在暗角或是屋頂，亦或是跑到河堤背面，到了河岸邊。若真如此，就真的找不到了，那裡黑燈瞎火。他先不作此想，只注意平民百姓家裡是否有異狀。這裡的巷子彎彎曲曲，都是那些很窮的外省人十多年前自己搭建的簡易棚屋，這一區大部分都是遼寧營口人，都是兵工廠的員工。房屋有些只是三夾板搭建的，有些半磚半木混合，有些則是鐵皮，沒有排水系統。這是雜居區，李振源覺得像是難民營。走在這裡會聞到隔夜的菜肉味，窗臺上晾著大葱，水溝偶爾還會飄出一陣陣屎尿的味道。此時三更半夜，本來家家戶戶都在熄燈睡覺，因為鄰近工廠的動靜太大，很多人都出來觀看。反而顯得熱鬧非凡。

他在小巷裡轉了半天，也沒看出什麼異樣，突然聽到小巷不知哪一頭有激烈的聲響，像是在打架。他往聲音的同一個方向衝去，轉了半天，也找不著到底在哪發出的聲音。突然他聽到一記槍響，這時才明確方向。他衝到聲音源頭附近，只見一道黑影飛快閃過。他探頭往屋裡看，燈光昏黃，地上一男人躺在血泊中，身穿家居服，胸膛中彈，他上前摸其鼻息，人已氣絕。此時屋中一女子放聲大哭。他看了這女人一眼，也不知道該怎麼辦，隨即馬不停蹄立馬追了出去。瞎摸到一個轉角，看到人影，直追著那身影到了河堤斜坡邊，他大喊：「你再跑我開槍了。」

那人回頭就是一槍，那一彈差點打到後來追上的柯吉。李振源縮了一下，立即舉槍還擊，一槍打中歹徒背上。那人又回頭開了兩槍。柯吉和李振源都開槍射擊，黑暗中兩人不知是否射中歹徒，那人仍然在逃。李振源想活捉，歹徒若中彈，跑不遠。他跟隨他的影子往坡上爬，那人愈爬愈慢，李振源站在他背後看他掙扎，知道他已受傷。那人回頭又想攻擊，被李振源一腳踹昏了過去。李振源將之銬上手銬拖下坡來，之後交給柯吉處理。「叫他們送到醫院去救回來，派人保護，小心他自盡。」李振源道。

柯吉將人犯送交警隊後，跑回去找李振源。只見李振源坐在工廠大門口地上，整個人累翻了，兩眼布滿血絲。

「你現在先讓我去睡個覺，我現在什麼也做不了。胃整個在翻絞，肝要炸掉似的。」李振源坐在工廠門口氣喘吁吁。

「那我繼續去追查其他逃犯。」柯吉永遠都是盡忠職守的鬥犬。

「不急，不用你去。另外的人逃就逃了。你先回去休息，這案交給市局去處理。我局派一個人協助得了，現在搶案不只大稻埕的事，這市立電視機工廠，市局有管的理由，就不用我們在這拚命了。跟他們搶功，我們搶不過的。」

第二天早上起來，李振源就回到辦公室上工。他一到辦公室就被新局長叫到身邊，這位姓羅的局長劈頭就對李振源發了一陣火。問他昨晚跑到哪裡去？李振源回羅局長說自己到南區的一個幹部招待所查案。李振源描述那個地方的情況，羅局長也顯得不可思議。李振源解釋說自己去打探消息，不小心喝了大醉。但他把韓國蛇女那段省略了沒說。羅局長道：「在這個雷厲風行的節骨眼上你跑去給我花天酒地，你有沒有把紀律放在眼裡？有沒有把黨的三中五令放在耳裡？」

李振源有些意外，只回說：「報告局長，查案是要這個樣子的。哪裡可能有消息就去查。有時就是進老虎嘴巴，才能看見哪一顆牙壞了。為了進入猛獸的血盆大口，你還得化成血腥味的食物，冒著被生吞活剝的風險。哪裡有線索的地方我們就去，那些地方通常充滿了危險。幹這一行，小心就是懦弱。」他一副非常嚴肅的表情：「有可能要喝酒，甚至吸毒，甚至殺人越貨，最終換來是破案。黨的政策是不論犧牲有多大，破案是最重要的目標。任何人都不可以是社會主義建設道路上的障礙。」

這樣的反駁，局長露出了不高興的顏色。他生氣道：「手段是種子，結果是大樹，種什麼種子結什麼果。再說你投入這麼多，結果案件被別人搶去，對我們有什麼好處？」李振源對局長稍有認識。這局長叫做羅宇生，來自部隊。他禿頂，皮膚粗黑，看上去像是每天曝曬在陽光下的農民。他行伍出身，參加過長征，打過內戰，原來是個團級幹部，一心想昇遷，豈料一直不被提拔。還被從軍隊轉出來，變成公安局長。但他還是野心勃勃。然而他帶領公安是依照他以前打仗帶兵的方式，一個口令一個動作，形式簡單粗暴，不容有任何遲疑，幾乎是個毫無技巧的獨裁者，只想完全掌控整個單位的每一個環節。李振源心想，幹恁娘，這新來的只想訓練我們每一個人都成了聽他話的小兵。李振源在警察系統待了二十幾年，深知跟社會打交道要用另一種方式，蠻幹是沒有用的，只會讓犯罪隱藏得更深。只有把自己變成社會的一員，才能打聽到社會內部的聲音。

羅局長說：「你這樣子叫我怎麼去跟上面報告你的表現？」

李振源看著羅宇生局長：「昨天晚上六個悍匪，三個當場斃命，一個活捉。只逃走兩名，算是很成功了。你就說我表現得很好，沒見過這麼能幹的幹部。」

局長一陣苦笑。「你有很多狀況需要人們去評估。你很清楚是什麼事情。」局長用火柴點燃一跟菸，吐吞起來。

羅宇生是個大老粗，看起來就是農村子弟對改造社會有理想而加入共產革命，雖然沒念過幾年書，但也不是一個笨蛋。他是一個愛黨、忠誠、心細的黨徒。他也許不能進行太抽象的思考，但絕對是一個雷厲風行、風風火火，黨的忠實子弟兵。李振源認識太多這種人了，感到有些生厭，他有點不願承認，但這又是心裡的直接感覺。離開日本十多年後，他竟然有點懷念那些「鬼子」。因為「鬼子」雖然一板一眼，但勤懇忠實，集體古板，但個人一點不笨。

「昨天晚上我獨自去查案，很有可能就此犧牲了。遇到了突發的搶案，我也立馬投入追捕的工作，擊斃三名，活抓一名，也算是有些成果，依我看這個報告，局長不難寫才是。」

局長被李振源這樣的頂撞弄得面紅耳赤，青筋爆漲，但看得出來他努力忍住脾氣，幾乎是憋著道：「你不要違抗公安紀律，否則即使你對整個公安系統有所貢獻⋯⋯也會被視為文明道路上的垃圾。」

李振源站在那不講話，心想，跟這樣的人講話，不需要說太多。愛黨愛到腦袋壞掉的人，這樣的人在這種系統裡是很現實的，用成果說話，其餘都沒用。現在他看我不起，等我破了大案，他自是另外一個面孔。已經不是以前呂明松局長的時代，呂明松很了解李振源，默契十足。現在的時代，只講成果，實事求是，拿成績說話。李振源早就知道，他們崇拜強權，懾服於威猛，他們只看成果，只會被強大的力量征服，不會被情感與人情軟化。跟他不用廢話。

「如果沒有什麼事我就下去工作了。」李振源告退，來到自己的辦公室，看到同志們都在偵訊打架的、爛醉的、喝掛的、違反女男平等作風打老婆的瑣碎案件。他告訴柯吉，這些事難道不是庶務科該辦的嗎？儘快讓一部分人從這些事情上抽身。可是柯吉告訴他，庶務科的案子超承載，所以局長才要求偵查科分攤一些。李振源聽了蠻不高興地說，現在處理的這些案子會吃光他們的時間。留下幾個人處理就好。

「我早就建議讓庶務科擴編，別把我們的專業耗費在這種家常事務上。」李振源喃喃自語。

市局方面派出聯繫人要求李振源加入武裝匪徒的調查，說是他們不擅長調查這種命案，況且李科長一開頭已經介入本案。羅局長看來是為邀功，欣然同意，也沒問李振源。李振源多了這項任務，雖然心頭有點意見，但也只能配合，胡亂指導一番。他建議啟動通報系統，動員全市線民對銀行、食堂、工廠、醫院、小賣部等等有現金流的地方進行嚴密監控。線人系統是非常龐大的一支隊伍，他們由退役軍人，街道委員會、保長、村里鄰幹部和熱心人士組成，完全不支薪，但每年可領額外的副食品配額。

案情就像大雪過後萬物被覆蓋一樣，除了一片雪白，沒有任何痕跡。都埋藏在厚雪下面，看不見道路、樹木的根部，不知道哪裡是平地，哪裡是坑，哪裡是糞池。李振源知道匪徒不會這樣善罷甘休的，之前沒搶到錢，歹匪花了這麼大力氣，一定有需求，就一定會再動作。

這一陣子天氣冷熱溫差不穩定，辦公室好幾個人都感冒了。老是聽到有人咳嗽。辦公室窗戶關上時覺得熱，打開時又感覺冷。李振源抽菸抽得兇，他喜歡開窗透氣。有時候站在窗邊凝望著上次被埋伏綁架的小巷。想了想還真有點後怕，那個地方專門宰殺動物的，如果毛龍龍有意圖完全可以殺死自己。劉大將和毛龍龍倒底跟黃念是有什麼仇呢？

李振源的判斷是正確的。過了幾天，有歹徒活動跡象。據報，有人在馬列區濟南路附近看到可疑身影。他們化裝成煤炭公司的人來附近務工，到食堂吃飯。但被線人識破。他們也很機靈，見苗頭有異，立即離。李振源接獲報告後，專門派人在濟南路上幾個重點單位加強監控。他相信匪徒現在走投無路，一定會鋌而走險。

這期間市公安局對捕獲的那名歹徒進行逼供，此人卻守口如瓶。當局欲加強逼供手段，歹徒當晚就咬舌自盡身亡。李振源被這條消息氣死了。好好的線索就這樣沒了。

一個星期後，監控系統已經支持不住這樣強度和長時間的輪班監視作業，在紛紛抱怨勞役太重的當口，一個深夜，這批歹徒終於行動。

一間生產大型火砲的兵工廠深夜遭到闖入。這工廠的火砲有一部分是出口的，軍火交易雖然都是政府部門進行，但工廠難免也會產生現金，每天晚上都會將現金入庫，對一般人來說，數額不少。歹徒一定是觀察到這家工廠因為作業繁忙，雖按照規定日清日結，但時不時都有一筆可觀的現金會從上頭撥下來，也許是添購設備、原料，也許是職工獎金，晚上都存在營區內的保險庫。歹徒看到了這一點，於是對這家安保鬆懈的兵工廠進行了突襲。

搶劫兵工廠是駭人聽聞的。工廠本身是個軍事單位，有自己的武力、哨兵，招來軍方的行動也不好對付。匪徒有兩人，一如他們計畫的，他們輕鬆制伏衛哨，取走保險庫現金一大筆。但當他們分頭出逃時，卻發現自己被軍警圍困住了。他們果斷退入營區食堂，緊閉所有門窗。本來研究了幾個普通國營單位，對他們這幫人來說，易如反掌。匪首卻選擇這軍事單位，原因是這兵工廠守夜的只有兩人，沒有料到軍警布下了這麼大的天羅地網。

李振源早協調將這幾個轄區一半的警力都放在這個街區，果然如他所料。歹徒的行動讓他恢復了點自信。

退到食堂的匪徒，看見伙房一個中年人，略胖，穿著汗衫、拖鞋，慵懶地坐在灶爐邊一張板凳咬嚼香蕉，眼神呆滯，動作緩慢的那種大叔。廚房已經清潔乾淨，地上的水還沒乾，以他們經驗一看，就知道這是混飯吃的傢伙，脾氣還很固執。這傢伙估計是伙房班長，以前是底層百姓，貧農或是火車站搬運工什麼的。因為有點內部關係，謀得兵工廠食堂這個工作，能固定領工資，三餐不愁，退休還有國家養著。匪首見他驚恐的樣子，知道絕對是一個米蟲，死不足惜，活著也沒特別意義。一聲槍響，還來不及明白怎麼回事，胖大叔悶聲重重栽倒在地，結束了吃飯、拉屎、發呆串起的一生。匪徒這麼做沒什麼道理，可能只是翦滅一切風險。他們轉向住在食堂裡已經嚇壞的年輕人，問哪裡還有可逃的出口。

槍口對著這人，匪徒判斷，這是個伙房兵。伙房兵指著廚房的排水道硬是擠出話：「這……水溝下面的排水系統挺寬闊，上次堵塞我進去清理過。據說可以直通人民大街。」

匪首問：「此言可真？」伙房兵直點頭，模樣真誠。匪徒朝伙房兵腦上開了一槍，伙房兵整個身體扭轉摔砸在地上，白色地磚立即染紅，血濺四處，就像伙房班長宰殺雞鴨豬牛魚時一樣。只是這次沒有伙房兵會幫他順手清理了。

李振源聽到兩聲槍響，知道不妙，匪徒不知又槍殺什麼人了。他不能讓情況這樣發展下去，有些事情他還沒搞清楚。雖然現場軍方指揮官並不同意，他逕自敲門表明身分要進去食堂，氣得軍方指揮官跳腳，在後面唾罵。外面包圍的探照燈開得很亮，李振源雙手頂在頭上，匪首也很大膽，開了小縫讓他進來，立即對他進行了搜身。

他進到食堂大廳，關上大門。匪首看了他，表情似乎有些驚奇。李振源看到這是一間可以容納兩百人的餐廳，桌椅排列整齊，銀色的金屬桌面，深咖啡色的長條板凳倒放在桌面上，磨石子地板有今晚剛刷洗的痕跡，乾乾淨淨，空氣中瀰漫去污粉的味道。他跟隨匪徒穿過一排排桌椅板凳，走到廚房見到一片狼籍，地上兩名死者，鮮紅色的血流了一地。兩名歹徒，單薄的上衣露出強健的肌肉，手上長槍腰間短槍，背包放在腳邊。空氣中瀰漫腥味，混合菜味與血味，令人感到一股噁心。

「你們這是作什麼呢？」李振源用一種責怪的語氣，就好像他們彼此之間早就熟識一樣。

「要錢！」較矮的那個匪徒道。

此時，李振源才看清楚兩人，竟都年紀一把，從他們的面容光澤和皮膚看去，估計有五十多歲。但是他們眼神凌厲，體魄硬朗，四肢粗壯，一點也不輸給年輕人。

「殺人如麻，有錢也用不到了。」

「你他媽找死吧？」

李振源死死盯著他們，眼中都是怒火。

「自尋死路，就成全你。」

無老死，亦無老死盡。他看著他們，毫不畏懼地逐漸把手放下。在這冷空氣下，對方雖然一身短打，但大汗淋漓，面部表情卻是泰然自若。

「你們是軍人出身吧？」他控制住脾氣，慢慢掏出一包菸遞交給他們。

匪首毫無疑慮接下，自己點燃，端詳著他。

匪首的笑容讓李振源稍微　心。

「好眼力。」匪首似笑非笑，有種欣賞的意味。

「你們還不是一般軍人，而是受過專長訓練的特種兵。」

「呦，我開始對你感興趣了。」二號匪徒道。

「在下……」李振源正要自報身家。

「你是李振源，大稻埕公安局偵查科長。」匪首道。「你是個人物，李探長。有點膽識。」匪首直視著探長。「而且殺死了我的三個弟兄。」

李振源驚訝。旋即一想，他們既非一般軍人，自然知道自己的對手。

「是兩個，一個是自盡的。」李振源知道那天情況太亂，他們不曉得細節。

二號匪徒舉起槍對準李振源。「老子要為弟兄報仇。」

匪首把手按在二號匪徒的槍口上，語氣和緩對二號匪徒道：「戰場本就是你死我活。不流於個人恩怨。」匪首舉手投足充滿自信，轉頭對李振源道：「我叫李帆，曾是中央首長保衛隊隊長。」

「怎淪落搶匪？」

「搶匪？」匪首笑道：「我本來的工作就是殺人放火。」

「此話怎麼說？」

「現在這種情況告訴你也無妨。北伐戰爭時期，我屬於葉挺部，後來被調入中央特科別動隊，專門執行暗殺任務。直到一九六〇年，從第一線退下，轉任中央首長保衛隊近戰格鬥教官。沒多久屆齡退役。這位是我的老部下，也是老戰友。」李帆朝二號匪徒挑頷示意，二號匪徒一臉剛直：「王為。」

原來他們就是所謂的「熄燈號」。

「你們這樣的人，政治上不是應該過硬嗎？」李振源不解。「怎麼淪落至此？」

「只有雞巴過硬。」王為嘴唇很薄，眼神很冷。

「我們這種人平常圍繞首長周圍，好像跟權力很近，事實上中央核心權力移了換了多少次？若是站錯隊伍早就被清理了，我們就是那最後一名受災戶，再怎麼聰明，最後也會踩到空心磚。雖然沒有人說我們是騎牆派，但也沒有人信任我們，意味著我們不屬於任何班底。下場就是成了沒人照顧的孤魂。」

李振源驚奇地看著眼前的兩人。

李振源逐漸辨識出廚房空氣裡的是油腥味，過去炒菜的味道，還有一堆白蘿蔔、莧菜疊疊架在一旁的菜腥味。

「為什麼要搞錢，退伍金不夠用嗎？」

「去他媽的退伍金，騙騙小孩還可以，你的小命或許值每月那幾十塊退休錢，我們可是工農紅軍，四十前就開始幹革命，革了他奶奶一輩子的命，冒險犯難，就值那點？我們殺人還殺得少嗎？我們是看透了。混到這破地方，到處小黑蚊，叮得老子滿身疤，那點錢，還不夠買棺材。蔣家店沒被打倒，我們還要繼續革命。這一生都要結束了還革他媽的什麼命？」王為皺了皺眉頭，似乎在幫自己聚精會神。

「我沒讀過什麼書，也知道，全世界都要消滅無產階級，讓大家富裕起來，只有共產黨要無產階級專政下去，大家苦哈哈。這什麼道理？」李帆道。李振源看到他手臂上長著細細的汗毛，皮膚有點淺粉色透著淡淡黑斑。以此，他重新判斷，估計他有六十歲了。

「幹你們這行，一開始就不能回頭，當初幹嘛來著？」

「年紀小不懂事，」李帆往地上吐了口唾沫。「說從前是牛馬，現在要做人。牛馬是沒做，但人也沒做成。我們不怕死，就是不想再這樣卑賤的活著。」

「搶到錢你們有地方花嗎？」

匪徒沉默。

「你們不會剛好參加了忠勇同志會吧？」

匪首吸了口菸，本來看著地上的屍體，抬頭看了一眼李振源，露出冷笑：「不就是沒有路子，才加入同志會，沒想到還是走到這步田地。我們跟他們才不是同志。」

李振源試圖理解他們。

「怎個沒路子？」

「我們都是沒有家眷的，本來像我們這樣的，打回大陸是天經地義，人之常情，誰不想回老家，可我們偏偏是不想回去的。在鄉里我們殺了地主，坑了鄉紳，父母早就沒了。他們就算在世也不會認我們。我們沒有老家，早決定在臺灣定居，另起爐灶。我們不想跟黨回去。同志會，因為反對反攻，我們才加入。要我們去執行祕密任務我們也執行了。結果呢？媽的，裡面水太深。」

這麼巧，此前才想那劉大將和毛龍龍背叛信任他們的人，眼下就遇到兩個受難的主兒。這兩人的遭遇，可說是典型，大部分底層軍人原本只是農民，給共產黨慫恿去鬥地主，共產黨看他們積極，就抓去搬運物資，然後糊裡糊塗被編入部隊，再不讓回家，最後再糊裡糊塗來到臺灣。這人說他來臺灣前的事，在李振源的心裡迅速蔓延出一種情緒。共產黨對黨徒的思想教育很嚴格，長期教化下，一般黨員都沒有自己的思考能力了。李帆能回憶起過往的經歷，說出這樣的話，很不簡單。

他們的槍口在探照燈的遠射下，露出寒光。外面估計有狙擊手已經瞄準裡面任何一個會動的影子。李帆身上的服裝粗礪，透露出蒼老，他望著刺眼的強光，沉默得像一座陶俑。他已活過一甲子的歲月，但身體沒有鼓鼓囊囊的贅肉，也不鬆弛，體態勻稱結實。細細一瞧，他們個個衣衫襤褸，看上去的確吃了不少苦頭。除雙目有神，他們整個人乾乾癟癟，沒有生命氣息，缺乏滋潤。李振源對他們同情起來，心裡想著，若自己到了這把年紀，還要執干戈，那真就悲哀了。他想像他們在紅軍時期的樣子，一路被國民黨追擊，穿著破爛不堪的軍裝在大山深谷裡爬上滾下，渡河，在高原上以乾草禦寒，估計那時不會比現在好，狼狽到家。然後一路從華中逃往東北，再從東北坐船，在大海上吐的七葷八素，航向臺灣。他們應該早習慣朝不保夕的生涯。但苦難何時才是盡頭？以今天這種亡命之姿結束嗎？他們倆到手的錢估計都塞在背包裡。如果他們死了，等於到最後是為了那點錢客死他鄉。就算背包塞滿了錢又有何用？性命比這不值錢？李振源想。他們不想打回大陸去，不想死在反攻的路上或沉入臺灣海峽，如今卻要為這點錢財，死在這充斥腥味的食堂？他們這等身手不至於為了一點蠅頭小利而辜負生平。

「毛主席七十歲，還雄心萬丈要反攻大陸，你們也差不多六十歲吧，就這點志氣？」

「哼！跟志氣有毛關係？是晚了，來臺灣時才四十出頭，那時候還可能想回大陸，想結婚生子。現在這一把年紀，父母肯定都不在了，我們成了臭老頭，反攻回去做什麼？這把年紀還要上戰場？」

「你們這樣打打殺殺，跟上戰場差不多，都是鋌而走險。有什麼差別？」李振源不忍心告訴他們，連同志會都是毛主席引蛇出洞的誘餌。李振源幫他們設想，怎麼也想不出活路。他想到了自己的處境，覺得同是天涯淪落人。

「差別可大。我們第一次為自己拚命，不怕被出賣，不管什麼結局，都甘心樂意。」

「你說是劉大將出賣你們嗎？」原來，他們知道。

「還會有誰？」王為一臉不屑。

「怎麼知道是他出賣？」

「沒有人比我們更清楚。我們出祕密任務後，感覺有不明人士嘗試接近我們，我們很敏感，立即脫逃。然後全國開始大搜捕。除了劉大將，沒有人知道我們的存在。我們都是直接由劉志遠指揮的。我們幹了這麼多年工作，從來都保密很嚴，直覺是被他出賣了。我們脫離平常活動範圍，一直在外流浪，直到今天遇到你。」李帆話中有意。

李振源早想過劉大將說自己只是個幡旗，暗示自己沒有背叛信任他的人，根本是自我安慰，自我合理化。事實上，多少人因為他的背叛，喪失了生命。

「知道他為什麼要背叛你們？」李振源感到不勝唏噓。

「男人就為權，為錢，為女人。劉大將那個年紀，不會為了女人，權與錢而已。本來，他出賣同志，我們必須親手殺了這個王八蛋。現在，大概沒有這機會了。」

這兩人雖然沒讀過什麼書，但江湖經驗非常豐富。

「毛龍龍呢？」

「護犢本是動物的天性，但毛主席一直沒有照顧毛龍龍。為了保護毛孩不被敵人傷害，他很小的時候就被祕密送走了。先是謊報他失蹤，然後假造死亡文件，暗中送他去莫斯科，故意讓他遠離政治圈，意思就是要為主席保留一個種。所有人都不能對他洩露他的身世。他一直都是一個孤獨的孩子。早年的經歷很困苦，長大後卻不知怎麼得知真相，主動回到主席身邊。但他的認親受到黨的干涉，害怕他和哥哥以及其他人爭權。果然，他發現自己其實被排除在權力核心之外。於是他搭上劉志遠。政變是他奪取權力的唯一途徑。」

李帆似乎有什麼說什麼。李振源相信他說的都是真的。權力邊緣的人物常常聚合以便形成力量，也許是劉志遠告知毛龍龍真相，利用他來爭權？李振源想，不論如何，劉志遠這種老奸巨猾的傢伙，本質上就有奪權的野心。

「黨主席的接班人，一整個梯隊的人都害怕毛的孩子，認為是潛在對手。也害怕毛把自己搞成皇帝，由子接班。」

「你們當時出什麼祕密任務？」

「殺人。」王為天生有種桀驁氣息。

「殺誰？」

「也不怕告訴你。當時我們奉命殺了一婦人。」

很多事情好像是上天註定要揭露的。李振源一開始只是要抓捕武裝悍匪，除暴安良。怎知竟然跟同志會有關，最後還破解了一道謎題。他那堵塞的心突然間開了一門。

「是在萬華鐵路局宿舍的婦人？」

李帆驚訝地看著李振源。

「她愛人吞了同志會的錢。」

「吳富國？」

李帆點頭。

原來如此。毛龍龍和劉大將那天說了謊。

「吞了同志會的錢？」

「毛龍龍是這麼說的。熄燈號不會打破沙鍋問到底。」李帆道：「我們只知道，吳富國打算買通幾個軍委和司令員。」

李振源明白，熄燈號做事有自己的規矩。他們所知有限。黃念說錢是同志會的資金，毛龍龍說不是同志會的。究竟誰在說謊？吳富國掌握的錢從哪來？眼下忠勇同志會的頭號殺手說這錢是要買通內應的，結果人死，錢不翼而飛。

「你們從她口中問出什麼嗎？」

「那娘們兒一開始還不說，我們脅迫要殺了她兒子，她才說。」李帆面色嚴肅，「吳富國死前一週告訴過她，萬惡的資本主義是推進世界滾動最重要的力量。」

「這是什麼意思？」

「我們也糊塗了。仔細追問才說，一位高層人物給了吳富國一些報酬，要他護送一批貴重的物品。」

「什麼高層人物，什麼貴重物品？」

「社會部長黃念，一批文物。」

難道真的被孫志芳說中？

「什麼文物？」

「她哭哭啼啼說的話我看不會假。她說那些文物值好多錢，所以報酬也很高。」李帆遮掩不住老態，他的臉上光澤黯淡外還有些黑斑和汗毛，皮膚已經沒有那麼緊緻。「但是她沒見過那些錢，吳富國也死了。」
「然後你們還是殺了她？」李振源有些憤慨。「手無寸鐵的無辜婦人你們也殺，算什麼好漢？」
「與仇恨無關，與大欺小無關。我們既然受命去逼供，她一定活不成。多殺一個人我們也不願意。該死的人，一定不能活著。」李帆因為上了年紀，眉端長。他的話中吞嚥許多不足外人道的事。諸如良知，諸如柔軟，全都不能存於心靈，非常殘酷，不僅對死者，也對自己。殺手只在乎任務能不能完成。不是說殺手沒有思想，但在幹活兒的時候，唯一的心思就是滅掉目標，無關情緒，無關道德、政治、私怨。殺手本身就是兵器，專業、冷靜的兵器，肉身武器化。就像他逮捕人犯歸案一樣，從某種意義上，他也只是一個冰冷的捕鼠器。
「所以出任務前，你就知道她必須死，已經給她判了死刑。不管她透沒透露錢的下落？」
李帆面無表情，似乎有一層厚厚的皮質，包裹著他，對於殘酷的事無動於衷。「我們的專業就是充當劊子手，俐落的劊子手。」
李振源仍不忍告訴他們，同志會的失敗，關鍵不是起義經費。是主事者本身就要讓其流產。
「吳富國是你們殺的嗎？」吳富國就算沒有貪那錢，也是死路一條。劉大將、黃念最終都要消滅他。
「不是。是我們的話，就不會繞一圈去問他的愛人了。我們還沒找他，他就死了。這沒什麼好撇清的，多一件少一件，我們無所謂，但不是我們。」
「知道是誰殺的？」
李帆搖搖頭。
「同志會除了你們還有其他的熄燈號嗎？」
「一共六員。只剩我們兩個。」
「敢情，熄燈號全都離開同志會了？」
「弟兄全是我帶去的，我也負責帶出來。」他說。「可因為你的阻攔，他們死了。」他的個頭高，臉部線條剛毅俐落，雙眼皮，鼻頭圓厚，鬍子剃的乾淨，但從微末的鬍根可看出他是個落腮鬍大漢。「我不怪你，」李帆道：「我們這種人，死得其所，比死不死重要。」

深秋的夜晚，空氣有些涼意。飯廳的窗戶透露探照燈四處移動的光線，似乎怕匪徒從什麼地方溜走，食堂外面已經被層層的公安和部隊包圍。那大白光無比寒冷，充滿殺氣，不比鋼鐵子彈柔情。聽了這些話，李振源滲著汗，內心燥熱。眼前兩位殘酷的匪徒，讓李振源感到同情。他們是匪徒，難道外面的那些軍警不是？我李振源不是嗎？所有人的雙手全都沾滿血腥。誰有資格定義正義？誰有資格定義資格？往事歷歷，那個穿著黑色日本警察制服的年輕人彷彿就在眼前，一生至此，他換了三次不同警察徽章，在三種語境中交錯表達忠誠和信仰，除暴安良，青春激情，火與熱，貪污腐化，太陽與星星，批鬥大會，大公無私，自私自利，黑牢，死裡求生。一股熱流在他體內奔竄，貫穿他，融化他，他已經對什麼是牢靠永恆的德行不太確定了，浮屠迷惘，他感覺自己在一片混亂的邊緣放逐。

潔白牆壁上掛著時鐘，時針指著十一點三十分。李帆看上去平靜，這種插翅難飛的場合，他估計想像過千百次，毫不懼怕，或者說早有準備。李振源看出，一旦確定走到最後一步，他們寧可自裁也不會束手就擒。

「外面的部隊隨時都會發起攻擊。」李帆不時注意著窗外的動靜。「你們走不了的。」李振源指著外面晃動的影子。

「我沒說我們一定要走。」李帆看了眼王為。

王為說：「就走到今晚。」他向後拉了槍機發出　噹一聲，手上的長槍上了膛，兩眼炯炯有神，似乎準備赴死。板寸頭，鼻梁挺直，鼻頭尖，臉上有些雀斑的他，身高適中，體魄強健。聽他的聲音像是山東口音，說話口氣倒像是水滸人物，而不是什麼現代殺手。

「我們革了一輩子命，現在落得如此，卻成了毒蛇猛獸。」李帆看著外面的動靜，淡淡的說。

這個軍工廠是新成立不到五年的機構，工人都是住在附近的外省人。廠區原址日本時代是大德意志使館，軸心國的重要遺址。本來漂亮堅固的建築，共產黨來了後，毫不猶豫拆除，一點也不留情。這裡緊鄰淡水河岸，白天看上去簇新而寬敞。廠區裡種了一整片榕樹。榕樹生長快速，短時間顯得蒼老，樹幹粗壯多岔，分枝又生出氣根，向下伸入泥土或是盤旋主幹，像鬍鬚也像蠟燭燃燒流下蠟淚那樣，不可控制的狀態，一棵棵活像老妖怪。李振源突然悵然若失，他感到時間是另一個維度的事物，他自己是沒有時間概念的，過往猶如昨日。可是他的身體背叛了他的認知，他的肌肉鬆弛，脖子上的皮膚耷拉，眼神散渙，時間分明穿過他，在他身上蹂躪過，他已不是他。

「裡面的人聽著，放下武器，舉手投降。」擴音機傳來指揮官的喊話，那聲音使得這個時刻更加空洞。他感覺到外面的指揮官已快要按耐不住，隨時要發起攻堅。

「你為什麼要這麼盡心盡力，冒著生命危險抓我們？值得你這樣賣命嗎？」即使疑惑，李帆的表情還是很少變化。

「這是我的工作。就像殺人是你的工作。」

「你就這麼相信你抓的人都是十惡不赦？」

「我不那麼確定。殺人者各有理由。我的任務只是將罪犯緝捕歸案。但我相信不顧一切的人有他們的苦衷，死者有他們的命運。」

「你理解我們。」

「講集體利益的年代，自私是珍貴的。」

兩方似乎找到了一點默契。

李帆的髮茬精短乾淨。是一個高度自律的人。

「你們若沒有殺害無辜，說不定我能放你們一馬。」李振源畢竟還是一個警察。

「放你媽的屁！我們先幹掉你，看看你有什麼無辜，誰來給你伸展正義。告訴我法律在哪裡？在法院？

在那幾本書裡？」王為激動地道。激動的匪徒拿著槍可不是好事。而且這個粗暴冷血的傢伙有他的道理，李振源知道，如果自己死在他的槍下，沒有人能夠為自己報仇的，社會都亂成了這樣，家不家，國不國，大家只是想賴活下去，活著罷了。能活著的都是能夠忍受尊嚴掃地的，真正尊貴的人早已死了。

「打蔣家幫的時候把哪條法律看在眼裡了？殺的人還少嗎？殺的不知多少，誰負了責任？亂世，就得死人。老毛自己說過革命就是流血殺人，不是請客吃飯。他下令殺了人，然後坐享權力大位。現在國家還處在革命階段，跟我們講什麼法律？況且那法律都是那些屁蛋制定的，他們吃香喝辣，養尊處優，然後制定那些條條框框限制我們。相信我，我們殺掉你跟殺一隻蚱蜢沒有任何差別。自然法則，弱肉強食，我們不接受什麼審判。我們不信天上有神仙，所以也不接受神的審判。這事我們早就想明白了，就是成王敗寇。」王為講他的道理。李振源無法反駁。

「這個國家是老子和那些死在戰場上的兄弟建立的。」李帆附和，並看著他的同夥。

「現在已經不是戰爭時期了，和平時期的社會靠著法律、社會契約維持。你們應該放下武器，接受法律制裁。反正你們沒有其他路可走，用現代的方法結束這一切吧。」

「社會契約？別跟我說這些文縐縐的東西。」

「看來我們只能把你做了，省點事！再出去殺個魚死網破。」王為仍按耐不住。

王為槍口朝李振源比畫，李振源沒有一點找掩蔽物躲開的動作。他低頭，思考王為的反駁。外面的混亂聲音寂靜下來，地板上的屍體和他們的血就像一幅失真的畫，鮮紅的血流到他的鞋下。「把你們抓了，我有什麼好處？」

「什麼好處？」

他看著王為道：「兄弟，凡事都要講點好處。」

「什麼？」

「革命掛著正義的好處，跟女人睡覺有快活的好處，殺我有什麼好處？殺出去死路一條有什麼好處？你們殺人是為了滅口，搶劫是要錢，都有目的。如今任自己被殺有什麼好處？把我做掉你們也沒有任何機會，這裡出去全是公安和軍方的防守線。你們已經沒有路可以走了。你們走這下面排水系統可能有點機會，中間有支線，我參與過這城市的建設所以知道一些。只要你們走到人民大街就有機會。」建國初期，李振源還真的參與過市政規劃，對防禦敵人空襲而改造的下水道知道一些。

「剛剛說讓我們伏法，現在又來為我們指路是什麼意思？你們讓我們走？你說的路我們早知道了！告訴我們的那個人躺在地上。」李帆用手指了指那廚子。

「下面路徑複雜，你們一下就迷路了，還沒出去就會被追兵輾到。你們到處濫殺無辜。但此刻阻止你們，我有什麼好處？沒有人會給我獎勵。上天有好生之德。已經有太多人死亡。」李振源自己也說不清楚自己的轉變。

「上天？我們殺的人數都數不清。無神論者不信陰德這些東西。」王為冷笑。

「那麼你們更應當相信具體的好處，不是嗎？」這人桀驁，李振源把話題一轉：「你們為的是錢，現在有了錢，就該順利的離開才是最大好處。而我冒險進來，也只抱著一個願望。」

「裡面的人聽著，放下武器，立刻出來投降。聽著，放下武器，出來投降。」外面的軍警又開始喊話，探照燈照得人目眩神離，心惶惶。

「出去只有死路一條，外面那群軍警我想就算不為了滅口，為了省手續也會直接格斃你們。」李振源道。匪徒相互看了看。

李振源不知怎的，手臂起了雞皮疙瘩。

只聽見幾扇玻璃窗清脆的破裂聲，他們往聲音處看，攻堅部隊從窗戶把數個煙霧彈丟進食堂，在地上滾，頓時煙霧彌漫，緊接傳來幾聲轟然巨響，是震撼彈。

這兩人身經百戰，哪會被這爆炸聲震懾住。

「教官……」王為沒有回頭看他們。「你們先走！」

「王為！」李帆一手伸出欲阻止，說話間王為已衝入食堂，對煙霧彌漫中的黑影掃射。

「快走！」王為大喊。

要拉王為回來為時已晚，他已殺入敵陣。混亂中聽見許多人哀叫連連，許多黑影倒下，血光四射。

李振源拉住李帆。「快走！」

「要走，就兩個一起。我不會丟下他的。」

李振源不會相信自己竟這樣做。食堂外的探照燈透過窗子在白色的牆上形成反光，背光的牆上大大標語寫著「文化革命」、「技術革命」、「自我革命」。李振源感覺自己跨在黑暗與光明的中間，他清楚的知道一旦跨過那條界線就無法回頭了。時間逼迫著李振源。他意識到他還沒出去，外面的軍警就直接殺進來，根本沒把他的性命放在眼裡，完全沒有顧忌，於是一股火氣從胸臆衝上腦袋，他不能讓這兩個人死。他拿起他們多餘的槍枝跟著李帆衝入食堂，在煙霧中對攻堅部隊進行阻殺。三個人加上充足的火力，頓時放倒了幾十個特勤。

第一波的攻堅頓挫。李振源給李帆使了眼神。李帆對王為喊：「撤！」

三個人退回食堂。

他祈禱自己的直覺是正確的。他不能讓李帆死。至少現在不能。

外面的警察是他安排的，但軍方卻不是他的人馬，但他知道上面會是什麼樣的布局。

他的眼神瞬間亮了一下。「走，跟我走。」李振源拔開大大的排水溝蓋，逕自往地下鑽去。那兩名匪徒看眼前的這一幕先是一楞，隨即跟著李振源也匍匐鑽進排水口。這一間食堂地下排水口做得特別大，大到勉強可以爬進一個人。李振源忍著排水溝的惡臭和污穢，爬了大約三十多米，然後前方豁然開朗，排水口接到一個更大的下水道，人孔蓋細孔射進外面的光線。李振源已是全身髒臭，那兩個人也一般狼狽。李振源判斷一下方向，就直直小跑起來，那兩人在後面緊追。水深有時淹過腳面，有時及膝，有時候只有到腳踝。那兩個人在後面亦步亦趨。

跑了不知多久，李帆突然在後面停下腳步道：「喂，李振源，你這是幹麼？落草為寇？」他大喊。

李振源回頭看了看李帆。「先離開追捕再說。」

「不把你的算盤說清楚，老子寧願死在這裡。」李帆道。

後頭的遠處傳來悶悶的震撼彈巨響。軍警開始全面攻堅了，不時傳來槍聲。出李振源意料之外，這人的脾氣竟這麼臭。他們相互看了看。

李振源欲言又止，他看著兩個歹徒，知道他們言必行，行必果，若是不說，在這裡就會起衝突。他真是服了李帆這種人。

「我的愛人葉雲被黃念關押，現在不知在何方。我把你們帶出險境，你協助救我的愛人。」

「我沒答應你。」李帆道：「況且，我們是訓練有素的殺人犯，不是救人一命的英雄。」

「你會的。」

「你的代價也太大了吧？你這樣協助我們逃亡，你自己也完了。」王為用袖子抹了抹臉。

「這不用你擔心。」李振源說。「反正你們救我愛人出來便是。」

「她在哪？」

「被黃念關押在不知名的地方。」

「黃念？這太困難了。」

「沒什麼比束手就擒更容易。」

李帆猶疑看著李振源。

李振源轉身繼續向前跑，雖然有時地下水道拐彎很多，憑著一個直覺，順著一個方向，李振源在腦子裡一邊盤算著地面上的地裡位置，一面盤算著逃出排水溝後去哪裡。對李振源來說，這事攸關他的妻女命運。葉雲命懸一線，他必須儘快救出妻子。李帆犯罪團夥是否繩之以法，目前不是他的優先考量。

在臺北的地下水道親自奔跑才能感受到這個城市排水系統的龐大。他隱隱約約記得剛剛建國時，為了防備空襲，曾經用了幾年進行地下軍事掩體工程。現在他見識到了此工程的浩大：地下水道簡直是地下坑道。不是每條水道都有水，有些比較低、比較小的才有排水功能，而更多的是沒有水的，那些地下坑道大大小小彼此棋盤似的交錯，每條坑道口都噴上了一串數字編號，坑道小的可以通行二人、大的可以通行二十噸卡車。他們一邊跑一邊驚訝的發現這簡直是一個地下城市，更讓他們驚訝的是坑道內零零星星住著一些人，他們衣衫襤褸，或坐或躺，用紙板搭起一座座紙屋，以廢棄空桶當鍋，底下生火煮食。看來軍方動員了許多資源把整個臺北的地底挖了空，一方面是加大排水，一方面是當作防空掩體。現在卻成了三不管的地下城市。

李振源相信只要跑到離火車站的位置不遠，就能脫離軍警的追捕範圍。

憑著敏銳的方向感並帶著相當的疲勞，李振源覺得自己現在在人民總醫院下方。他找到一個出口，爬上生鏽的鐵梯推開人孔蓋，從縫隙中他果然看見人民總醫院富麗的建築就在眼前。橫掃了一眼路面，深夜的寂寥，他帶領李帆等二人直接竄出地面，蓋回人孔蓋，拍了拍手上沾的鐵鏽，擺脫了地下軍警的追逐。

繞過睡覺的守衛，他們進了人民總醫院，夜半醫院空無一人。醫院門診、急診標示混亂，方向不清楚，他們全憑經驗找病房和洗衣房，倒是標語寫著「醫療資源重點放農村」清清楚楚。大堂和走廊通道昏暗、老舊，設備陳舊，牆漆斑剝，地毯污黑，空間狹小，天花板漏水，空氣滯鬱，衛生堪虞。他們換了偷來不合身的衣物又走出來，警衛還在睡。從這走到火車站差不用十分鐘。他們穿越馬克思公園，小心翼翼經過一棟希臘神廟樣式的建築。那是中共臺北市黨委辦公室。

不論白天黑夜，平時進臺北或是離開臺北，各個城市出口都有重兵把守。衛兵要檢查所有進出首都的各式人等，對攜帶物品也要詳細搜查。他們要看人們的身分證件以及通行證，對於車輛他們要檢查乘客和貨物。更何況晚上七點開始宵禁。李振源看了看天空黑鴉鴉的，心想搞不好鳥也飛不過去。

他們買了軍警票要搭最近的一班列車。李振源知道火車站的軍警夜間鬆懈，他走在前面。在剪票口，可能是身上的衣物的緣故，他們被衛哨攔下，李振源秀出警徽霸道的說：「公安辦案。」那守衛想要多問，李帆嚇斥一聲「囉嗦！」，守衛就識相地讓他們通過。李振源原本還擔心李帆背包裝著武器怎麼入站，現在迎刃而解。他們倆背包裡的裝備和彈藥以及他們的身手，足以對抗一整個排的武裝部隊。

列車上沒有什麼人。原本只要離開臺北，也不管去哪裡。這輛列車是開往基隆的夜車，正中李振源的盤算。列車在山谷中穿行，李振源看著外面黑壓壓一片，只有車廂內蒼白的燈光。

「你們真是死裡求生。」李振源靠近他們壓低聲音道。

「你跟我們是一樣的。」李帆微笑道。李振源跟他們並肩作戰，看來已經贏得了匪徒的一絲感情。

「我們應該能脫離追捕。他們一天內根本反應不過來，搞不清楚我們的行蹤。不過在臺灣你們已經沒有未來。」李振源點起一根菸，也遞給面前兩人，想著他們可以逃去哪裡。李振源注意到，車廂中稀稀疏疏的十來個人。有一人，他覺得怪怪的，這個人從氣質上有點不一樣，他雖穿著件舊裝，沒有任何識別章，像個農民一樣，但是他長相過於斯文，眉宇之間有著不一樣的味道，就像把農民套到西服裡一樣不合適。換做平時，他早就上前盤查。但此時，他只能低調不作聲。只聽見軌道上運行的車輪往復地發出規律的金屬聲響，那聲音持續而平穩，像是宗教的法音。

過了幾站後乘務員搖搖晃晃來查票，李振源遞上買好的票，沒有異樣。沒多久火車警察又巍巍顛顛來巡查，他們也強作鎮定。李振源看著那火車警察，判斷出來他也是混吃等死的傢伙，自然不會注意到有什麼異樣。

「到了基隆我安排你們離開臺灣。」警察走後李振源道。

「你真是令我大開眼界。」李帆道。

「我要你們拯救我的愛人。」他說愛人兩字的時候，有點心虛。愛人是感情關係，還是階級關係，亦或是個符號？他不確定。

「我們能不能拯救自己都不知道。」

李振源看到李帆臉上兇光暗淡下去。心想，此人不論是什麼凶神惡煞，在這個世道也要面對不公不義，也要亡命天涯。

李振源在基隆有個鐵兄弟綽號「魚仔」，是個漁村頭人，能自由使用漁村擁有的鐵殼船，即便這幾年那些船出海都要漁政局批准才能獲得適當的柴油——當局始終防範漁民駕船逃往中國大陸。李振源仍聽他說過，只要他開口，他可以送李振源到亞洲任何地方。

到了基隆，李振源很快聯繫上魚仔。也不知道這傢伙用了什麼方法，第二天上午魚仔先用公家的漁貨卡車載他們離開基隆，前往南方澳，讓他們待在一個海邊的破屋裡。到了第二天夜間才讓所有人在南方澳碼頭上了一艘小型鐵殼漁船，李振源看了一眼船頭的大字，紅新發。「魚仔」說，南方澳漁政局的幾個地方官僚這個晚上被他請去吃酒，現在一個個都醉倒不起，碼頭沒有人把守。

出海時風平浪靜，在海上佯裝捕魚幾個小時，海面上突然有些風浪。船離岸遠了，又下起了雨。到了幾乎看不到陸地燈火的地方，船老大才問李振源要去哪裡。

李振源身體隨著浪起伏，他感到五臟六腑也隨著擺盪。

「船雖是漁政單位管的，幹活兒的都是我自己家人。南方澳漁政局書記是我哥，船工一個我妹夫，一個我父親，一個我弟弟，一個我愛人的弟弟，一個我表弟。平常丈人爸一家受您照顧，無以回報。你放心吧，整一條龍都是自己人。」魚仔用臺語說，他們一家人的臉都黝黑，肌肉精實，穿著拖鞋，看上去分不清跟菲律賓或是印尼那些南洋民族有什麼不一樣。「只要柴油夠，你想去哪裡都可以。」

李振源看到甲板上有很多汽油桶綑綁在一起固定在船舷。是備用燃料，他想。他摟緊魚仔的肩膀，眼神充滿感謝，盡在不言中。

「你等我一下。」李振源轉身把李帆叫到甲板上。

甲板上，夜間的海浪聽得人心慌。鐵殼船鏽跡斑斑，船艙許多鏽蝕的地方滲著水。魚腥味衝鼻。他們的身體隨波濤上下起伏。因為站不穩，他們要將身體靠著船艙保持重心。不過他們都挺能適應海上的風浪。

「回大陸吧。」李振源大聲的對李帆說。

「回去大陸不是送死嗎？」

「留在這裡才是死路一條。」

李帆一臉深沉。點上了一根菸。吐出的煙很快在黑夜的海上消失。

「回去大陸，他們會把你們當成反共義士，除了給錢，還會重視你們。」

「投誠？」

「眼下你們沒有別的路。共產黨一定不會留你們兩人活口。而南京若知道你們的身分可能高官厚祿伺候。」李振源定定看著李帆。

「也有可能就地正法。」李帆思考了一下。「我們反對反攻，現在自己卻先反攻大陸？」王為搖搖頭。

「你知道我雖然只是中央特科的「熄燈號」，說白也就是殺手，階級不高，但起碼某種意義上也是殺手中最高級別的幹部，是正經八百的黨員。我在中央特科，接觸過許多大員，配合他們進行過許多行動，殺了不少國民黨的人，還親手培養過不少徒子徒孫。他們後來都分配到各省各地的工委服務，變成特務，現在還潛伏著。如果我去了，他們就危險了。你覺得他們會把我當成反共義士？」李帆道。

「就是因為這樣，你們才炙手可熱，外面發布的那套說詞，說什麼國民黨反共恨共，殺朱拔毛，抓一個殺一個，根本是放狗屁。他們也一樣是實用主義，只要對他們鞏固政權有用，他們肯定按照拿來主義，立刻取用。他們會哄著你，求著你。不論如何，你們總有辦法和他們周旋，這是你們拿手的。總之你們去投誠，還有一線生機。」

「我們回到大陸，如何能救你愛人？」

「先保下你們的命來再說。若是知恩圖報，想辦法給我情報。」

李帆和王為看著李振源。李振源從他們臉上看到不可思議的表情。

李帆陷入沉思，久久不語。船在海中破浪，無盡的大海一片黑暗，鹹味的海水不時噴濺到他們臉上。魚仔對海非常熟悉，閉著眼都能開船。共產黨在大陸發展過一連串地下黨員，這些人都潛入國民黨或者各階層做地下工作。內戰勝利，國民黨進行了十年的大肅清，大部分人都被捕殺，有些潛伏成功脫逃，有些被策反，有些人則困在裡面出不來，對外斷了線，成了潛伏分子。然而這些潛入敵營的地下戰線工作者在哪裡已經說不清楚，與黨失聯。他們改了姓名，丟了代號，就算發出信息，因為待在敵人內部，黨是不會真正相信的。他們幾乎被黨拋棄了。就算李帆去，也找不到他們。

李帆和王為到角落去商討。李振源耐心等著李帆的回應。

過了好一會兒，李帆顫巍巍沿著船舷走回來。「沒別的路。行，李探長，真有你的。我們就回大陸。」

李振源立即告訴船老大航行目標。

船從南方澳出發，先假裝在附近海域捕魚，然後一步步向更北部海域前進。中間走走停停，也不著急，最後離岸到看不見的地方。到了晚上還假裝夜捕，然後熄燈，在海上漂浮。這是最危險的一部分，海岸線的雷達會偵測到海上船隻。但船老大熟悉基隆到南澳鄉的所有漁港和漁政單位，早就洞悉其中奧妙，特別選用小型船隻，這樣雷達就偵測不到了，而且繞了比較大的一圈，「魚仔」對宜蘭、基隆、福建沿海地區的雷達站相當熟悉，知道如何佯裝。即使鐵幕這麼嚴密，他偶爾還是會冒險遠航到大陸沿海和對方的漁民做生意，交換魚貨。特別是黃魚，在臺灣可以換來許多利益。藉此他賄賂那些思鄉的高官，得到一些法外的縱容。經過一個晝夜，他靠近大陸海域時，天邊已露出微亮，那是一種慘白的顏色，就像死人的臉，任何人都希望這顏色快點換上絢麗的朝陽，但是偷渡的人可不這麼想，他們需要隱蔽。

「對了，也許對你有用。」李帆湊近李振源：「我本來奉命要去清理幾個早期退出同志會的會員，防他們走漏風聲。我還沒執行，就發生全國大搜捕。他們包括前軍委國防大學校長陸軍上將柳慶東、前國企中華鋼鐵老總王學強、前人大常委會祕書長郝築、前公安部副部長嚴裳、前政協文史專員田崎草雲，一個日本人，他們經常聚會。」

李振源把臉遠離了點表現出驚訝。「怎還有日本人？」他想，劉志遠知道的話毛主席一定也知道這批人的動向。

「田崎草雲早年是日軍戰俘，被中共下獄十年，他先是出賣了日本，然後又被洗腦。現在也回不去日本。」李帆抽著菸。「總之，他們若是願意，可以提供你更多內幕。」

海面平靜，遠遠的聽見漁船引擎波—波—波—波，船老大站到甲板上望著聲響的方向，沒有多久緩緩靠上來了另一艘船。李振源一看是艘大陸船，船頭上寫著「永利發」，白色的繁體字型。

「對面是閩北的寧德縣，讓你的朋友趕緊上那條船，趁天還暗。他們會送上岸。上岸後就靠他們自己了。」船老大說。「動作要利索點！」

李振源這時有點緊張，從逃亡開始他就注意著李帆兩人的變化，他不得不防著這兩人，要是他們突然動殺機怎麼辦？很大的可能他們會採取過河拆橋的舉動。但他觀察卻發現，他們雖然精神緊張，絲毫沒有鬆懈的樣子，但也對李振源產生了信任感。李振源對此有很大的把握，他判斷李帆他們也真的走投無路了。他們大概從來沒有想過要逃回大陸。他們在革命期間殺了那麼多敵人，現在處境如此，也別無選擇。他們大概一生從來沒想過往敵人那裡跑。一定心想，跑回中國大陸無異自投羅網，死路一條。李振源想，他們兩邊不是人，兩邊都有千萬個殺他們的理由。但這兩人畢竟是軍人出身，在政治上太過幼稚。現在兩岸對峙成這樣，任何一方只要跑到敵對陣營，不僅不是死路一條，出於政治需要，他們可能還會被當成英雄看待，好好利用一番。李振源不管怎麼判斷仍然警惕著，防範他們突然採取行動殺人滅口。畢竟，他們殺人如麻，人命對這些從你死我亡經歷中走出來的人來說，根本不是什麼大不了的事。那就像是拔了一顆大蒜，剝了皮，咬了一口嫌不辣，隨手丟棄在地上一樣。任憑那顆大蒜怎麼缺了一口，任憑它在地上腐壞，沒有關係，這世上總有的是大蒜。你有時拿出一把，用菜刀背將它拍碎。他們一點也不覺得有什麼關係。人命就像大蒜一樣，嚐起來辛辣，更何況還有些一點味道都沒有的，一拍就碎了，蒜汁沾滿了刀鋒，在褲腿一擦了事。

李振源到李帆跟前。他見到兩人神情木然。「兄弟，你們作惡多端，但上天決定放你們一馬。你們本來不相信天下有神明，但若不是上天有靈，怎麼能讓你們逃此鬼門關？四海無憑，落葉歸根，現在你們上這艘船，他們會送你們上岸。經此一遭，你們可要好好珍惜餘生。」

李振源一轉念，想到自己。自己根歸何處？他的祖父、父親都魂歸本島。除了臺灣，他別無死所。船老大和大陸船的船東一邊正在接頭。李帆轉過頭道：「你不跟我們走嗎？你回去怎麼得了？沒人救得了你。」

李振源看到李帆臉上露出善意。

「我是臺灣人，大陸不是我的地方。況且，我的愛人還在黃念手裡，我不能拋下妻女。你們自己多保重。」

船老大走過來道：「天要亮了，動作要快，船必須回頭。」

趁著天亮前，兩艘船很快分頭駛離彼此，李帆與王為跟著大陸漁船逐漸消失在海面上。李振源一直望著他們，直到那艘船都不見了，還沒回過神來。

「雙方的雷達偵查不到，但兩艘船接頭的時候最危險。」船老大喃喃道：「據我了解雙方的雷達系統都只能偵測到二十米以上長的船，我們兩艘船都只有十五米長。不會有事，唯一就是接頭的時候，兩艘加在一起船身超過三十米。」

天逐漸從泛白轉為光芒四射，海面鋪上了金黃色，視野愈加清楚。船身載浮載沉，船上的人也跟著上下搖晃。這艘小船在深秋橫越了臺灣海峽，危險性相當高，中間的洋流和風浪讓小船很難吃得消。李振源知道船老大為此冒了很大的風險，他心底愈加地感激。

回到臺灣上岸，李振源很快找到公安局，他向公安報案，說自己是大稻埕公安局幹警李振源，被兩名在逃的通緝犯綁架。

李振源被臺北市公安局接回後，當局開始對他嚴密偵訊。他向他們說明他在食堂被一路綁架，然後他被蒙上眼關在一處空屋裡，根本不知自己在哪裡。

軍方的人粗魯，口氣很差。李振源只能忍氣吞聲。

他使出混身解數，又哄又騙解釋他如何被歹徒丟棄在空屋；他謾罵偵訊他的人瞎了狗眼，不，簡直是瞎眼的蠢豬，竟看不出來他的無辜，耽誤了他追蹤歹徒的最佳時機。他說：「你們都他媽腦子打鐵、耳朵長了包皮嗎？幹恁娘，鈍！如果我是歹徒的同伙，我還主動向公安報案作啥？我可是忠貞的黨員，一心向著偉大的社會主義事業，怎麼可能會落草為寇，你們不是一般的昏庸呀!」李振源心中暗忖，以前從來沒有像現在這樣完全不用束手束腳，罵人罵得痛快。他心想，你們的確欠罵，審訊完全沒有問到關鍵點上。

最終在密集的偵訊下，一個月後，當局突然下令結束偵訊，讓李振源回到崗位上。

他琢磨不透怎麼回事兒？這群盡忠職守的笨蛋還算是有點人性的底線？他想，難道最終讓他釋放的不是因為他無可挑剔的說辭，而是他們也想為自己留條後路？因為在這種時局，誰也不好說自己哪天會突然變成眾矢之的。為自己留下後路就是人性的本能。但他又想，會不會是黃念下令釋放他的？

他回到大稻埕公安局，大家起立拍手歡迎他回來。但羅局長立即將他叫進辦公室。劈頭一陣臭罵。

「你真是丟臉丟到外國了，堂堂偵查科科長被歹徒脅持？公安局的臉都給你丟光了！」羅局長氣得手上的打火機都打不出火。

李振源立在桌子前面，嘀咕，老子立大功的時候，怎不說我給公安局添了多大光彩？

「怎不說話？」羅局長終於點燃了菸。「你知道，我花了多大的力氣把你給贖回來？我給市委書記都求了情。要不，你以為你怎麼回來的？」

難道是羅局長？不，不是這個膽小如鼠沒有擔當的傢伙。李振源冷冷看著羅局長的表演，他知道羅局長在跟他邀功，討人情。黃念讓他去找錢，錢還沒找到，怎麼會放任自流？不會的，黃念怎麼著都會保護他。

「感謝局長。」李振源覺得還是要給人面子，畢竟人家也出了力。他露出笑容，但盡量不顯得諂媚。

「在下銘記在心。」

「軍方那邊給的壓力很大，說是這麼嚴重的罪犯，怎麼能讓他們跑了。放走殺人重犯，他們要求市警局嚴厲處分你。」羅局長冷眼斜睨李振源。

「那市局打算怎麼處理。」

「給回絕了。」羅局長壓低聲：「你的背景夠硬，市委、市公安局全都給你撐腰。」

李振源知道，是黃念的勢力在背後。

從局長辦公室出來，同志們圍到他身邊詢問情況。他一一和他們握手，說明為什麼他被劫持，他不諱言，那兩人是中央特科特殊行動隊的，他不是他們的對手，能留條命回來已經不容易。柯吉深深的握緊他的手，似乎很感激上天能讓他的老搭檔回來。

「多虧你和幾位幹部。」李振源掃一眼偵查科的所有人，深深感謝。

李振源把柯吉拉到樓頂，告訴他真正發生什麼事，包括那幾名跟死神擦肩而過的官員。柯吉聽了挺驚訝。

「我打聽看看這幾個傢伙。」柯吉瞇著眼看著不遠的河流。

淡水河面搖曳著落日餘暉，金光燦爛。幾隻鷺鷥貼近河面滑翔。從公安局頂樓可見李振源的房子，河堤邊獨棟的三層樓建築。殘陽灑在大稻埕一排雕畫精緻的樓宇，頂樓曬的棉被、衣物靜靜地一動不動。這當然是因為無風。但是看上去卻好像那些晾曬的衣物是建築的旗幟。

李振源出身大稻埕望族，解放前，他們家擁有的房產幾乎占大稻埕的一半，連那些最富有的人家都要跟他們租房子。不過十四年，李家的人丁和財富都像是在風中飄散的灰燼，無影無蹤。過去的一切，如幻如影，實在讓人困惑，到底過去是幻影，還是現在是幻影？他見識過殖民統治，見識過戰火連天，但這十來年，比任何時代都要更悲慘。那種痛，那種變化，已經讓他分不清什麼是虛幻與什麼是真實。

臺北四周環山，層巒起伏。夏天一到，四周山峰成為高聳的屏風；冬天，海風循淡水河灌入，一樣被環山留滯盆底。盆地裡的住民活生生成了上蒼的囚徒。山脈如同上蒼手掌的大小魚際，合圍起來阻擋了四面八方的氣流。掌紋般的河流，水氣四處瀰漫，夏天變成熱騰騰的蒸氣，透骨蒸熬，冬天濕冷，寒氣沁人心肺。上蒼的手掌有三大縫隙，分別由一條水道切穿：北邊是淡水河往大海；南邊大漢溪穿越層巒起伏的山谷，通過三峽到桃園；還有一條基隆河，穿過狹窄的谷地到東北海岸。人們可以從這三大縫隙出逃，但是，作為進出臺北的交通要道，人民解放軍在沿途每個交通隘口設有重兵把守，對來往京畿的人員車輛進行排查。一九四九年來臺的共產黨殘部，認同社會主義各層人士及遊雜人等有八十萬之眾。為有效安置這些人口，在一九五三年蘇聯援臺時，蘇俄專家在臺北地區指導興建仿蘇式的五層廉價筒子樓。為管理安全並有效控制人口流動保衛京畿，外地人沒有通行證不可以隨意進出首都，來首都要事先申請，若是臨時住下來要向公安局辦理暫住證。

臺北以大稻埕最適合貿易，靠近河水，夏天不悶，這裡最繁華，靠近火車站。萬華蘇式筒子樓蓋得最多、最密集，但大稻埕古舊的商業雕樓最密集。這些建築屏蔽了流動的河風，河邊有堤防，屋子裡能得到一絲溫存。除了城中、萬華和大稻埕，臺北其他地區大都是田地，綠油油的水田，種植著成片成片的禾秧，磚紅色的古厝零星散布，遠望似綠毯上點點嫣紅。這些空曠地區，偶爾還有點風。但是中共卻以大稻埕為重點整肅地區，因為過去這裡的富商巨賈最多，如今盡皆淪為階級敵人，導致大稻埕的居民無不火氣滿腹，隨時想要大吼大叫。

「今天我再去看紅紅。」

柯吉點頭。他仍在遠眺淡水河。太陽已經停靠在馬列山的稜線，沒過多久就會消失在山的後頭，夜幕就要來臨了。

晚上看完紅紅，李振源一路從六條通走回大稻埕。他喜歡在這樣平靜的夜晚穿行安寧的小巷。從小巷仰頭看，月亮高掛。這荒涼、灰不溜秋的城市，這暴戾、殺氣騰騰的首都，現在都沉靜下來，火氣暫滅。小巷都很長，很深，七彎八拐，他很熟悉每一條巷子。他還記得一些人，他們的家是哪一間。有些是他的朋友，有些是他知道的人，有些是他逮捕過的罪犯，又有些是出過事的地址。每當走到這些住處，他都會望一眼屋內，看看現在是誰居住。大部分時候都是大門緊閉，屋內漆黑一團，有時亮著燈，不過人事已非。

回到家，他又喝了點酒才躺下。他想著，葉雲這時不知道是否安然無恙？他們的婚姻很糟，他們各自生活，但那不表示他對她沒有感情，事實上，正相反，她失蹤後他就發現自己對她無比牽掛。不是因為她是孩子的母親，而是她跟他有過十二年的感情。雖然最後五年，他們基本是分開的，是冷漠的。但她是他生命的一部分。在家，如果還能算是家不是倉庫，每一個物品都有和她關聯的記憶。是的，他有許多齟事，但這無礙他對她的思念。葉雲是否安然無恙？哪怕是在監獄裡，至少命還保留著。他正試圖找到她。可惡，連人是在監獄，還是死了，是被逮捕，還是綁票，他什麼都不知道。

然後他又想起陳瑞雪。若說瑞雪和葉雲，他在瑞雪那裡得到更多平靜。瑞雪能給他的，葉雲給不了。譬如柔情，譬如善解人意，譬如對他的理解。葉雲是完全不識溫柔何物的女人，而瑞雪對他是百般柔情，而且推心置腹，談得來。他願意為葉雲赴湯蹈火，他認為那是他的責任，但他願意把生命交給瑞雪。瑞雪不會害他，他甚至有把握，如果遇到極端狀況，瑞雪寧願犧牲自己也會保護他。

他變成小學生，學校正要舉辦運動會，他認出是小學四年級。班上派他參加兩人三腳競賽。李振源不願參加，日本老師把他叫到辦公室：「為什麼不願意參加。」李振源其實是懶，覺得玩這種遊戲無聊透頂。「我不用靠跟別人一起合作獲得肯定。」日本老師怒氣沖天，一巴掌把他打得滿眼金星，他四下環顧，辦公室還有一位女同學，剛好是他喜歡的女生。他很難過，居然在她面前丟臉。老師嚴厲責備：「自私的人最終一定是社會的敗類」、「真正的強者會幫助別人」。這老師是希望他變得更強大嗎？還是看他是臺灣血統便藉機修理？

他睜開眼睛，天色微白。多年以前的事，他仍感覺羞辱，他不能改變歷史。從來沒有想過那次傷害，他背負了一輩子。沒有作過小時候的夢，快四十年前的事怎麼會跑出來？那時他十歲，他一輩子都記得這兩句話。他不相信真正的強者會幫助別人這種鬼話，他相信真正的強者是不被欺負而已。他本來也不相信自私的人最終一定是社會的敗類這種事，但這麼多年下來，他逐漸認識到那位老師說的可能是對的。他就是一個自私自利的人。但無論如何，日本老師那巴掌打得他顏面盡喪，悵然若失。辦公室現場不僅有疼他的老師，也有其他同學，一位日本女同學是李振源愛慕已久的對象，那位女同學正在當值日生打掃老師辦公室，親眼目睹這一切。他受掌聲慣了，這次事件讓他明白即使最富有的臺灣人，在日本人眼中也是矮人一截。他那裡受得了這種羞辱。

他正要出門走去局裡，突然想起回來以後忙到現在都還沒去看望陳瑞雪。他看了一下手表，早上七點三十分，是太晚了。鄰居會看到。還是下班再去。

路上，他想起吳富國命案已經變成政治案件，變得太過複雜，變得可能不是他能夠處理的案子。去指控中央社會部首長殺人？控告堂堂共和國大將主導政變、以及教唆前情報部門的殺手殺人滅口？說鐵道部處級幹部包養情婦，然後情婦被殺？說故宮博物院盜賣國寶？正常人都不會嘗試這麼做。檢察院也不會起訴，會把案子壓下去吧。他現在明白為什麼毛主席都不追究政變的主謀。因為影響太壞。或許一切都還要時間⋯但是黃念拿葉雲要脅他，不往下走不行。現在這個案子，只淪為把錢找回，兇手是誰，能不能繩之以法，已不重要。六百萬，有三百萬在他手上，另外三百萬在哪？黃念，你要這麼多錢做什麼啊？你有地方花嗎？黃念，今天必須見上一面，他想。

路上全是上班的人群，大量自行車刷、刷、刷的在街頭竄動，匯成浩大的藍色河流，向國營工廠、單位進發。李振源也是其中之一，但他是走路就能到單位。他突然想起一個人，這人不知在哪。張樹枝，之前最後一次見到他是對他用刑逼供。現在這人是生是死，不知下落如何？

快到中午的時候，柯吉從外面回來。

「他們今天下午會去北投泡溫泉。」

「你怎麼查到的？」

「這有什麼難？找一個政協文史專員，這還不容易？」

「那我們也去享受一下。」

北投公園蓊蓊鬱鬱。他們身穿便服，沿著一條坡道，走了十來分鐘上坡路，來到一個長巷口。一位滿頭捲髮的中年大叔，穿著藍色工裝，削瘦輕微痀僂，手上提著一個小包，呆呆望著他們。

「您是田崎草雲先生？」柯吉上前伸手。

田崎草雲伸出兩隻手握住柯吉的手，慎重而激動的上下微幅振動，臉上堆滿笑容，眼角擠出深紋。「是的，是的。您是柯吉警探吧？這位是？」帶著日語嵌入漢語尾音的特殊上揚。

田崎草雲轉身同樣伸出手和李振源握手。李振源看到軟呢帽下他的兩鬢斑白，面容消瘦，眼神和藹。

「大稻埕公安局，李振源。」

田崎草雲滿臉笑容滿面：「幸會，幸會。」

李振源知道，在共和國，一個日本人這麼謙和，都是這麼多年夾著尾巴做人的結果。夾著尾巴，他很能體會。

長巷兩邊種滿了攀爬植物和矮樹叢。矮樹叢剪成平頭，長長一排，看上去非常整齊。攀爬植物不規則，像是微血管一樣蔓延兩邊灰色高牆。走到盡頭，是一個日式庭院，一個可以停十輛轎車的小廣場。廣場地上有些七彩的落葉，周邊竹子圍成自己的空間，停有幾輛黑色轎車，轎車駕駛座的車窗都下降。裡面坐著白衣黑褲發楞的年輕駕駛。有的駕駛下來抽菸，在庭院花圃間百無聊賴閒晃著。他們估計都具有駕駛兼保鑣的身分。

「來這裡的都是大官，他們不好在一般的地方袒胸露背。」田崎草雲轉頭笑著跟警探介紹。

「你們多久來這聚會一次？」李振源問。

「不一定，多半一週至少一到兩次。」

庭院北方有幾步石階，往上是一個山門，茅草覆蓋門頂。跨進山門，眼前是個小庭院，李振源看到一座雙層的入母屋造型的日本瓦頂建築，入口處有個弓型曲線的小屋檐，簷下掛著一幅木匾寫著「龍乃湯」。他們橫推開木門，空氣濕潤，裡面傳來濃濃的硫磺和檜木香味。

他們經過櫃檯，櫃檯裡有位打扮高貴的夫人，見到田崎草雲，點頭示意，對兩位警探也不多加詢問，就放他們往裡走。在走廊中段有個房間，裡面是用烏心石製作的衣物存放櫃。田崎草雲脫鞋褪去上衣，露出乾癟的胸脯，他的灰白捲髮和痀僂身形，使他看上去多老了十歲。兩位警探脫下衣褲，置放妥當。柯吉壯實的胸肌和緊緻的腹肌，讓李振源自嘆不如，多望了一眼。

他們撥開一道布簾，走進一個有五座大浴池的空間。在浴池的邊沿，有一個大水缸，上頭有陶製出水口，水流如注，是冰涼的冷泉。其他浴池各寫著不同的湯質，有硫磺質地像牛奶一樣的泉水，也有純熱水的風呂，也有加了草藥的藥池，和溫度比較低的浴池。有一個池子是用彩色小磁磚拼貼的，池邊種著綠色植物、岩石假山，水面漂浮著許多切成一半的檸檬，冒著蒸汽。正是這個池子裡浸著幾個裸體老男人。

「這是日據時代建的。」田崎草雲跟警探介紹：「上將、老總和部長已經退休，平常蒔花養鳥，爬爬郊山，另外就是來這調理。我們常來這裡一邊泡湯，一邊瞎聊。」

不知為什麼，李振源從田崎草雲口中聽到「日據時代」，感到特別悲哀，雖說這是一個很普通的用法。

「上將、王老總、郝祕書長、嚴副部長，讓我來介紹一下，李振源和柯吉。大稻埕公安局偵查科警探。」

「李振源。我們是老關係了。」前公安部副部長嚴裳用一種睥睨的眼光看著李振源和柯吉。

李振源記得這個老領導，做事風格四平八穩。

「下來吧。」嚴裳的胸前，有顆黑痣。

三人試探的把腳浸到水裡感覺水溫。李振源緩緩下沉，讓溫泉淹沒到自己的上胸部。這時他看清楚眼前的幾位仁兄。前國防大學校長柳慶東上將是個紅軍老幹部，一頭白髮，胸部耷拉，肌肉鬆弛，但是滿臉紅潤，雙眼炯炯有神。前中華鋼鐵老總王學強，戴著厚重方框褐色眼鏡，眼鏡上有層薄薄的水蒸汽，雖泡在湯裡，但他的油頭還是整整齊齊。至於嚴裳，他是三人當中最年輕的，身體結實，那顆黑痣上頭還有幾根毛。

「田崎草雲告訴我們你們要來，我們商量了一下，決定跟你們聊聊無妨。其實按照規定，我們都不該跟你們談話。」嚴裳是退休公安領導，面對兩個現任公安，他最有發言優勢。「我們談論的，有些涉及國家安全，畢竟我們是高層領導人。你們的安全層級是什麼？」

「喔，我們倆都是『思』。」李振源道。

共和國內部將機密安全分成九個層級，以「毛主席思想戰無不勝」這句話的每一個字作為每一個層級的代號，「毛」是最高安全級別，「勝」是最低級別。

「但是怕你們年輕人衝動，胡搞，所以見見你們也無妨。」

一股濃濃的硫磺味刺激李振源的鼻腔。他從小就跟祖父來北投泡溫泉。雖說他們家很富裕，但以前像這樣的溫泉會館，通常是只有日本人能進來。臺灣人再有錢，像他們大稻埕李家，就算可以自己可以蓋一棟自己的溫泉屋，也不能進來這種高級溫泉會館。

一位老媽子送來兩壺冰涼的清酒和好幾個杯子，用木盤接著，漂浮在水上。大家等著沒人動，直到田崎草雲給大家斟酒，每杯都倒滿後，他伸手示意可以享用了。

「太涼，我等等喝。你們請用。」柳上將把一條毛巾浸濕，折成長方形放在頭頂。

嚴裳、王學強一一都拿了杯子，接著田崎草雲才拿起杯子，還再邀請李振源、柯吉不要客氣。

沁心涼的清酒透徹心扉，在溫熱的身體內部像一股清流貫穿全身。但隨即酒精逐漸起到作用，精神又放鬆了。李振源揣度，這些人雖然曾經是，但現在已經不是政府的核心人物。但是像前公安部副部長這種職位的人，對高層還是知道比較多的，跟他們比起來，自己就是低級的僕役，對國家大事所知有限。他們曾參加同志會，也一定知道一些內幕。

「我知道你們想問同志會的事。」嚴裳道：「這樣說吧，我們的黨一直以來都認為，人民最好都做點什麼不正當的事，而且要睜眼當閉眼。人人都做點不光彩的事，這樣人們就會心虛，就不敢反抗。」

「不怕貪贓枉法，就怕剛直不阿的人。正直的人以為別人都邪魔歪道，這種人最可怕。我們希望人人都互相掌握點別人的把柄，這樣好管理。」中華鋼鐵老總王學強完全同意嚴裳。

「你是剛直不阿的人嗎？李探長。」嚴裳道。

上將仍閉著眼睛，頭頂上的毛巾冒著騰騰水氣。

「我是識時務的人。」李振源道。

幾個老人呵呵一笑。

「我們支持、擁護與參與的，」王學強進一步說明：「是將群眾利益放在個人利益之上的團體。好掌握，好管理，就是群眾利益，政府部門會將精力放在關鍵的地方，更有效率照顧群眾。」

「忠勇同志會，有好幾個階段，本來面目是擁護共和國的政治路線，一些老幹部和退而不休的青壯幹部所組成，比如我們幾個。」嚴裳道。「沒想到後來走偏了。我們就退了。」

嚴裳用手抹了臉上的水氣。「這就是我們和同志會的關係。」

「劉志遠居然主張，個人應保有自己的私空間，他這是鼓吹個人主義，是修正主義。是背離黨的意識型態的。」上將終於開口。

「更何況，反對反攻。」上將說話時仍然沒有張開眼。「毛什麼人，他也敢鬥？真是不知死活。」

他們知道同志會的背後是毛主席嗎？李振源思索著，黃念是惡魔還是天使？黃念救過他一命，也用妻女安全脅迫李振源要他去辦事。這些人爭權奪利的對手是與黃念和劉志遠，還是毛主席？是派系之間的鬥爭？

「等到毛派了自己親生兒子來監督。」嚴裳道。「事情的性質就不一樣了。」

「毛龍龍到底是幫助劉大將還是監督他？」李振源希望聽他們這些老狐狸的看法。

「很多事情，不是表面上看到的那樣，也不是單一定義。我們這個黨，有一項玩得爐火純青的，就是雙元定義，否定發展否定，很多事其實很難套用單一定義。毛龍龍可以是來監督的，也可以是來幫助的。」

既然是監督的，為何又是幫助的？這不是互相矛盾嗎？李振源一開始實在不懂這個邏輯。後來他想起來，這是唯物辯證法，事物的本質既對立又統一，質量互變。

「你的意思是？」

柳上將這會兒，終於張開了眼睛，傾身向前，壓低聲音只讓眼前這幫人聽得見：「毛表面上是讓毛龍龍來監督劉志遠，其實又是讓毛龍龍來幫助劉志遠。幫助什麼呢？幫助他鬥黃念。你或許會困惑，黃念不是毛的支持者，為什麼毛要鬥他？那是因為毛知道任何事物都有否定到肯定，肯定到否定的過程，這是事物曲折前進的規律性。黃念是毛的支持者，但有一天就會變成制肘者。必須提前制定計畫，製造一個制衡他的人。對於這個制衡的人，還要再培養一個制衡的人去制肘。權術就是這樣。」

「等到那個時候，若不是一個讓著另一個，就是矛盾激化的時刻，就是你死我活的時候。」嚴裳露出凌厲的眼神。

沒想到這幾個人還是黨的理論家。

「對自己兒子呢？也鬥爭嗎？」李振源問。

「當然。你若是認識毛，就不會問這麼天真的問題。他對誰都是用唯物辯證法看待。不論遠近親疏。毛龍龍有他的親密，也有他的權謀，毛一定是知道的。」柳慶東用手掬水，洗了把臉。

「社會部和同志會的矛盾到底是什麼？」李振源又問。

「你真是對政治一竅不通。」嚴裳用責備的語氣好像李振源是他的子弟兵一樣：「權力啊！搞政治的人第一要爭權力，有了權，就有了一切利益。但是黃念厲害就是厲害在這，他不僅是為權和錢，他的利益很難被看懂。社會部什麼都做，可以用情報工作當幌子，開設賭場，盜賣國寶、軍火。所以黃念其實需要同志會這種組織存在，他不會把他們一網打盡，還給他們留了後路，因為這也是給自己留條後路。」嚴裳壓低聲音：「你絕對想不到，在毛眼裡，黃念和劉志遠都是不可取代的人。這是一體兩面的，他打擊同志會也幫助同志會，鬥爭社會部也幫助社會部。利用黃念的不法生意，包括賭場，反過來掌握所有人的把柄。」

李振源都聽暈了，唯物辯證法，事物的普遍關係、永恆發展一直是他在黨校學習最沒自信的一門課。或許因為他根本不信這一套。佛家的成、住、壞、空。空即是色，色即是空，比較對他的口味，但是他哪敢告訴別人。唯物史觀是唯一真理。

「同志會的發展，在政變前影響力僅次於毛。毛龍龍表面上是幫助黑幫勢力，其實是毛的力量滲透進來。掌管所有會員的動向。毛也透過同志會的幫助，平衡黃念的勢力，掌握黨政軍的權力核心。政變失敗，有很大的關鍵是毛早就得到情報。毛讓社會部嚴密監視同志會本身。」王學強道。

原來他們知道是毛主席在同志會的後面。李振源再次得到印證。

「毛主席可能也察覺毛龍龍和他哥哥爭權，故意給他這麼一個任務。毛龍龍要叫黃念黃叔叔的，可現在要代父鬥他，這掌握分寸要掌握得很好。我的看法其實毛龍龍有很強的權力慾望，有其父必有其子嘛。政變後劉志遠可利用價值降低了，想重振勢力，加強掌握了許多黃念的黑資源，但也釋放給了黃念一些利益，並透過毛龍龍表達希望與黃念互利。」嚴裳道。

「這些你們怎麼都知道？」

「我們不是混飯吃的。」王學強整個人沉到水裡，過了會兒浮出來，用手抹了抹臉。「能擠到權力核心，對於各種事物的本質要能一眼看清。嗅到危險——權力是很危險的東西——就要懂得躲。」

李振源感到全身乏力，愛睏，可能是酒精，也可能是加上溫泉促進血液循環系的作用。他也用溫泉洗把臉，讓自己清醒一點。

「所以你們早早離開了同志會。」

「何必再搞什麼權力，反正我們都有部長級待遇。」

「反攻大陸呢？」

「都來這麼久了，早就時不我予了。」

「其實你們不願回去？」

「一開始幹革命就知道可能會有這麼一天。有家歸不得。亡命之徒還要求什麼回家？幼稚。」柳慶東道。

李振源茅塞頓開，原來他一直想不明白的事，現在恍然大悟。

「但是，」李振源決定告訴他們。「你們可知，本來劉志遠派了殺手要解決你們幾個？」

幾個老人看著他怔住了。

過了不知多久，柳慶東伸手去拿酒杯，猛灌了一口。

「怎麼知道？」上將鎮住自己的情緒。但是他的表情明顯變得僵硬，不自然。

「我自然有我的管道。」

老首長們面面相覷。

「什麼時候？」

「就在政變前。」

「怎麼沒有下手。」

「殺手自行終止任務。」

「媽的，好個劉志遠。」上將道：「嫌我們幾個老江湖知道太多，想要趕盡殺絕。既然如此，那就來個魚死網破。」他向嚴裳使個眼色。

「下面我們說的話，田崎草雲、李振源、柯吉，你們聽了，船過水無痕。自己消化，不能外傳。」嚴裳道。

「毛龍龍，」上將低聲道：「是蘇聯特工。」

霎時所有人都靜默，任憑汗珠從髮際滾落，沒人動一下，也沒人吭口氣。

「他在蘇聯時，就被吸收、洗腦，訓練成特工。畢竟，毛從沒照顧過他一天，父子情分淡薄。他的任務是將中共高層動向傳回東三省。毛主席其實知道他的身分，為了防範，就把他調離身邊，安排在劉志遠身邊。如果他協助劉志遠成功取得政權，蘇聯便可以更好地操控中共。劉志遠也知道這一點，反過來利用他。」

田崎草雲緊閉雙眼，似乎寧願沒聽見這些話，全身緊繃。

這才是你們離開同志會的原因，李振源心想。

「上將怎麼知道？」

「我在軍隊四十年，自然有我的管道。」

「這已超出了黨內派系鬥爭的層次，而是中共和蘇聯間的矛盾。毛龍龍代表蘇聯滲透中共的勢力。他們一直想控制毛。」

「我們趕緊散了，如果劉志遠曾經要殺我們滅口，現在沒有理由放過，只不過沒有機會罷了。大家回去加強保安措施吧。」

「不用擔心，殺手已經被我解決。」李振源道。「劉志遠現在是光桿司令。除非你們認為毛龍龍會親自上陣。」

大家面面相覷。

「我覺得不會，你們已經不會妨礙同志會，他們不會再有什麼大動作。」李振源還是很有分寸的人，沒有說「你們幾個老傢伙不用貪生怕死，你們沒那麼重要。」

「小老弟，」柳慶東道：「我們本來以為退出同志會之後與世無爭，在這個地方清談議論，泡完溫泉離開這裡，我們就什麼都不談了，只有含飴弄孫，養鳥種花而已。現在知道我們並不如想像的安全。今後大家更要各自保重。」

田崎草雲端起酒杯道：「探長，很感謝。」

王學強也拿起酒杯：「最後一杯酒，何年何月還能相見，已不可知。」柳慶東、嚴裳、柯吉都拿起酒杯一飲而盡。

「謝謝，小老弟，讓我們知道自己的處境。」柳慶東道。

李振源高舉杯子，「乾！」

夜晚的天水街依舊荒涼，整條街黑漆漆，不見一人。糕餅店的招牌已經鏽蝕鬆動，字跡褪色模糊，掉落一半，在冷風吹拂下，發出快要彈性疲乏，呱咿—呱咿—的響聲。

這是李振源出獄兩個月以來，第一次見到陳瑞雪。

在樓下她壓抑著內心。到了樓上，她一把抱緊李振源。李振源輕輕地將他窩進懷裡。他把鼻子貼近她的頭髮。他非常掛念她。她髮梢的香味彌漫他的鼻腔。這幾個月，他故意不來找她，因為他知道黃念一定派人跟蹤他，他要搞清楚跟蹤他的人的動態，確定安全無虞才能來見陳瑞雪。他不能再讓黃念以她作為威脅。

她把門窗都關好，拉上窗簾。他們坐在餐桌邊上，陳瑞雪很快端來李振源愛吃的小魚，又從櫃子深處挖出他沒喝完的酒，三年，李振源都忘了，那是多久前留下的。她還記得。

李振源掃視一圈，幾乎毫無異動的痕跡，她這幾年就這樣癡癡等著他。一切都是那麼熟悉。櫃子的把手是他修好的。杯子是他送她的。洗碗槽上面掛的豬鬃刷也是他買的。

「我很想念這些下酒菜。」

她蹙起眉望著他。「喔，想念的是下酒菜？」

李振源知道她在撒嬌。他把手掌貼上她的手背，安慰她：「當然更想念做菜的人。」

「你不想念外省婆？」她盯著他的眼。

「我擔心她。」李振源一臉認真，「畢竟她面臨的是生死存亡。我必須把她救出來。」

「然後你們可以快快樂樂的在一起。」

「這個時代，誰還可能快快樂樂？」

他小口喝著酒。兩人沒再談及這個話題，只是互相看著對方。他感受這來之不易的平靜。她伸手把柔荑般的嫩手放在他露出粗脹血管的手背。他把手掌反轉過來握住她的手，先是包裹她的手在他的手裡，然後十指交錯相互緊握。日光燈顯得蒼白無力。室內是淡綠色塗漆。生活用品和器物整理得井井有條。她婀娜的身型，讓他體內澎湃洶湧。這個晚上，他和她燕好，盡情盡興，彼此貪圖對方的骨與肌，靈與肉，恨不能融在一起。他渾身抖動，這兩三年的思念、慾望，一股腦兒全傾洩給了她。

半夜三更，她醒了，默默看著李振源，彷彿他很快就會再度從她的生活中消失，直到他也張開眼。她抱住他，臉枕在他的胸膛。

「葉雲在宜蘭監獄，」陳瑞雪看著屋子一角的牆，牆上有個吊著的花壇，種著蘭花：「她與胡雪都在宜蘭監獄。」

李振源很驚訝。

「妳怎麼知道？」

「你讓李帆去找。」她避開他的眼神。

李振源的震驚不是一點點。他抬起頭看著她的臉。

他找到她的目光，陳瑞雪眼神裡有晃動的東西。

這句話完全震攝了李振源。她……竟然是國民黨潛伏？

這間不該存在的牙醫診所來來去去有許多紅色官員來看診，她有的是機會蒐集情報。李振源和呂明松合作幫她改了日臺混血的身分，建立了假戶籍，隱瞞身分，由李振源保護著。他以為她是幫呂明松打探高層情報的人，因為她就是呂明松說的「共同朋友」。

「我提供給他們消息。」

「為什麼？」李振源癡癡的看著陳瑞雪，心中有太多疑問。

「在日本讀書期間，進行反戰活動，我加入國民黨的海外僑胞組織，他們照顧我的母親。送我去中國敵後抗日。」

「那呂明松？」

「他在上海加入共產黨之前，也已在日本被國民黨吸收。」陳瑞雪仔細端詳李振源的表情。「不過，後來他轉向推動臺獨運動。我們的埋藏很深。」

「呂明松生前偷偷見過我。他說，獨派誤信同志會，以為可以一起推翻毛。張樹枝就是獨派和忠勇同志會的牽線人。他透過吳富國搭上同志會。」陳瑞雪湊近李振源的耳朵說。

「我們每天都在一起，他為什麼不在生前告訴我？」李振源不解。

「如果你死在裡面，告訴你也沒用。只有你出來才有用。」陳瑞雪兩眼一刻都不願離開李振源。

這樣說來，作為牽線人的臺獨分子張樹枝就有動機殺吳富國了。他一想，這也符合報復性處決，以及半專業殺手的特徵。

「國民黨江浙系支持臺獨顛覆毛共，支持臺獨跟共產黨右派合作，發動政變。江浙系認為，如果成功推翻毛，成功阻止反攻大陸，江浙系便能夠在黨內取代桂系的領導。」

「等一下，江浙系？」

「蔣介石指揮的系統。在一九三七年加入，那時國民黨是江浙系統控制的。內戰後才是桂系李代總統控制的。蔣下野後，在國民黨的情報部門仍有很深的影響力。」

「共產黨右派是誰？」

「在政治和經濟上反對毛的激進政策，反對再起戰端的人。」

「忠勇同志會？」

陳瑞雪點頭。

所以同志會真是國民黨支持的？黃念所言不假。

「呂明松說，臺獨的資金，一部分來自中央山脈一個山洞的黃金珠寶，那是日本總督府遺留的財物，而這些財物部分來自中國，部分來自臺灣和東南亞各國的民脂民膏。還有一部分是國民黨給予的資金支持。他並說，如果你可以的話，將它交給臺獨的最後血脈。」

「臺獨的最後血脈？」

「張樹枝。」陳瑞雪眼神下垂，避開李振源的目光。「據我們知道他一直關押在大稻埕公安局的牢房。」

張樹枝在哪裡，是死是活他都不知道，陳瑞雪居然知道。李振源簡直不敢相信。陳瑞雪雙眸似乎閃著亮亮的東西。

「本來蘇維埃支持劉志遠結合臺獨顛覆毛，但後來理解到，一但政變成功，不反攻大陸，國民黨重新洗牌，對盤據東北的蘇維埃將構成極大的威脅，於是就抽手了。反倒是日本贊成臺獨和共產黨右派合作。」

「為什麼？」

「如果蔣重新取得政權，堅持反共抗俄，蘇維埃一旦失敗，對朝鮮半島和日本的威脅就就消失了。」

「所以忠勇同志會本來背後是蘇維埃，而臺獨背後是國民黨？結果是日本促成同志會和臺獨合作？」

陳瑞雪點頭。

「日本不是和共和國建交了嗎？怎麼還會顛覆毛？」

「毛這個人不可預測。」

他想到柳慶東透露毛龍龍是蘇聯間諜。看來柳慶東、劉志遠和黃念吐露的不全是假，至少有一半是真的。問題是要拼湊起來才接近真相。陳瑞雪一直有任務在身。

最讓他意外的是，共和國社會監控網這麼嚴厲和密集，仍然充斥著間諜活動。轉念一想，如果共產黨的情報部門做得夠好，內戰就不至於連滾帶爬逃到臺灣。

這世上有許許多多時刻逼著人們藉著酒精鎮壓情緒。這個女人是真的愛他嗎？還是利用他？李振源起身，走到廚房，倒了一杯酒，一口悶進喉，嗆辣的酒精灌入，他感到整個靈魂被強烈地燒灼。他對世界的認知完全被顛覆了。虛虛實實，哪個才是真相？

酒下肚，他鎮定了情緒，回到床邊。「原來呂明松什麼都知道。」他道。

「不僅知道，而且安排了一切。」她的瞳孔放大，有更多的不知名的東西透露出來。「他逮捕了那麼多臺獨，逐漸了解他們，同情他們，後來認同他們的理念。最後繼承了他們的事業。在臺獨組織被一網打盡的時候，他的好朋友，佐藤太郎，把祕密資金交給了他。讓他拯救臺灣人。呂知道自己逃不過一死的時候，知道你是最佳繼承的人選。」

「楊守敬？」

「是的，就是我們的老師。」

「妳確定？」

「宣傳部說他是日本特工。他真的是，不是栽贓的。在這個圈子，為了保命，自然會分辨誰是敵人，誰是戰友。」

「那呂明松豈不……」

「不像你想像的——不，他不是雙面諜。」

「那是什麼？」

「很多事情，並不是非黑即白，有時候，邊界並不是那麼清楚，立場也不是那麼單一。你應該能體會我說什麼。」

李振源馬上就理解，像他們這樣生長於兩種文化間的人，很容易兩面逢源，或是兩面不是人。

「呂明松希望你能理解，獨立是臺灣政治前途唯一的選擇。他也希望你能將這批資金挹注在臺獨事業上，協助張樹枝。他不相信跟忠勇同志會合作會有什麼好結果，他說外省人不可信。」

「我是模範黨員，怎麼會是最佳人選？」

「模範黨員才是最佳掩護。你會不顧一切活下來，也只有你有這種能力。」

陳瑞雪仍避開他的眼神。「國民黨授意我，向你傳達，只要你能把張樹枝救出來。國民黨允諾，將救出葉雲作為對你的回報。」

「有什麼辦法？」他不再相信任何一方。

「振源，」她握住他的手，看著他，非常嚴肅，「國民黨的布建超越你的想像。」

還有比現在更超越想像的事？李振源真的需要一點時間理解發生了什麼事，他以為他在黑牢裡已經明白世間的本質，他以為他懂了，世間一切不過是幻影，可是一旦回到幻影當中，他又迷惑了，更不懂了，他要重新認識這個世界。可是偏偏他沒有時間。這女人對他好，是為了情報嗎？

「救出張樹枝，然後呢？」

「把呂明松交給你的資金交給他，張樹枝知道接下來做什麼。」

還能怎麼做？所有政治勢力之中，臺獨傷亡最慘烈，幾乎所有菁英都被剷除。沒有人，運動怎麼搞下去？李振源想，就算我去把他救出來，把錢交給他，他也是走投無路。

「那批資金有多大規模？」他道。

「這我不知道，他只給了我這個。」陳瑞雪從床頭一本書裡拿出一張紙，上面是一連串數字。李振源一看，「23.849098938230002, 121.13936988176337」

「這是什麼？這樣要怎麼找？」

「是座標。呂說，交給你，你會找到的。山洞口種了一排間隔十米的三棵紅檜，以及排列如十字的五棵巨杉作為標識。北面的巨杉有一棵臨山壁，就是那裡。但是山路崎嶇，杳無人煙，不好到達。」陳瑞雪把紙條給他。「在南投的卓社大山裡。」

李振源知道卓社大山，是深山老林。他把座標抄在另一張紙上，又把原件退回給陳瑞雪，「我保留複製的就行了。你藏好。萬一我沒能回來，你們找別人。」李振源知道，就算自己沒有被黃念弄死，光是去那三千米的高山深壑找尋那批財寶，未必能活著回來。

陳瑞雪道：「這些，是必須轉達給你的。」她的肩膀似乎鬆弛下來，人也放鬆了。

他看著她，思緒萬千，有種奇異的感覺浮上來，有點說不清楚，也許是莫名的感傷，就像這是最後一夜，就像訣別。

她似乎也感受到什麼，突然緊緊抱住他。「你會回來的。」

李振源深深地看著她，他知道，從今以後，他們之間再也不一樣了。

「瑞雪……」

她搖頭。

「妳……」他猶豫。

她把臉深埋。但她知道，她欠他一個交代。

「我知道你疑惑。」她道。

他摟著她的肩不再追問。

她把臉偏向一邊，潔白的被單蓋住他們的身體，他們看自不同方向。她的肩，又細又圓，她的背，單薄而修長。這樣羸弱的一個女子，竟承擔這麼多祕密。

過了半晌，李振源感受她柔軟的身體開始劇烈的顫抖。他認識陳瑞雪的時間甚至比他的婚姻還要長。他將她轉過來，看見淚水糊了她的臉，她幾乎張不開眼，他哭成這樣竟然沒出一點聲音。李振源抱緊她，撫摸她的頭髮安慰她。

「不告訴你，」無聲的哭泣幾乎吞噬她的話：「是免得你難做。」她緊緊抓著白色床單，「我無時無刻不擔心受怕，就怕萬一曝光，也害了你。」

她躺過的地方已經淚濕了一片。她竟然想的不是自己的安危。如果她的身分曝光，他便成了她的共犯，她完了，他也完了，所有與此牽連的人都完了。

「我希望你的每一天都過的好。甚至你結婚，我也默默的祝福你們。」她壓抑自己的哭聲不致引起鄰居的注意，但幾乎整個人崩潰了。

夜深人靜，仍怕隔牆有耳，他們不敢宣洩自己澎湃的情緒。他試著幫她抹去眼淚，但發現自己的淚水卻像溫泉一樣從眼眶奪出。世間雜籟頓時消寂無聲，彷彿只剩他們苟存於天地。他將鼻息貼近她頭頂，貪婪地吸嗅她的味道，只是鼻涕眼淚已堵住他的出口，他嘶啞無聲，從心裡流出滾燙的淚水滲入她的髮間。她緊緊貼近他，細長的手臂圈住他寬闊的胸膛，兩個人泣不成聲。

這一夜非常短暫，他們在痛苦與幸福之間，模模糊糊地似睡非睡，似幻非幻，緊緊擁抱在一起。

隔天清晨，他捨不得地在她細柔的胸前和額頭親吻，她睡得像孩子一樣，他悄悄地下樓，關上木門。他回頭看，南北牙醫的招牌字跡幾乎不能辨認。

公安局辦公室的公布欄上，頭條不再是夏杉露的通緝令，而是另一個叛賊。通常頭號要犯的訂定是由市委決議，然後責成市公安局批捕。夏杉露的下架表明，他的問題已結案。

桌上的電話響起。

「偵查科。」

「請找李振源科長。」一個女人的聲音。

「我是。」

半晌，那頭道：「是我。」李振源聽出是孫志芳。「等下見個面，我給你介紹個人。」

「什麼人？」

「見面聊。十點，馬場町。」孫志芳把電話掛了。

馬場町在淡水河岸，本來是日本人的軍方跑馬地，訓練兵士騎馬的基地。這些年不再重視騎兵，所以就荒廢了，荒煙蔓草，杳無人跡。河岸長了些樹，不過都瘦弱矮小。天空盡是銀灰色的，暗色的雲母。風吹得李振源頭髮亂飄，蘆葦芒草也在風中一下東倒一下西歪，遠處望去，盡是蒼涼。

九點五十分，李振源就到了。沒多久一男一女從河堤上走下。遠遠看去，是工裝的孫志芳和一西裝男。那男人見到李振源，主動伸出手，李振源跟他握了握手，還不明所以，就聽見孫志芳道：「這位是廣田不孤齋先生，」一溜髮絲在她前額隨風飄揚，她的身型依舊婀娜。

「孫志芳同志，廣田先生是？」李振源聽到是日本人，多少有些膽戰心驚。這年頭日本人是朋友還是敵人，弄不清楚。這可不像上次見到的田崎草雲，政協的文史專員。

「廣田先生是大日本帝國新任駐華聯絡官。」孫志芳對廣田不孤齋微笑。

「喔？」李振源向廣田微微點頭，他伸出手道：「李振源，大稻埕公安局偵查科長。」

廣田握了握他的手：「廣田不孤齋。」

李振源注視著他的眼，用日語說：「廣田様，聯絡官是做什麼的？抱歉，我完全沒有概念。」李振源一臉不好意思。

「李様，聯絡官的主要工作就是居中聯繫，例如跟貴國政府部門進行協調，提出要求或是接受邀請，安排事務性協調會等等，」廣田不孤齋用日語答道。他馬上判斷李振源的背景，一口幾乎與日本人同樣流利的日語，作為日本殖民地，一個臺灣本地人能坐穩共和國公安局偵查科長的位子，一定不是盞省油的燈。

李振源注意到他的態度不卑不亢，臉上堆滿不諂媚的微笑，跟之前那位田崎草雲完全不一樣。

「廣田先生在做聯絡官之前，」孫志芳仍然保持著笑容，「長期經營高檔古董生意，收藏大量的中國瓷器、字畫、古玩。」

「喔？」李振源略顯驚訝，「那麼做了聯絡官之後呢？」

「原本的生意照做，」廣田不孤齋露出詭異的笑容，「而且原本偷偷摸摸的部分，也尋求正式管道了。」

廣田不孤齋估計怕孫志芳不懂於是改用漢語回答。他的漢語帶日語腔，但算是說的順溜。

「原本偷偷摸摸的生意是指？」

廣田不孤齋看了一眼孫志芳，「比如以前跟貴國私底下做的生意，現在就公開的做了。貴國成立古董信託公司，由國家經營，我們需要什麼，就透過信託公司去尋找。找到了，我們就買下來。貴國就賺取外匯。」

「以前私底下做什麼麼生意呢？」

「呵呵，」廣田不孤齋又看看孫志芳。「以前，也是做古董，但是比較像是～」

「走私。」孫志芳直接了當。

「由貴國高層授意，通過我從中鑑價，再賣到日本。」廣田微笑地，熱切的掩飾尷尬。

這下換李振源看孫志芳了，孫志芳也會意地回看他，眼神交會。

「廣田先生知道，跟我們政法部門配合，現在的生意才會順利。」孫志芳看著廣田，她的笑容裡含藏著大量訊息。

「高層是指誰？」

孫志芳看著廣田的眼神突然冷酷起來。李振源想起第一次見到她的時候，她就是用這種眼神看自己。

「黃念。」廣田不孤齋還是微笑。

即使，他此時還表現得若無其事，但李振源嗅出一些微妙，廣田那幅不卑不亢的底氣消散了些。

「以前透過黃念，你們走私故宮的文物到日本？」李振源問。

廣田不孤齋不置可否。眼神看著別的地方。以李振源對日本人的了解，廣田一定會裝著若無其事，即使他現在討厭這種處境，也不會輕易顯露出來。

「這些事已經過了。」廣田不孤齋終於看著李振源。

「沒有過。」孫志芳道。「你必須出來作證，指控黃念。」

「我們不想介入貴國的鬥爭。」

「不照做，我跟你保證，你很快就會被遞解回日本。」孫志芳眼神直逼廣田：「誰不知道日本使館的每個人都是特工？」

廣田略為張大眼睛看著孫志芳，彷彿覺得怎麼可以這樣蠻橫不講理。

「若是我出來指證，為了維護兩國的外交穩定，貴國會放棄追究？」

「你有外交豁免權。」孫志芳道。

「黃念走私的流程是怎麼樣的。」李振源道。

「他在故宮遊走，挑選文物，列出清單，利用特權借回家賞玩。然後邀請我來鑑定，我再派人來取。」

廣田直接了當。

「就是有借不還？」

廣田不置可否。

這荒廢的跑馬場四處是低矮的雜草，雜草下可見略呈黑色的土壤，估計是河水千百年沉積的產物。四周空曠，幾公里外有裊裊炊煙。一群野鴿飛掠他們的頭頂。他向周邊掃了一眼，除了他們三人，別無人影。

李振源明白為什麼孫志芳要約在這裡，這樣的地形和環境，只要有人接近或跟蹤，馬上會被發現。這麼空曠的地方，遠距離竊聽也不可行。天空是銀灰色的，像巨大的鐵幕。

「黃念跟你交易的文物，這麼多年下來總額大約是？」李振源懷疑的看著廣田。

「不下三千萬人民幣。」

也就是說那六百萬是黃念五分之一的贓款。黃念為了這錢把我逼得要死要活。

「你聽過吳富國嗎？」

廣田眼睛轉了一圈。搖頭。

「一點印象都沒有？」

廣田再次搖頭。

「你和黃念的交易流程，請完整的告訴我。」

「我去他家估價，通常都是一整批，而不只一個。定價後，他細心打包，派遣卡車搬運。因為出臺北的道路多檢查站，為免生枝節，每次都用火車轉運，送到基隆。海關早已打點好，直接放行。」

「火車每次都是晚上開往基隆的東方號吧？」

「你怎麼知道？」

「因為列車長和乘務員都被滅口了。」

廣田先是一臉驚訝，然後露出擔憂。

「你是黃念的財神，不用擔心安全。」

「你的錢，怎麼交到黃念手上？」

「這個……」

「怎麼？不能講？」孫志芳道。

「有什麼祕密？」李振源逼問。

「這比較複雜。」廣田面有難色。「黃念在海外有幾個帳戶。」

「所以錢不流回臺灣？」

「事情比你們想的複雜，也比較敏感。」廣田面露誠懇。「黃念是貴國的特務首長，肯定管理了許多海外帳號。」

「海外帳號？有什麼用？」

「這我怎麼會知道？他是特務，我純粹是生意人。」

「純粹生意人？外交系統也是情報系統，怎麼會不知道？你們一定有監控。」孫志芳口氣很差。

廣田再次露出難色。

「我只知日本的帳戶活動情況。」

「說。」孫志芳和李振源不約而同道。

「有些匯入了別的帳戶。有些文物卻不是賣給我的，是透過我代銷給中國大陸的買家。」

「中國大陸的買家？」孫志芳和李振源疑惑地互看。

「都是什麼人？」李振源問道。

「什麼人都有，大大小小的官員、商人、學者。重點是這些人都是指定客戶。」

「得到的錢流向哪裡？」

「再回到日本帳戶。」

「所以黃念賤賣國寶，還賤賣到中國大陸？」孫志芳語氣透露難以置信。

「現在的交易怎麼進行？」

「現在就正規多了。透過貴國的信託公司，每個月開出一些文物清單供海外買家挑選。」廣田把生意人的眼光分享給孫志芳和李振源。「客戶來自世界各地。我從中收取百分四十。」

「這麼高，廣田，你這生意也太好做了。」

「這種生意平常人做不了，有許多風險，收取這個成數不算過分。」

「廣田先生，」李振源道，「你那邊可能把黃金珠寶換成現金嗎？」

「多少？」

「你有多少？」

孫志芳驚訝地看了一眼李振源。

「我們是國家行為，大日本帝國做靠山，你要多少有多少。」

李振源一把摟著廣田的肩膀。「那麼現在，我想，你最好一五一十的告訴我，黃念還有哪些祕密。」

當他們從河堤離開的時候，是分開走的。李振源終於證實黃念主導了一切——他向故宮博物院的人施壓借出國寶回家賞玩，再通知廣田不孤齋過來鑑價。因為知道黃念是盜賣，廣田會壓低價格，低價收購這批康熙皇帝開始收藏的國寶。然後交給臺鐵東方號列車長郭自足，在乘務員邱大勇配合下運送到基隆海關，運交海外買主。

據廣田不孤齋的說法，他們從事這種交易已經長達五年左右，每次的交易金額從十萬到五百萬不等，每個月至少一次，販售所得全數匯到海外人頭帳戶。

回到辦公室，這一天過得很快，李振源沒有察覺天光很快的暗淡下來。他心裡只顧惦記著，吳富國在這其中到底是什麼角色？廣田說不認識吳富國，吳富國手中的錢哪裡來的？還有另外三百萬的下落，仍然沒有答案。不論如何，這些錢對黃念來說，只占了他不法所得的一小部分。

現在，他有了買方的人證，運輸的兩個人已被滅口，現在還有出貨的源頭故宮以及輸出貨物的最後一站基隆海關要調查。

李振源再次聯繫孫志芳，打算把自己的想法告訴她。孫志芳提醒他，電話不安全。他掛上電話。

下班，他沒有待在辦公室，而是直接回家。出獄之後，他越發感覺自己不再熱中社交，也不喜歡留在辦公室。早上出門的時候他就直接去早市憑票證換了豆芽、芹菜、豆乾什麼的，他好久沒有下廚，想讓自己放鬆一下。天黑了下來，他回到家，感覺這裡比任何地方更安全、更友善。他給自己斟酒，坐在小方桌前喝起來。大約八點多，院子突然傳來小黑的吠叫。開門一看，竟是孫志芳。

「呦，自己喝酒，這麼愜意？」孫志芳進門，脫下鞋子留在玄關。

李振源這才發現空氣中濃濃的酒香，只是他自己不聞其味。見孫志芳一臉欣然，他笑著道：「稀客。」

「先說正事，」孫志芳走到椅子跟前自行坐下，表情變得嚴肅，李振源給她找了個酒杯，替她斟上，聽她道：「我查了故宮自殺的幹部，是個處長。要從故宮借出文物，涉及的人至少包括副處長、研究員、主任、專門委員、科長、編纂、編審、技正、技士等等。為什麼只死了一個？」

「因為他是唯一不屬於黃念的人。」李振源斬釘截鐵。

「正是如此。我從組織部那裡瞭解了這批人的背景，都跟黃念有千絲萬縷的關係。他是管文教的嘛。」孫志芳喝了口酒。

這下出貨的人證死了。其他人是不會供認的。除非有出借清單。

李振源給她添了雙筷子。

「剩下基隆海關，」孫志芳夾起一塊豆腐，往嘴裡塞。「整塊拼圖就完整了。」她一面嚼一面說。

「還沒，」李振源說：「殺吳富國的是誰我還不知道。」他沒說出口的，還包括滅口杜冬青的。

「如果是黃念下的令，」孫志芳嚥下了豆腐，看著盤裡的菜，「黃念需要的是那筆錢，殺了吳富國等於是把答案一起湮滅了，這不符合邏輯。而且縱算知道是他下令，你也拿他沒皮條不是嗎？他是情報首長，下令殺人又算什麼？他們殺的還少嗎？政法委要我查這個案子，根本不是要以殺人案對付黃念。要扳倒他，要打組合拳：叛變計畫、祕密結盟、干預政策、盜賣國寶、對主席不忠都要嚴重過下令殺人。」孫志芳抬頭看著李振源，「這是政治。」

「我是偵查幹警，只管抓到兇手，沒有想過要扶誰倒誰。」李振源看著孫志芳的眼睛，「我只希望救葉雲出來。她畢竟是孩子的媽。」

李振源第一次注意到孫志芳發出同情又溫柔的眼神。不妙，他告誡自己不可多想，事情已經夠複雜了。

「人生在世，總是有很多我們意料不到的變化。你無法不去面對，只能硬著頭皮往前走。」孫志芳舉起小杯，「來，敬你。」

李振源努力壓制自己的情感。

「我們書記希望探長協助。」孫志芳語流露柔情。

「協助什麼？」李振源有些驚訝。

「現在政法委很難對付黃念。原本忠勇同志會能對付他，但同志會已被剷除。如果你能出手協助，咱們書記會感謝你的。」

「政法委書記……怎麼協助他？」

「你那筆錢就算找到了，也不要給黃念。」

這個要求跟劉志遠、毛龍龍一樣。看來政法委和忠勇同志會對付共同敵人黃念的辦法都差不多。

李振源跟孫志芳就這樣喝到深夜，他看得出來，孫志芳對他有好感。似乎也在等他採取行動。但他強自克制。他想起陳瑞雪，他不想讓她心碎，他想起葉雲還在囹圄之中，他不能這樣放縱自己。每當他發覺自己克制不了胡思亂想，他就猛灌酒，想讓酒精麻痺自己的慾望。在南區招待所，他跟那裡的女人糾纏，那是在查案，是金錢交易，船過水無痕。但孫志芳，她不一樣。對她踰矩，就必須介入她的生活，這樣的話，很容易產生矛盾。

「你去找黃念，告訴他，必須先放葉雲，你才會聽命於他。」孫志芳已經有點醉意，語速變慢了。

「我想這個老狐狸不會這樣輕易放過葉雲。」李振源道。

「你不去試一試怎麼知道。她可是你的愛人，難道你不願為她低聲下氣？」

李振源聽出來，這是她在探聽他對她的態度。

「我願意為她赴湯蹈火，但是，」李振源滿臉麻痺感，「恐怕主動權還是在黃念手裡。」

「至少，」孫志芳又舉起杯子，「你試過。」她一口喝盡。

天花板開始旋轉，平衡感也漸漸不靈，李振源知道喝多了。到了這一刻，他還是極力克制強大的慾望。她的肉體太迷人，而他的體內澎湃洶湧，躁動不已。

他說：「妳要回去了嗎？我睏了。」

「我恐怕回不去了。」她的眼神水汪汪的。「你放心讓我一個人走在烏漆墨黑的巷子裡嗎？」

「孤男寡女三更半夜在一起，若給人知道，多麼不好。」

「那就不要給人知道嘛。」

李振源幾乎不能自制了。

「志芳，」李振源強打起精神，深吸了一口氣道：「我們還是，珍惜友誼吧。若是…也許我們不會像現在這樣，磊落而平靜的相處。」

「珍惜友情？」孫志芳眼睛溼了。

「珍惜友情。」李振源態度肯定。

李振源終於說出口，一但說出口，感覺就像水往低處流那麼自然。

「那，我這有一個房間，整理乾淨的。你就睡這吧。」李振源帶她到房間門口，然後自己趕緊離開。

他走回自己二樓的房間，正要關門，只見孫志芳跟上來。

他看著她，她明顯醉了。

「我要睡這間。」孫志芳道。

「那我下樓睡。」李振源道。

孫志芳一把拉住他，定定的看著他：「今天晚上，當我的愛人。就今天晚上。」

第二天清晨，李振源酒醒了。昨晚後面的事，他不記得了。現在他躺在床上。孫志芳手臂跨在他的胸前，整個人側身緊緊貼著他的身體，髮香穿鼻入腦。他趕忙掀開薄被，看到倆人都衣著整齊，這才放心。他努力回憶，卻一點記不起昨天晚上發生何事，只能推論，兩人最終不勝酒力，躺下就睡了。

他聞著她的味道，如同凋謝的花，雖不再新鮮仍有殘餘的香味。他不敢動。心想，還好，若是昨晚沒有把持住，他就一定會傷了她。現在，他們睡在了一起，但又不是那樣的關係，他覺得還挺好。若是另一種情況，她會對他更加溫柔，但未來，當他無可避免傷害到她的時候，她就會極其冷酷，甚至復仇。他可不願面對這樣的情況。

他搖搖她，她囁嚅了幾聲，把頭挪移了位置望著他，又閉上眼睛。

她抱緊他的胸膛。

「我們分開走。等到大家都上班了，妳再離開。」他說。

他摟著她的肩，心裡想著，謝謝。

第十七章

深山中的寶藏

離開家，他走去辦公室。一路上，想著孫志芳，有種奇異的心痛感覺，像是失戀，不，是失去。他感覺他在某種意義上失去了她，失去和這個人的人生關聯性。他必須這麼做，別無選擇。他的人生已經滿載，負荷不動了。

到了局裡，他找到柯吉，兩人一同下到地下牢房。在一個角落鐵欄隔間，他們見到了張樹枝。這人滿臉鬍鬚和長髮，瘦得跟餓死的狗一樣，看上去虛弱又無精神，靠著牆斜坐，兩眼渙散，有如被全世界遺棄一般落魄——恐怕也的確如此，政治保衛局忘記了他，大稻埕公安局忘了他，整個共和國政治系統都忘了他。倒是陳瑞雪提供的真實信息證實了她自己的潛伏身分。

見到柯吉和李振源，張樹枝冷眼斜瞥，眼光中的寒氣像是一把武士刀的刀鋒露出來的。李振源和柯吉回到樓上，他告訴柯吉，等他回來再處理這小子。他要去一趟南部辦事。柯吉也不多問，知道他不在的時候要幫忙指揮科裡的業務，並且上頭問起來時要講些合理的說詞，幫忙掩護。隨後他整理出來一些裝備，包括一個大背包，水壺、一雙雨鞋，一件軍用雨衣，一把手電筒、電池、等高線地圖、指南針。然後趁人還不多，他又出去採購了一些乾糧。

他走到火車站，搭最近的一班列車往臺中，在臺中轉長途客運到埔里。候車室，幾個婦人和老頭組成的隊伍，粗布麻衣，頭戴布帽，滿臉滿手皺紋老繭，風霜在他們皮膚留下粗糙的烙印。他們或坐或站，木頭長椅上擺著大布包。李振源知道，大布包裡都是方便而廉價的日用品，比如棉被——他們到哪裡都不嫌麻煩帶著厚重的寢具——臉盆、搪瓷杯。他們身上擠不出兩塊錢，吃用極其將就。對這些底層民眾來說，吃飽就行，政權由誰掌握都一樣，無論工農翻身的口號喊得多響亮，他們的生活從以前到現在幾乎一成不變。在埔里他又從公安局借了軍事用途的等高線地圖，又請教了熟悉山路地形的專家，請專家幫他複習地圖和指南針的使用，然後借了一輛吉普車進入山區。

他對登山不陌生，他學過山地偵查，受過山訓。但也知道，他沒有熟到一定不會迷路。

按照本地警察的提示，他來到一條滿鋪石子的寬闊河床，把車停在河邊。沿著河道，徒步在石塊間走了三個小時，來到一處較為平坦的河灣。此時已經下午三點，又飄起西北雨。他決定這晚就在此地扎營。他找了一塊地勢稍高，周圍有巨石喬木的角落，簡單搭設一頂雨棚，並揀拾枯枝敗葉篝火取暖，防蟲阻獸。當晚就睡在雨棚下面。

第二天天亮，他收拾行囊，繼續往上爬，幾個小時後，來到一個水源地。他記得專家說，在此地一定要裝滿三個水壺，這是這條山線的最後水源地。他迅速把身上三個水壺裝滿，繼續啟程。他走走停停，沿途泥濘，空氣潮濕。山麓泥地常常生長巨大葉片的姑婆芋，它的葉片迎向陽光，像個雷達天線。他走過小棵的闊葉樹，跨過乾涸的溪床，大棵的榕樹、樟樹、大葉子的楠樹和石櫟，蟲嘶獸鳴從樹林深處傳來。太陽快要落下的時候，他又搭起雨棚當作臨時住所。晚上各種聲音在他周圍響起，乍聽之下像是鬼怪撩繞。

早晨他被冷醒，只見雲霧瀰漫林間。他隨便吃了點乾糧，收拾行囊拔營。他走在高低植物交錯的林間，林葉茂密。下午風大，樹林發出令人恐懼的婆娑聲音。李振源懷疑自己能不能一個人走到目的地。他感到懼怕，又後悔自己一個人登山。但現在已經不能走回頭路了。況且他必須拿到那筆錢。只有勇往直前，不能退縮。

他看到獼猴在樹梢間警覺觀望。山羌看到他，在坡地驚慌失措跳躍奔逃。松鼠飛簷走壁似的垂直攀爬樹幹。一整天，他逐漸習慣山間的環境。到了下午，地形開闊起來，出現枝葉稀疏的昆欄，葉片有厚厚的角質層，黃綠色。樹幹上布滿苔蘚。有些植物長的快，把山徑擋住了，看不出哪裡該下腳，他拿出開山刀砍下那些過於茂盛的植物，尋跡找路。他看見耳朵白色的鳥、五色的鳥、白色尾巴的鳥，還看到野豬。他還遇到一條恐怖的龜殼花，雙方狹路相逢，彼此對峙了一會兒後，各自離開。走了三天，山徑上的林相，從密林，寬大的葉子，逐漸出現高大的巨林，變成小葉子，針葉。然後他來到一個山峰。這裡之後，專家的建議已經用盡，完全要靠指南針和地圖，觀察，找方位。若是稍有不慎，他就會迷路，走不出這大山。

山上的氣溫，除了白天有日照時稍微溫暖，其他時刻氣溫都比較低。他來到三千米，氣溫就比平地低了十八度。他穿著厚厚的夾克，帶著暖耳帽、手套，還是止不住瑟瑟發抖。

他砍樹枝做了一根手杖。爬了一個山頭又一個山頭，任憑風吹雨打，越過一道又一道山壑。他走得很慢，他的水快要用盡了。他很著急，一旦沒水，他撐不過三天。還好終於下起了雨，他用雨布接滿了水裝滿水壺。又經過了七天七夜，他滿臉都是鬍渣，衣服也被刮破。從地圖上看，他要去的座標點在一個深谷。又走了兩天，他終於接近目的地。他拿出那張紙，「23.849098938230002，121.13936988176337」他對了又對，看了又看，覺得自己來到正確的位置，卻不見「山洞口種了一排三顆的紅檜，以及排列如十字的巨杉，作為標識。北面的巨杉面山壁，就是那裡。」

他找了又找，上上下下，終於在他所在地平移一百米的地方看見排列成十字的巨杉，但那不是座標指定的地點。這是個無人的山谷，根本沒有路。當初那些財寶是怎麼運來的呢？

他按照指示找到面山壁的巨木。看了看，覺得 處落石較多的地方最有可能是山洞入口。他先用雙手搬開表層的石頭，後來發現後頭的岩石更大。他從包包中取出炸藥。這是他在大稻埕就準備好的。這種東西取得不易。還好他有認識懂得製造的人。

他用圓鍬挖了幾個深洞，將炸藥塞進。然後觀察地形，找到掩蔽處。一切準備就緒，他走向埋藥處，點燃火藥，立即躲避起來。只聽見接連的悶聲巨響，天搖地動，漫天塵埃。他從巨岩後頭走出來，看到果然炸出了一個洞，裡面是一個深坑。他爬了進去，用手電筒照亮坑道。

他發現自己身在一個大約三米寬、三米高的坑道，坑道壁都是濕漉漉的，還會滴水，在手電筒的照射下閃閃發光。他趕緊先把水壺裝滿。

他往裡頭走了五十米左右，發現堆疊整齊的箱子。他爬上最高的一個，撬開鎖，發現裡面全是黃金和珠寶。呂明松的說法準確。他立即用包包裝好，掂量自己的攜行量，太重則影響體力，走不出這大山。他裝好黃金，一包珠寶。按照之前那三百萬的體量，覺得怎麼都有三倍多。他看看這個山洞的箱子，數了數，大約有三百箱。整個像中央銀行的銀庫。他爬出山洞，在陽光下再次檢視這批物件。黃金亮澄澄，珠寶看上去有瑪瑙、各式寶石、鑽石。他打包好，整理乾淨。今晚就在這坑道口紮營。他考慮了一下，決定先炸毀這入口處比較妥當。

炸垮附近的岩石後，他又用石頭擺出一點非自然的標記。然後他移駕三百米開外的另一平坦處扎營。現在他的飲用水充足，糧食也夠。他身上還帶著槍。若是有萬一，可以狩獵，也可以防身。

這個晚上他就篝火起來取暖。

四周漆黑一團，整個山谷只有他的營地發光。

他喝著隨身攜帶的酒壺，用樹枝翻搗柴火。星火點點升天，在深暗的溝壑半空消失。風吹樹動，發出如野獸的嘶鳴。他躺下來，望著天空，聽著火堆劈哩啪響。這世上如果有什麼永恆，絕不會是人類所引起的任何東西。人類如滄海一粟，如繁星一耀，頃刻即逝。但就在那轉瞬即逝之間，七情六慾綿長不絕，絲絲縷縷，生死相別，弄得人生不能得、死不能絕。

忽然，他覺得有什麼動靜。他坐起來，拿起獵槍。

「誰！」他大吼，希望能嚇走野獸。

「別開槍！」聲音從黑暗中傳出。「我只是想借火取暖。」

李振源心想，一定是白天的爆炸聲將此人引來。自己得小心點，若是來搶財寶，他可能會喪命。

「出來，讓我能看到你。」他把槍口指向聲音來處。

只聽見草叢間窸窸窣窣，然後一個衣衫襤褸、蓬頭垢面的人出現在光源之下。此人雙臂交叉抱胸，瑟瑟發抖。

「雙手高舉過頭。」李振源拿槍準他，對他搜身。「你身上有帶什麼武器嗎？」

「身上沒有，」那人雙手舉高，抖得更厲害，「背包裡有把開山刀。用來防身。」

李振源在他身上沒摸到任何武器，伸手在他包裡搜出那把開山刀。李振源把刀收下，包包還他。看他的確穿的不夠厚實。

「到那邊坐好。」李振源指著火堆旁的一顆岩石。

火堆劈啪作響。那人自己貼近火源，似乎凍壞了。

等他暖過來，李振源才問：「你是什麼人，為何一人在此深山老林？」

這人臉的輪廓在火光下，一明一暗。

「我是從花蓮太魯閣一路上山，打算越過中央山脈到達西岸，」這人道：「我迷路了，裝備又掉到險隘深谷。所以……」

李振源從此人口音竟聽不出什麼地方人，華東一帶口音。

「你叫什麼名字？」

「歐陽成。」

從姓氏推測，他是外省人。李振源拿出口糧和水，遞給他。他狼吞虎嚥吃起來。

「你又為何在此？」那人問。

李振源不能說真話。「你白天聽到爆炸聲？」

「沒有。我沒聽到什麼爆炸聲。我是見到火光，在對面山頭，走了兩個小時才到的。」

這人應該沒騙他。爆炸聲在這山谷固然很響，但這群山峻嶺很快就把聲音給吸收了。

「你為何在此？」

「你問太多了。」

那人閉上嘴。兩人沉默。

奇怪的聲音在樹林間傳來，一下是樹上，一下是叢林間。不是猴子，就是鳥，要不然是飛鼠。杳無人煙的高山深谷，只有怪獸妖禽，現在有這麼一個人，李振源反而不能放心。知人知面不知心，是人是妖還不確定。但換一個角度想，如果他不是魔神仔，兩人作伴在這大山之中也未嘗不是好事。

「先休息吧，明天早上再說。」李振源嘴巴這麼說，但已抱定今晚不睡了。

他躺下來，那人也靠近火堆躺下。柴火快要燒盡時，只見那人往裡面添加附近的乾柴。火又旺了。

似乎這人是個好夥伴。在這深山……

李振源居然睏了，不自覺地睡著了。等他驚醒時，天已微微發亮，呈現暗藍色，篝火已熄，冒著白煙。李振源手摸著包包，都還在，那人還在昨晚那個位置打呼嚕，這才心安。是我多心了嗎？他問自己。不過，小心駛得萬年船。

天全白後，那人也醒了。他從地上爬起來，伸懶腰。李振源也起來收拾。把附近的痕跡抹去。

「去埔里？」李振源問他。

歐陽成點頭。

「跟我走吧。」雖然對此人不了解，李振源心想，在此深山密林，若不帶他，他一定走不出去，死在山上。他可不是見死不救的那種人，更何況他是警察，應該除暴安良。

他們一路翻山越嶺，披荊斬棘，衣物刮破多處，手腳也都有皮肉傷。第二天晚上，在海拔三千多米的山區，發現一些動靜。緩緩靠近，他們發現前方有人的蹤跡，這些人以草木偽裝，隱蔽從事活動，顯得非常可疑。靜靜觀察一陣子，驚訝發現是白種人，且說英語。從他們的口音判斷，是一群美國人。他們埋鍋造飯，看來這群人在高山上已經待了有一陣子。他們操作的機器發出嗶嗶聲，或是電子雜訊。看樣子是在發報和接收訊號。他們在那裡建立了基地。李振源看得出來，那是遠距通信設備。他想了半天，想不出來，怎麼會有美國人在此？李振源不解。為免節外生枝，他們倆摒住呼吸，緩慢爬行，離開了他們的活動範圍。然後加快腳步下山。

照理，作為偵查公安，他理應打擊罪犯，但時局至此，黑白顛倒，他無所判斷。現在最重要的是將這些黃金珠寶帶下山，拯救愛人。

他們穿過蒼翠的低谷，跨過山澗，踏碎無數的枯枝敗葉，兩腿酸麻，肺像炸掉後又抽竭所有溫潤之氣，登上一座又一座碧綠的山頂，小心翼翼攀爬坍方的山坡，到山的另一面。期間，他們遇過野獸、毒蛇、蜂窩，這並不讓他們感到害怕，倒是人煙稀絕的叢林瀰漫瘴癘之氣令他們全身無力，噁心想吐，臉色發白。他們的衣服濕了又乾，乾了又濕，結出一大片白色的鹽漬。他們從中央山脈，翻過高山越過深壑，來到玉山山脈，站在高峰，一眼望去無邊無際的蒼穹，熠熠銀亮的天空，渺遠的群山埋藏在白茫茫的雲海，廣袤的壯麗景象震攝了兩人。李振源感到無比的寧靜，對於未來，他似乎胸有成竹。

走了幾天，終於回到到吉普車停放的地方。

「到這裡，你就可以自己走了。」李振源環顧四周，山谷依然幽靜，山嶺層疊交錯，高空上盤旋一隻老鷹，悠揚翱翔。谷地野草蔓蔓，有人一般高。好似這些日子就沒人來過這附近。這裡已經是山腳，李振源打算打發這人自己上路。

「還沒請教尊姓大名。」歐陽成道。

「不用。」李振源不是那種有恩於人就要索求的。

歐陽成伸手等待李振源握。「感謝出手相救，若不是你，我可能葬生在那密林之中，永遠不會有人發現。救命之恩，有緣再報。」

「我會記得你欠我一命。」

歐陽成鞠躬九十度表達感謝。

兩人擁抱。為過去幾天的相處告別。

第十八章

張樹枝

回到大稻埕公安局，李振源立刻打電話給孫志芳。電話那頭接線生的清晰聲音，讓李振源一陣舒服。那種口音彷彿是現代文明對過去半個月來蠻荒求生的安撫。

「我要見廣田。」

「什麼時候？」孫志芳甚至連問都不問電話那頭是誰，兩人默契很深。

「越快越好。」

「現在？」

「最好不過。」

「你到我們單位外面一間叫慶和的小吃店等我。我結束手頭的事馬上下來。」

李振源正要出門，遇見柯吉。

柯吉拉他到一邊說：「說了你不信。」柯吉道，「我查了張樹枝的關押、責付紀錄，是一筆糊塗賬。」

「那再好不過，回頭，我帶他離開。」

「那局長那邊怎麼交代？」

「這個交給你處理。你不都說了是一筆糊塗賬嗎？」

柯吉瞪大眼看李振源，覺得不可思議。

「我知道你在想什麼。不然，兄弟做什麼的？」

「得。我服你。」

李振源開著偵查車十分鐘就到了政法委辦公大樓。他停好車，走到那間小吃店。他看了看牆上的菜單，叫了米漿。也沒什麼可選，品項大都打了叉。

米漿很淡，淡到像是洗米水，李振源想罵人。喝到一半，孫志芳就從馬路對面走過來，那身子版挺拔，走起來英姿颯爽。他也不喝了。丟下勺子，人就立起來要離開座位。

孫志芳手一按道：「欸，不急，我也得吃個東西，沒吃飯呢。」

「瞧我這急的。」

「菜包一個，米漿。」孫志芳跟掌櫃的喊道。

店裡除了他們沒有別人。這是下午三點，沒有人在這時候吃飯。

「什麼事這麼急？」

「我要讓廣田估下價格，然後換現金。」他用手拍了拍包包。

「那我在更好，可以幫你拉抬價格。看他敢說低了。」孫志芳道。

「呵呵，我都沒想到。」

「你這是從哪來的？」

「你就別問了。反正我現在必須把這些東西交給黃念，否則葉雲就有危險。」他壓低聲音。

她湊近他臉低聲道：「你這是助紂為虐。」

「妳有什麼更好的辦法？」

孫志芳無語。

「我現在怕同志會的人殺出來搶這東西。」李振源顯得很是焦慮。

「放心，我們馬上去見他。」

孫志芳隨便咬幾口包子，喝幾口米漿，就用掛帳的方式埋了單。

她上了他的車，直往日本使館駛去。

一路上李振源顯得很緊張，不停東張西望，深怕殺出程咬金。

還好直到大使館門口都沒有發生什麼意外。

大使館門衛是武裝部隊站崗。李振源說明來意，衛哨通知了內部工作人員。沒一會兒，有個人從內部建築走出來，帶他們進去。

工作人員把他們領到一個小房間。果然是日本人的風格，乾淨清爽，一塵不染。

沒多久廣田不孤齋就在門口敲門，「打擾了。」他進到小房間來，施以九十度鞠躬。

「廣田先生。」李振源和孫志芳都站起來。

「廣田樣，」李振源摸著包包，「請你估價。」

李振源把包包裡的東西拿出來排列在桌子上。

廣田不孤齋幾乎是吃驚的喊出「啊、啊」的聲音。

廣田把珠寶拿起來仔細端詳，然後拿出紙筆，一個個計算，最後寫下一個數字，給李振源看。

「七百萬？」李振源複誦。

廣田點點頭。

「一千萬。」李振源道。

廣田搖搖頭。「李先生。」

「兩千萬。」孫志芳態度堅決。「你再說任何一個字，就是三千萬。」

廣田有點傻了。

「廣田，你這老狐狸，這裡十幾件寶貝，都是價值連城，一個都要四百萬。你看我們需要現金，這些東西除了你又出不了手，於是你壓低價格，想賺取高額利潤。我告訴妳，這些東西不是只有你能收。我們國家有信託局，我們大可交給信託局去國際上拍賣。現在便宜你這老傢伙，還想賣乖！」

「你們東西要出手也不容易吧。」

「你是貪心貪到太平洋了吧？」孫志芳一副要跟他拚命的樣子。

過了大約半分鐘，「成交！」廣田笑著說道。「行，妳真是不簡單，孫志芳同志。」

李振源這下子才知道這個廣田手段多麼陰狠。

「在商言商，」廣田道，「我們明天完成交易。」
「不行，現在就銀貨兩清。」孫志芳道。
「可我一時半刻湊不到這麼多。」
「我不管你。你兩個小時內不拿錢來，就拉倒。」
「行行行，請在此等候。」
廣田走後，李振源給孫志芳一個佩服的表情。他對這女人的狠勁完全折服了。
不到兩個小時，廣田帶著三個箱子，在他們面前打開，讓他們數。一疊十萬，數了兩百扎。
李振源勾著廣田的肩，拉到角落竊竊私語。
然後廣田帶著他走到另一個房間，過了十來分鐘又走回來。兩人都笑咪咪。
「怎麼，你們兩個爺們有什麼祕密？」
「沒有沒有。聯絡一下情感。」
「對，聯絡情感。」
孫志芳滿臉疑惑，不明究理。
他們把寶物留下，帶著錢離開。
日本帝國搜刮的財物，又賣回給帝國，李振源心情複雜，畢竟這裡面也有臺灣的民脂民膏，以及他自己的血汗。他將六百萬的現金從中挑出，裝在一個皮箱。他車上還有一箱是杜冬青當時給他的三百萬。他載孫志芳回單位，放下她時，把那箱三百萬遞給孫志芳，又抽了一小疊鈔票，裝進布包裡同樣交給她。
「這是什麼？」
「這個皮箱拿回去給你們書記。就說是李振源找到了那筆錢，交給政法委處置。」李振源摸摸下巴：「其他的部分，妳能不說就不說。這個布包是妳的報酬，不成敬意，感謝你跟廣田討價還價。」
這樣孫志芳在政法委書記那裡也有個交代，事情也沒白做。

「我幫你在廣田之間斡旋，並非要得到什麼好處。我只是……」

「我知道，妳只是想幫我。」他深情地看著她。他知道，這種無償的用心，含有什麼期待。他不能給她什麼，還是化作金錢比較務實。

「書記一定會對你刮目相看。覺得你是自己人。」

「自己人就不用了。妳忙了這麼久，總算有點成績。而我就是一個奉公守法的公安。請稟告書記，有需要用到我李振源的時候，只要說一聲。」

「剩餘的錢，你會交給黃念？」

「就算我交給他，也是不得已。」李振源，「這部分妳就別告訴書記了。」

約好再見，李振源獨自一人開車去找黃念。

中央社會部，是個簡稱，全名是中共中央社會調查部，內部人稱中調部，社會部則是對外的稱呼，模棱兩可，避免太招搖。李振源提著六百萬，打算交給黃念，換取葉雲的自由。他走到人民政府建築群，找到「中央社會調查部」的招牌，只見門口戒備森嚴，一位明哨，一位暗哨。他向警衛出示公安證件，警衛便請他到旁邊一個小房間去接洽。

小房間是個會客室。白色的牆壁，掛著毛主席的玉照，制式大量複製的那種。接待人員問，你找誰？李振源說找部長。那人用疑惑的眼睛看著他。

「有預約嗎？」

「沒有。」

「按照規矩，沒有預約不可能見得到。」

「不，不會的，你只要通知是大稻埕公安局李振源求見，黃部長馬上會見我。」

那人的眼神更加疑惑。

「請在這裡寫下你的大名。我幫你找聯絡處的人。」

他拿起電話撥了幾個號碼。「大門。這裡有位大稻埕公安局的同志，叫……」他看了看李振源寫下的字

「李振源。」那人再看了李振源一眼，「說是要見部長。是！是！好的！」然後掛上電話。

「聯絡處的人出來帶你。請坐在那邊等一下。」

「謝謝。」

過了十分鐘，一位梳著一絲不苟油亮的西裝頭，穿著便衣的中年人走進會客室，見到李振源，握手。

「王怡少校。」他的聲音非常正中，好聽。

「李振源，偵查科長。」李振源知道，按照組織部的職等，他的公安局科長相當於陸軍中校。

「裡邊請。」那人稍微彎腰，擺出邀請的手勢。

社會調查部是幾棟大樓組成。最高的那棟有五層樓高。

「李科長沒有預約，今天部長行程都是滿滿的。」

「少校，請轉達，大稻埕李振源帶著他要的東西給他，他一定會放下其他事接見我。」

少校回頭看了李振源手上的箱子。

「請問裡面裝的是什麼？」

「最高機密。」

李振源坐在聯絡處的一個房間，四周都是白牆，什麼也沒有。桌子是長方形的黑桌，有四張木椅。這張桌子可以審訊，也可以吃飯。他看不出這個房間是做什麼用的。

等了差不多四十分鐘，王怡少校走進房間，「請跟我去部長辦公室。」

王怡帶他走出大樓，來到一棟舊樓。李振源胸有成竹，內心平靜。

部長辦公室是一棟獨立的房子，是日式和洋雙層木造建築。建築門口又有一武裝警衛員，見到王怡，行注視禮，雙腳立正，鞋跟碰撞發出喀一聲。從走上階梯的一刻，李振源就可聽見自己鞋底在木地板上發出清

脆的聲音，心想，這是防盜的設計。

距離一個大房間外，王怡停下來，轉頭道：「勞駕在此稍候。」自己便走近房門口，敲了兩聲。

「進來。」裡面傳出。

王怡進去，半分鐘後探出頭來跟李振源說：「請進。」

裡面先是一個小房間，有幾張桌子用板子隔開，四個祕書分別坐在一個方格裡面辦公，還有一張獨立出來的單桌，坐著那人明顯是辦公室主任祕書。她站起來：「請稍待，部長正在會客。」

李振源坐在小辦公室的椅子上，觀察四周，這裡都是上好的木料，牆角和門邊的雕花裝飾頗為繁複。牆上掛著一幅中國山水畫，李振源不懂藝術，不知道作者是誰。但他看出來這裡沒有簡樸風格，反倒露出一種講究的藝術品味。他記得第一次黃念召見他時，說呂明松的貪腐，說他有花園別墅。他想起劉志遠說，黃念有兩本筆記本，一公一私，藏在辦公室的保險箱。那表示他的辦公室有劉志遠的暗樁。李振源壓抑不住自己的好奇，他看向他們五人，心裡猜測其中哪一個是？

等了差不多半個小時，裡面出來幾個人，穿著便服，從外型和打扮，連李振源也看不出來是做什麼。主任祕書是個中年女幹部，長得很平庸，舉止幹練，是那種在路上你會忽視，但相處起來你會被她照顧的那種人。她先走進去裡屋的辦公室，又走出來道：「李科長，請進。」

他拉開門，李振源走進去。李振源感到他在背後輕輕關上門。

黃念站起來迎接他。「李科長，請坐。」黃念神采奕奕，滿臉紅光，笑容可鞠。

「部長，」李振源道，「我帶來你要的東西。」他把皮箱和袋子放在茶几上。

黃念立即打開箱子，看了看，「這裡有多少？」

「六百萬。」

「我一看這個體量就猜出來了。」黃念的語氣顯得歡快：「怎麼做到的？」

「部長，您就別問了。反正很不容易，」

「幹得好。」黃念從桌上的木盒裡拿出香菸，遞給李振源一根，李振源也不客氣，自己點了火。「幹得好。」他又說一次。

這位老行家禁不住露出喜色。

「行呀，李振源，看來我沒看錯你。」黃念道：「忠勇同志會那邊，進展如何了？」

「我查到毛龍龍牽涉到整個案子。」

黃念眼神立馬深沉起來。

「毛龍龍也知道你查到他？」

「是的。」

「你打算怎麼做？」

「那不是我可以動的對象。」

「他們最近有什麼動態？」

「也沒什麼，他們怕得要死。不像是再會有什麼動作。」

「你說劉志遠？」

「對呀。他能活下來就算不錯了」他不打算告訴黃念，毛龍龍和劉志遠還想再起爐灶。

黃念滿意地點點頭。

「我答應你的事，不打折。你說過要放了葉雲，結果打了折扣。」

黃念笑了。「李科長，葉雲是反革命罪呢。我從死牢把她救出來，放在宜蘭，那裡很安全，吃住都不虞匱乏，在這個時刻，這麼動盪不安，在那裡反而更加安全，不會有人找她麻煩。」

反革命罪？這個卑鄙、惡毒的老屁股。李振源清楚的知道，那是黃念打擊胡雪，再利用本案勒索他，把他當獵犬。

「你把她放出來，我保護她。」李振源吸了口菸。

黃念凝視著李振源，收起他的喜悅，變得面無表情。

李振源早已掌握了他的心理。他只是要錢。葉雲的小命對他來說就像隻螞蟻，贖金到手就失去價值。

「若是我們背叛你，你再把我們都抓起來也不遲。你現在放了她，我還會給你帶來其他消息。」

「什麼其他消息？」

「你相信我。對你很重要的消息。」

黃念想了想，吐了幾口菸：「明天就放了她。」

李振源早就想明白，一切都是交換，有對價關係。這年頭沒人會給你免費的午餐，一切都有代價。

「明天傍晚以前。」

李振源很清楚，眼前這個人是個擄人勒贖的殺人犯，不必對他客氣。

「行。」過了會兒，黃念道。

「我就問你一句。你跟我點頭，或是不搖頭，就代表是。」

黃念頗為驚訝李振源的態度。

「東方號列車上的兩個人，是你下令殺掉的？」

黃念抽了口菸，正眼不瞧李振源，也沒任何回應的意思。

「行。」李振源道：「我就不問你故宮博物院文物幹部自殺的事了。」

李振源豁出去了，他用這些話戳黃念的臉。

「李振源，有些人對國家對黨是有危害的。社會部的主要職責是維護黨和國家的安全。」黃念表面維持著平和態度，「你在專業上無可挑剔，但永遠要記得做事必須掌握分寸。身為公安再怎麼威風八面，到頭來還是要為政治服務。」

他懂這句話背後代表的威脅性。

「我的專業，說白了就是多一點常識，然後就是勤懇，親力親為。我當然懂分寸，否則，事情不會有這麼漂亮的結果。」

既然達成目的，李振源也不糾纏，他告辭了黃念，回到車上，剩餘的錢還在車裡原封不動。他判斷準確，在中央社會調查部，錢在這裡是安全的。

回到公安局，李振源立刻把柯吉叫到一邊。

「張樹枝還在地下室？」

「他就在角落裡整天安安靜靜，一句話也不說。」

「有登記嗎？」

「有。」

「寫的是什麼？」

「借調提審。從政治保衛局借提過來。但後來政治保衛局和我們全部的人都被打入黑牢，或是外調，領導層也換了兩波人，張樹枝就給忘掉了。後來的人也不知這人幹麼來的，就一直關著。如果這人當時被責付回去，是要槍斃的。真是走了狗運。」

「我要把他放走。」

柯吉驚訝地看著李振源。

「幫我。」

柯吉不說話。

「我把羈押紀錄簿弄不見。你就只管把值班的人弄走。」

柯吉望著他，不知道怎麼拒絕。「什麼時候？」他道。

「明天上午，趁亂。」

「亂？」

「到時候你就知道。」

辦公室嘈雜，李振源莫測高深，柯吉不明所以的看著李振源，直搖頭。

他直奔回家，把車停在門口。小黑見到他回來，撒嬌地趴在地上，對他直搖尾巴。他走的時候交代柯吉每天來餵水餵食物，小黑曾在柯吉家待過三年，跟柯吉很熟。

第二天早上，大約十點，大稻埕公安局的腳踏車停放處突然爆炸。有人放了爆裂物，炸壞一排警用單車，遮雨棚隨之起火燃燒，冒出濃濃黑煙。門衛跑去看，立刻跑回局裡大喊「滅火器！著火了！著火了！」

正當一團亂，李振源給柯吉示意。柯吉叫大家到外面去救火，自己奔到地下室，叫值班人員也出去幫忙。他們前腳走，李振源後腳就到地下室，氣定神閒打開十五號牢房，丟給了滿臉鬍鬚的張樹枝一套外衣和一頂很普通的布帽讓他立刻換穿。張樹枝看到李振源先是一愣，然後也沒問具體原因就把衣服套上跟著他離開，彷彿早已約好似的。走的時候李振源順便摸走了牢房登記簿。

很長時間沒有走路，張樹枝步履蹣跚。李振源看著心裡著急，半攙扶半拖著他前進。樓梯間上上下下人馬雜沓，一團慌亂之中居然沒人注意他們。上了偵查車，若無其事的緩緩駛離，彷彿是為防備二波攻擊，外撤機敏公物。

「我就問你一件事，」車遠離公安局後，李振源一面開車一面道：「吳富國是陸繡山殺的對吧？」

張樹枝看著別的地方，嘴巴緊閉。

「這不是陷阱，放心。」李振源儘量讓車子平穩行駛，免得引人注目。「陸繡山殺了吳富國，吳富國張狂的花錢，陸繡山怕連累自己，就在吳富國從南區招待所出來之後帶著他到淡水河畔談判。他重擊他後腦，又在他背後捅了幾刀。而你從頭開始就尾隨他倆。陸繡山走了之後，你氣不過，切下吳富國的生殖器。把屍體推入淡水河。我說的沒錯吧？」

「你挺會瞎編的。」

「呵呵，你心裡有數。」

車行一會兒要上橋，橋頭的衛哨看到警車便行持槍禮。鐵橋上結實的鋼架將天空分割成幾何形狀，像一片片刀鋒飛掠寬闊的淡水河道。

「你要帶我去哪？」張樹枝顯出擔心，「你想私下處決我？」

李振源沒有回應。

李振源驅車過鐵橋，來到一片荒涼的三重埔。他駛了幾公里，來到一處廢墟前停下。這裡毫無人煙，斷垣殘壁，樓房傾頹，廢棄物四散。

「你怎麼知道的？」張樹枝表情淡然。

「什麼？」

「吳富國。」

「排除法。」李振源想了三年最終才想出答案。連環命案在相關性當中，吳富國死因最特殊。不僅死法特殊，也在動機方面特殊。「陸繡山和吳富國都是忠勇同志會的帳務，本意是相互監督。因職務關係他們意外發現黃念藉由東方號列車運輸故宮文物進行盜賣，便從中勒索黃念，獲取不法贓款三百萬，由陸繡山保管。各地臺獨的捐款，也有三百萬，你奉呂明松的命，交給吳富國，作為起義活動經費。結果吳富國臨事躊躇，跟黃念通風報信使政變流產，又霸佔青山會的捐款。你氣不過，在陸繡山殺了他之後，又去補上一刀。這復仇的一刀，切斷其命根，斷子絕孫之意，不單單是制裁他背叛革命，還在於他背叛你。你和吳富國的關係，恐怕只有你們自己清楚。你看到他在南區招待所跟那些俄羅斯女人亂搞，心生恨意。我說的對嗎？」

只見張樹枝滿眼血紅，眼眶盈滿淚水，撲簌崩落雙頰。

李振源把一個袋子交給張樹枝。

「你承不承認都無所謂，過去已經過去了，況且法律、正義早就不存在這個國家了。你不要懷憂喪志，拿著這些錢，重起爐灶。你要是軟弱，才是對不起那些死去的人。」李振源道。

「你這是？」張樹枝還有懷疑。

「這六百萬足夠你做出一番事業，為父報仇。你要想盡一切辦法不要被抓到。做個好男兒。」

天空飛過密布的麻雀，朝著大稻埕的方向撲去。

「還有一件事，」李振源道：「當初在吳富國辦公室我找到的那筆錢，是陸繡山故意留下的對吧？用意是要收買我對吧？」

張樹枝點頭，但是眼神呆滯。

「還不走？趁我還沒反悔。」

張樹枝下車。看著李振源，似乎還不能相信這一切。

「你他媽頑強一點！」說畢，李振源即開車離去。

李振源其實已經早已認定張樹枝殺吳富國完全是出於義憤，本來說好推翻毛，居然為了個人私慾吞了經費。況且還搞上別人。

他不抓他。認定這是革命。

第十九章

歐陽成

李振源回到局裡，火已經撲滅，正在調查是誰放的爆裂物。主導調查的當然是柯吉。柯吉調查的結果當然是不了了之。

這天上午的混亂到中午才平靜。中午剛好地下室牢房換班，沒人注意到十五號牢房少了一個人，只是把注意力集中在登記簿不見了。解決之道是重新再造一本。再造之後，就直接跳過不在牢房的人。對負責牢房的局本部，秉持過去沒有什麼紛爭，以後也沒有麻煩的原則辦理，這事就這樣過去了，誰也不想影響正常上下班，開什麼檢討會勞什子的。

攻擊公安局不是什麼稀罕的事。十多年來，社會動盪不安，公務人員受到攻擊不在少數。時不時就有不滿政府的民眾偷襲政府部門，有時是雞蛋，有時是石頭，引燃爆裂物也時而有之。大稻埕公安局逐漸恢復秩序，警察的心情仍然受到影響，爆炸雖沒有傷到人，但讓許多人感到有什麼大事要來。局裡已經循級向上頭回報，只是上面還沒有派人下來調查，似乎自顧不暇。

「喂，十五號的人怎麼被放出去了？」隔壁牢房的人告訴值班公安。

「閒著蛋疼是嗎？」值班的是王勇，他惡狠狠道：「想坐老虎凳解解悶？閉他媽嘴。」

所有人都閉嘴不再關心不干自己的事。

李振源接到一通神祕電話。

「李振源？我是葉雲的朋友。」

李振源有些意外，整個心臟都糾結起來。

「你誰？」

「葉雲的朋友。」

「什麼事？」

「有話帶給你。能見一面？」

「在哪？」

「公安局對面的茶館。」

李振源立刻下樓，過馬路，到了這間公私合營後臺北最大的茶館——天馬茶房，上二樓。三十幾張深色木方桌，都有人，人聲鼎沸，其中一桌只有一人。他走上前，有點吃驚。

「怎麼是你？」李振源滿臉疑惑。

「恩人。」歐陽成說話就要起身，卻被李振源一把將他按住。

「不了，免得被人注意。」李振源壓低聲音。

他們坐下來，李振源自己拿了個杯子，歐陽成倒茶。堂倌跑來招呼。李振源看了一下桌面，又叫了其他茶點。

「實不相瞞，」歐陽成聲音壓得更低，「上回見到你，是我從花東上岸，不想在路上被盤查，直接走大山可以省去不少麻煩。沒想到不熟山性，差點死無葬身之地。還好在山上遇見您。」歐陽成靠得很近，只讓李振源聽得見。

李振源有點糊塗了。

歐陽成傾身低聲道：「我是從中國大陸來的。」

「這裡有許多大陸來的外省人。」

「我在山上與你相遇時，其實剛從南京偷渡在花蓮上岸。」

李振源頗吃驚，原來不是黃念那邊的人要傳消息。他身體向後傾，心想這人膽大包天。他就是抓特務的，逮捕他的話肯定以滲透顛覆活動起訴，而且又是立功一件。然而，他已不想再做獵犬。他覺得奇怪，對岸不是已經透過陳瑞雪傳過消息了？現在又是為哪樁？

「你真有本事，單槍匹馬滲透到臺灣來。你憑什麼就相信我？」

店小二送來兩盤點心，他們看著跑堂的，又無心看著茶點，一盤綠豆糕，另一盤是毛豆。

「也不是莽撞行事，我們早把你調查透徹。接觸什麼人，有什麼風險，我們很清楚。」

被人調查會很不舒服，好像裸體睡覺的癖好，被人掀開棉被觀察一樣。

「你有什麼目的？」

歐陽成看著李振源的眼睛，似乎透露著什麼，李振源並不確定。

「我來調查蔣介石和臺獨、忠勇同志會的關係。若是你能提供消息給我，我們有重賞。反正，這也是你的職責之一，不是嗎？」

李振源心想，來了。賄賂，買通，威脅利用，用這些手段逼迫共和國的幹部成為奸細。一般來說，吸收方式不外是先找到不滿分子，祭出老三樣：曉以大義不成就重金收買，收買不成，就色誘或據其把柄。

「什麼重賞？」李振源倒想看看對方能提出什麼。

「我們幫你救走葉雲。」

李振源睜大了眼。

「你說啥？」

「我說過我是葉雲的朋友。」

「什麼時候的朋友？」

「很久以前，在南京的朋友。」

「葉雲現在被祕密關押。你怎麼救？」李振源心想，早不來晚不來，今天葉雲就要被釋放了，他馬上就要去接她，用不著幫忙。但他還是決定，留個預備隊。

「這你就別擔心，我們有我們的辦法。」

李振源從沒聽葉雲講過有這麼個朋友。當然，從大陸來的肯定知道他們要接觸的目標所有的背景，人際關係。李振源重新打量眼前這個……特工。

「為什麼要親自跑一趟？據我知道你們這裡有許多布建組織，透過他們豈不安全？」

「有些事需要冒險犯難，不能假藉他人。」歐陽成露出不滿的眼神。「而且，那些布建並不可靠。」

李振源感覺到這人還挺倔強，而且頗有膽識。

「那是蔣介石的系統。」歐陽成壓低聲音湊近道：「他們要顛覆毛，而我不是。」

李振源看了一眼歐陽成，「你是桂系？」他詫異。他用手夾了塊綠豆糕，咬了一小口，放到自己的小碟子上，食指和拇指交互搓了搓細屑。四周人聲嘈雜，沒有人注意他們說什麼。

街上零零散散有些行人和自行車流動，偶爾才有一輛汽車通過。人們不是藍色棉大衣，便是綠色厚軍裝。因為毛毛雨，地面上的積水這裡一塊銀閃，那裡一片泛著漣漪的光。

李振源和歐陽成皆拿起杯子，喝了口茶。

「也不是什麼桂系，我效忠的是國家。」歐陽成道：「忠勇同志會的李帆他們回到大陸，受到當局重用，必然會給他們任務。蔣在一九四九年後一直是國民黨內的反對派。這廂忠勇同志會也走頭無路，海峽兩岸反對派彼此合作，不令人意外。但是情報部門，怎說呢，現在是分裂的。」

「兄臺實在是高看我了。我的專業不是政治調查，是命案。」

「我可以跟你交換信息，殺吳富國情婦的兇手。」

居然知道杜冬青的事。

殺人案就算破了，當局也不在乎，死一兩個人又怎樣？就像李帆當時說的，殺人放火的事，他們在革命時沒少幹。而這場曠日持久的革命，本質上是權力爭奪戰。制度、文化什麼的到最後不過是面幡旗，號召不明所以的外圍人而已。如果涉及權力結構，就算人命關天，當局亦會不了了之。對李振源來說，於公，已無意義。但對個人，李振源由於對一個羸弱女子的失信，一種強烈的情緒縈繞。

「嗯。」李振源一股複雜的情緒，只用「嗯」一字消解。他看著歐陽成。

只見歐陽成眼神誠懇，「毛龍龍。」

李振源也早已推估出來是毛龍龍，只是苦無證據。現在從另一個人口中證實，只不過證實了他的猜測。他現在更加確定，從一開始，毛龍龍就一直跟蹤著他。他懊悔不已，實在太疏忽大意了，他的大意送掉了一個女人的命。他相信，杜冬青至死都沒透露那箱錢的事，至死都在等著李振源去拯救她。結果他什麼都沒做。現在他知道是毛龍龍幹的，他問自己，能怎麼樣？為這個女人報仇嗎？你李振源，能奈毛主席的公子如何？你有這個膽子嗎？他暗忖，他不是這塊料。

「動機是什麼？」李振源不完全相信，他必須搞懂。

「逼供，不成，就滅口了。杜冬青的事只有探長你和毛龍龍知道。」

「那你怎麼知道？」

「我知道你會問。」歐陽成道：「有人在監視毛龍龍。從中攔截的。」

「是誰？」

「網子還在海裡，我沒法告訴你。」

臺北的冬天像是化了凍的魚，又濕又冷。連續月餘陰雨綿綿，街道殘雨映著銀亮的天光。杜冬青挺直的腰板，明亮的眼眸，以及死後的慘相再次浮現在李振源的眼前。

「如果你幫助我調查這起命案，我會保護妳的安全……」李振源曾向杜冬青保證。現在回憶起來，他感到無比內疚，不忍。他從沒有對女人背信棄義，對一個女人食言令他感到羞恥，而對杜冬青感到的這種羞恥，永遠不能彌補，他感到無比痛苦。

毛龍龍一直跟蹤李振源，而另外也一直有人監視毛龍龍。那個人，只能是另一個間諜。

第二十章

回到原點

這天稍晚，他找了柯吉，兩人開著吉普車出發前往宜蘭。

宜蘭和臺北隔著重山野嶺，路途遙遠。公路沿著山勢開鑿，彎彎曲曲迂迴於山麓。山間密林蓊蓊鬱鬱，白色雲霧繚繞，盤旋，像是那些山頭冒出的蒸汽。雲霧聚散，飄浮，隨意變化，幽則幽矣，開車穿過卻是險象環生。霧薄中可見對方來車，霧濃時伸手不見五指，幾乎不能辨識道路，等到隱約看見對向微弱的車燈，幾乎就要相撞。他們七拐八彎，在山間顛簸前進，時而快，時而慢。腦海浮想聯翩。李振源設想，若自己率領一組游擊隊進入這深山密林，飲雨水，食漿果，獵野獸，遺世獨立，能獲得真自由？得自由，能維持多長時間？

進入宜蘭，視野一下開闊起來。這是一個海濱之地，一邊是海洋，一邊是平原。海上浮有一黑色島嶼，從某個角度看像是一條浮在水面的大魚，從另一個角度看像一隻烏龜。陸地平坦，澤川富庶，放眼所見盡是一片片水田和一條條水渠。鷺鷥兩三隻，貼著田地低空翱翔，水田倒映著世界，鷺鷥一腳踏破虛浮的山水。監獄在山坡上，遠遠看去，山是深綠色的，煙雲相連，監獄是灰白相間的，在晦暗的天地間像是一粒鳥屎。車子沿著蜿蜒曲折的山路爬坡，來到監獄大門。這時他們看見監獄外牆高聳，最高處有鐵絲網。獄內建築群都呈白色。其中一棟比較高，是主樓，樓頂有個尖塔，頂端有根避雷針，呈十字型，看上去有種宗教的靜謐感。

「打聽好是今天放人？」柯吉看似沒什麼信心。

「是這樣說的。」李振源也不十分有把握。

李振源和柯吉下車，抽菸，看著天上的雲。天是銀白色的陰天，低處的雲是鐵灰色的。他們去問監所今天截至現在為止有人被釋放嗎？警衛說沒有。

他回到車上。

兩人抽菸，巴巴地看著監獄大門，看了無數次手表。

大約下午六點，天色已經黑暗時，大門出來一人，東張西望，似乎分不清方向。李振源一看那身影就知道是葉雲。他立即下車，快步走去。

葉雲看到他顯得有些驚訝：「你怎麼在這裡？」

他看著她，說不出一句話，只是一把抱著她。

葉雲愣愣地也摟住他。

「走吧，回臺北，接紅紅回家。」他終於蹦出口。

回到柯吉家，已經晚上十點，紅紅一見到葉雲，叫了一聲，媽！然後縱情大哭，一把眼淚一把鼻涕地抱住她。柯吉、呂靜娟、李振源皆紅了眼眶。

「謝謝你們照顧紅紅，給你們添麻煩了。」葉雲摸著孩子的頭髮，看著柯吉夫婦道。

「快別這樣說，就是添雙筷子的事。」呂靜娟拉開餐桌椅，請客人坐。「況且，小孩又吃不多。」

呂靜娟早準備好沒有豬腳的麵線，給葉雲接風，洗去一切霉運。

只見紅紅一直貼著媽媽坐。葉雲也談笑風生，絲毫不減入獄前的活力。柯吉簡單描述了李振源如何周旋，怎麼使出手段才讓葉雲釋放。

葉雲定睛看著李振源。那眼神既是感恩，也是深情。

「我們仍不安全。」李振源一臉憂愁看著葉雲。「只要上面還在鬥，難保什麼時候又想起我們。」

「那怎麼辦？」

李振源看了看柯吉和呂靜娟，又看了看自己一家人，嘆口氣道：「死生之事，交給上天，人間活路，只能自己開闢。」眾人彷彿有所思。

李振源開車帶著葉雲和紅紅回到自己的家。

還沒回到家，紅紅就在車上睡著了，李振源將她抱入一樓那間單人房。他讓葉雲睡到二樓，自己睡到一樓的木沙發上，免得半夜紅紅醒了見不到人。

葉雲洗了澡，來到一樓看女兒，確定女兒跟著爸爸安全，才放心。她走到李振源跟前，李振源躺在沙發上仰望著她。

她蹲下來。「謝謝你。」她說，然後在他額頭親了一下。

這一個晚上，是他三年來，心最安定的一晚。

第二天早上，他很早就起來，做飯給她們吃。

天亮後，葉雲起來，看到桌上有大米粥、豆腐乳、花生、青菜，魚乾。粥還冒著熱氣。

她呆呆地，注視著他。「好久沒有吃你做的早餐。」喃喃道。李振源知道，在裡面受盡折磨，回到家中，一個再平常不過的日常也在心裡形成巨大反差。

「物資缺乏的時期，就這點東西。」李振源拉開板凳給她坐，「實在是…推動了十多年的社會主義制度，人民生產力並沒有得到解放。」李振源有感而發。

「那是因為人們的思想還沒有擺脫資本主義意識形態。要讓共產主義制度有效運作，還需要普及共產主義價值觀。」

他沒想到她會辯駁。李振源在黨校以第一名畢業。黨的理論套話他滾瓜爛熟。他早看出這套理論與現實嚴重脫節。葉雲這番話，表明她的思維基本沒變。

「妳被關了這麼長時間，卻還相信這一套。」李振源有些詫異，也有些無奈。他知道，不能再講下去了，他們之間的不同，根深柢固。

「我知道我相信的是什麼東西。」

「我要離家幾天，」李振源試圖轉移話題，不想在她重獲自由的第二天就陷入永無止境的口角。「去辦案。」

「你注意安全。」她淡淡的說，沒有看他。

「好好陪著紅紅。」李振源還不敢把紅紅被玷污的事情告訴葉雲。他沒有時間和能力去處理她會產生的情緒。

基隆碼頭周邊的制高點駐紮著砲兵部隊，其中幾門砲對準港口，居高臨下控制著整個航道往來的船隻。李振源出現在基隆街頭，身邊有個女人的身影，帶著頭巾，身穿最普通的素色布衣、布鞋。他們微低著頭，盡力不引起人們的注意。在基隆海關警察局，他們見到了該局的偵查處長魏國樑和廣田不孤齋。

「魏國樑處長你見過。」廣田不孤齋道。「這位就是陳瑞雪？」

李振源向魏國樑點頭，也向廣田點頭示意。這兩位就是黃念盜賣故宮文物的兩位關鍵樞紐。

「李科長，我們都安排妥當，其實你可以不必跑一趟。」魏國樑道。

「我親自護送。」李振源眼神和語氣皆堅定：「到了神戶，給我三天時間，安排妥當之後，請廣田先生按約接我回來。」

「你確定還回來？」廣田瞇瞇眼微笑地說。

「當然，」李振源向兩人遞菸，「我的妻女還在這裡不是？」

李振源沒有在兩人面前與陳瑞雪做出惹人注目的親密動作。他們也是明白人，毫不多問。

李振源在上次見到廣田時，就約定會交給他十萬元，要他安排陳瑞雪偷渡離開臺灣。他估算到，黃念拿到了六百萬，最後為了掩蓋事實，一定會獵捕知情人。到時可能會查到陳瑞雪。更何況，上次李帆傳遞消息，誰知道過程中有沒有叛徒，陳瑞雪已經曝露身分的機會很大。

「勞煩二位了。」李振源鄭重地握了這兩位走私的樞紐人物的手。

「放心，我們是專業人士。」偵查處長魏國樑道。

他們在偵查處長和廣田不孤齋的安排下，大搖大擺登入一艘貨運輪船，被直接帶上船橋待在船長艙房，李振源知道這是最有力人士出手安排才有的待遇。沒多久，他們聽見海關人員登船檢查，偏偏跳過船長艙房。動靜稍止一段時間後，他們先聽見機械低鳴，感到微微搖晃，接著船身一陣比較強烈的抖動，汽笛高鳴。他們知道貨船離岸，要出港了。但是他們還不能安心下來，深怕什麼人這時突然攔截，登船把他們抓下來。雖然李振源知道，這幾乎不可能。在共產黨嚴密的控制系統下，唯有預先推估系統運作步驟，捷足先登，搶在他們反應之前才有勝算。而李振源早摸清楚共和國的每一根骨頭，每一條神經。

船行至公海，船長進來艙房，告訴他們這幾天安排他們住在大副的艙房，可能不會很舒適，畢竟不是客輪。李振源謝過。船長並交代，天氣好的時候他們可以出去甲板透氣，也可隨意在船上走動。他們先在船橋上看船長指揮航行，聽見英語和日語夾雜交錯的各方聯繫。李振源仔細聽，是大副跟其他船隻和海事當局的遠程通訊，也有跟船上各個艙室的交流，輪機長、電工、水手的工作狀況回報。船長還經常確認航行路線，天氣變化，以及各種系統交互運行的情況。待了一會兒，他們乏了，就下到甲板。

夜空中，皎潔明月高掛，照亮海面。無邊無際的視野，即使是晚上，也能看見太平洋晴空萬里。他們的內心卻絲毫不能平靜。李振源不禁抓起陳瑞雪的手，壓抑自己的緊張。幾個小時以來他們沒有見到一片陸地，說明他們離危險漸遠，基本已經安全。海面連天，海平線那頭等待他們的是什麼不可知，他們感到茫茫然，對未來極為不確定。這是他們十四年來第一次離開臺灣，也是李振源闊別日本二十三年來第一次重回日本，陳瑞雪二十九年來第一次返回祖國。他們或許不知等待他們的是什麼，但明確知道這是他們在一起的最後時光。

陳瑞雪緊緊地偎入他的懷裡。這個男人過去二十年照顧、保護她，也幫她開闢了未來，但註定不會跟她生活在一起。想起這點，她將他摟得更緊。

她則是他生活的救贖。當李振源失去一切，猶疑，失去生活的平衡，失去自信心與未來的希望，是她鼓勵他，接納他，包容他，填補他現世的種種缺陷，奠立他生命的根柢。

海面突然出現幾隻海豚飛躍入水，跟著船舷航行。就算面對這樣的景象，他們依然感到悵然若失。

一週之後，貨輪進入大阪灣，抵達神戶，他們看見海面浮泊近五十艘船隻等待進港。神戶港比他們多年前離開時更加繁榮，多了許多新碼頭，岸邊也仍在擴建。

日本海關上船檢查，他們輕易躲過，再次顯示廣田不孤齋的神通廣大。而且甫下船，就有人來接應，安排他們住到市區一棟普通但是乾淨的公寓。在路上，他們一直被車窗外新奇的景物和路人吸引，這畢竟是較為自由的國度。不知道是不是心理作用，李振源覺得雖然戰爭結束十多年，日本依然瀰漫戰勝國的氣氛，街頭巷尾高掛著太陽旗，人人臉上泛著喜悅的表情，汽車樣式多元，裡面坐著的人都有點驕傲。櫥窗裡的貨物琳琅滿目，戲院上演的劇目推陳出新，摩天大樓成簇拔地而起，社會明顯非常富饒。日本的國土現在包括整個西伯利亞，寬泛一點來說，還包括藩屬國朝鮮半島的朝鮮滿洲國和美國殖民地。日本的生產資源比戰前要豐富多了，生存空間也劇增，人人都變得更加富有。

陳瑞雪回到祖國，在廣田不孤齋的安排下，有系統地獲得一個全新的身分。日本是另一種嚴密的社會系統，可以說是先進的——規範化，制度化，高效率，官僚任事勤奮認真，於是在日本要篡改或創建一個身分相當不容易，因為要修改的紀錄非常複雜，除非是相當相當有力的人士。她本具日本血統，多少有些幫助，加上廣田的確神通廣大。只是她當年反對戰爭，流亡到中國，對抗日本侵略。在中國她是具有贖罪感的日本俠女，即使在臺灣她心裡也有一種德行的高度。現在回到日本，她反倒變成了叛國賊，落魄的流亡者。對她來說，情感上有些不堪。現在的日本比她離開的時候更加富強，更加欣欣向榮，當年她卻是阻擋這一發展方向的人。現在日本已經是真正的世界強權，與大德意志並駕齊驅，是全球第一的經濟體。即便她不喜歡這樣的日本，她不能同意強權即公理，但她不能否認這裡居然是她最容易生存的空間。祖國終究，最後，照顧了她。她要是逃到中國，以國民黨多疑的傳統，必然懷疑她是否在臺期間受到敵人吸收。當她收到新的身分時，他們知道，廣田不孤齋，或者說當局，已經完全摸清她的根底。李振源給她帶了兩條沉甸甸的金磚和幾百萬現金，夠她開啟新的人生。她大可重開一間診所，那兩條金磚夠她添置設備，或是什麼也不做，光靠百萬存款的利息收入就衣食不愁了。

安排妥當後，李振源馬不停蹄趕回接應的船隻，回到臺灣，前後只花了半個月。這半個月，工作上神不知鬼不覺，柯吉為他護航。她走後，李振源幫她處理後續身分的善後工作。

他回到臺北，在歐陽成的接應下，把紅紅和葉雲偷渡到朝鮮滿洲國，然後輾轉送到大德意志。整個過程他沒少和葉雲爭執，口舌之勞，說明為什麼要他們去歐洲。他終究告訴她，女兒遭受的凌辱，為了紅紅的心理重建。大德意志有全世界最先進的心理治療醫學。最終，她在見過歐陽成後，改變了心意。

他的母親還在山上種田。由於帶不走她，李振源決定留下。這是他的人情義理。況且他父親、祖父的都葬在此地。他想，自己就算埋骨於此，也許是命定的歸宿。

把她們都送走後，他去見黃念。

黃念在辦公室接見了李振源。

辦公室主任關上門，讓他們談話。即使仍不失尊重，李振源顯得很自在。

「我說過我會給你一些回報。」李振源翹起二郎腿，他從來不這樣放縱，「報答你不殺之恩。」他道，好像老練的生意人。

「哦？」黃念聲音沉厚，身體往後一坐，似乎有些警惕，又像是「倒想看看你搞什麼把戲」那種語氣：「是什麼？」他遞給李振源一隻雪茄，李振源敷衍地護拳拒絕，然後掏出自己的菸。

「第一，你作為情報部門首腦，」李振源自己給嘴上的菸點燃。「居然不知道辦公室裡有奸細？」

「此話怎講？」黃念似笑非笑，似乎在掩蓋自己的真實情緒。

「這樣說吧，如果我知道你的保險箱在桌子下面，裡面有公私兩本記事簿，這會讓你比較好判斷嗎？」

李振源半笑著。

黃念這下幾乎說不出一句話一個字。

「你真了不起，李振源。反情報工作做到我這裡來了。」他緩緩道。非常平穩，聽不出情緒。

李振源壓不住笑容。「如果我都知道，你說，毛主席知不知道？」

李振源盡量把話說得不帶火藥味，但知道自己擊中了要害。「是劉志遠的人。」

黃念不愧為共和國第一流人物，此時仍不動聲色。

「消息來源？」

「劉志遠親口告訴我的。」李振源冷冷地盯著黃念：「你清楚我說的十分準確。」

黃念面色如臘。李振源感覺他在顫抖。

「第二，」李振源吐了口菸。「毛龍龍替蘇俄工作，主席知道嗎？」他刻意不說「你知道嗎？」，給他保留最後的面子。

「你這裡簡直像水族箱，」李振源吐了口菸，「透明的。」他有點逍遙。

黃念閉上眼，頭靠在椅背上，雙手放在下腹。李振源看見他的眼球在眼皮底下轉悠。他一定氣炸了。

李振源也不吭聲。就讓他去處理這些訊息。過了不知多長時間，黃念仍閉著眼，低沉地道：「你覺得我是什麼處境？」語氣就像當年呂明松那樣徬徨。

李振源搖頭。他享受這樣看著黃念，不是不夠仁慈，該是時候讓這樣的人恐懼。

「劉志遠和毛龍龍，是主席安排監視你的人。」李振源以堅定的語氣道：「你是我所認識最穩最狠的人，但顯然，主席比你境界要更高。若我是你，只有兩條路可走。一是立即拋下一切逃走。二是回頭給予致命的一擊。」

李振源以這種方式告訴黃念，主席知道你開設賭場，盜賣國寶，殺人滅口，主席沒有任何動作是因為時機還沒成熟，但最終要鬥倒你。黃念沒有響應他說的話，也沒有任何反應。他相信黃念一定同意除了這兩點，別無他法。好長一段時間，李振源只看見黃念張開兩眼，神情呆滯。這兩個選項都是致命的，但不做，也是死路一條。

李振源把他留在椅子上，告辭，感覺背後有雙眼神燒灼他的背，但逐漸冷卻，黯淡無光。黃念顯然沒有力氣說什麼挽留或告別的話。

戶外的陽光普照，營區內整整齊齊的植物都發著光，他們雖然被削剪整齊，但沒有忘記往野的方向生長。他輕易地離開營區，沒有受到任何阻攔。

李振源心懷嫌惡地想，你也有這麼一天，剛好而已。他篤定，以黃念的性格，一定會做出激烈反應以求自保，不會束手就擒。

回到大稻埕公安局，他若無其事，繼續做那些每天一樣的工作。

葉雲和紅紅失蹤的事，終於被葉雲單位發現。他們開始追查她的去向。當然，船過水無痕。李振源矢口否認知情。

大約一個月後，李振源突然被當局下令逮捕，他先被蒙眼，帶到一個不知名的地方，關押在一個祕密的看守所。他也不爭辯，也不感覺痛苦，彷彿一切順其自然。他們先是問他有關葉雲的事，然後疲勞轟炸有關黃念的問題。他以一概不知回應。

牢裡放風，在四周都是高牆，頂上是鐵絲網覆蓋的天井，他見到一位邋遢，神叨叨的傢伙。相互介紹後，才知道就是葉雲的入黨介紹人胡雪。胡雪如神似的，竟知道外界發生的事。

「我被黃念祕密關押，變換了好多地方，這半年才移到這裡，」胡雪的頭髮凌亂，灰白相間，「結果我沒死，他卻生死未卜。」

「你怎麼知道外面的消息？」

「李探長，你沒聽過秀才不出牢，能知天下事？」

「呵呵，當然，而且我還聽過，知道太多，小命難保。」

「我愛人被黃念殺害，這人滿手血腥。」胡雪戴著厚厚的黑框眼鏡，他用手指頭沾了點口水，在小本子上擦錯字。那小本子是用廢紙和粗線自己裝訂的。不愧為作家，怎樣都有紙筆。「要多謝你除暴安良。」

這傢伙居然連這也知道。

「是他自己把自己滅了。」

「你不簡單。」胡雪由衷讚美。

「你的第二本書還寫？黃念都玩完了。」

「當然要寫。即使他死了，我也要記載下來，人間的惡。」

「你是說政治運動和這種制度……」

胡雪伸出食指，左右搖晃阻止他說下去。「不，李探長，」胡雪一副自負的語氣道：「仔細看，死這麼多人，包括我的愛人洪紫宮，從物理現實看的確是毛共的惡業。但其實就是我們自己幹的。人殺人，人害人，人本身就是殘酷無情的，你給人遞上刀子，鼓勵仇恨，不可能盼來一個平和的世界。人民是最殘酷的動物，雖然我們打著人民的旗幟。」

不愧為寫出《搜索》這種小說的作者，李振源心想，連看法都跟正常人不一樣。

大約半年後，他被釋放，孫志芳在牢獄大門接他。看到孫志芳，李振源先是一愣，繼而明白，是政法委救了他。

一九六八年一月二十三日，再過一個星期就是農曆新年，大稻埕卻是冷冷清清，沒有張燈結綵，騎樓下也沒有幾個行人。霞海城隍廟裡的城隍爺早就被斧劈成塊焚燒為灰燼。住持一家人被下放嘉義勞改營，到現在沒有回來。有半世紀歷史的幾家中藥材行都已被沒收資產，改為國營，由幾個懶懶散散的婦人站櫃，生意冷清。藥材極度匱乏，一來早斷絕了中國船運，二來大多較好的藥材仰仗日本進口，一般民眾根本買不起，都是高幹享用。本土種植的藥材有限，只有那些適合生長在潮濕環境的草藥植物才在國營農場培育。

表面上沒什麼不同，人們照常過日子，但中央人事發生了變化。中央委員、中央政治局委員和常委超過半數換了新人。新人新氣象，但在民間，沒有幾個人知道上面的事，沒幾個人敢關心，似乎離自己很遠。

但有些人就注意到了變化，像李振源，他發現報紙上零零散散開始批判反攻大陸政策。一開始，李振源以為是毛主席失去了權力，但又在新聞裡反覆見到毛主席的身影，這表示他至少緊緊抓著輿論陣地。這是怎麼回事兒？

毛主席一定力排眾議，利用了一些手段讓那些不支持他政策的中央常委下臺，換上了他的心腹。雖然新一批常委能力可能不及前任，但對毛來說，他們更加唯命是從。人民日報、解放軍報這半年的社論也顛倒方向，在那些筆桿智庫的敘事建構下，臺灣獨立的政治主張逐漸變成合理、合法，順乎世界潮流，符合共產黨利益，是浩浩蕩蕩的趨勢。也對此前犧牲的臺獨人士予以平反，給予家屬補償費，提拔未亡家屬。

他從報上得知，新一任期的任命中，中央社會部的首長已經換了人，中央政治局沒有黃念的名字，卻有政法委的名字。本來社會部這個部門就比較低調，但這個人彷彿從政治舞臺上完全消失。李振源知道，和黃念的鬥爭，毛主席最終贏了。

後來他又從柯吉那裡聽說，毛龍龍在幾個月前車禍意外死亡，劉志遠也病故。

兩個消息讓他拼湊出來，黃念一定做出了動作。他製造意外，殺了毛龍龍，毒死了劉志遠。如果不出所料，黃念為了麻痺毛，在最後時刻一定還刺殺了辦公室主任。當然這都是他的推論，真相已經被銷熔，永遠不可知。這是黨的傳統，他們認為歷史得為政治服務，命案也是。

至於毛主席為什麼改弦更張，他想了半天，推估毛主席失去了愛子，可能重新思考了國家和黨的整治與自己的人生。他已經是日薄西山的老人，反攻大陸這種冒險犯難的行動已不適合他剩餘的政治生涯。即使反攻成功，他也握不住幾天權柄，更不可能把江山傳給他的其他兒子。他們都沒有毛龍龍那樣的狠勁，做不成大事。

張樹枝在山中躲避了大半年，完全不知天下大變，還在籌畫革命，他已召集了一批年輕人在山上進行軍事訓練。李振源千里迢迢在深山找到他，告訴他世間的物換星移。

「不可能。」張樹枝的外型已和過去的毛頭小伙子有了天壤之別，滿臉滄桑，黝黑的皮膚，健碩的體格，眼睛透露著沉著果敢。「如果按你所說，那忠勇同志會那批人現在是什麼情況？」

「他們已經完全瓦解。」李振源遞給他一根菸，「不復存在。」

張樹枝抽菸的姿勢就像一個真正的革命家，有著亡命感，瀟灑，堅毅。他看看地面，又抬頭望向遠方，陷入沉思。

「毛共即使贊成臺獨，還是緊抓著權力。我們還是被壓迫的。」過了會兒，他淡淡地道。

李振源拿出那張寫著座標的小紙條複製本交到他手中。

張樹枝顯得有點猶豫。「是什麼？」

李振源把來源和路徑與他詳細說明。經過這半年，他沒看錯這小伙子，知道他會是個好男兒。於是決定把祕密寶藏交給他。

「幹大事，要有謀略，要創造戰場縱深，訓練多個預備隊。」李振源像個大哥一樣囑咐：「遇事千萬不要蠻幹，白白犧牲。懂得避其鋒芒，留得再起時。」

李振源已經知道吳富國命案的真相。但他已經不是過去的李振源。如果說坐牢他從未意料，是人生橫梗出來的一段，這段經歷也沒白走。在牢裡他深刻地反省，對於過往，他有著悔意。當年為了存活，他變成積極分子，檢舉、逮捕，陷害許多人。但這樣除了拯救自己，並沒有救到家人——紅紅被玷污，妻子差點沒命。他對不住家族、鄉親。作為李家子弟，他丟了臉，在家族名譽上潑糞。最終他做出一些有意義的事，他毀了當局一位高幹，情報頭子，並藉他的手，幫諸死者伸張正義。他只是一個小小的公安，低階的公僕，能量有限，這樣做已盡了最大的力。但他決定放過了陸繡山。他手上那筆勒贖黃念的三百萬，其實是他跟吳富國勒贖黃念的贓款，不是起義的經費。他殺了人，吞了錢，升了官。共和國有這種殺人越貨的官員高升，將來不知還會惹出什麼亂子。但牛魔王的肚子裡有這麼一個搗亂分子，他想，倒也不錯。這人善鑽營，極富自制力，是有潛力的政治家，興許有一天，陸繡山會更上層樓，那時就會發生作用。

李振源回到大稻埕。像往常一樣，接近下班的時候，他和柯吉坐在公安局樓頂水塔遙望，淡水河暮色蒼茫。他問柯吉，其實這些年，他都知道他是最高層的線人。

「你將我的事，一五一十向上回報？」

「沒有。」柯吉還是一副對任何事滿不在乎的樣子。

「為什麼？」

「人依理念而活，最後就是把自己孤立起來。」他理理袖子，把衣服拉撐。

「況且，我需要朋友。」

聽完柯吉這番話，李振源噙滿淚水。

附錄 《大稻埕落日》裡假設的歷史舞臺

我們熟悉的版本

一九三七年，日軍全面侵華，年底南京失守。

一九四一年，納粹德國入侵蘇聯。日本轟炸珍珠港，占領香港、菲律賓、新加坡、印度支那。歐陸和太平洋一片火海，第二次世界大戰全面爆發。

一九四二年，英美海軍在中途島阻止日本繼續在南洋擴張的步伐。

一九四三年，蘇聯贏得史達林格勒戰役，歐洲戰場局勢扭轉。

一九四四年，盟軍諾曼地登陸，德軍節節敗退。日本本土遭受大規模轟炸。

一九四五年，納粹政權覆滅，美國在日本長崎、廣島投原子彈。俄國對日宣戰。日本投降。國府接收臺灣。

一九四六年，中共和國民政府爆發內戰。

一九四七年，臺灣爆發二二八事件。

一九四八年，徐蚌會戰黃埔嫡系主力全軍覆滅，敗局已定，國民政府陸續將故宮國寶輸送臺灣。

一九四九年，蔣總統下野，中共渡長江全面席捲中國。十二月國民政府撤退臺灣。

一九五〇年，蔣總統復行視事，國民政府在臺實施土地改革。韓戰爆發。冷戰開始。

《大稻埕落日》，另一個可能的歷史

一九四〇年，歷史從這裡開始變動

一九四一年，除甘肅、陝西、山西、四川，雲南、湖南省外，日軍全面占領中國，並在珍珠港擊沉美國包括航母在內的主力艦隊，此後趁勝追擊，進攻美國西岸海軍基地，造成大半美國海軍癱瘓。

一九四三年，大日本帝國撕毀《蘇日互不侵犯條約》，與納粹德國雙頭夾擊蘇聯，史達林格勒戰役蘇聯潰敗，日本占領高加索油田，納粹德國在全歐洲和非洲節節勝利。

一九四四年，蘇維埃政權殘部被迫退到西線，在中共協助下擊敗北支那方面軍及關東軍，占領滿洲國。蘇聯北方艦隊、波羅的海艦隊、馳援渤海海峽旅順港，協助太平洋艦隊鞏固東北亞海權。納粹德國殲滅盟軍於諾曼第灘頭。日本將滿洲國遷都平壤，正名為朝鮮滿洲國，將朝鮮併入滿洲。日韓合併時期結束，大韓皇室、溥儀皆被剝奪貴族身分，遭到終生軟禁。日本雍仁親王登基成為朝鮮滿洲國統治者。南太平洋日軍逐步退回日本本土，保衛帝國核心。

一九四五年，日本陸軍在西伯利亞部所戰皆捷，海軍在南太平洋戰場一敗塗地。國民政府發動反攻，勢如破竹，日軍退縮到甘肅，國民政府至此收復大部分國土。美國在柏林投下原子彈，但希特勒存活。

一九四六年，德國向美國發射遠程原子飛彈，美國多處城市發生大規模毀滅性傷亡。德意志從東部切薩皮克灣登陸，占領華盛頓，日軍從西部洛杉磯登陸，美國投降。軸心國以德意志與日本為核心，成立聯合國。中國爆發內戰。

希特勒、裕仁天皇贏得二次世界大戰！

一九六三年國際政治局勢

蘇聯

在東線退縮南現在哈薩克、烏茲別克斯坦、吉爾吉斯坦的大部分地區，在西線退縮到庫頁島並與中共聯合占領東三省，日本以朝鮮滿洲國作為緩衝帶。

大德意志共和國

取代列強，成為大部分非洲殖民地的宗主國，並全面占領西歐、南歐、東歐、北歐、中亞、以及波蘭、白俄羅斯、烏克蘭、波羅的海、到莫斯科等區域。

日本

大日本帝國國土範圍包括西伯利亞寒凍地區與中國西北，併吞蒙古，控制朝鮮半島。

美洲

德日共同管理美國。

亞洲

一九四二年美軍聯合駐越法軍、駐印英軍在南洋節節勝利，擊潰所有日軍，收復馬六甲海峽、菲律賓、馬來西亞、印尼、越南、泰國、緬甸、臺灣。並在新加坡建立南亞共和國，後來成為美利堅亞洲流亡政府。

中國

一九四六年，國民黨與共產黨爆發內戰，共產黨在蘇聯殘部扶持下，赤化長江以北。

一九四八年，嫡系部隊幾乎全面喪失，蔣總統下野，為避免受到戰火波及，國民政府將故宮文物運送到臺灣保存。國民政府政權轉移到李宗仁手中。

一九四九年中共集結第二、第三以及部分第四野戰軍發動渡江戰役，白崇禧將軍率領國軍成功擊退共軍，並乘勝追擊，揮師北伐，直搗黃龍至北平，直逼遼西走廊，將共產黨逼回東北。

一九四九年，中共在蘇聯流亡政府的協助下於長春成立中華人民共和國。王明在蘇聯扶持下成為第一任中央人民政府主席。原中共中央委員會、中央軍事委員會毛主席不願交出權力，爆發內訌。為避免形成兩個中央，在三方協議下蘇聯流亡政府利用太平洋艦隊和北方艦隊聯合叛變的中華民國海軍艦隊將追隨毛的軍隊運輸到臺灣。毛的追隨者願意自己打登陸戰，表示若輸了，甘願葬生海底。

戰後臺灣的處境

一九四五年，美軍登陸臺灣，駐臺日軍結合本地人頑強抵抗，仍被美軍占領，軍民死傷枕藉。年底臺灣光復，美軍依《開羅宣言》撤軍，將臺灣交給國民政府。

一九四七年，因不滿國民政府粗暴統治，臺灣民眾大規模暴動，駐軍強力鎮壓，屠殺本地民眾造成上萬人傷亡，後來肅清不滿政府的菁英，使得臺灣民眾埋下對中國政權的仇恨心理。史稱二二八事件。

一九四九年中共分裂，受國際共產主義指派，王明領導的俄派共黨留在東北，成為俄共傀儡政權；一派由毛澤東領導的本土共黨，在叛變的中國海軍與蘇聯的太平洋艦隊、北方艦隊協助下登陸臺灣擊退國軍，占領全島，作為反攻大陸的基地。

一九五〇年，毛共在臺發動生產所有制社會主義改造，鎮壓、肅清反革命運動。

一九五一年，毛共發動土地改革運動。全臺所有地主宗族、資本家皆受清算。

一九五三年，毛共發動農村公社化——生產大躍進運動。

一九五五年，全臺第一次發生饑荒。出現海上逃難潮。

一九五六年，蘇聯流亡政府經濟援臺，脫出大躍進政策，饑荒逐步緩解。

一九五八年，在蘇聯專家協助下完成核武製造。毛共從此有反攻大陸的底氣。

一九五九年，反右運動，與蘇聯反目，蘇聯專家離臺。

一九六一年，毛語錄在全臺推行。解放軍準備反攻大陸計劃，積極大練兵。

一九六三年，毛共與日本建立友好關係，共同對付中國大陸國民黨政權，並發動反攻大陸運動，清除反黨分子，肅清臺獨，作為軍事動員的前戲。中共中央推動全國思想動員和打倒反革命進行到底運動。

大稻埕落日

作　　者——譚端

社　　長——陳蕙慧
副 社 長——陳瀅如
總 編 輯——戴偉傑
主　　編——何冠龍
行　　銷——陳雅雯、趙鴻祐
封面設計——Bert.design
內頁排版——簡單瑛設
印　　刷——呈靖彩藝

出　　版——木馬文化事業股份有限公司
發　　行——遠足文化事業股份有限公司（讀書共和國出版集團）
地　　址——231 新北市新店區民權路 108-4 號 8 樓
郵撥帳號——19588272 木馬文化事業股份有限公司
客服專線——0800-221-029
客服信箱——service@bookrep.com.tw

法律顧問——華洋法律事務所 蘇文生律師
印　　製——呈靖彩藝有限公司
出版日期——2023 年 09 月初版一刷
定　　價——450 元
I S B N——978-626-314-513-9（紙本）
E I S B N——978-626-314-516-0（PDF）
E I S B N——978-626-314-515-3（EPUB）

國家圖書館出版品預行編目(CIP)資料

大稻埕落日 / 譚端作 . -- 初版 . -- 新北市 : 木馬文化事業股份有限公司出版 : 遠足文化事業股份有限公司發行 , 2023.09
416 面 ; 14.8×21 公分

ISBN 978-626-314-513-9 (平裝)

863.57　112015326